Sur une corde perchée

Lene Lauritsen Kjølner

Sur une corde perchée

*Traduit du norvégien
par Régine Allézy Sengchanh*

En application de l'art. L.137-2.-I. du code de la propriété intellectuelle, toute reproduction et/ou divulgation de parties de l'œuvre dépassant le volume prévu par la loi est expressément interdite.

© Lene Lauritsen Kjølner (2014)

Traduction : Régine Allézy Sengchanh
Relecture : Geir Ednar Dahl
Correction : Manon Ringuede

Édition : BoD · Books on Demand,
31 avenue Saint-Rémy, 57600 Forbach, bod@bod.fr
Impression : Libri Plureos GmbH, Friedensallee 273, 22763 Hamburg (Allemagne)

ISBN : 978-2-3225-5619-9
Dépôt légal : Janvier 2025

« Le meilleur moment pour planifier un livre est pendant que vous faites la vaisselle » Agatha Christie

Chapitre 1

Le vélo était vert. J'avais été interpellée par cette couleur inhabituelle pour un vélo de nos jours. Pour autant, il s'agissait d'un vert élégant, lequel se fondait à merveille dans la fougeraie alentour. Mais c'est un fait que la plupart des vélos actuels arborent tous du gris ou du noir, pas vrai ? Ma seconde pensée fut qu'il s'agissait indéniablement là d'un drôle d'endroit pour le poser. Qui laisserait un vélo, quasiment neuf, autant en retrait du sentier, au milieu de racines, de pierres et d'autres dangers risquant de crever les pneus et de faire dérailler la chaîne ? Une idée qui ne me serait jamais venue à l'esprit, quoi qu'il en soit. La pratique la plus courante ici à Ankerholmen restait de jeter les vélos volés depuis le quai fixe au nord de l'île. De préférence au niveau du chantier naval abandonné au bout du quai, qui n'était visité que de temps à autre par un randonneur solitaire, et qui, côté mer, n'était visible que par quelques pêcheurs amateurs dont le dernier espoir de capture s'arrêtait à un pauvre merlan.

Toutefois, je ne m'y attardai pas plus que cela lors de mon passage le premier jour. Un peu surprise, je réajustai simplement ma veste autour de mon cou. Certes, j'avais remarqué la rosée matinale qui s'était déposée sur la selle sombre, mais ce n'était pas inhabituel par ici, vers la fin de l'été dans la zone côtière de Vestfold, au sud d'Oslo. Alors, je posai prudemment mes pieds entre les pierres couvertes de mousse, puis je poursuivis ma promenade, l'océan me renvoyant des notes salées plus loin devant moi.

Le lendemain, j'en vins à la conclusion qu'il avait été volé. Ne manquait-il à personne ? Aucun adolescent n'en avait besoin pour l'école ? Parce qu'il s'agissait d'un vélo destiné à de longues jambes, aucun doute à ce sujet. Toutefois, je ne fis rien. Je poursuivis ma route, en proie aux doutes et à une curiosité un peu plus vive que lors de ma promenade du matin, mais toute cette histoire de vélo me sortit bien vite de la tête. Dino venait de dégoter un bout de bâton qu'il m'enfonçait dans la main pour que je lui lance. Lancer, aller chercher, lancer, aller chercher. Après cinq ou six aller-retours, le bâton finit hélas par se dépecer. Allongé depuis un bon moment sous les imposants sapins, Dino, pris d'éternuements, qui se transformèrent en reniflements, recrachait à présent le dernier fragment de bois. Bien vite, il repéra autre chose de nouveau et d'amusant, une trace qu'il n'avait plus qu'à suivre. Je le suivis, comme à l'accoutumée, un tantinet plus essoufflée que lui.

Le troisième jour, je me décidai à agir. Une végétation tenace se frayait un chemin à travers les rayons de la roue arrière. Ce n'est que lorsque l'on observe les éléments les uns à côté des autres que l'on comprend à quelle vitesse la nature se développe et reprend ses droits, pas vrai ? Je contemplai ce décor vert sur vert, puis me décidai à ramener le vélo vers le sentier. À cet endroit, au moins, il y aurait certainement davantage de chance que quelqu'un le trouve. Si tant est que quelqu'un s'en souciât. Au pire, je devrais appeler... D'ailleurs, qui faudrait-il appeler ? La police ? Avaient-ils le temps et les ressources pour s'occuper d'un vélo perdu ? Je n'en avais pas la moindre idée. Ce n'était pas bien souvent qu'ils prenaient la peine d'entreprendre ce court trajet de l'autre côté du pont de Nøtterøy. Certes, ce n'était pas nécessaire non plus. Il pouvait arriver que surgisse un participant un peu trop pompette à la fête annuelle du club de voile ou que l'on constate des nuisances dans une des résidences de temps à autre, mais les problèmes par ici étaient toujours rapidement résolus ou bien rapidement étouffés. Pendant une courte période, les habitants relayaient les commérages à la supérette locale, mais c'était à peu près tout. La vie restait assez prévisible à Ankerholmen. Oui, franchement bien ancrée dans la réalité, comme son nom l'indique.

Quoi qu'il en soit, je n'eus pas à transporter le vélo sur le sentier. Avec ses roues tout terrain, il roulait parfaitement bien parmi les pierres et les racines. En posant ma main dessus, la selle grinça légèrement. Personne n'avait pris la peine de le cadenasser. Que quelqu'un ait réellement pu simplement l'oublier à cet endroit me troublait. À distance du sentier couvert d'aiguilles, si moelleux que mes pas ne faisaient presque plus aucun bruit, j'appuyai le vélo bien en évidence contre un épicéa d'une noble taille. Ainsi, contre un tronc d'arbre, il reposait donc : luisant, humide et quelque peu triste, comme s'il attendait son propriétaire.

Dino me sortit de mes pensées par un aboiement d'impatience. Je me retournai et m'élançai prestement sur ses pas. Tandis qu'il se ruait sur la piste du jour, sa queue balayait les fougères. Elles reprenaient leur place juste après son passage, comme si rien ne s'était passé. Tout en trottinant à petites foulées après lui sur la plage, je me demandais si le vélo serait parti le lendemain.

Vous pensez certainement que c'est un peu étriqué de ma part de me soucier autant d'un vélo, de qui le possède et du destin qui l'attend. Et vous pourriez avoir raison. À vrai dire, il m'arrivait de me sentir parfois étriquée et limitée. Mon corps était plutôt en forme, mais mon cerveau avait lui aussi besoin d'exercice. Ce dont il ne bénéficiait pas toujours. Pas après avoir perdu mon emploi à l'âge de 45 ans. Soit dit en passant, avec en bonus un divorce inattendu.

Chaque jour, je me promenais longuement avec Dino, nous faisions même parfois trois promenades par jour. Nous marchions généralement le long de la plage, où Dino aimait courir après des bâtons et effrayer des mouettes distraites, son passe-temps habituel. Si nous ne longions pas la plage, il restait peu d'autres options que la forêt. Après tout, Ankerholmen n'est pas si étendue que cela. On peut en effet réaliser le tour de l'île en deux à trois heures.

J'essayais de lire au moins autant que je me promenais, mais ces derniers temps, je me retrouvais souvent avec un livre ouvert sur les genoux, happée vers un autre monde. Pas le monde des livres, ce qui était le but en prenant place, mais un monde de rêveries. Un monde que j'étais bien triste de quitter en revenant à moi et en découvrant être assise sur mon propre canapé dans mon propre salon – ou bien à n'importe quel endroit où je m'asseyais pour lire. Je rêvais vraiment de me laisser emporter par les livres. Je voulais vraiment que ma tête soit aussi épuisée et en lambeaux que toutes les baskets que j'avais usées lors de mes promenades, mais je n'y parvenais tout simplement jamais. À l'intérieur de mon cerveau ne gisait aucun lacet en lambeaux, aucune chaussure béante, aucune semelle difforme, non. Il n'y résidait qu'une seule certitude claire quant à ma propre situation : 48 ans, au chômage et de toute évidence dépassée selon la société.

Moi, Olivia Henriksen, divorcée et avec deux grands fils adultes et expatriés, j'errais dans une phase de ma vie qui me laissait quelque peu perplexe. Mes fils ne pouvaient être plus merveilleux, ils représentaient vraiment une fierté, mais quand bien même, je ne me sentais pas comblée. Je possédais une énergie qui n'était pas dépensée, je détenais une force qui s'estompait progressivement, prisonnière de mon propre sentiment d'impuissance. Parfois, j'avais l'impression que ma tête était sur le point d'éclater sous le poids de pensées et d'énergie n'ayant nulle part où s'évacuer. C'était le genre de cas où je préférais aller me balader. Des promenades à vive allure.

J'avais rencontré mon ex-mari, Erik, à l'âge de 20 ans. À l'époque, je travaillais dans un magasin de musique. C'était une sorte d'année de réflexion après le lycée, n'est-ce pas ainsi que l'on appelle cela ? La soirée de notre rencontre, j'étais aux anges parce que j'avais obtenu des billets gratuits pour Kid Creole And the Coconuts. Pendant « Stool Pigeon », au beau milieu de la mélodie la plus entraînante des choristes, j'avais croisé le regard vert émeraude d'Erik deux rangées de sièges devant moi dans la salle de concert. Le reste de la soirée, je m'en souviens très peu, mais le monde autour de moi pulsait dans une cacophonie de rythmes et d'yeux vert émeraude. Quand le groupe quitta la scène, je m'assurai d'être à côté de lui au moment où la foule se précipitait vers la sortie dans cette chaude fin de soirée. Un peu plus tard, je vis simplement les mains enflammées d'Erik venir effleurer les miennes tandis que ces dernières soutenaient une pinte de bière moussante à l'intérieur du pub Jazz Alive.

« Serais-tu partante... découvrir ma... timbres rares ? » s'écria-t-il par-dessus la table au beau milieu d'un solo déchaîné de saxophone.

Je ne compris pas tout de suite ce qu'il avait dit, mais juste au cas où, je lui criai en retour : « Oui ! » C'est précisément à ce moment-là que le musicien décida de faire une pause, et ma réponse résonna de manière démesurée parmi les clients en grande discussion avec leur verre de vin rouge.

À partir de cet instant, nous étions ensemble. Je n'avais jamais regardé en arrière, mais il s'avéra que lui le faisait, en permanence.

Le troisième jour dans la forêt, je n'avais pas non plus regardé en arrière, mais je choisis plutôt un itinéraire différent des deux jours précédents. Il n'y avait rien d'étrange à cela, il m'arrivait souvent de changer. Dino et moi prenions plaisir à découvrir tout ce que nous pouvions sur Ankerholmen. Peut-être pas tout, quand j'y repense. Ce n'était pas le genre de découverte à laquelle nous nous attendions ce jour-là.

Dino m'attendait toujours là où les chemins se séparaient, me regardait avec impatience et remuait joyeusement la queue alors que je lui indiquais quel chemin prendre. En toute honnêteté, il était toujours joyeux quoi qu'il arrive. Peut-être était-ce plutôt moi qui étais avide de changement et d'aventure ?

Ce jour-là, je gravis rapidement la pente raide qui menait vers des chalets. Ankerholmen compte de nombreux chalets d'été, peuplés principalement par de sympathiques gens d'Oslo, mais également de nombreux résidents permanents qui vivent ici. Ainsi, je suis l'un d'entre eux. La crainte de certains ici est que nous, résidents permanents, ne devenions un jour une « espèce en voie de disparition ». Je conçois qu'il s'agit d'une peur réelle et justifiée. La pression émanant de nouveaux riches financiers dotés de poches pleines d'argent et d'un vif intérêt pour des résidences d'été est particulièrement palpable. Ankerholmen a eu la chance d'être plébiscitée par des gens huppés. Désormais, c'est devenu un privilège de dire à haute voix que l'on possède un chalet ici. De temps à autre, il arrive qu'un propriétaire de chalet nouvellement installé s'aventure à déverser un tas de compost frais en plein milieu d'un sentier battu bien fréquenté, mais hormis cela, nous n'avons pas connu de conflits majeurs avec les occupants de chalet. Ou encore les « baigneurs », comme ma grand-mère se plaisait à les appeler. Certes, le terme paraissait un peu plus péjoratif en norvégien. C'était un peu différent par ici lors de mon enfance il y a quelques décennies, on pouvait alors repérer des chalets avec des écriteaux au mur : « Tirs automatiques d'autodéfense ! » Je suppose qu'il est interdit de procéder ainsi de nos jours. D'ailleurs, il n'y a jamais eu de tir automatique. Nous avons joué là-bas, et tous mes amis d'enfance sont encore en vie, à ma connaissance. À vrai dire, j'ai perdu contact avec la plupart d'entre eux. Je suppose que c'est le prix à payer lorsque l'on vit à l'étranger pendant des années.

« Peut-être que ce n'était pas le meilleur choix, me lança un jour mon frère Oskar.

— Qu'est-ce que tu veux dire ? répliquai-je en le dévisageant, un peu surprise car cela ne lui ressemblait pas de s'immiscer dans ce que je faisais ou ne faisais pas.

— Suivre Erik comme un petit toutou pendant toutes ces années. Tu devrais avoir reçu une meilleure éducation. »

Oskar avait raison, bien sûr. J'avais passé la majeure partie de ma vie d'adulte en tant que « compagne » d'Erik. Il travaillait au ministère des Affaires étrangères et se déplaçait d'ambassade en ambassade dans le monde entier.

« Nous ne sommes jamais restés bien longtemps quelque part, je ne pouvais rien faire. Tu le sais bien.

— Je trouve toujours étrange que tu ne puisses pas te servir des langues que tu as apprises pour quoi que ce soit. » Oskar se grattait l'arrière de la tête. C'était son habitude quand il réfléchissait.

« Il semble y avoir davantage de demande actuellement. Pour des diplômés de masters. L'expérience n'est pas tant valorisée, je m'en suis rendu compte, me défendis-je, lâchant un soupir d'un air résigné.

— Il y a quelque chose qui ne tourne pas rond dans notre société, ce n'est pas la première fois que je le dis.

— Erik ne voulait pas non plus que je travaille... » Je ne sais pas pourquoi j'avais dit ça, puisque j'avais conscience qu'Oskar était agacé à l'extrême que sa sœur ait pu incarner une femme au foyer en pantoufles pendant des années.

« Et toi, tu as remué la queue et suivi ses instructions, invectiva Oskar en se levant. Tu as pourtant vu à quoi ça a abouti. »

Je ne lui répondis pas, ce n'était pas nécessaire.

Zéro éducation et zéro expérience professionnelle, à l'exception d'une capacité unique à assembler des bouquets de fleurs créatifs et à planifier des dîners : voilà Olivia Henriksen. C'est ainsi que je m'étais retrouvée démunie lorsqu'une secrétaire italienne, pulpeuse, tirée à quatre épingles, était apparue dans la vie d'Erik, dix ans plus jeune que moi et aux yeux dignes d'une sculpture en bois d'acajou. J'avais l'allure d'un terne tabouret en pin en comparaison.

L'acajou était peu présent dans la végétation d'Ankerholmen. Une chance. Même si je marchais rapidement dans les bois, je ne me retrouvais pas à bout de souffle. La forme avait du bon. Je me tenais à présent au sommet de la colline, où je ne me lasse jamais d'admirer la vue depuis ce point. Tout au fond là-bas se situe le phare, semblable à un sucre d'orge rayé, on peut l'apercevoir par temps clair, tel que c'était le cas ce jour-là. Avant de pouvoir atteindre ce point du regard, des dizaines d'îles éparpillées dans une eau d'un bleu profond scintillant attirent l'attention. Ces îles gisent là comme des petits cookies inégaux.

Là où je me tenais, j'étais entourée de pins, pas aussi grands que moi, mais aussi hauts qu'il leur était possible de pousser dans ce sol aride. À cet endroit, seuls quelques petits buissons de myrtilles parvenaient à prendre racine, quand bon leur semblait.

Je me dirigeais sur de la mousse douce et tendre vers le sommet de la colline, menant également au chalet brunâtre d'une famille portant le nom de Nilsen, d'après mes connaissances. Complètement anodin dans ce contexte, bien sûr, mais important pour moi. Au passage, je m'enivrais des effluves de champignons, d'aiguilles de pin et d'embruns marins en cette fin d'été. Dino s'agitait autour de moi, fourrant son museau dans des trous passionnants, tandis que je profitais du calme et poursuivais tranquillement ma promenade. Soudain, il avait disparu. Je jetai un œil autour de moi avec étonnement. Il avait pour habitude de toujours se tenir si près qu'il restait quasiment en permanence à porter du regard. Qu'avait-il bien pu repérer cette fois-ci ?

« Dino ? » m'écriai-je à son attention, un peu confuse. Ma voix ne reçut aucun écho de nulle part, alors je me levai et tendis l'oreille dans le silence. Hormis une faible brise montant vers la cime des arbres, seule ma propre respiration était audible. J'apercevais la mer s'abattre contre le rivage en contrebas, mais j'étais trop éloignée pour l'entendre.

Puis je perçus un aboiement agité. Le soulagement décocha une légère secousse au bout de mes doigts. Il devait se trouver de l'autre côté du chalet, qui se dressait au beau milieu de la petite clairière. Je me surpris à frissonner ; d'habitude, je n'étais pas facilement méfiante. D'où cette crainte provenait-elle ? Les fenêtres étaient condamnées et on aurait dit que le petit chalet fermait les yeux. Dino aboya à nouveau, cette fois-ci d'un aboiement étrange, bref et hésitant. Était-il apeuré ? Je me débarrassai de cette idée stupide et fis le tour vers l'arrière du chalet.

Mon petit beagle se tenait au bas de l'escalier en bois délabré, les yeux tournés vers la large terrasse et la porte d'entrée. J'avais déjà aperçu auparavant que la porte était peinte en rouge et qu'elle comportait des boiseries à chevrons. En outre, elle avait été conçue de manière à ce que l'on puisse ouvrir la partie supérieure sans ouvrir la partie inférieure. Plutôt commode, m'étais-je souvent fait la réflexion en passant. Pour une raison quelconque, j'avais une image en tête de jus de fruits rouges et d'une bonne mère servant des gaufres par l'ouverture de la porte. D'un romantisme désespéré, certes, j'en suis consciente.

« Dino, allons, qu'est-ce que tu fabriques ? » Je décelais moi-même un léger tremblement dans ma voix. Dino remuait la queue, mais de manière déséquilibrée et avec l'extrémité légèrement vers le bas.

En suivant la direction de son regard, j'aperçus une paire de chaussures. Des chaussures inhabituelles pour se promener, pensai-je. Il ne s'agissait pas de chaussures bateau, ce qui aurait pu être sensé compte tenu du club local de l'association de voile à la pointe Sud. Ce n'était pas non plus des baskets, ce qui aurait pu être raisonnable puisque nous nous tenions sur un terrain escarpé. Il s'agissait de chaussures italiennes cousues à la main, créées pour les salles de réunion et les balades sur le Ponte Vecchio ou sur une place du même acabit.

Il est probable que cet instant n'ait pas duré bien longtemps, même s'il parut s'éterniser. Je laissai glisser mon regard le long d'une paire de jambes masculines bien sapées, puis subitement je fus accablée par l'horreur. Je peux jurer que même le vent dans la cime des arbres s'était arrêté lorsque je réalisai ce qui n'allait pas : les chaussures pendaient dans le vide avec les pointes vers le bas. Elles étaient reliées à un corps, un corps entier, mais pendu. Autour de ce corps s'agitait une quantité invraisemblable de mouches à viande.

Chapitre 2

Je ne crie pas souvent. Du moins pas avec autant d'intensité. Certes, un bruit inarticulé a jailli de ma bouche lorsque j'ai donné naissance à mes jumeaux et, certes, un brusque hurlement m'a bien aidée la fois où Erik m'a informée de sa légère incartade avec une secrétaire italienne. Mais en général, je sais me maîtriser et rester sereine.

J'avais alors crié si fort que le pauvre Dino avait braqué ses deux gros yeux marron sur moi d'un air terrifié. Je n'en suis pas certaine, mais il me semble qu'il chouinait même. Du moins, c'était mon cas. Mes yeux se braquèrent sur mon chien. Hors de question que j'en découvre davantage de l'homme qui était accroché là. J'avais lu bon nombre d'histoires sur l'apparence d'un pendu au bout d'une corde pendant plusieurs jours. Vraiment, non merci. Néanmoins, après un bref coup d'œil en direction des chevilles et de la pilosité dépassant des chaussettes, j'étais absolument certaine qu'il s'agissait d'un homme. C'était également presque une certitude pour moi que je ne connaissais personne dans le quartier avec de telles chaussures. En tout cas, elles n'appartenaient à aucune personne travaillant dans le chantier naval du coin.

Il me fallut très peu de secondes avant de reprendre mes esprits et d'attraper Dino par le collier. Je continuai de frissonner en me détournant du porche et de l'homme pendu à l'intérieur. J'avais l'impression que des cubes de glace glissaient lentement dans le dos de mon chemisier. Des doigts pourvus de longs ongles crochus semblaient s'agripper à moi tandis que je dévalais la colline à toute allure avec mon petit chien sur les talons.

Je n'ai pas grand souvenir de comment je parvins à atteindre la maison, mais je dus certainement m'enfermer. Mon frère Oskar se trouvait à son travail à l'aéroport local, la porte devait donc être verrouillée. Il en était fini de l'époque tranquille à la campagne où l'on pouvait laisser les portes ouvertes. C'était avant que toutes sortes de voleurs ne profitent de notre négligence que nous pouvions nous le permettre. Ce n'est qu'en m'effondrant sur une chaise dans la cuisine que je sentis mon téléphone dans la poche de mon anorak. Bon sang, puis-je être aussi stupide ? Ai-je vraiment couru à la maison pour passer un appel ? Avec mon téléphone portable dans la poche ? Encore une preuve que je me rapprochais bientôt des 50 ans. Mais peut-être que j'aurais dû décrocher l'homme pendu et essayer de le réanimer ? Mais non ! Il ne fallait absolument pas faire ça, Olivia, me dis-je en mon for intérieur. C'est le bon sens qui m'a fait réaliser qu'il pendait là depuis plusieurs jours, point final. Dino s'agitait autour de mes jambes, haletant et ingurgitant de l'eau. Il semblait si stressé qu'il ne prenait pas le temps de se désaltérer, il allait et venait entre moi et la gamelle d'eau. Une traînée d'eau ponctuait son passage à chaque gorgée. Rien d'étonnant à ce qu'il boive goulument, d'ailleurs, il héritait après tout son nom du « roi du cool » Dean Martin. Une suggestion d'Oskar.

« Police, annonça une voix à l'autre bout du fil.

— Je suis bien à la police ? » Question stupide, j'en conviens, mais ce fut pourtant ma réponse.

« Oui, tout à fait. Que puis-je faire pour vous ? »

La réponse émanait d'un homme plutôt jeune. Je me raclai la gorge, essayant de stabiliser ma voix.

« J'ai trouvé un homme mort. Il est suspendu à une corde et probablement accroché là depuis trois jours. » C'était tout aussi bien d'aller droit au but.

Le téléphone resta silencieux pendant quelques secondes.

« Enfin... Un garçon ou un homme, je suppose que je devrais dire, précisai-je en me raclant à nouveau la gorge.

— Une personne morte, dites-vous ? Quel est votre nom ? Et où vous trouvez-vous ?

— Olivia Henriksen et j'habite au 13 Skuteveien sur Ankerholmen.

J'ai trouvé un homme qui s'est pendu. Il est accroché sous un porche et son vélo est stationné dans les bois depuis trois jours. »

Soudain, une chose me vint à l'esprit.

« Du moins, je pense que c'est son vélo, mais maintenant que j'y réfléchis, je n'en suis pas sûre. Toutefois, il est là depuis trois jours donc il est fort probable que ce soit le sien. Vous ne croyez pas ? Si ce n'est pas son vélo, alors il est peut-être accroché là depuis moins de trois...

— Madame Henriksen, je vais envoyer immédiatement une équipe et une ambulance à votre adresse. Ils vont bientôt arriver. Vous allez leur expliquer où la personne est pendue et nous nous occuperons de la suite. Vous devez vous détendre, vous asseoir et respirer calmement. Nous allons éclaircir tout cela. » Sa voix manifestait un calme honorable, une qualité que ce jeune garçon devait posséder.

« Appelez-moi simplement Olivia. Je ne suis pas mariée. » Je laissai expirer mon souffle saccadé à travers ma mâchoire quelque peu crispée. Alors qu'il prenait visiblement note de ce que je disais, je dressai l'oreille pour entendre des sirènes au loin et pensai même en avoir distinguées, comme si la voiture de police avait pu parcourir la distance de la ville jusqu'ici en moins d'une demi minute. C'est incroyablement rapide, pensai-je.

« C'est déjà la police ? » Peut-être avais-je parlé à moi-même, peut-être avais-je parlé au policier, je n'en suis pas bien sûre.

« Notre équipe sera bientôt là. L'ambulance va également arriver peu après. Serez-vous en état d'accompagner mes collègues pour leur montrer où la personne... où le défunt se situe, dites-moi ? demanda-t-il d'une voix paraissant plus directive à présent.

— Oui, je peux le faire. Nous irons là-haut ensemble, c'est bien ça ? » En toute franchise, je ne m'attendais pas à devoir rester avec la police. J'espérais plutôt oublier cette horrible découverte et trouver de nouveaux itinéraires pour Dino et moi à l'avenir. J'avalai péniblement ma salive tout en maudissant mon acquiescement, s'il est possible d'accomplir ces deux choses en simultané.

« Puis-je connaître votre nom, Monsieur l'Agent ?

— Je m'appelle Torstein Krohn. » On aurait dit qu'il souriait, mais il se reprit rapidement ensuite. « Ce n'est pas tous les jours que je reçois des appels concernant une... que je reçois des appels concernant de tels cas. »

Tant mieux, il montrait un peu d'humanité.

« Un nom fiable, Torstein. La pierre de Thor, une valeur sûre, si j'ose dire. » Oh, bon sang, comment ai-je pu sortir cette idiotie ? Je ne formulais jamais ce genre d'ânerie aux gens d'habitude.

« Mes enfants pensent qu'il est carrément ennuyeux. » Il éclata brièvement de rire.

Je calculai rapidement son âge tandis qu'il venait de mentionner des enfants au pluriel.

« Oskar ! m'écriai-je soudainement dans l'appareil. J'ai oublié d'appeler Oskar !

— Qui est Oskar ?

— Mon frère. Celui avec qui je partage la maison. Oh, c'est pas vrai, pourquoi n'ai-je pas pensé à l'appeler ? Puis-je raccrocher ? J'ai besoin d'appeler...

— Oui, bien sûr. L'équipe ne va plus tarder, je pense. Nous nous reparlerons certainement plus tard. »

En réalité, je me sentais un peu émue qu'il veuille me reparler plus tard. Les larmes qui surgirent au coin de mes yeux tout en raccrochant, je les mettais sur le compte de l'hystérie. Mes mains tremblaient tandis que je les posais côte à côte sur la table en chêne. Je me remis rapidement de mes émotions et attrapai à nouveau le téléphone pour composer le numéro d'Oskar.

« Henriksen, Trafic aérien, répondit brièvement mon cher frère, la tête dans son travail.

— Salut, c'est moi, dis-je d'une voix qui semblait sur le point de défaillir. Il s'est passé quelque chose...

— Olivia ? Je suis en plein milieu du départ de Bergen, et... » Il s'arrêta en m'entendant renifler bruyamment et lâcher un gémissement involontaire.

« J'ai trouvé un cadavre, confiai-je sans ne plus pouvoir retenir mes

sanglots. Il est pendu près du chalet des Nilsen...
— Qu'est-ce que tu racontes ? Je rentre à la maison. Tout de suite. Immédiatement. Tu as appelé la police ? » On pouvait déceler détermination et calme dans sa voix.
« Ils sont en route.
— Reste assise là où tu te trouves jusqu'à leur arrivée. Tu es bien à la maison, n'est-ce pas ? poursuivit-il sans attendre ma réponse. Je dois juste demander à quelqu'un de s'occuper des départs du matin à ma place et je me mets en route. Garde ton portable sur toi ! »

C'était une blague récurrente entre nous : je n'aurais jamais dû avoir de téléphone portable. Je l'oubliais partout, je le posais dans des endroits improbables et j'avais même réussi à le laisser tourner dans le lave-vaisselle. Mes vêtements possédaient de nombreuses poches profondes. J'avais également de gros sacs, des sacs qui dissimulaient facilement des objets, comme des téléphones portables, et la maison comptait de nombreuses pièces.

Oskar avait hérité de notre tante commune Lena la maison dans laquelle nous vivions. Ou, plus précisément, nous en avions hérité ensemble, mais Oskar m'avait alors racheté ma part. À l'époque, ni l'endroit ni la maison ne signifiaient grand-chose pour moi. J'incarnais une épouse de diplomate soumise, aisée et insouciante, dépourvue de temps et d'intérêt à aller passer l'été à barboter dans l'archipel norvégien. Rétrospectivement, il s'est avéré qu'Oskar avait réalisé un très bon investissement. Ici, les prix des logements avaient grimpé en flèche, à la même vitesse que les gratte-ciel d'Abou Dhabi. Et ils auraient en outre augmenté encore davantage si cela avait pris la direction souhaitée par certains et que l'obligation de résidence principale avait été levée. Pour une raison étrange, je me suis subitement demandé si une obligation de résidence principale était en vigueur à Abou Dhabi. Sans doute que non.

Pour diverses raisons, des parents légèrement instables avec des tendances hippies et un fort intérêt pour certaines plantes vertes à croissance rapide notamment, Oskar et moi avions en partie grandi chez tante Lena. Elle s'était occupée de nous de la meilleure façon possible pendant que nos parents flottaient entre liberté et nuages de fumée. Parfois pas toujours en liberté ; cela pouvait varier du tout au tout.

Des années plus tard, en rentrant pulvérisée d'Italie avec deux fils dégingandés sur le dos, j'avais trouvé un emploi dans un magasin de fleurs de la ville. Tout cela avec l'aide de ma très bonne amie, Mona. Elle connaissait la plupart des gens sur l'île et avait convaincu un vieux camarade de classe de me donner une chance. Dieu merci, précieuse Mona. J'étais en parfaite harmonie parmi les fleurs et ce magasin était devenu mon échappatoire trois années durant, avant que le centre dans lequel il se trouvait ne fasse faillite. C'était le tribut habituel avec l'équation dirigeants de centre trop optimistes et loyers élevés.

Lorsque je perdis mon travail au magasin de fleurs, Oskar me proposa d'emménager avec lui à Ankerholmen. Un gros soulagement, sans quoi je me serais retrouvée sans le sou. Je m'étais joyeusement installée dans la maison d'Oskar avec mes garçons. Désormais, je n'avais plus à m'inquiéter du loyer exorbitant de la rue Gråbrødregaten. Felix et Kasper jouissaient presque d'une meilleure relation avec leur oncle qu'avec leur propre père, un père qu'ils ne rencontraient que sporadiquement, lorsqu'il en avait le temps. Il possédait une nouvelle famille en Italie, trois petites brunettes avec un penchant pour le rose et les bijoux. C'était Oskar qui emmenait Felix et Kasper pêcher pendant l'été avant qu'ils ne deviennent grands et prennent leur envol, si l'on peut dire.

Il n'en reste pas moins que la relation entre le père et ses fils s'améliorait au fur et à mesure que Felix et Kasper grandissaient. À présent, Erik parvenait à la fois à se reconnaître en eux et à partager des conversations avec eux. Il était presque devenu comme un vrai père ces dernières années, vraiment. Parfois, Erik m'appelait, débordant de toute la fierté possible, et me racontait ce que Felix et Kasper avaient accompli lors de l'une de leurs rares visites chez lui. En vérité, j'avais en fait permis à Erik de prendre plaisir en leur compagnie. Après tout, je n'étais pas restée si enragée après le divorce au point d'oublier toute grandeur d'âme. Parfois, de vieux bons souvenirs de notre temps ensemble tentaient même de ressurgir, mais je restais toujours prompte à redonner à mes pensées une meilleure orientation.

La sonnette de la porte venait de retentir et Dino s'élança dans le couloir avec sa queue bien relevée. Recevoir de la visite représentait son activité favorite. Je me dépêchai de le suivre et ouvris rapidement la porte. J'aurais certainement dû m'en abstenir, car Dino était déjà en train de dévaler les escaliers quatre à quatre. Là se tenait le berger allemand le plus grand, le plus arrogant et le plus imposant que j'aie jamais vu de ma vie. Je peux jurer que Dino exécuta un bond périlleux, en tout cas ses pieds ne touchèrent plus le sol, atterrissant à un millimètre du museau condescendant du berger allemand. Les mâchoires du grand berger allemand se mirent à frémir, c'est là que Dino redressa le buste et se transforma brusquement en énorme Rhodesian Ridgeback.

« Karo ! Assis ! »

L'ordre provenait du plus baraqué des deux flics qui se tenaient debout devant ma porte. L'énorme chien baissa la tête et s'assit rapidement sur les marches du perron. Dino lui sembla soudain complètement inintéressant, Karo regardait à présent par-dessus sa petite tête de beagle vers des missions plus importantes.

Ce n'était pas la même chanson avec mon petit spécimen. Le fond de sa gorge émit des grognements, provenant pas loin du fond de ses entrailles, mais personne ne semblait s'en soucier. Du moins pas Karo. Je m'empressai de saisir Dino par la nuque et de le traîner vers le couloir. Une fois hors des parages, je l'aperçus recroquevillé sur son coussin dans le coin-cuisine, l'air terriblement soulagé.

« Bonjour Madame, nous sommes de la police. Auriez-vous appelé à propos d'une... découverte ? » Ce jeune policier qui tenait une plaque d'identité à la main avait clairement du mal à s'exprimer de manière aussi prévenante que possible. Pour tout ce qu'il en savait, je pouvais bien connaître le gars pendu là-bas, pas vrai ?

« Oui, c'est bien moi. D'après ce que m'a dit Torstein... » Je ne me souvenais tout à coup plus du nom de famille de Torstein. N'avait-il pas donné son nom de famille ? Bien sûr qu'il l'avait fait, mais tout était complètement vide dans ma tête à cet instant. « D'après ce que m'a dit Torstein, je dois vous montrer où l'homme est pendu ? »

Les deux policiers arborèrent un sourire, visiblement soulagés par mon calme apparent. J'attrapai mes bottes rembourrées en caoutchouc et constatai que je tenais toujours la clé à la main.

« Ce serait peut-être préférable de laisser le beagle à la maison ? intervint le maître-chien bien musclé, me dévisageant d'un œil inquiet.

— Oui, bien sûr. Il a déjà fait une longue promenade aujourd'hui, il va rester ici. »

Je verrouillai la porte à l'aide de mes doigts raides et engourdis avant de grimper vers la petite colline, accompagnée du berger allemand et des deux policiers. Ils parlèrent peu, mais me demandèrent à quel moment j'avais trouvé l'homme. Je répondis que cela devait faire environ une demi-heure maintenant et baissai la tête pour observer mes propres traces de pas dans la mousse tandis que je marchais. Cela me rappelait qu'il me faudrait penser à aller chercher un peu de mousse pour les décorations de Noël de cette année. En un rien de temps, la mousse allait geler et devenir une coquille dure. Il devient alors totalement impossible de la cueillir pour la transformer en quelque chose de joli. Les lutins en mousse brune perdent tout leur attrait, je m'en suis rendu compte.

Il ne me fallut pas longtemps pour atteindre une nouvelle fois le petit porche du chalet familial des Nilsen. Je fixai mon regard sur les marches. Certes, je me sentais plus hardie en présence des deux policiers, mais n'exagérons rien.

Karo reçut à nouveau l'ordre de s'asseoir, et l'un des policiers monta vers le porche tout en brandissant son téléphone. Je pris mon courage à deux mains et laissai mes yeux glisser doucement vers l'homme qui était toujours pendu là. Il était, comme je le pensais, impeccablement vêtu d'un costume tailleur, d'une chemise blanche et d'une discrète cravate en soie gris clair. Sa tête pendait de sorte que je ne pouvais pas voir les traits de son visage, mais je pouvais distinguer la corde serrée autour de son cou. Elle avait laissé une marque bleue et allongée sur sa peau.

Je me mis à frissonner, puis préférai à la place fixer les yeux sur le berger allemand haletant. Karo me dévisagea à son tour, secoua la tête et poussa un gémissement. Ensuite, il se rapprocha de moi et s'assit, comme pour être caressé. Je tendis la main pour l'enfoncer dans sa fourrure épaisse et dense. Karo vint se blottir contre mon genou, fermant les yeux en signe de bien-être. Il avait probablement compris qu'il était exempté de travail. Un chien intelligent.

« Cet homme est mort depuis plusieurs jours. »

L'un des policiers se tenait juste devant le cadavre, de sorte que je ne pouvais plus voir grand-chose du corps. Une chance, pensai-je.

« Vous le connaissez ? s'enquit-il en se tournant vers moi les yeux interrogateurs.

— Je... je ne pense pas. »

Soudain, je fus prise de nausée et de vertige à l'idée de ce que j'allais probablement devoir faire. Les genoux tremblants, je me laissai tomber accroupie. Karo émit un son plaintif et se fourra pesamment sur le côté de ma cuisse tandis que je m'asseyais par terre. L'air était chargé d'odeurs de fourrure de chien et de mousse humide. Les chaussures brillantes du cadavre se situaient quelque part devant et au-dessus de ma tête.

« Ce serait bien si vous pouviez jeter un œil pour nous, poursuivit le policier, me regardant par-dessus son épaule tandis qu'il enfilait de minces gants en caoutchouc. Il est en bon état. Il a fait plutôt frais la nuit ces derniers temps. Le gros de la chaleur estivale est passé. » Tout en parlant, il ramassa un objet sur le sol du porche, affichant un sourire triomphant. Un portefeuille.

« Regardez-moi ça. Peut-être que vous n'aurez pas à le regarder finalement. Il doit bien contenir des papiers ou quelque chose du genre, j'imagine. »

Il examina les différents compartiments du portefeuille. Il n'y en avait pas beaucoup, mais le policier semblait bien appliqué dans son travail, un homme consciencieux.

« Et voilà, nous avons probablement mis la main sur son identité. »

Il brandit une carte de visite et lança un bref regard vers son collègue et moi :
« Fridtjof Prebensen, avocat, Solli Plass, Oslo. Spécialiste des droits de propriété. »

Chapitre 3

Ce nom ne m'était pas inconnu. Pour qui aurait-il pu être inconnu ici à Ankerholmen ? Fridtjof Prebensen. Spécialiste des droits de propriété, évidemment... Cette question d'obligation de résidence avait accaparé la communauté locale durant toute l'année passée. Elle avait amené de bons voisins amateurs de vin rouge à s'agresser mutuellement par une nuit sombre et orageuse, ou encore des petites vieilles à s'injurier avec des mots qu'elles n'auraient auparavant rencontrés que dans des magazines douteux. Beaucoup avaient renoncé au clin d'œil amical qu'ils distribuaient jusque-là à tout va à l'épicerie, tandis que d'autres avaient passé leurs claires soirées d'été à rédiger de sournoises et anonymes lettres de menace.

En d'autres termes, cette question avait bien acidifié l'ensemble de la vie sur l'île et elle venait de ressurgir à un moment totalement inattendu pour tout le monde. Quelques propriétaires nouvellement installés et dotés d'un sens affûté pour la rentabilité immobilière avaient fait d'une cause perdue leur cheval de bataille. Ils avaient attiré du monde dans leur sillon, des candidats susceptibles d'être prêts à échanger leur logement. Soit pour quelque chose de plus central, soit pour quelque chose de plus petit, lorsqu'ils commençaient à prendre de l'âge. Cet été, ils s'étaient démenés pour intenter une action en justice contre la municipalité, laquelle considérait les opposants à l'obligation de résidence comme un petit caillou dans leur chaussure dont ils n'osaient pas s'affranchir. Un peu comme Gulliver lorsqu'il est fait prisonnier par les Lilliputiens.

Ankerholmen regorgeait de petites maisons idylliques typiques du sud de la Norvège, la plupart d'entre elles concentrées sur les versants sud et ouest de l'île. À une époque, les chalets étaient construits le plus loin possible de la petite zone d'exploitation industrielle ; cette aubaine a permis aux propriétaires de pouvoir désormais se prélasser là où le soleil couchant est le plus enivrant. Certaines de ces maisons n'avaient besoin d'être habitées que quelques semaines chaque été. Si les gens trouvaient le temps pour y faire un tour, bien sûr. Et pourquoi pas ? Avec un peu de bonne volonté, je pouvais personnellement concevoir qu'ils s'y plaisent.

Oskar ne jouissait pas d'une parcelle de plage, mais sa maison était proche de la mer. Depuis le deuxième étage de « notre » confortable maison de bord de mer ornée de panneaux en bois et de fenêtres à battants, je pouvais, par beau temps, apercevoir la mer derrière le toit du voisin. Tout de même, j'ai toujours trouvé cela agréable que quelqu'un habite les maisons voisines, et non qu'elles soient abandonnées en septembre et ouvertes pour Pâques. Ni Oskar ni moi ne nous étions impliqués dans cette question, mais nous avions naturellement suivi l'affaire.

Nos voisins, Elvira et Peder, détenaient le plus beau lopin de terre au monde sur le rivage. Orientés vers l'ouest, ils disposaient de 25 mètres de plage de sable, d'un ponton, de rochers et d'un hangar à bateaux. Elvira et Peder faisaient partie des résidents de longue date désireux de maintenir l'obligation de résidence. Ils approchaient de la fin de la soixantaine, soit à peu près le même âge que nos parents. Lorsque nous étions enfants, ils étaient tous les quatre de très bons amis. Avec le temps, les différences entre eux se sont progressivement accentuées. Tandis qu'Elvira et Peder sont restés sur l'île, se sont intégrés dans la communauté locale et ont tempéré leur envie de cultiver des herbes exotiques, nos parents ont déménagé à Langeland au Danemark. Il s'agit d'un endroit paumé laxiste où ils pouvaient vivre pleinement leur rêve hippie. De absolument toutes les manières possibles. Parfois, je ne savais carrément pas s'ils étaient toujours ensemble. Cependant, tout laissait à penser que c'était bien le cas.

Elvira et Peder travaillaient tous deux à domicile et avaient mené une vie sans contrainte d'aussi loin que je me souvienne. Elvira était céramiste et Peder comptable indépendant. Il avait auparavant exercé comme conférencier à l'école Steiner, mais il se concentrait à présent sur la recherche généalogique, la pêche amateur, la culture de plantes aromatiques, ainsi que sur la gestion comptable mentionnée précédemment. Assis à la petite table de cuisine blanche d'Elvira, Oskar et moi avions déblatéré sur l'obligation de résidence et sur tout autre sujet imaginable avec Elvira et Peder autour d'un certain nombre de tasses de café serré. De temps en temps, il arrivait aussi que nous prenions un verre de vin. Elvira et Peder étaient amateurs de bon vin. Ils appréciaient également bien d'autres choses. L'odeur suspendue parfois dans l'air en entrant dans la cuisine, je ne leur en avais jamais demandé l'origine. Hippie un jour, hippie toujours...

Revenons à nos moutons, Fridtjof Prebensen incarnait la crème des avocats opposés à l'obligation de résidence, débarqué de la capitale. Ou encore leur lobbyiste engagé dans la communauté locale, si vous préférez. Durant l'été, il avait été repéré à plusieurs reprises à proximité du charmant ponton orienté ouest du maire, souvent chargé de somptueux bouquets de fleurs ou de beaux paquets cadeaux d'une forme sans équivoque, suggérant un contenu exorbitant. De fait, Peder était quelques fois venu le trouver. Il avait alors caché nonchalamment son cadeau derrière son dos, ne se souciant visiblement pas de ce que les gens puissent dire. Si vous vous placez au-dessus des gens ordinaires, pourquoi ne serait-ce pas le cas.

Quand il ne se prélassait pas sur le flybridge du maire, on pouvait souvent l'apercevoir se pavaner autour de l'hôtel du Port. Il rencontrait beaucoup de monde là-bas. Dont moi, d'ailleurs. Chaque fois que je le voyais, il parlait au téléphone et semblait sérieusement occupé. Je lui avais décoché un signe de tête à plusieurs reprises, mais je semblais invisible dans son regard vitreux, c'est pourquoi j'avais arrêté de le faire en juin dernier. Il n'était probablement pas intéressé par autre chose que son affaire, je me souviens d'avoir pensé cela. Je l'avais revu de temps à autre à l'hôtel également par la suite, mais comme on ne savait toujours pas la position qui allait être adoptée par la municipalité, ni si une décision judiciaire allait tomber, ses apparitions s'étaient faites plus rares ces dernières semaines. Ce qu'il était venu faire ici en cette fin de septembre, je n'en avais aucune idée. Il semblait encore plus mystérieux qu'il soit allé dans les bois, à bonne distance de l'hôtel, et ce sur un vélo vert.

La dernière fois que j'avais vu Prebensen, il était confortablement assis au volant d'un SUV rouge bordeaux. Une Lexus RX avec intérieur en cuir, moteur essence turbocompressé et ce genre de jantes qui me plaisaient tant. Il s'agit de celles avec beaucoup de rayons, si vous voyez ce que je veux dire. Contrairement à beaucoup de personnes du même sexe que moi, je m'intéressais pas mal aux voitures. J'entends par là le côté esthétique des voitures. S'il s'agissait de pistons ou de circuits hydrauliques, c'était au tour de mes yeux de devenir vitreux. Cela me captivait encore moins que les citations bibliques, si je puis dire.

Quoi qu'il en soit, que Fridtjof Prebensen passe du Lexus rouge au vert... était-ce un vélo d'une marque de luxe ? Cela semblait très peu probable. À moins qu'il ne se soit vraiment mis en tête qu'il avait besoin de davantage d'exercice. C'était devenu relativement courant chez les hommes arrivés à la cinquantaine. À en juger par le vélo, cependant, il n'était pas un grand athlète. Mais qu'est-ce qu'il fabriquait par ici ? Et pourquoi s'était-il pendu ? Je me demandais surtout pourquoi il était en ce moment accroché au porche et se balançait doucement dans la brise. Le succès transparaissait clairement de cet homme, du moins d'après ce que j'avais pu constater les fois où j'étais passée près de lui, lorsqu'il était encore en vie.

C'était devenu très rare au fil des ans, cette sensation que je n'avais plus ressentie depuis mon dernier travail lorsqu'un événement inattendu était survenu. Je savais ce que cela signifiait : ma curiosité était éveillée, et une fois que c'était le cas, peu de gens pouvaient m'arrêter.

« Les voilà. »

Avais-je perçu un ton de mise en garde dans la voix du maitre-chien ? Mon regard fut pleinement attiré du côté de la clairière.

« Ah oui, voici le chef et nos coéquipiers. » L'autre policier tournait le dos.

Trois hommes s'approchèrent. L'homme qui se nommait « le

chef » affichait une posture rigide et un pas décidé, mais ses joues étaient rouges d'avoir gravi la petite colline. Un léger ventre s'aventurait au-delà de la boucle de sa ceinture, mais ses jambes semblaient aussi fines que des allumettes sous son jean Dressmann bon marché. J'avoue que j'avais acheté tellement de vêtements pour garçon et homme ces dernières années que j'avais une bonne idée des magasins d'où venaient la plupart des vêtements. Je restais néanmoins décontenancée par le pull-over. Il était si criard qu'il détonnait avec la paisible forêt verdoyante. J'étais au fond de moi soulagée de ne pas connaître l'enseigne. En tout cas, l'homme ne redoutait pas le rose vif, ni l'orange. Il baissait les yeux en marchant, il est vrai que le sol pouvait être perfidement rempli de trous par ici. Tandis qu'il s'approchait, son crâne lisse luisait comme une flaque d'eau calme dans le soleil levant.

Les deux policiers s'arrêtèrent et attendirent les trois autres. Il me semblait qu'ils attendaient des ordres. Karo poussa un profond soupir et posa lourdement sa tête sur la mousse douce.

« Bonjour, bonjour. Qu'avons-nous là ? De quoi s'agit-il ? » Le chef hocha la tête et jeta un regard scrutateur en ma direction tout en se dirigeant vers nous. Pour les deux autres nouveaux arrivants, je ne méritais pas un coup d'œil, ils commencèrent immédiatement à enfiler une fine salopette blanche. Ils avaient tous deux l'air persévérants et déterminés, et l'un d'eux sortit un énorme appareil photo professionnel. Le chef se tourna brusquement à nouveau vers moi, plus brusquement que son physique ne suggérait le permettre, et tendit la main pour me saluer.

« Je m'appelle Karlsen. Lieutenant Evert Karlsen. »

Oh, non, pensai-je. Encore un qui doit répéter tout ce qu'il dit deux fois... Je me levai pour lui tendre la main. Il la saisit d'une poigne molle et humide. Des pellicules reposaient sur ses épaules rose vif, en une fine couche que la brise était prête à souffler sur moi. Je frissonnai, encore plus qu'en découvrant le corps pour ainsi dire.

« Olivia Oli... » Soudain, je faillis rire, probablement au bord de l'hystérie, mais j'étais sur le point de prononcer mon nom deux fois. Je devais faire attention, au moins jusqu'à ce que je découvre de quel genre d'homme il s'agissait. J'avais un pressentiment.

« Est-ce vous qui l'avez trouvé ? » Evert Karlsen me posa la question tout en s'approchant du corps, le scrutant d'un air investigateur et reniflant presque en l'air. Il revint vers moi tandis que les personnes que je comprenais maintenant être l'expert et un photographe judiciaire, sans un mot, se frayèrent une place sous le porche. Evert Karlsen retroussa son pantalon d'une façon masculine, puis il se pencha pour caresser Karo derrière l'oreille. Ses chaussettes de tennis blanches piquaient les yeux face au sol verdoyant.

« Oui... je l'ai vu en promenant mon chien, Dino. Nous nous sommes tout de suite précipités à la maison et je vous ai appelés dès que j'ai pu.

— Oh, vraiment... Ce type, là, il est mort depuis longtemps. Ce n'était pas si urgent. Pas à ce point, non. »

Evert, permettez-moi de l'appeler comme cela par souci de simplicité, partit dans un rire hennissant. On aurait dit un bouillonnement émanant de l'abdomen et venant se dissoudre dans la cavité buccale. Je ne pensais pas que ce puisse être aussi hilarant que ce gars soit bel et bien mort, mais il s'agissait vraisemblablement ici d'une touche d'humour policier dont j'eus un bref aperçu. Je devais le considérer comme une initiation.

« Non, je me suis un peu faite la même réflexion, répondis-je un peu hésitante. Vous savez qui est cet homme, n'est-ce pas ?

— Non... Fridtjof Prebensen, avocat, Oslo... Savez-vous quelque chose de plus à son sujet ? » Le regard d'Evert trahissait à la fois de l'intérêt et de la rigueur. Dans celui des deux autres policiers également, à vrai dire. Six yeux me scrutaient avec intérêt. Les quatre autres s'affairaient à leur tâche.

« Il était avocat pour les opposants à l'obligation de résidence ici sur l'île. Il a passé beaucoup de temps ici cet été. Je ne le connaissais pas, mais j'ai lu des articles à son sujet dans le journal local et je l'ai aperçu ici et là.

— L'obligation de résidence, ah oui, un sujet bien suffisant pour rendre les gens dépressifs. » Encore une fois, ce rire hennissant, mais il transparaissait une touche de professionnalisme dans la façon dont Evert se déplaçait et observait les environs. Il donnait l'impression de scanner les choses avec ses yeux.

« Je n'ai aucune idée de ce qu'il faisait ici à présent, l'affaire a été ajournée d'après ce que j'ai compris. Et pourquoi est-il venu sur un vélo vert ? » Cette dernière question, je me l'étais plutôt posée à moi-même. Avec une certaine agitation, je remarquai que les pellicules sur le pull d'Evert avaient disparu.

« Un vélo vert ? » Evert interrogeait ses collègues un par un du regard.

Les deux policiers braquèrent les yeux sur moi, puis sur Evert. Je remarquai alors la différence de hauteur entre les deux. Le maître-chien était grand et mince, naturellement, il devait faire beaucoup de promenades avec Karo. L'autre était petit et corpulent, peut-être existait-il aussi une raison naturelle à cela. Beaucoup de fast-food et de gardes de nuit, j'imagine. Les deux expliquèrent du mieux qu'ils purent le vélo vert que j'avais trouvé.

« D'accord... En tout cas, il n'y a rien d'autre ici que le portefeuille. Le portefeuille, oui. » Evert ramassa soigneusement la pochette en plastique transparente dans laquelle le portefeuille de Fridtjof Prebensen avait été placé. Ses doigts étaient plutôt gros, avec un renfoncement à son annulaire droit. Divorcé, pensai-je à cette vue. « Peut-être que Prebensen séjournait à l'hôtel du Port et aura laissé une lettre là-bas. Espérons-le.

— Nous avons appelé les ambulanciers. Ils devraient déjà être là, d'ailleurs. » Le maître-chien se redressa et scruta du regard, comme si cela allait faire arriver l'ambulance plus rapidement. Les seuls bruits à l'horizon restaient les clics de l'appareil photo et Karo qui soupirait de contentement.

« Accident routier dans le tunnel de la ville. Seulement deux ambulances en service, pont levé et bouchon à Bryggerijordet » rapporta Evert de manière concise et professionnelle.

Je restais plantée là à regarder les policiers l'un après l'autre. Ne trouvaient-ils pas cela étrange qu'un avocat de renom soit retrouvé pendu dans les bois sur l'île, visiblement arrivé ici par ses propres moyens sur un vélo vert et sans aucune lettre d'adieu dans la poche ? Apparemment non. Le raisonnement m'écorchait les yeux et les oreilles. Le nez également, à vrai dire, car je venais juste de m'apercevoir de l'odeur désagréable que dégageait le cadavre. Je tirai le col de mon pull autant que possible sur ma bouche et respirai à travers. Ce pull en laine grattait, mais c'était toujours mieux que les effluves qui se dégageaient maintenant, analogues à une crème pâtissière rance et aigre, depuis l'escalier du porche.

Tout à coup, le clic de l'appareil photo prit également fin. Les deux hommes en combinaison blanche tenaient Fridtjof Prebensen le plus fermement possible, tandis qu'un autre s'attelait à couper la corde à laquelle il était accroché. La prise dans les avant-bras devait être douloureuse, pensa mon cerveau quelque peu embrumé. Je me souvins alors que, selon toute apparence, Fridtjof Prebensen était dans l'incapacité de ressentir quoi que ce fut. Tant mieux pour lui. Les deux policiers silencieux lâchèrent prise lorsque le corps se retrouva à quelques centimètres du sol, et Prebensen s'effondra comme un tas de chiffons amorphe sous le porche. Combien de temps pend un corps avant de devenir aussi flasque ? Je l'ignorais. J'avais entendu parler de la rigidité des cadavres et lu pas mal de polars, mais je ne parvenais point à me souvenir à quel moment les corps devenaient rigides et quand ils se ramollissaient à nouveau.

Je me laissai porter par mes propres pensées pendant un petit moment, jusqu'à ce que mon intuition prenne le dessus. Elle m'avait bien aidée par le passé, alors pourquoi pas maintenant ? Je savais que l'ambulance allait bientôt arriver, bouchon ou pas bouchon, pont levé ou non. Si je voulais voir Fridtjof Prebensen, c'était le moment ou jamais. Il était aussi important d'agir avant que mon courage ne me fasse défaut.

« Est-ce que je peux ? Le regarder ? » J'avançai mon pied sur la marche du bas avant de leur laisser une chance de me répondre.

« Je vous en prie… si vous êtes sûre que c'est ce que vous voulez ? »

Evert me dévisageait avec scepticisme. Il s'approcha d'un pas, prêt à secourir une pauvre dame en détresse, une dame qui dans son esprit allait très certainement s'effondrer dans ses bras chevaleresques. N'y pense même pas, me dis-je.

Ce que je vis en premier, ce fut ses mains. Naturellement, elles étaient allongées sur le côté et atteignaient mon champ de vision bien avant la tête et le torse. Ses ongles étaient bien soignés et il portait une alliance en or à son annulaire droit. Une femme et probablement des enfants, donc. Je fronçai les sourcils et sentis mon scepticisme prendre de l'ampleur. Quelque chose clochait totalement avec la tenue et les ongles manucurés. Les mains. Elles étaient pleines de blessures et d'entailles au niveau de la peau des phalanges. Certes, nous nous trouvions dans les bois, mais ce n'était quand même pas tout à fait la nature sauvage. Il n'y avait pas non plus besoin d'être un grand alpiniste pour monter ici. C'était comme si ses phalanges avaient gratté sur une surface inégale ou s'il avait frappé fort contre quelque chose. Mais qu'est-ce que j'en savais, je n'étais pas une experte en médecine légale. Ce que je comprenais néanmoins, c'est que les marques n'avaient pas été façonnées dans un salon de manucure. Je secouai la tête et levai les yeux plus haut.

La bouche de Prebensen gisait à moitié ouverte, affichant un sourire glaçant. La couleur de sa peau semblait un peu étrange, mais certainement non inhabituelle pour un homme mort depuis trois jours. Il était à la fois blanc et jaune, parsemé de quelques taches violacées ici et là. Ses cheveux étaient bien soignés et récemment coupés, le peu qu'il lui en restait, et sa peau semblait lisse et bien entretenue. Je l'observais d'aussi près que le sentiment de honte me le permettait. Malgré tout, il paraissait probablement assez suspect qu'une profane considère un cadavre avec trop d'intérêt. On peut vous accuser pour un rien, selon ce que j'avais pu lire. Ses yeux fixaient le vide et se brouillaient dans ce qui devait probablement être l'éternité. J'essayais d'éviter précisément cette partie de son visage.

De face, son crâne ressemblait à un œuf de Pâques bien poli, arrondi et... mais attendez, qu'était-ce donc ? Je me penchai vers Fridtjof Prebensen avec curiosité. Je plissai les yeux, j'avais en effet oublié mes lunettes sur la table de la cuisine dans toute cette confusion. J'étais myope, assez étonnant pour quelqu'un de mon âge, et allai certainement devoir porter des lunettes progressives très bientôt. La myopie ne s'arrange pas en devenant hypermétrope avec l'âge, malheureusement. J'examinai la tête de Prebensen aussi minutieusement que possible. Derrière moi régnait un silence total parmi les policiers. J'avoue que je me demandais moi-même ce qui faisait qu'une femme d'une visiblement bonne éducation, avec un mode de vie sain et une expérience certaine, puisse s'intéresser autant à un cadavre bel et bien pendu. Mon exploration me confirma que je ne me trompais pas.

« Oui, c'est bien Fridtjof Prebensen. » Je me raclais la gorge comme pour éclaircir ma voix, mais il s'agissait en réalité d'une pause théâtrale bien orchestrée. « Vous avez remarqué qu'il a une grosse bosse à la tête ? avisai-je, tout en sentant le groupe de policiers se rapprocher. D'ailleurs, il s'est égratigné les phalanges ? »

L'atmosphère devint on ne peut plus silencieuse encore derrière moi. Même Karo s'arrêta de haleter. Evert monta deux marches de l'escalier et se plaça à mes côtés. Il enfila une nouvelle paire de gants jetables et tourna délicatement la tête du cadavre. La bosse devint alors encore plus visible pour tout le monde. Elle était parfaitement arrondie, violacée et avec une plaie relativement petite au centre. Elle se situait sur le côté de sa tête, et à la décharge de la police, elle n'était pas facile à déceler à première vue.

« Il va falloir encore un bout de temps avant que mon dîner instantané n'arrive au micro-ondes » soupira Evert tout en inclinant la tête vers le cadavre. Celle-ci glissa sur le côté de sorte que sa bouche s'ouvrit largement. La coupe était pleine, j'en avais suffisamment vu de Fridtjof Prebensen.

Chapitre 4

Bien vite, la forêt vint à bourdonner de policiers, de camarades de Karo, de photographes, de médecins et d'experts judiciaires. Tous affichaient une attitude sérieuse et concentrée. En fait, à vrai dire, il n'y avait probablement qu'un seul spécimen de chaque sorte, photographe et médecin, mais en tout cas il n'y avait jamais eu autant de monde auprès du chalet des Nilsen depuis pas mal d'années. Les Nilsen n'étaient pas une grande famille et d'ailleurs plutôt en retrait, ou encore particuliers et antisociaux pour le dire autrement. Pour prendre ses photos, le photographe passait de la position debout, à assis, à coucher, sa zone d'intervention s'étant élargie suite à la découverte de la bosse à la tête de Prebensen. Le médecin se penchait, s'accroupissait et examinait le corps d'une manière me forçant à me détourner. Evert Karlsen s'entretenait tour à tour au téléphone, avec le médecin légiste et avec les policiers autour de lui. J'étais élégamment ignorée, mais rien ne s'avérait aussi propice à ma réflexion mentale que de paraître aussi peu visible et insignifiante. Hélas, ce ne fut que pour une courte durée.

« Connaissez-vous la famille Nilsen ? Les propriétaires du chalet ? » Evert venait de s'enfoncer dans la mousse à côté de moi. Il avait une haleine tout droit sortie d'un autre monde. Un monde souterrain, de toute évidence.

« Il y a connaître et connaître... Oui, je les salue en été et je les croise de temps à autre en me promenant. Ils passent beaucoup de temps sur leur bateau, lui répondis-je à moitié tournée, ce qu'il prit peut-être pour de l'impolitesse.

— En effet... en effet... répliqua-t-il en se frottant la tête là où se trouvaient probablement des cheveux il y a quelques années.

Apparemment, ils sont en vacances au Mexique. C'est très difficile de les avoir au téléphone, parce qu'ils sont partis en excursion au Machu... Macho... bon, vers des certaines ruines, mais on leur a laissé un message pour qu'ils nous rappellent. Ils vont appeler.

— Alors ce n'est vraiment pas leur faute. » Je ne pris pas la peine de commenter que le Machu Picchu représentait une ruine raisonnablement réputée. Un lieutenant du Vestfold n'avait probablement pas besoin de ce genre d'expertise.

« Oui, on ne sait même pas s'ils connaissent Prebensen. En attendant, le mystère reste entier. Totalement entier, déclara-t-il en se relevant dans un bruit de craquement d'articulations. Je pense que vous devriez rentrer chez vous à présent et nous vous recontacterons plus tard dans la journée.

— Savez-vous où j'habite ? répliquai-je en fronçant les sourcils. C'est juste en bas de cette colline. »

Evert resta planté avec ses mains derrière le dos et me dévisagea rapidement. Il hocha la tête. Puis il fit un geste de gentleman que je n'aurais vraiment pas attendu de sa part, il me tendit la main pour m'aider à me relever. J'avoue m'être souvent trompée sur de telles personnes à première vue. J'attrapai sans attendre sa main, spongieuse hélas, mais c'était toujours mieux que d'enfoncer ma main dans la mousse humide, et nous nous relevâmes dans un effort conjoint. J'aurais juré que mon corps s'était alourdi par rapport au moment où j'avais gravi la colline le matin même. L'arrière de mon pantalon était mouillé. Trempé, pour être tout à fait précise. Je me demandai aussitôt comment j'allais descendre la colline sans que personne d'autre ne s'en aperçoive, puis il me vint à l'esprit qu'ils seraient sans doute absorbés par autre chose que l'arrière de mon pantalon.

« Oui bien sûr, je sais où vous habitez. Si ce n'est pas moi qui appelle, ce sera une autre personne de notre équipe. Vous pouvez y compter. » Evert était déjà en train de s'éloigner quand il en vint à prononcer « y compter ».

Je fis quelques pas à reculons, assez discrètement sur le côté, jusqu'à ce que j'atteigne les petits sapins. Une femme dans la fleur de l'âge se doit de ne pas être vue avec un derrière de pantalon mouillé. Le chalet disparut progressivement de mon champ de vision au fur et à mesure que je descendais. Les seuls sons perceptibles restaient les clics de l'appareil photo et le bruissement des sacs en plastique en train d'être fermés. J'étais à deux doigts de m'enthousiasmer à l'idée d'un vrai mystère.

Oskar tenait la clé dans la serrure avec sa main sur la poignée de la porte lorsque j'arrivai à la maison.

L'été dernier, il avait changé la poignée en laiton pour de l'acier brossé. L'ancienne avait œuvré tout au long de la vie de notre tante et avait atteint l'âge de la retraite. Les mains fermes et bronzées d'Oskar lâchèrent prise et se dirigèrent vers moi. En un seul long pas, il se tenait à mes côtés, levant ses mêmes mains vers mes épaules. Elles m'atteignirent et m'enlacèrent, juste avec la bonne intensité. Il me sonda de ses yeux bleus, remplis d'affection.

« Comment vas-tu ? Que s'est-il passé ? J'ai aperçu plusieurs voitures de police sur le chemin du retour et la route est bloquée vers le chemin des Nilsen. L'homme que tu as trouvé... j'espère que ce n'est pas Per ? » Je sentais qu'il était stressé, d'une façon inhabituelle pour lui d'être stressé.

Cela faisait beaucoup de questions à la fois et je ne parvins qu'à lui faire un signe de tête négatif. Subitement, je me sentis complètement vidée de mon énergie habituelle. Par chance, ce n'était pas Per Nilsen qui était pendu là-bas. Oskar discutait souvent avec lui pendant les mois d'été, Oskar connaissait en fait la famille du chalet bien mieux que moi.

« Non, ce n'était pas Per. Dieu soit loué. La police va probablement aussi te contacter, d'ailleurs. Ils semblaient vouloir en savoir plus sur Per et sa femme.

— Chaque chose en son temps. Pour l'instant, c'est toi la priorité et je sais exactement ce dont tu as besoin, déclara Oskar en me frictionnant le bras avant de se diriger vers la maison. Tu as besoin d'un bon verre de vin rouge au bord du bassin. » Sans me regarder, il affichait un petit sourire en coin.

J'étais disposée à me laisser faire. C'était tout à fait propice que quelqu'un me dise ce dont j'avais besoin et ce dont je n'avais pas besoin à ce moment-là. Un verre de vin au bord du bassin, c'était plutôt tentant. Je pouvais imaginer une situation bien pire, comme par exemple découvrir un autre corps. Quand j'y réfléchis, je pouvais certes imaginer encore mieux, comme un verre de vin blanc frais en face du Panthéon à Rome ou encore un café serré sur la terrasse de toit de l'appartement où Erik et moi avions vécu juste en contrebas de la Piazza di Spagna. Celui avec des peintures de chérubins au plafond, des citronniers dans des pots géants en terre cuite et des chaises de créateurs en peau de léopard dans les couloirs. Ou encore sous cette pergola en Toscane, tandis que des lézards musardaient sur les murs de pierre et que les enfants s'amusaient dans la piscine – des moments innombrables. Les garçons, c'est-à-dire mes fils, et moi étions devenus des habitués, voir possiblement pourris gâtés, après toutes ces années d'ambassade.

C'est près de la Fontaine des Tortues dans le quartier juif de Rome que la vie d'ambassade s'était brusquement terminée pour les garçons et moi. Paradoxalement, il s'agissait d'une magnifique soirée, étonnamment chaude pour un mois d'octobre. Les gens s'asseyaient dehors ou se promenaient le long des allées, avec l'empreinte d'un été chaud dans le regard.

« C'est un excellent Chardonnay. » Je me souviens encore de mes mots exacts en passant mon bras sous celui d'Erik d'une manière familière.

« Oui, n'est-ce pas ? » Il s'était arrêté devant la fontaine et l'observait attentivement avec les sourcils tendus.

« Peut-être devrions-nous passer une semaine en France cet été ? Une sorte de visite œnologique ? Ce ne serait après tout qu'une petite escapade là-bas. Ou préférerais-tu plutôt rentrer en Norvège ? Nous pourrions louer un chalet sur l'île de Tjøme et...

— J'ai quelque chose à te dire. » Erik ne me regardait toujours pas et je compris subitement que quelque chose clochait. Il avait rarement à me dire quoi que ce soit. Je me tenais entre lui et les ravissants adonis portant les coquillages de la fontaine.

Erik m'avait alors servi les nouvelles concernant la secrétaire pulpeuse, d'une manière aussi lente et hésitante que le déplacement d'une tortue. Je savais qu'il se passait quelque chose avec elle, mais comme tant de fois auparavant, j'espérais que cela passerait si je faisais comme si de rien n'était. Cette fois-ci non. Erik aurait pu au moins épargner le coûteux Chardonnay qu'il avait commandé pour le dîner. Je le vomis dans la belle fontaine tout en reniflant et en sanglotant. Strictement parlant, il n'avait pas les moyens non plus de se permettre ce vin, mais je ne le savais pas à l'époque.

Les gens nous regardaient fixement, mais je m'en fichais éperdument. C'était d'ailleurs dommage que je n'aie pas atteint ses chaussures éclatantes. J'aurais dû les prendre pour cible, mais c'est facile de réécrire l'histoire après coup. Aucun doute que ma mère aurait applaudi si j'avais vandalisé ses chaussures, j'en suis certaine.

Ni ma mère ni mon père n'avaient jamais accepté que leur fille ait épousé un diplomate. Ils avaient espéré un musicien, au pire des cas un acupuncteur ou un agriculteur écologique, mais certainement rien d'aussi tape-à-l'œil ni de haut placé qu'un employé des Affaires étrangères. Ni Oskar ni moi ne les rencontrions bien souvent, car ils vivaient, comme déjà mentionné, au Danemark. Ils appartenaient à une sorte de collectif agricole. Ils y sont toujours, croyez-le ou non. Mon père est musicien et écrit de la musique d'ambiance planante pour des programmes de méditation. Ma mère cultive des herbes et s'implique dans le théâtre bénévole local. Pendant un certain temps, elle vendait des mélanges à base de plantes et de l'artisanat local dans un petit village de Langeland. Le magasin était une espèce d'ouverture dans le mur avec un nom bizarre « Kludegugge ». Probablement et j'ose l'espérer qu'il sonne mieux en danois qu'en norvégien. Aux dernières nouvelles, elle travaillait sur un projet de livre traitant des herbes biologiques. C'est sans conteste de notre père qu'Oskar a hérité son intérêt pour la musique, même s'il penche pour du un peu plus électrique que notre père, qui lui préfère gratter sa vieille guitare acoustique fissurée.

Il va sans dire que le couple hippie avant-gardiste du coin n'appréciait pas que leur fille s'engage sur le chemin qu'elle avait choisi. Ce n'est que ces dernières années que nous avions repris une relation assez décente, grâce à cet Erik détesté et méprisé hors de notre vue. Il était blâmé de m'avoir conduite sur ce qu'ils pensaient être une mauvaise pente ; alors que j'avais honte de mes parents atypiques. Du moins, c'était ainsi lorsque j'étais plus jeune, mais même Olivia Henriksen s'était adoucie au fil des ans. En réalité, je les appelle souvent, parce qu'ils se soucient et sont très préoccupés par leurs petits-enfants, Felix et Kasper. À ma grande surprise, nous avions passé un très bon moment quand je leur avais rendu visite l'été dernier, il faut dire qu'ils s'étaient aussi un peu calmés.

Rétrospectivement, ma mère avait eu raison dans bon nombre de ses réflexions sur Erik, mais jamais au monde je ne voudrais l'avouer à qui que ce soit. Encore moins à elle.

Je le répète, j'aurais dû vomir sur Erik. Pour le moins, je l'avais insulté. Dieu sait qu'il le méritait. C'était sur l'une des coquilles aux formes magnifiques de la Fontaine des Tortues où fut déversée le plus de bile. La plupart de la bile s'accompagnait de vin et d'ail. Pendant des années après, je ne pouvais pas penser à une tortue sans l'associer à Erik ou à quelque chose de désagréable. Ni à des adonis non plus, d'ailleurs. Erik était lui-même beau comme un adonis et cela avait scellé mon destin. Il faut espérer que je sois devenue plus raisonnable au fil des ans.

Le lendemain de l'épisode à la Fontaine des Tortues, j'avais pris l'avion sur Alitalia en classe éco, retour à Oslo. Je me lançai dans le bilan de ma vie en cours de route. À l'âge de 18 ans, j'avais fait ma valise sur un coup de tête et pour moi, le monde ressemblait à un énorme étal de bonbons. Je n'aurais jamais pu imaginer devenir une femme mariée pendant plus de 20 ans. Soit près de la moitié de ma vie, à dire vrai. Je frissonnai à cette idée. Ce qui m'attendait à Oslo s'avérait démoralisant. Une combinaison de fils grincheux, d'hôtesses de l'air qui ressemblaient à s'y méprendre à la secrétaire de Rome et une journée pluvieuse d'octobre n'étaient pas exactement ce dont j'avais besoin. Le cahotement du train n'avait rien d'excitant sur la ligne Vestfold tandis que mes minces espoirs se limitaient à un petit appartement en centre-ville et un emploi peu probable. Qu'Erik avait spéculé nos économies dans des actions, je ne le découvris qu'une semaine plus tard. C'est ainsi que je m'étais retrouvée dans une détresse financière. Dotée de la modique pension alimentaire que j'allais recevoir de mon ex bien-aimé, je devais à présent trouver un emploi.

Par chance, tout était rentré dans l'ordre avec ce travail dans la boutique de fleurs, mais ce fut brusquement la fin du champagne et du homard servis dans des salons baroques à haut plafond. J'eus du mal pendant plusieurs années, en réalité, surtout après que les garçons eurent atteint leurs 18 ans et que les obligations d'Erik prirent ainsi fin.

Mon travail dans la boutique de fleurs, les allocations sociales, l'offre de logement d'Oskar et un dédommagement inattendu d'Erik permirent de me sauver d'une misère totale. Mais je n'avais aucune idée de tout ceci lorsque nous débarquèrent de Rome et que le vieux train toujours bondé à Sande s'arrêta pour laisser passer sur le rail unique un train venant en sens inverse.

Ce qui était étrange, c'était que maintenant, Erik et moi étions meilleurs amis que nous ne l'avions jamais été. Les choses avaient un peu évolué lorsque j'avais appris que la donna avec laquelle il s'était marié n'était pas si facile à vivre. À présent, je parvenais parfois à me sentir un peu désolée pour lui, je connaissais bien son train de vie et son travail, pour le meilleur ou pour le pire. D'ailleurs, je m'étais bien habituée à ma nouvelle vie, sans homme. J'avais même dû apprendre à payer les factures, pour la première fois depuis mon mariage. C'était une bonne chose.

Bref, revenons à nos moutons. De l'Italie au bassin aux nénuphars d'Ankerholmen. Je m'enfonçai dans le rotin synthétique et comptai les rainures dans le verre tout en réfléchissant. Oskar s'assit de profil face à moi. Je constatai une fois de plus qu'il tenait du côté paternel de la famille. Il possédait un nez qui illustrait ma fascination pour l'Italie, à la fois romain et aristocratique. Heureusement, mes fils avaient aussi hérité du nez de mon père, mais j'avais manqué mon tour. J'étais moi-même équipée d'une variante un peu plus aplatie que j'avais plus d'une fois souhaité pouvoir changer sur un coup de tête. Cependant, j'avais tellement peur des aiguilles et des médecins que je n'avais jamais envisagé le moindre ajustement de ce profil nasal. Oskar était grand, tout comme moi, et ses cheveux tournaient toujours à l'auburn, d'une bonne épaisseur. Il avait été chanceux pour ainsi dire. Pas à cet égard, un peu de cheveux clairsemés pouvait apporter aux hommes une dignité formidable, selon moi. Peut-être exception faite d'Evert Karlsen...

Parmi les qualités les plus importantes d'Oskar, on dénombrait une honnêteté et une gentillesse omniprésentes. Je savais qu'il était plus honnête et gentil que moi, qu'il ne s'écartait pas du droit chemin pour un petit mensonge, ni pour prendre quelques petits raccourcis. Non, Oskar avait pris en compte toutes les éventualités et examiné la situation sous de nombreux angles. Tous les angles, en réalité. Cela aurait pu être horriblement ennuyeux pour une personne impulsive comme moi, mais cela avait bien servi pour cohabiter ensemble il faut l'avouer. Nous pouvions nous asseoir tous les deux et passer la nuit à refaire le monde, si l'on peut dire. Nous avions toujours fait cela depuis notre enfance. Le fait de pouvoir tous deux déceler de l'humour ici et là constituait une raison de plus pour laquelle nous nous entendions si bien.

« Qu'est-ce que tu fixes comme ça ? lança brusquement Oskar à mon attention.

— Ce que je fixe ? Je ne fixe rien de spécial... » Je n'en avais pas conscience, mais il avait certainement raison. De manière agaçante, Oskar avait souvent raison. J'avalai une gorgée de mon verre de vin, un verre épais destiné à un usage en extérieur, le reposai sur la table en bois, puis me lançai.

Pendant que je parlais et qu'Oskar me posait quelques questions ou acquiesçait légèrement pour montrer qu'il suivait, j'observais le jardin. C'était l'une des motivations m'ayant permis d'endurer le quotidien après que la boutique de fleurs eut dû mettre la clé sous la porte. Je commençais au printemps avec un râteau et une pelle, je passais une grande partie de l'été à genoux à combattre les mauvaises herbes et je finissais à l'automne à entasser des sacs remplis de feuilles. Je passais l'hiver avec des livres de jardinage et des catalogues de semences, rêvant de ce à quoi le jardin ressemblerait l'été suivant. Bien évidemment, il n'était jamais semblable aux magnifiques illustrations, mais les jardins anglais que l'on trouve dans les livres sont toujours très raffinés. Des livres que j'avais traînés avec moi depuis le rayon jardinage de la librairie Foyles de Londres et dont j'avais payé à contrecœur pour le surpoids lors du vol de retour. Ils reposaient à présent sur mon étagère, au beau milieu des livres de jardinage, rendant les froides journées d'hiver un peu moins monotones.

J'étais très fière de ma serre : modèle victorien, achetée en partie grâce à l'argent de dédommagement susmentionné qu'Erik m'avait consciencieusement fait parvenir quelques années après le divorce. Un heureux hasard sur le marché boursier, probablement. Il me restait encore une partie de la somme à la banque, bien en sécurité dans l'éventualité de périodes difficiles. Des coups durs étaient déjà survenus à plusieurs reprises.

La serre avait été installée avec l'aide et la bénédiction d'Oskar, et j'y cultivais là des tomates cerises, du piment, des concombres, ainsi que des géraniums. Je l'avais agrémentée par ailleurs de deux fauteuils en osier, d'une petite machine à café et d'oreillers moelleux. Je m'y rendais rarement sans un livre. En été, mon aristoloche grimpante étalait ses feuilles arrondies sur les vitres, créant un toit vert quasi tropical au-dessus de ma tête.

Le jardin aromatique situé à côté de la serre était entouré d'une haie de buis basse et bien soignée. Probablement le seul élément soigné de tout mon jardin, je dois admettre que je préfère le chaos à l'ordre. Les plantes aromatiques à l'arrière de la haie étaient autorisées à s'accrocher dessus, comme bon leur semblait, et la plupart ne se gênaient pas. Cette année-là, je disposais notamment d'un origan particulièrement touffu et savoureux.

Juste derrière se trouve le bassin de jardin. D'une profondeur de deux mètres, il remonte à l'époque de tante Lena et regorge de nénuphars, de lentilles d'eau et de typhas. Il représente un véritable havre de tranquillité et d'harmonie. À tout moment de la journée. À cet instant, nous étions alors assis au bord du bassin et j'aurais pu enfoncer mes orteils dans l'eau fraîche et claire si l'envie m'était venue. Mais elle n'était pas venue.

L'eau ruisselait agréablement depuis un petit ruisseau, mais suffisamment silencieusement pour ne pas couvrir mon récit. Le ruisseau avait été aménagé et servait un objectif. Derrière la barbe-de-bouc se tenait un épurateur ingénieux, avec un tuyau discret hors sol, qui garantissait que le bassin ne devienne pas un marécage, mais bien une ornementation coquette pour le jardin. Le terme d'ornementation coquette pour le jardin, j'avais dû le lire quelque part. En général, mon langage n'est pas aussi sophistiqué, je trouve ces termes plutôt drôles. Nous avions un voisin il y a quelques années, Dieu soit loué qu'il ait déménagé, qui nommait constamment son terrain « le domaine » et au lieu de planter, il « ensemençait ». Il m'arrive encore de rigoler quand j'y repense. Le fait d'être en outre un fanatique religieux avec un penchant pour un comportement de patriarche ne rendait pas la situation moins comique.

« C'est triste quand les gens agissent de la sorte, glissa Oskar, l'air pensif. Quand ils ne voient aucun autre moyen que de se suicider. Un vrai gâchis... Quand on pense à ceux qui restent. Était-il marié et avait-il des enfants ?

— Eh bien, du moins je pense qu'il était marié. Des enfants, je ne sais pas. Mais et si ce n'était pas un suicide ? Et si quelqu'un l'avait tué ? » Cette pensée mijotait en moi depuis que j'avais découvert Prebensen.

« L'avait tué ?

— Oui, qui sait ? De tels avocats ont certainement bon nombre d'ennemis ? J'ai entendu dire qu'il était un homme à appeler lorsque personne d'autre ne voulait prendre le dossier. Il intervenait dans de grosses affaires d'héritage. Il n'y a rien qui énerve les gens davantage que les questions d'argent et d'héritage...

— En plus de l'adultère et des querelles de voisinage, ironisa Oskar. Mais tu es sérieuse ? Un meurtre ? À cause de la bosse à sa tête ? Le gars s'est peut-être blessé avant de se pendre. Il est peut-être tombé de son vélo ou était ivre et s'est cassé la figure quelque part dans la colline. Il a peut-être fait un malaise, on entend tellement de choses étranges. À son l'âge, des gens s'écroulent sans se rendre compte d'être victime d'un mini-AVC. Je suis sûr qu'il était stressé aussi. Pense à la charge de travail qu'il devait avoir.

— Eh bien, peut-être que tu as raison... mais je ne suis pas tout à fait convaincue. » Je vidai le fond de mon verre de vin et me redressai dans mon siège. Je devais réfléchir. Est-ce que je voulais vraiment qu'Oskar ait raison ?

« Je rentre écouter quelques singles. » Comme à l'accoutumée, Oskar avait compris mes paroles comme un signal de dispersion. « J'ai mis la main aujourd'hui sur une édition rare de Baba O'Riley avec The Who. J'ai tellement hâte de vérifier son état. Je suppose que c'est intact, mais on ne sait jamais...

— C'est celui que tu cherchais ? Celui qui n'est jamais sorti en Angleterre ni aux États-Unis ?

— Exact. Je n'arrive pas à croire que tu t'en souviennes ! » Tout à coup, mon frère plein de bon sens ressemblait à un gamin surexcité en pleine puberté. Je le regardais et ça me plaisait à vrai dire. Oskar s'était fixé comme objectif que sa collection contienne les 500 chansons qui, selon le Panthéon du Rock and Roll, avaient façonné la musique rock. Je ne serais pas surprise qu'il y parvienne. Il devait être arrivé au moins à 499 à présent.

« Vas-y, rentre. J'ai besoin de désherber un peu entre les hostas. Les mauvaises herbes surgissent à une vitesse folle, répliquai-je, posant mon verre de vin et enfilant mes gants rêches de jardinage en caoutchouc.

— Ne t'inquiète pas pour ce Prebensen, peut-être qu'il s'est... répondit Oskar en mimant ses paroles avec une main sur son cou. Un meurtre ? Ici sur l'île ? Je ne peux pas y croire, allons.

— Tu as peut-être raison, ou peut-être tort... Mais je ne dois plus penser à Prebensen, dis-je tout en me remémorant malgré moi les taches violacées sur le visage de Prebensen, les mains déjà moites à l'intérieur de mes gants en caoutchouc.

— Il s'est pendu. » Par moments, Oskar s'avérait un peu trop sûr de lui. Il se tenait déjà près de la porte avant que je ne puisse répliquer quoi que ce fut. « Je vais nous préparer un dîner dans une demi-heure ! »

Je le suivis du regard, je savais qu'il me restait au moins deux heures pour comprendre pourquoi et comment Prebensen avait été tué. Cela n'avait pas d'importance, parce que je n'avais vraiment pas faim du tout. J'avais peu de chances de découvrir le motif aussitôt, mais j'étais pour le moins presque certaine d'une chose : il s'agissait d'un meurtre. Pour une fois, Oskar se mettait carrément le doigt dans l'œil.

Chapitre 5

Dès le lendemain matin, le policier Torstein appela.

« Bonjour, ici Torstein Krohn, de la police. Nous nous sommes parlés au téléphone hier. »

C'était donc Krohn, son nom de famille, et évidemment que je me souvenais de notre entretien. Voulait-il vraiment me poser cette question ou bien était-ce la coutume au sein de la police de supposer que tout le monde avait une légère tendance à l'Alzheimer ? Nous passâmes rapidement en revue ce qui s'était passé, puis il me demanda comment j'allais. J'avais saisi à peu près les trois quarts des ses paroles. J'étais tellement fascinée par cette voix grave et réconfortante. Elle me donnait l'impression d'être dans un spa, avec un massage aux huiles essentielles sur une plage du Mexique. Au coucher du soleil, bien sûr. Certes, je n'étais jamais allée au Mexique, mais j'étais persuadée de connaître l'effet d'y être massée. J'avais ajouté le massage au Mexique sur ma liste de choses-à-faire-avant-de-mourir. Pourquoi pas au Machu Picchu, avec Evert Karlsen pour un cours d'histoire ? Non, voyons, quelle idée. Il était probablement préférable de ne pas pousser trop loin dans la formation culturelle et historique d'Evert. Je me rappelai que j'étais une femme très cultivée avec les deux pieds fermement ancrés dans le sol lorsqu'il me vint à l'esprit qu'un séjour au Mexique avec Torstein Krohn aurait pu évoquer quelque chose de complètement différent.

« Je dois vous informer de deux ou trois choses. Evert Karlsen sera chez vous plus tard dans la journée. Il veut simplement récapituler votre récit et comment vous avez découvert Prebensen, indiqua la voix de Torstein qui se déversait agréablement dans mon oreille.

— C'est OK pour moi. Je suis à la maison.

— Très bien. Nous n'avons pas encore reçu le rapport d'autopsie, donc pour l'instant, le dossier n'est pas encore examiné. Cependant, nous devons étudier tous les aspects de ce... suicide. »

J'étais sûre que Torstein avait hésité à prononcer ce dernier mot.

Il adressa un message à voix basse à quelqu'un à côté de lui, puis son attention revint à nouveau rapidement vers le téléphone.

« D'ailleurs, je n'ai pas fait le lien tout de suite quand vous avez mentionné Oskar hier, mais je connais votre frère. En fait, je pense que nous nous connaissons également. Nous avons dû au moins nous rencontrer à quelques occasions. Il s'appelle Oskar Henriksen, c'est bien ça ? Au trafic aérien de Torp ?

— En effet... » Je me torturais désespérément le cerveau pour me rappeler où j'aurais pu rencontrer Torstein auparavant. Il était vide, totalement dépourvu de souvenirs.

« Vous ne vous souvenez probablement pas de moi, mais je me souviens très bien de vous. J'ai étudié avec Oskar. Des études théâtrales. J'ai un passé avant la police. » Il éclata de rire, un rire pénétrant, incroyablement sexy. Un véritable voile de soie. « Je me souviens très bien de la charmante et drôle sœur d'Oskar lors de quelques soirées sur Ankerholmen. Vous étiez partie ? Vous aviez déménagé à l'étranger ou ailleurs ?

— En effet, j'avais déménagé. » Je ne voulais pas me lancer dans l'histoire de ma vie. Chaque chose en son temps. « Je me souviendrais certainement de vous en vous voyant, mais je n'arrive pas à... » Mieux valait être honnête.

« Bien sûr, je comprends. Ce sera plaisant de vous revoir en tout cas.

— De même... » Ce fut la chose la plus intelligente qui me vint à l'esprit.

« Mais nous nous parlerons plus tard. Il y a beaucoup de monde ici aujourd'hui. Nous allons recevoir des experts, des collègues d'Oslo et de la famille de Fridtjof Prebensen. Veuillez saluer Oskar de ma part. J'ai souvent pensé à reprendre contact, mais les jours passent... eh bien, vous savez ce que c'est.

— Bien sûr, je connais ça. Je lui passerai votre bonjour. » Aucun doute. Oskar allait être la première personne à contacter après cet appel, c'était sûr. C'est-à-dire après qu'il eut terminé ses départs du matin. Avant onze heures, la matinée était très chargée pour lui.

« D'ailleurs, nous voulons également nous entretenir avec Oskar. D'après ce que j'ai compris, il connaît la famille qui habite le chalet là-bas. Nilsen, est-ce bien cela leur nom ?

— C'est exact. Oskar les connaît mieux que moi. Selon ses dires, et on peut lui faire confiance, ce sont les personnes les plus gentilles du monde. Un peu en retrait, mais rien d'étrange ni d'anormal chez eux. » Je n'avais pas envie de raccrocher. « Alors Prebensen était marié ? » Il n'y avait rien de mal à obtenir une confirmation.

« Oui, pour la troisième fois. Sa femme va descendre en voiture avec le collègue de Prebensen, poursuivit-il en feuilletant quelques papiers. Il est originaire d'ici, d'ailleurs, si je me souviens bien... Oui, il s'appelle Konrad Frantzen et il a de la famille près de chez vous. Un couple de personnes âgées nommées Elvira et Peder. Vous les connaissez ?

— Qu'avez-vous dit ? » S'agissait-il davantage de choc ou de consternation dans ma voix, je ne saurais dire. « Konrad est le collègue de Prebensen ? Bien sûr que je connais Konrad. Il a toujours crapahuté pieds nus autour de chez Elvira et Peder chaque été d'aussi loin que je me souvienne. Certes, peut-être pas ces dix dernières années, voire un peu plus. Elvira m'avait indiqué qu'il était avocat à Oslo. Peut-être est-il déjà arrivé qu'elle mentionne le nom de Prebensen, mais je n'avais jamais fait le lien entre les deux. Absolument pas.

— Dans ce cas... peut-être qu'il va séjourner chez eux pendant qu'il est ici ?

— Non, je ne pense pas. Ils n'ont pas eu beaucoup de contacts au cours des derniers mois. Cela est sans doute lié à la question de l'obligation de résidence. Ils ne m'ont pas dit grand-chose. Je ne leur ai pas demandé non plus, en fait. » Soudain, je venais de comprendre pourquoi la relation entre les trois était devenue moins cordiale ces dernières années.

« Elvira et Peder sont partisans de l'obligation de résidence ?
— Totalement. Je suppose que Konrad a un point de vue opposé. S'il travaillait pour Prebensen, je veux dire. Savez-vous s'ils travaillaient tous les deux sur la question de l'obligation de résidence ?
— Non, mais c'est probable. Ce genre de choses finit toujours par ressortir. Des différends, des désaccords, tout doit être passé au crible, avança Torstein, d'une voix qui devint on ne peut plus grave encore.
— Je vais rendre visite à Elvira et Peder plus tard dans la journée. » Je laissai mes doigts tapoter mon front. Ils permettent généralement de stimuler la capacité de réflexion, du moins dans mon cas.

« Très bien. S'ils disent quelque élément dont nous pourrions avoir besoin, j'espère que vous m'appellerez. Peut-être que nous nous reverrons dans les prochains jours. » Y avait-il une chaleur supplémentaire dans ses derniers mots ou était-ce juste mon imagination ?

« J'espère que oui », répondis-je.

Quand j'eus raccroché et que la voix de Torstein en vint finalement à se dissiper en moi, je fus à nouveau capable d'aligner une pensée sensée. Le soupçon que quelque chose clochait avec la mort de Fridtjof Prebensen était renforcé. Qu'avait dit Torstein exactement ? Avait-il vraiment hésité avant de prononcer le mot suicide ? J'en étais persuadée. Et avait-il mentionné quelque élément au sujet d'une possible lettre d'adieu ? Non. Il était courant de laisser une lettre derrière soi lorsque l'on choisissait de quitter ce monde, n'est-ce pas ? Mais peut-être que Torstein ne voulait pas exposer cela à une personne extérieure... Et concernant la bosse à la tête ? Et les égratignures ? Je les avais vues de mes propres yeux. L'idée qu'il puisse s'agir d'un meurtre n'aurait pas dû me sembler si surprenante, mais malgré moi, je me laissais emportée par l'excitation. Personne ne devrait se sentir excité par la mort d'autrui, n'est-ce pas ? Pourtant, je pouvais sentir bouillonner cette adrénaline en moi. J'étais à deux doigts de ne pas pouvoir m'empêcher d'appeler Oskar en toute hâte pour lui indiquer qu'il avait peut-être tort. À défaut de quoi, je fermai les yeux et laissai une nouvelle fois la voix de Torstein m'envahir. Avec un flot doux, tiède et agréable.

Allons, Olivia ! Une femme approchant de la cinquantaine, de seconde main, avec un policier probablement tant musclé que distingué ? N'y pensons plus. Mais quand bien même, il se trouvait qu'il avait à peu près le même âge que moi et avec de fortes chances pour qu'il soit également de seconde main. Du moins, c'était à espérer pour lui, et il avait dit qu'il se souvenait bien de moi... Olivia, allons ! Il essayait juste d'être gentil ! Tu crèves d'ennui et le moindre signe de gentillesse se transforme en subtil compliment et en intérêt sincère. Une touche épicée dans ce morne quotidien. Je me donnai mentalement une petite tape sur les doigts. Torstein devait probablement être soit un infidèle notoire, soit un célibataire endurci avec des troubles relationnels. C'était toujours comme ça.

Une chose restait certaine : dans tous les cas, Prebensen n'avait rien d'un célibataire endurci. Mais quel genre d'homme était-il réellement ? S'agissait-il d'un avocat sans scrupule, avide d'argent, ou bien d'un avocat honorable, consciencieux, prêt à sauver le monde ? Je n'en avais aucune idée, mais je penchais pour la première option. Si je devais me fier à ma propre théorie, c'était un homme que quelqu'un pouvait trouver digne d'être assassiné. Je fus prise d'une agitation sournoise, que l'on pourrait appeler de la peur. Un meurtrier ? Ici sur l'île d'Ankerholmen ? Et où se trouvait ce meurtrier en ce moment même ? Cette pensée me traversa l'esprit à vive allure et me fit bondir de mon fauteuil en osier sous la véranda. Je m'élançai avec les plus grands pas dont j'étais capable, et croyez-moi, je sais faire de très grands pas, vers la porte d'entrée. Oskar l'avait-il verrouillée en partant environ une heure auparavant ? Un soulagement parcourut mes veines et jusqu'à l'extrémité de mes doigts en constatant que c'était bien le cas. Dino réagissait à peine de là où il se trouvait dans son panier. Il me lança un rapide coup d'œil qui semblait condescendant, puis il soupira et reposa sa tête confortablement sur ses pattes.

Ne sachant que penser, je retournai tranquillement vers la véranda et m'enfonçai dans l'oreiller moelleux du fauteuil. Cela ne me ressemblait pas. J'appréciais être seule dans la maison, particulièrement dans le noir et par mauvais temps. Avec Oskar de garde de nuit à l'aéroport, j'avais l'habitude de me blottir avec un bon polar ou un livre de jardinage, pourquoi pas accompagné d'un verre de vin rouge. Dehors, un sifflement s'élevait de la cime des arbres, tandis que les flammes du poêle à bois se reflétaient dans le verre toujours plus vide. Pourquoi devrais-je avoir peur maintenant ? Je m'assis à la table, les yeux fixés sur Dino, lequel gisait à nouveau dans un sommeil profond. Ses pattes frémirent et son souffle devint saccadé. De quoi rêvent donc les chiens ? De courir après les chats dans les hautes herbes ? Il aboya légèrement dans son sommeil et ses paupières se contractèrent. Puis il devint soudainement immobile, tout en lâchant le pet le plus nauséabond qui soit. M'enfonçant plus profondément dans la chaise, je me mis à respirer à travers la manche de mon pull jusqu'à ce que les choses se tassent.

Je m'imaginais être conduite dans une voiture de police par Torstein Krohn. Il m'emmenait pique-niquer au grand air. Dans le coffre trônait un gramophone à manivelle vintage, à côté duquel se trouvaient des vieux disques de valses musette. Il me servait du champagne dans une belle coupe en cristal et m'effleurait la joue avec une rose orangée. J'adorais la couleur orange. Bien sûr, il le savait. Le breuvage scintillant de la coupe et les senteurs de rose s'immisçaient douillettement dans mes narines. Les valses musette retentissaient à travers la forêt et les oiseaux chantaient en chœur.

Je ris sottement... et me rendis compte que de vrais gestes accompagnaient ma rêverie. Dans un sursaut, je repris mes esprits. Ma tasse de café se renversa sur la table en chêne. Fort heureusement, elle était vide.

Me serais-je endormie ? Avais-je entendu un bruit ? Je restai là sans oser bouger. Dino ronflait comme une moissonneuse là-bas dans son panier. Il avait capitulé en réalisant que la promenade matinale allait être reportée. Un chien malin.

J'étais assise sur des chardons ardents, tout à fait persuadée d'avoir entendu un son inhabituel. Le fauteuil en osier trahissait incroyablement bien tout mouvement de ma part si quelqu'un était à l'écoute. Il s'avérait en outre une cachette désastreuse si quelqu'un, comme c'était actuellement mon cas, écoutait les bruits provenant de quelqu'un potentiellement en train de m'écouter. J'osais à peine respirer pour ne pas provoquer de grincements dans le rotin. Il faut dire que la maison n'était pas non plus construite selon les dernières normes. Elle souffrait de déperditions thermiques et sonores ici et là. Dino ronflait de plus belle, tandis que le réfrigérateur émettait de petits murmures en produisant des glaçons, similaires au vêlage d'un glacier. C'est alors que l'on frappa à la porte.

Dino bondit de son panier en lâchant un aboiement. Probablement qu'il aboyait par instinct, parce que je pouvais parier qu'il n'était pas complètement réveillé au moment où il passa à coté de sa maîtresse qui venait de se lever de son siège. Il se tenait droit avec son museau dans l'encadrement de la porte, le corps tout tendu. Puis il poussa des cris plaintifs et sa queue se mit à osciller comme un mât mal accroché pendant l'ouragan Katrina. Un certain apaisement permit à mes jambes de me porter à nouveau et je parvins à mieux respirer. En moins de deux, j'étais près de la porte. Je dus me racler la gorge à plusieurs reprises avant que les mots ne sortent correctement.

« Oskar ? C'est toi ? » Il avait pu oublier ses clés, pensai-je.

« C'est moi. C'est Morten. » Les mots paraissaient feutrés à travers le bois épais.

Morten ! J'avais complètement oublié qu'il devait venir aujourd'hui. Nous avions rendez-vous depuis plus de deux semaines, mais ma mémoire m'avait visiblement fait défaut. Je mis cet oubli sur le dos des émotions de la veille.

Morten était l'homme à tout faire de l'île. Généralement, il conduisait un vieux tracteur bleu et aidait les gens à tailler leurs haies, à abattre des arbres et à jardiner. S'il ne conduisait pas un tracteur, on pouvait l'apercevoir dans un vieux camion cabossé, bleu lui aussi. Dans la remorque, il transportait soit un énorme monstre broyeur, soit un tas de branches. Selon que le broyeur avait fonctionné ou non. S'il fonctionnait, Morten passait plusieurs heures après chaque arbre abattu à fourrer des branches dans les mâchoires de la bête en l'attaquant de front. Celle-ci gémissait, mâchait et recrachait ce qui peu de temps auparavant avait été un arbre. Des copeaux parfaits, prêts à être étalés et à devenir du compost ou bien à brûler dans d'énormes incinérateurs sur le site d'élimination des déchets.

Morten et moi avions une relation propre avec les arbres et un intérêt commun pour la végétation. C'est peut-être pour cela que je l'aimais tant. Ce n'était un secret pour personne que certains appréciaient peu le comportement brusque et taciturne de Morten. Ce dernier ne prenait pas la peine d'ouvrir la bouche s'il n'avait rien à dire.

Oskar et Morten s'entendaient bien également du fait que Morten était passionné de musique. Son regard se troublait lorsqu'il évoquait des chanteuses des années 60 et des solos de guitare du début des années 70. Et Oskar adorait cela, bien sûr. C'était la croix et la bannière de les suivre parfois.

À vrai dire, Oskar n'avait pas beaucoup d'alter ego ici sur l'île. En ville et à l'aéroport, c'était certain, mais ici, ils se comptaient sur les doigts de la main, comme les loups du Hedmark. Les deux hommes passaient souvent du temps en grande conversation sur le banc près du bassin. Une conversation à laquelle je ne voulais pas prendre part, même si je n'étais pas si totalement inexpérimentée en matière de solos de guitare des années 70. Lorsque la conversation parvenait à un niveau de détail tel que de se demander qui remplaçait le claviste pendant le concert de 1976 à New York dans tel ou tel groupe, je commençais à ressentir des démangeaisons. Vraiment, j'avais l'impression que l'intérieur de moi se mettait à gratter. Et pourtant, tout allait pour le mieux. L'un des accords tacites entre Oskar et moi s'avérait de ne pas trop interférer dans la vie l'un de l'autre. À moins qu'il n'apparaisse totalement évident qu'une interférence soit nécessaire. Au cours des conversations entre Morten et Oskar, je trouvais cela plus approprié d'aller faire un tour dans le jardin, de me promener avec Dino ou d'effectuer un brin de ménage. Même si les enfants avaient déménagé d'ici, il y avait toujours besoin de faire tourner la machine à laver. Une chance...

Les traits du visage de Morten étaient fins et soignés sous ses poils de barbe, et ses lèvres à faire pâlir de jalousie les utilisateurs d'injections Restylane. La plupart de ses cheveux gris avaient en outre tenu le coup pour l'instant. C'est lorsque le regard tombait sur ses oreilles que l'impression se ternissait quelque peu. Elles étaient saillantes. Pas qu'un peu. En s'adressant à lui, il était impossible de les quitter des yeux. Du moins au début. Mais on finissait par les oublier, parce que ce qu'il exprimait était en fait assez intéressant.

Des rumeurs couraient même selon lesquelles Morten disposait de bonnes économies. C'était étrange qu'aucune femme n'ait mis le grappin sur lui, sachant combien cela semble attrayant pour beaucoup de personnes du même sexe que moi. Toute sa vie, Morten avait vécu avec sa mère, particulièrement directive. Jusqu'à un beau jour de printemps, il y a trois ans, où elle s'était effondrée de pleine face dans un tas de copeaux que Morten avait déversé dans l'allée. Une crise cardiaque.

Morten était devenu nettement plus sociable après sa mort. Et il faisait du bon travail. S'il y avait un arbre à tailler, il grimpait avec une agilité remarquable à mi-hauteur de la couronne. Pour un homme de près de 60 ans, il s'avérait fort et musclé. Bien souvent, je restais plantée à regarder ses gestes agiles tandis qu'il grimpait et coupait, et je redoutais qu'il ne tombe. Cela n'était jamais arrivé.

Lentement, je tournai le verrou et fis glisser la poignée vers le bas. Dino avait déjà le bout de son museau dans l'entrebâillement de la porte et remuait la queue dans tous les sens. On devrait inclure des générateurs sur ces queues de chien, songeai-je. Ainsi, nous pourrions produire beaucoup d'électricité verte. Chaque maison aurait son chien qui remue la queue ! J'ouvris la porte tout en grand et restai là, bouche-bée. La brise fraiche s'engouffra à vive allure dans mes poumons.

Chapitre 6

« Oh, bon sang, Morten ! Que s'est-il passé ? »

Morten se tenait debout dehors avec un énorme bleu autour de l'œil. Ou plutôt, une marque verte ou jaune. Il y avait fort à parier qu'elle avait dû être bleue il y a quelques jours. Son regard se détournait du mien, il fixait un endroit proche de mes pieds. Approximativement là où le pas de la porte en chêne était le plus usé après d'innombrables trainements de pieds d'enfants, de chaussures de ski et de bottes en caoutchouc mouillées. Peut-être voyait-il les choses autrement, pour autant que je sache, vu à quel point Morten était méticuleux et tatillon dans la façon dont il entretenait son propre foyer. Je le savais, parce qu'il nous avait invités Oskar et moi à dîner quelques fois. Après la mort de sa mère.

En de telles occasions, un autre côté surprenant de Morten surgissait : il savait vraiment bien cuisiner. Il était l'une de ces personnes qui ne se contentaient pas de flanquer la nourriture dans le four, mais arrangeaient, soignaient et arrosaient le plat avec la graisse alimentaire à plusieurs reprises pendant les heures de cuisson au four. Il en résultait des plats qui fondaient irrésistiblement sous la langue.

Morten se tenait maintenant devant ma porte et il leva finalement les yeux pour me regarder.

« Tu n'avais pas oublié que je venais aujourd'hui, n'est-ce pas ?

— Non, bien sûr que non ! Comment pourrais-je t'oublier, m'empressai-je de répondre en espérant qu'il me croit.

— Eh bien... J'ai entendu dire que tu as trouvé un homme dans la forêt hier ? Sous le porche des Nilsen, c'est vrai ? Avec ça, ce ne serait pas étonnant que tu oublies ma venue, je veux dire, répliqua Morten en me regardant de travers.

— C'est exact. Dino et moi sommes tombés directement sur lui. Tu as entendu dire de qui il s'agit, d'ailleurs ?

— Non ? J'allais te le demander. Les commères à la boutique disent tellement de choses insensées. Les rumeurs vont bon train à présent, tu sais, maugréa Morten.

— Fridtjof Prebensen. L'avocat des opposants à l'obligation de résidence. Tu lui as déjà parlé ?

— Allons donc... alors c'était lui. Il faisait partie des noms mentionnés en effet. » Morten retira sa casquette et replaça ses cheveux en arrière. « Non, je lui ai à peine parlé. Il est venu à ma porte au début de l'été pour me convaincre de changer d'avis. Concernant l'obligation de résidence, je veux dire. Il n'y est pas parvenu, évidemment. Après cela, je n'ai pas revu le bout de son nez. Eh bien, on a tous ce que l'on mérite.

— Mais qu'est-ce qui t'est arrivé ? dis-je en pointant son œil du doigt.

— Oh ça... J'ai été un peu malchanceux avec un arbre que j'allais abattre dans le petit bois l'autre jour. Ce fichu arbre coriace a rebondi en arrière, droit dans mon œil. » Son regard vacilla.

Il trouvait la situation probablement embarrassante. Pour la fierté professionnelle entre autres.

« Veux-tu d'abord prendre une tasse de café ou préfères-tu commencer tout de suite ?

— Je pense que c'est mieux que je commence tout de suite. Ce serait préférable d'en finir avec ton immense haie de sapin avant qu'il ne fasse nuit, me lança-t-il avec un regard en coin, accompagné d'un sourire prudent.

— Oui, bien sûr. Je t'apporterai du café plus tard. J'ai même encore de ce gâteau au chocolat que tu aimes tellement.

— Alors une raison de plus pour devoir le mériter ! »

Morten tourna les talons et se dirigea vers la haie de sapin bordant la route. Elle avait pris au moins un mètre de hauteur depuis la dernière fois où il était venu la tailler. Oskar et moi avions renoncé à la tailler nous-mêmes à cause des désagréables aiguilles de pin pointues.

De plus, j'avais la fâcheuse habitude de trancher le câble du taille-haie. Ça faisait pouf. Voilà ce que c'est que de se laisser emporter par ses propres pensées. J'aurais souhaité un taille-haie sans fil rechargeable. Peut-être était-ce une idée stupide, puisqu'alors je n'aurais plus aucune excuse pour appeler Morten. Je l'observais tandis que par des gestes agiles et fluides, du moins me semblait-il, il mettait son casque, sa visière et soulevait la tronçonneuse. Avant que je n'en vienne à relâcher la poignée de la porte, il s'enfonçait déjà dans les branches des sapins.

Oskar n'était pas disponible à son travail, alors je lui laissai un message. Je devais découvrir qui était ce Torstein. La scie de Morten se déclencha en arrière-plan, il était inutile d'allumer la radio. À la place, je fis une promenade avec Dino, puis je préparai une théière et l'emportai vers la serre. Là, je m'octroyai une heure de pause thé et la lecture des dix dernières pages du livre sur lequel je m'étais endormie le soir précédent. Ce très charmant et brillant enquêteur possédait des aptitudes particulières à la fois en chimie et en investigation. Quant à cette héroïne littéraire, elle me semblait tout à fait irréaliste, mais d'autant plus divertissante. Dans un profond soupir, j'arrivai à la dernière page.

En remplacement du livre, je m'accroupis, me mis à désherber parmi les jolis plants de tomates et je ramassai quelques tomates molles tombées au pied, tout en fredonnant tout bas. Les reflets de lumière jouaient sur les briques brutes du sol et Morten taillait toujours en arrière-plan. Une heure s'était probablement écoulée et je m'évadais dans un monde différent de celui d'ici sur l'île.

Bang, bang ! Boum !

Le dernier boum provenait du pot en terre cuite que je venais de laisser tomber au sol avec fracas. Je le tenais entre les mains depuis un moment tout en rêvant de purée de tomates et de chutney. À présent, il reposait en quatre fragments parfaits et brisés qui se balançaient d'avant en arrière sur les briques. Les deux bangs provenaient d'un homme vêtu d'un anorak beige qui se tenait à l'extérieur de la véranda. Son poing redescendait vers sa poche droite, il l'avait donc probablement utilisé pour frapper à ma porte. Je travaillais sans lunettes, alors il me fallut un certain temps pour voir de qui il s'agissait. Cette personne avait l'air solennel. Ce n'était ni Morten ni Oskar. Je plissai les yeux vers la silhouette tandis que mon cœur se déchainait dans ma poitrine. Je ne supportais pas d'être dérangée dans mon petit univers. Encore moins quand je travaillais ici dans le jardin. En outre, la panique m'avait bien secouée ces dernières 24 heures. Dans un soupir inaudible, je me rendis compte qu'il s'agissait naturellement de l'homme que j'attendais, mais que je n'avais pas tellement envie de rencontrer : Evert Karlsen.

« Madame Henriksen ? » La voix venant de l'extérieur apparaissait étouffée par le verre, mais faisait tout de même légèrement trembler les murs. Ou peut-être était-ce juste mon imagination.

« Evert Karlsen. Bonjour. » Je me relevai de ma position accroupie et retirai mes gants de jardinage. La chaleur dans la serre avait fait coller mes cheveux à mon front. Ils me grattaient, alors je les repoussai.

« À vrai dire, ce n'est pas Madame. Ce fut le cas une fois, mais ça commence à remonter à pas mal d'années. Appelez-moi Olivia, je vous en prie.

— Oh, je croyais... Puis-je m'entretenir avec vous ? J'espère ne pas vous déranger, demanda Evert en franchissant déjà le seuil.

— Entrez, je vous en prie. » Visiblement inutile de le dire. « Asseyez-vous donc. Souhaitez-vous une tasse de thé ?

— Non, merci, ça ira pour moi. D'ailleurs, je ne bois que du café. Du café noir. Pas ce genre de pisse-mémère. » Il émit un hennissement tout en recourbant son corps dans le fauteuil en osier. Ce dernier grinça en signe de protestation, mais les craquements furent rapidement étouffés par le manteau rembourré.

Je ne sus quoi répondre à ce sujet, alors je me versai un peu de pisse-mémère. La vapeur caressait mon front en avalant la première gorgée.

« De quoi vouliez-vous me parler ?

— Charmant jardin que vous avez ici, je dois dire. Oui,

vraiment... » Evert avait placé ses mains sur les accoudoirs, mais ses doigts trituraient les bandes de rotin. « Un bassin et des décorations. Avez-vous des poissons ? Je veux dire, Monsieur et vous ? J'ai aperçu deux noms sur la boîte aux lettres, mais vous n'êtes pas mariée ?

— Je vis avec mon frère, d'où le même nom de famille » expliquai-je. Evert ne semblait pas nerveux, mais clairement mal à l'aise dans mon environnement familial. « Et non, nous n'avons pas de poisson. On avait des carpes koï autrefois. Japonaises, de superbes poissons. Elles sont devenues grosses comme des maquereaux et ont donné de nombreux petits poissons, mais un beau jour de printemps, alors que la glace était sur le point de fondre, elles flottaient toutes raides mortes. Apparemment, il y a eu une sorte de réaction chimique combinée à un manque d'oxygène, je pense. Ce ne fut pas bien drôle de les retirer. Depuis lors, nous n'avons plus de poisson. Peut-être que cela pourrait ressembler à une affaire criminelle pour vous ? L'extinction de masse des poissons, le meurtre en série ou bien...

— Oui, si nous n'avions que des affaires aussi simples, répondit-il en se frottant le front d'un geste résigné. Au moins, nous n'aurions pas de parents en deuil pour les victimes. En parlant de ça..., poursuivit-il, en marquant une pause.

— Oui ? répondis-je, supposant qu'il était de mon devoir de l'aider à poursuivre. Est-ce que cela concerne Fridtjof Prebensen ?

— Oui, c'est bien le cas, en effet... Sa femme et un collègue sont descendus ici. Ils séjournent à l'hôtel du Port, et bien sûr, ils aimeraient obtenir des réponses.

— Comment va sa femme ? Ça doit être horrible pour elle. » J'essayai d'imaginer ce que ce serait de retrouver Erik pendu à une corde dans la forêt et frissonnai à cette idée. Malgré tout ce qui était arrivé avec des secrétaires italiennes. Je déglutis à plusieurs reprises afin de ne pas laisser les larmes me monter aux yeux.

« Oui... Elle est touchée par la situation, bien sûr. Néanmoins, c'est son collègue, Konrad, qui a presque réagi avec le plus de difficultés. Allez comprendre. » Evert regarda pensivement en l'air au-dessus de la serre. Le verre était embué de notre respiration. « Mais après toutes mes années dans la profession, j'ai appris que les gens réagissent différemment. Certains se décomposent complètement, tandis que d'autres s'affligent plus calmement et tranquillement. Katrine Prebensen a quelques questions, en fait. Et puisque c'est vous qui l'avez découvert... »

Evert sortit un bloc-notes froissé tout en parlant. Il possédait d'énormes poches dans son manteau. Elles étaient plus foncées sur le bord qu'ailleurs. Sales, songeai-je. Cela, combiné à la sombre tache de café au milieu de sa poitrine, la marque d'un anneau et ses cheveux qui poussaient en désordre sur le col de sa chemise, me rendit encore plus certaine qu'il était divorcé. Evert prenait des notes avec ses doigts rapides et habitués tandis que je lui racontais volontiers comment j'avais découvert Prebensen. Je ne pense pas avoir rajouté quelque élément de plus que la dernière fois. Soudain me vint une idée que je trouvais absolument brillante sur le moment :

« Mais... je peux la rencontrer ? Si elle le souhaite, bien sûr. Il est plus facile d'être assis face à face. Je ne sais que ce que je sais, mais je serais heureuse de le faire si cela peut l'aider ? » Je rencontrai le regard scrutateur d'Evert. « D'ailleurs, je connais Konrad, mais vous le savez déjà, n'est-ce pas ?

— Oui, j'ai entendu dire que vous le connaissiez, répliqua-t-il enfin. Je vais lui demander, mais juste pour que vous le sachiez : nous n'avons encore rien conclu sur ce qui s'est passé, nous en avons également informé Katrine Prebensen. »

J'essayais d'avoir l'air surprise, en espérant que ce fut convaincant.

« Que voulez-vous dire ? Que pensez-vous qu'il s'est passé ?

— Je ne peux rien dire d'autre pour l'instant. » Il se leva du fauteuil en osier, il le remplissait tellement que ce dernier menaçait de suivre son corps. Heureusement, il lâcha prise avant de décoller complètement du sol.

« Torstein ou moi-même vous appellerons plus tard dans la journée après avoir parlé à Mme Prebensen. Je vous remercie. »

Encore une fois, il me tendit une large main. L'autre tenait le bloc-notes. Je lui adressai un sourire et saisis sa main. Elle n'était pas aussi spongieuse que la dernière fois. Après un hochement de tête de policier professionnel, il sortit de la serre. Je restai debout à observer les murs de verre embués. Quelque chose chez Evert me faisait me sentir trompée par quelque chose.

Subitement, je remarquai qu'un élément clochait dans l'environnement. Je regardai autour de moi et suivis lentement Evert, à l'extérieur de la serre. Dehors, je fus saisie par le vent frais et je réalisai qu'il faisait insupportablement chaud à l'intérieur de la serre. Comment Evert avait-il enduré d'être là-dedans avec ce manteau épais ?

Je jetai un coup d'œil à travers le jardin et me tournai vers l'allée en réalisant ce qui manquait. La haie se dressait à moitié taillée vers la route. L'échelle de Morten était toujours appuyée dessus, mais le petit camion bleu avait disparu. Morten était également absent du tableau. Le bruit de la tronçonneuse et du taille-haie s'était tu pendant que j'avais été assise à l'intérieur de la serre avec Evert. Pourquoi donc ? Morten avait toujours l'habitude de finir ce qu'il avait commencé. Je me dirigeai vers la porte, de plus en plus vite à mesure que je me rapprochais. L'odeur de sapin fraîchement coupé s'intensifia.

Chapitre 7

Morten était parti. Juste au cas où, j'allai jeter un coup d'œil à l'arrière de la haie. Je me connaissais suffisamment bien pour savoir que si je ne vérifiais pas, la pensée que Morten aurait pu se tenir tranquillement derrière la haie me dérangerait pour le reste de la journée. Du n'importe quoi, bien sûr, mais pas pire que de compter les lampadaires le long de la route lors d'un trajet en voiture. Totalement impossible à plus de 80 kilomètres à l'heure, d'ailleurs, mais c'est une autre affaire.

Je savais que Morten allait revenir sous peu, compte tenu de tous ses outils restés sur place. Je haussai les épaules, vérifiai la boîte aux lettres pendant que j'étais là, puis me dirigeai à nouveau vers la maison tout en feuilletant un peu distraitement le courrier du jour. Je ne me souviens pas du contenu ce jour-là, ma tête s'avérait trop encombrée d'avocats et de meurtres sordides pour que des factures puissent m'affecter. De toute façon, tout s'adressait probablement à Oskar. Je mis la petite pile sur le coin du plan de travail de la cuisine en rentrant, de sorte qu'Oskar les trouve avant mon retour à la maison. Je devais rendre une courte visite à Elvira et Peder. C'était probablement davantage la curiosité qui m'y conduisait ce jour-là. N'était-il pas imaginable qu'ils aient pu parler à leur neveu Konrad ? Peut-être connaissaient-ils aussi Prebensen ? Quand j'y songe, nous n'avions jamais réellement discuté en détail des différents acteurs intervenant dans la question de l'obligation de résidence. Je sentais le moment venu.

Dino et moi empruntèrent le raccourci par le portillon latéral et suivirent le chemin de terre en pente douce jusqu'à la maison d'Elvira et Peder. Les grosses baies rouges du sorbier des oiseaux pendaient au-dessus de ma tête, alourdies par la rosée du matin.

Sporadiquement ornées de feuilles jaunes et rouges, les branches dégoulinaient à larges gouttes sur mon imperméable. L'eau se rassemblait bientôt en un petit ruisseau au niveau des coudes. Plus bas à la hauteur de Dino, aucune branche, mais les herbes hautes humidifiaient la peau rose de son ventre.

Rétrospectivement, je me demande si je la sentis avant de l'entendre. La voiture. Donc, je l'avais entendue, j'en étais sûre, et c'était d'ailleurs la moindre des choses. Il s'agissait d'un bon vieux type de Land Rover rouge et blanc de style pas du tout silencieux. Il avait pris le virage si rapidement que les feuilles avaient tourbillonné au sol et semblèrent même essayer de se raccrocher aux branches des arbres.

Dino et moi avions accompli un grand bond, reculant d'un pas indigné dans la fougeraie à moitié pourrie bordant la route. Ne manifestant aucun signe de ralentissement, la voiture avait poursuivi sa course et atteint le virage suivant avant que je n'aie eu le temps de reprendre mes esprits. Il s'ensuivit alors une pluie de poussière fine et de graviers. Quand le vacarme de la voiture ne fut plus qu'un bourdonnement lointain et que l'odeur du vieux moteur à essence reposa comme un brouillard sur la végétation, je m'écriai « idiot ! » à son attention avant de me remettre péniblement en chemin. Je bouillonnais de colère et d'irritation à chaque pas. Merde alors, il aurait pu me tuer !

Elvira se tenait devant la porte d'entrée lors de mon arrivée. Elle ratissait les feuilles d'un mouvement déterminé et ses muscles se contractaient au niveau de ses avant-bras. C'était au jardinage intensif, aux longues baignades tous les matins et au yoga deux fois par semaine qu'en revenait le mérite. Elvira se baignait toute l'année, à l'exception des jours les plus froids de février. Peder se contentait d'attendre sur le ponton et de veiller attentivement sur elle pendant qu'il réchauffait le peignoir. Il avait toujours peur qu'elle se noie dans l'eau glacée.

Elvira aperçut Dino et moi avant même que nous ne mettions les pieds dans le gravier soigneusement ratissé. Elle s'appuya sur le râteau d'une main et nous fit signe de l'autre. Ses cheveux étaient épais, quelque peu indisciplinés autour de ses épaules, et parsemés de jolies bandes grisonnantes. Pour une raison quelconque, les cheveux longs lui allaient bien ; ils ne tiraient pas ses traits du visage vers le bas, comme ce genre de coupe peut souvent l'occasionner chez les femmes de son âge.

« Quel plaisir, s'exclama-t-elle, ses yeux bleu clair souriants. Et nous avons en prime le toutou le plus adorable du monde ! »

Le ton de sa voix changea lorsqu'elle se pencha vers Dino, et Dino réalisa immédiatement qu'elle lui parlait. Il remua tout son corps, poussa des jappements enjoués, puis essaya de lécher son visage fripé. Je les laissai se dire bonjour avant d'interférer. Par expérience, je savais qu'il était inutile de les brusquer, quel que soit le temps que cela prenne. Elvira et Dino s'étaient appréciés dès la première rencontre.

« N'est-ce pas terrible, ce qu'il s'est passé ? » Elle se redressa, soutenant le bas de son dos de ses mains. Elle avait l'air inquiète, une impression qu'elle ne m'avait jamais donnée autrement. « Et j'ai entendu dire que c'est toi qui l'as découvert ? Si tu n'étais pas venue aujourd'hui, je serais allée te trouver. Je m'inquiétais beaucoup de savoir comment tu allais.

— J'essaie de ne pas trop y penser, pour être honnête.

— Une fois, Peder a retrouvé un bon ami sans vie dans sa voiture. En fait, ça fait des années maintenant, mais il n'aime toujours pas en parler. Un vendredi après-midi, son ami avait inséré le tuyau d'échappement dans la voiture et avait laissé tourner la voiture au ralenti. Il... poursuivit-elle en imitant un comportement d'alcoolique avec sa main droite. Peder ne l'admettra jamais, mais il a fait des cauchemars pendant des semaines suite à cela... » Elvira baissa la voix tandis que nous nous approchions de la porte d'entrée.

Nous franchîmes le pas particulièrement haut de la porte et entrâmes dans l'agréable cuisine d'Elvira. Strictement parlant, il s'agissait à la fois de la cuisine de Peder et d'Elvira, mais comme ils appartenaient à la vieille école et que c'était surtout Elvira qui y pratiquait ses arts, la pièce représentait plutôt la cuisine d'Elvira à mes yeux. Cette dernière remplissait à présent de l'eau dans un bol pour Dino, puis elle mit à chauffer l'eau du thé et se dressa sur ses orteils pour attraper la boîte à thé dans le placard. Visiblement vide. Alors elle traversa pieds nus le plancher en pin éclatant de la cuisine jusqu'au coin du garde-manger. C'était une vieille maison où Elvira et Peder avaient méticuleusement pris soin de profiter de toutes les astuces pratiques dont ces vieilles maisons regorgent. Notamment le garde-manger. Ils y séchaient des choses. Concernant lesquelles je n'avais jamais posé de questions. Elvira, pour sa part, n'avait pas besoin de me poser la question de savoir si une tasse de thé me ferait plaisir. J'avais habituellement le temps quand je passais.

« Peder ! Veux-tu prendre le thé avec nous ? » s'écria-t-elle, face à la porte du premier salon.

Je savais qu'une énorme et massive table de pin se trouvait à l'intérieur, où Peder aimait s'asseoir à faire ses papiers. Peder représentait une source intarissable d'informations sur le bon vieux temps, ainsi qu'une encyclopédie vivante quant aux informations sur notre époque. Un homme calme et agréable qui ne se faisait pas du tout remarquer au premier coup d'œil. Il se fondait subtilement dans son environnement.

La seule raison pour laquelle on remarquait Peder restait sa taille. Peder était plus grand que la plupart des gens que je connaissais, et grand à la manière d'un imminent conférencier. Légèrement voûté et marqué par d'innombrables voyages en sac à dos en pleine nature, doté d'un penchant pour les pulls tricotés à la main. Ce jour-là, il portait un modèle islandais gris, bien usé et bien remonté sur les avant-bras.

« Oui, ma chérie ! J'arrive dans une minute. Bien le bonjour, charmante dame ! » Peder passa la tête par la porte, ayant évidemment compris que c'était moi qui leur rendais visite.

Je rigolais intérieurement en répondant à son salut. Peder et moi partagions une relation décontractée et amicale. Je pouvais par ailleurs déceler le bel homme que Peder avait dû être dans sa jeunesse. Eh bien, Dieu soit loué, il était toujours élégant, et par chance, je savais remarquer de telles choses.

Avant de s'asseoir à la table de la cuisine, il ôta ses lunettes de lecture, les replia et les posa sur le rebord de la fenêtre. L'endroit habituel, je le savais. Sa main se déplaça en mode pilotage automatique jusqu'à la tête de Dino, lequel se trouvait déjà en place à ses pieds. Elvira et Peder aimaient tous les deux les chiens.

« C'est vraiment une situation épouvantable dans laquelle tu t'es retrouvée. Est-ce que tu vas bien ? demanda-t-il en se penchant au-dessus de la table. Qui était cet homme ? Nous avons entendu des rumeurs selon lesquelles il était avocat à Oslo ? »

Prise d'un certain malaise, je compris qu'Elvira et Peder n'avaient pas eu vent du nom de l'avocat. Je tâtonnai l'anse de ma tasse d'une main crispée en me demandant comment je devais annoncer son nom. La vapeur du thé à la camomille se hissait dans mes narines. Une bonne chose : un aspect apaisant. Je ne pensais pas qu'Elvira et Peder seraient attristés pour Fridtjof Prebensen, mais je savais qu'ils tenaient beaucoup à Konrad. Cela leur suscitait une grande tristesse à tous les deux de ne plus être en bons termes avec lui.

« Oui, c'était Fridtjof Prebensen... » Autant mettre les pieds dans le plat. Elvira et Peder s'avéraient des êtres à l'esprit pratique et robuste. « J'ai entendu dire qu'il était le patron de... Konrad ? »

Le silence régnait dans la cuisine jaune pâle. Une mouche rebelle tentait de s'échapper à travers la vitre de la fenêtre depuis l'intérieur. Sacrément optimiste.

« Fridtjof Prebensen est le patron de Konrad, oui, tu as raison, intervint Peder en se raclant la gorge tout en continuant à me dévisager. Nous ne lui avons jamais parlé, juste croisé de loin. Je l'ai aperçu parler à un homme l'autre jour, en bas près des quais. Ils parlaient anglais, en fait. Mais... tu es absolument sûre que c'est lui qu'on a retrouvé ?

— Oui, je l'ai vu de mes propres yeux. De plus, la police a trouvé une pièce d'identité sur lui, et sa femme est ici... alors, oui. »

Elvira s'assit sur la chaise en face de Peder. Son regard alternait entre moi et lui. Son large chemisier d'une jolie couleur lilas mettait magnifiquement en valeur sa peau toujours bronzée. Une épingle maintenait le chemisier en place sur sa poitrine généreuse. Un vêtement fait main, pensai-je. Pendant un moment régna le silence. Le seul bruit réellement perceptible restait celui de Dino qui ronflait bruyamment et avec indifférence sous la table. Il arrêta de ronfler, soupira lourdement dans son sommeil, puis installa sa patte sur mon pied.

« Mais Konrad n'était pas avec lui, dis-moi ? Il n'est pas impliqué là-dedans, n'est-ce pas ? » Elvira posait la question à laquelle je m'attendais à moitié.

« Non, je ne crois pas. Mais il se trouve à l'hôtel du Port en ce moment. Il est descendu d'Oslo avec la femme de Prebensen. Katrine, elle s'appelle. Il est possible qu'il ne soit là que pour la soutenir.

— Il est là ? À l'hôtel ? »

Je perçus la douleur dans la voix d'Elvira. On ne séjourne pas dans un hôtel quand on possède de la famille à proximité.

« Oui, il est bien là. Je vais certainement me rendre à l'hôtel un peu plus tard, car la femme de Prebensen a quelques questions. Je ne sais pas ce que je vais pouvoir dire, il était mort quand je l'ai découvert... Ce n'est pas comme si j'avais entendu ses derniers mots ou un truc dans le genre.

— Passe le bonjour à Konrad si tu le vois. » La tristesse se devinait en tout point dans la voix d'Elvira.

Des petits roulés à la cannelle, ainsi qu'une nouvelle théière, apparurent sur la table. Peder avait effectué des allées et venues, presque sans que nous ne remarquions quoi que ce soit, et les roulés à la cannelle d'Elvira avaient la capacité de dissiper les sujets de conversation désagréables. Ils avaient un air tout à fait irrésistible et s'avérèrent incroyablement savoureux et apaisants. Peu après, nous goûtâmes une tisane tous les trois, accompagnée de jolies viennoiseries, tandis que la conversation battait son plein comme à son habitude : légère, désinvolte, amusante et prolixe. L'ambiance allait bientôt s'altérer plus brusquement que le ciel le long de la côte de Vestfold par une chaude journée d'été.

« Il a été violé, tu sais. » Elvira regardait par la fenêtre de la cuisine.

Les mêmes fenêtres traditionnelles qu'Oskar et moi, soit dit en passant. Pliantes, à double battants, et composées de six vitres de taille égale. Elles brillaient, ce que sans aucun doute je ne pouvais pas dire des miennes. « En fait, c'est pour ça qu'il était autant là pendant l'été.

— Qui donc ? Konrad ? C'est ce que tu veux dire ? demandai-je, restant immobile avec mes mains autour de ma tasse de thé et attendant qu'elle poursuive.

— Oui, en effet on n'a jamais beaucoup parlé de ce sujet. Ni avec des personnes extérieures, ni au sein de la famille, en fait. » Elle déglutit et s'éclaircit la voix. « Konrad a été violé par son père quand il était enfant. Pendant des années. Ma sœur, Ellen, n'en avait pas la moindre idée. Du moins, c'est ce qu'elle a affirmé après coup. Quand elle l'a finalement découvert, c'est devenu une pagaille sans précédent. Elle a expulsé Edvin, c'était son mari, de la maison. Et je veux vraiment dire expulser avec perte et fracas, parce que c'est réellement ce qu'elle a fait. Je pense qu'il n'a même pas pu emporter avec lui son manteau. Néanmoins, il avait son portefeuille sur lui, car il a réussi à vider leur compte bancaire le lendemain, poursuivit Elvira avec un sourire ironique. Mais ce n'était rien par rapport à cette trahison. Ça l'a brisée. Sa santé n'a tout simplement pas pu supporter le choc. Pourtant, elle n'a jamais porté plainte contre lui. »

Elvira m'avait confié que sa sœur était morte assez jeune, mais elle ne m'avait jamais expliqué comment. Elle n'en avait jamais parlé non plus, et maintenant j'en comprenais aussi la raison. Je sentais que mes mains autour de la tasse devenaient moites.

« C'est ainsi qu'Ellen nous a confiés Konrad ici pendant les vacances d'été et les week-ends, poursuivit Peder. Le plus souvent, du moins. Ellen souhaitait que j'apparaisse comme une sorte de figure paternelle pour lui. Un père ne lui ayant pas fait de mal, je veux dire. Il a passé son été ici depuis l'âge de... huit ou neuf ans ? » Peder interrogeait sa femme du regard. La couleur de son visage avait changé. À présent, il apparaissait davantage ton sur ton avec son pull.

« En effet, je me souviens avoir fêté son dixième anniversaire, c'est bien ça. Ellen était là aussi, elle était descendue d'Oslo ce jour-là.

Konrad était si heureux de la voir. Dommage qu'il n'ait pas pu la garder jusqu'à l'âge adulte. » Les lèvres d'Elvira tremblèrent à cette pensée.

« Une sclérose en plaques s'est déclarée peu de temps après. Juste avant que Konrad n'atteigne ses 18 ans, elle est morte. Il a fallu plusieurs années pour qu'elle... s'éteigne. C'est horrible à dire, mais son décès fut un soulagement. N'est-ce pas ? poursuivit Peder, observant Elvira avec gravité.

— À la fin, elle était complètement impuissante. Et il n'y avait aucun espoir de guérison. Le pire, c'est que Konrad a dû assister à tout cela. Elle a vécu dans une maison de santé les derniers mois, mais il insistait pour lui rendre visite tous les jours. Nous avons passé beaucoup de temps avec lui à Oslo, mais nous devions aussi faire notre travail ici. C'était un garçon de 17 ans qui est devenu brutalement adulte. » Elvira triturait le bord de la toile de lin en parlant.

« C'est pourquoi nous voulions qu'il reste avec nous après la mort d'Ellen. » Peder saisit la main d'Elvira et interrompit le mouvement de ses doigts. « Mais il ne le voulait pas. Il a insisté pour rester habiter dans l'appartement à Oslo. Nous ne pouvions pas l'empêcher de le faire... Il avait eu 18 ans entre-temps et il avait trouvé un emploi. Après un certain temps, il a commencé à étudier le droit, parallèlement à son travail dans une quincaillerie.

— Konrad s'est bien débrouillé, en fait. Il est devenu très indépendant aussi, peut-être à la dure d'une certaine façon. Nous lui avons rendu visite souvent, mais nous avons eu moins de contacts avec lui une fois adulte. Après la mort d'Ellen, il a continué à nous rendre visite en été pendant quelques années. En dehors des vacances, il s'arrêtait de temps en temps, mais il était toujours très pressé. Ce n'est peut-être pas si étonnant, il a étudié et... Oui, ensuite il a obtenu un poste au cabinet d'avocats de Prebensen. Il nous a alors invités à dîner et à passer la nuit à l'hôtel à Oslo. Pour célébrer le fait qu'il soit devenu avocat, donc. C'était vraiment très sympathique. » Le visage d'Elvira s'éclaira de sorte que les rides autour de ses yeux se replièrent presque les unes sur les autres.

« Nous pensions qu'il pourrait venir ici un peu plus souvent le jour où il aurait une femme et des enfants. » Peder versa à nouveau du thé dans les larges tasses et déplaça le pot à lait vers moi. J'étais la seule à être assez ignoble pour ajouter du lait dans mon thé.

« Oui, nous avons discuté du fait qu'il ait pu être blessé par... par ce que son père lui a fait. » Elvira frissonna, je le constatais aux poils de ses avant-bras. « Mais il a toujours semblé très épanoui une fois adulte.

— En dehors du fait que la question de l'obligation de résidence le tourmentait ces derniers temps, il est vrai. Il était déchiré entre son travail et notre position ici sur l'île. Prebensen a exigé qu'il travaille sur ce dossier, mais au fond, je pense qu'il aurait préféré pouvoir l'éviter. C'était difficile pour lui. La dernière fois, son appel téléphonique fut très bref, et maintenant cela fait des mois que nous n'avons pas parlé ensemble. N'est-ce pas exact ?

— C'était le premier mars. Je m'en souviens parce que c'était le jour où il a tant neigé, si tu te souviens. Après que toute l'ancienne neige avait fondu. Même sans ça, je suppose que je m'en souviendrais de toute façon... En fait... Il était très contrarié vis-à-vis de nous, mais nous attendions que les choses se tassent. » Elvira se libéra de la main de Peder, appuya ses deux mains fermes sur la table et se releva. Elle avait de la terre sous les ongles et des égratignures sur le pouce droit parce qu'elle oubliait toujours de mettre ses gants de jardinage.

Je n'avais pas prononcé un mot pendant toutes ces révélations. Je prenais soudain conscience qu'Elvira, Peder et moi discutions beaucoup, mais finalement n'avions peut-être jamais vraiment parlé de choses personnelles. Les choses pouvant nous interpeller et concernant notre vie quotidienne sur l'île – telles que les bus toujours moins fréquents et les files d'attente à l'heure de pointe le matin – s'avéraient des sujets faciles à aborder. La maltraitance d'enfants, en particulier d'enfants de la famille proche, relevait d'une autre paire de manches. Qui voudrait qu'on lui rappelle un tel événement ? Comme tant d'autres familles, notre famille possédait aussi son lot de secrets inavouables, mais il s'agissait plutôt d'une tante ou d'un oncle éloigné de la génération précédente. Je pense n'avoir jamais rien entendu dire de plus grave qu'un brassage maison d'alcool de cerise et d'un goût un peu trop prononcé pour les caves à vin. Un brin de contrebande avait également eu lieu, mais c'était presque une tradition ici sur la côte. Ankerholmen détenait une jolie baie abritée au sud, à proximité du club de voile.

« Oh mon Dieu, pourquoi n'aviez-vous jamais rien dit à ce sujet jusqu'à maintenant ? m'enquis-je, tout en connaissant la réponse. Konrad et moi discutions beaucoup ensemble, mais je n'en ai jamais eu la moindre idée... Le pauvre... Une chance qu'il vous ait eu à ses côtés dans les pires moments.

— Je ne sais pas pourquoi nous n'avons rien dit. Je suppose que c'est parce qu'il ne s'agit pas du tout d'un sujet naturel à aborder. Pas jusqu'à aujourd'hui. Par ailleurs, Konrad ne voulait pas que quiconque soit au courant et nous respections cela. Mais nous te faisons confiance et j'ai senti que c'était le bon moment de te mettre dans la confidence. Nous devons laisser ce différend sur l'obligation de résidence derrière nous. Nous devons reprendre contact avec Konrad. Tu ne crois pas ? » Elvira adressa un sourire à Peder, sa lèvre inférieure tremblante. Il serra à nouveau la main d'Elvira sur la table.

« Je pense vraiment que c'est la bonne chose à faire pour vous. Quand on voit à quel point la vie est fragile, il est tout aussi préférable de ravaler toute sa stupide fierté et de se lancer. » J'avais pour habitude de penser ce que je disais, mais à présent je le pensais plus fort que jamais.

Elvira, Peder et Konrad partageaient une longue et solide histoire. Il ne s'agissait pas seulement de beurrer des sandwichs, ni de servir du cacao chaud, nous parlions ici d'affaires sérieuses. Plus qu'une Olivia Henriksen était en fait capable de comprendre. Mon enfance auprès de tante Lena s'était avérée calme et paisible. Certes, j'avais été exposée à un couple de parents hippies indisciplinés, mais la vie s'était plutôt bien déroulée.

La pire chose dont je pouvais me souvenir se rapportait à la vue d'un exhibitionniste en bordure de la forêt, un jour de printemps tandis qu'une camarade et moi rentions de l'école à pied. En y repensant, je me souvenais encore de la vision de ses fesses blanches à la lisière du bois sombre. Ajouté à cela, notre rire et la fureur de tante Lena quand nous sommes rentrées à la maison. Elle courait vraiment rarement.

À la fin de notre discussion, je me tenais sur le pas de la porte d'Elvira et Peder. Il n'était pas possible de repartir de là sans emporter un sac de petits roulés à la cannelle fraîchement cuits pour Oskar. Elvira insista pour me raccompagner jusqu'au portail, tandis que Peder restait debout au milieu de la cuisine, le visage souriant. Les poils de Dino virevoltèrent dans la pièce après la dernière caresse d'au revoir. Ce chien, d'exactement la bonne taille, entama la marche à travers la porte, la queue bien droite en l'air et le museau déjà plongé dans l'allée de gravier. Il s'arrêta net lorsque quelque chose remua derrière la haie. Cela ressemblait à s'y méprendre à des baquets et des seaux en métal manipulés brutalement.

« Ragnarsen... marmonna Elvira en levant les yeux au ciel.

— Comment ça va avec lui ? Et les arbres ?

— Comme tu peux l'imaginer... »

Oui, je l'imaginais. Nous parlions très bas. Certes, une bonne distance séparait les voisins sur Ankerholmen, mais Ragnarsen réussissait quand bien même d'une manière étrange à toujours se trouver dans les parages. Les oreilles à l'affût, le regard indiscret avec un nez pointu. En réalité, son nez s'affichait comme l'élément dominant sous la casquette qu'il portait constamment sur la tête. C'était probablement la curiosité et le tempérament de Ragnarsen qui avaient entravé une relation de bon voisinage avec Elvira et Peder. Éventuellement la tendance qu'il avait à jouer le concierge du quartier.

« Comment ça va avec lui ?

— Il ne nous parle pas, mais le décès d'Elsa a bien dû le secouer. Du moins, je pense qu'il a réussi à se tenir à distance de la bouteille à présent.

— C'est vrai que c'est vraiment terrible de perdre sa femme si soudainement. Après tant d'années.

— Peut-être qu'elle a été soulagée de mourir, la pauvre. Apparemment, il veut vendre dès que possible, ai-je entendu. Je crois qu'il attendait que la question de l'obligation de résidence disparaisse. Il pourra en tirer davantage pour la maison, soupira Elvira. Ça peut se comprendre d'une manière ou d'une autre.
— Peut-être ce point. Mais je ne comprends pas pourquoi il veut abattre vos chênes.
— Diable, c'est un vieux grincheux, railla Elvira. Certaines personnes deviennent obsédées par la facilité à mesure que l'âge les prend. L'ironie du sort, c'est qu'il a plus de temps que jamais. La seule chose dans laquelle il est engagé, c'est la ligue anti-alcoolique, et il en a bien besoin. »

Elvira et Peder s'avéraient très attachés à leurs chênes, presque autant qu'à la maison et au ponton. Il y avait peu d'invitations à prendre un café à la frontière voisine avec Ragnarsen, pour le dire en d'autres termes.

« N'oublie pas de passer le bonjour à Konrad si tu le vois ! » Elvira parlait plus fort maintenant que nous avions presque atteint le portail. « À moins que je ne lui parle en premier, pardi. »

Dino et moi arrivions à nouveau presque au niveau du jardin d'Oskar. Le brouillard était tombé sur l'île pendant le court laps de temps du retour, et à présent il pesait comme un rideau devant moi. La haie face à moi flottait dans une semi-obscurité, comme un ruban infini d'un vert sombre. Le silence restait toujours total et aucun Morten en vue. Sur Ankerholmen, nous entendions peu de circulation automobile, mais il suffisait de traverser le pont pour que l'éternel ronronnement lié aux besoins de transport de la population ne caractérise les environs.

Ici, on entendait uniquement un léger frémissement dans les branches de sapin et le cri d'une corneille juste au-dessus de la tête. Probablement un membre de la famille que j'avais nourrie tout l'été, qui avait niché dans le grand mélèze à l'entrée. Les corneilles étaient devenues si apprivoisées au bout d'un moment qu'elles me suivaient dans le jardin. Il était impossible de m'asseoir avec un livre sans qu'elles ne se posent sur la table devant moi et mendient de la nourriture. Après que les enfants se furent littéralement envolés du nid, elles s'étaient quelque peu calmées. Maintenant, c'était davantage comme si elles étaient perchées dans les arbres autour du jardin et m'observaient de leurs yeux perçants. Il pourrait être pratique de disposer d'une nourrice l'année prochaine aussi, semblaient-elles s'interroger.

Je me rapprochais du poteau est du portail, un bloc léger de béton creux Leca recouvert de briques rouges recyclées, soigneusement maçonné par Oskar l'été dernier. Il se dressait d'un air majestueux au beau milieu du feuillage jaune qui recouvrait le sol. En général, ceci aurait constitué un excellent prétexte de réaliser une photo, mais je pouvais faire une croix dessus dans cet univers brumeux qui nous enveloppait.

Avant d'avoir compris ce qui m'arrivait, Dino fit un bond en avant, et la corde de sa laisse se déroula à une vitesse folle, de sorte que mon bras s'en trouva presque arraché. Ce petit chien se dissipait dans le brouillard près de la haie tandis que le pelage court de son cou se hérissa. Un grognement sourd s'échappa de sa gorge. Il avait aperçu quelque chose, mais qu'était-ce donc ? Je ne distinguais que du brouillard et encore du brouillard.

« Dino ? » Je décelais moi-même une légère inquiétude dans ma voix. « Tu vois quelque chose ? »

Comme s'il allait me répondre... Au lieu de cela, je me penchai vers ce que je ne pouvais pas voir. En effet, quelque chose se trouvait bien là. Était-ce une silhouette ? Un homme debout juste en face de moi ? Je commençai à tirer doucement Dino vers moi. Pour une raison étrange, j'essayais d'éviter de faire du bruit. La route s'avérait plus courte jusqu'à la haie que jusqu'à la porte d'entrée, ce qui m'angoissait un peu. C'était un homme qui se tenait là, à une vingtaine de pas environ, j'en étais absolument certaine. Un homme qui restait immobile. Je ne pense pas qu'il nous regardait, en fait, peut-être qu'il n'avait même pas réalisé que nous étions là. J'observais de façon intriguée le brouillard planant devant la silhouette. Mon corps restait sur le qui-vive, mais heureusement, Dino se tenait à nouveau près de moi. Il avait commencé à remuer la queue avec peu d'assurance et me dévisageait de ses yeux interrogateurs et effrayés. Je le tirai encore plus près de moi. Comme si ce petit chien s'avérait en mesure de me sauver de n'importe quelle situation. Je me mis lentement à marcher en biais, en tirant Dino avec moi vers la porte d'entrée. Bientôt en sécurité. À présent, je me trouvais plus proche de la porte que de la haie. Je n'en avais plus pour longtemps désormais. Je gardai un œil sur la silhouette en avançant. Mais Dino remua la queue et voulut rester sur place. Ce petit chien se tenait sur ses quatre pattes rigides et formait des marques profondes dans le gravier. Ce sera du travail de ratissage pour Oskar, pensai-je assez bêtement.

Je faillis perdre mon souffle. La silhouette se pencha, ramassa quelque chose qui semblait lourd sur le sol. Je sentais que j'étais sur le point de hurler, mais je parvins à reprendre mes esprits. En trois grands pas, j'atteignis la porte d'entrée. Derrière moi, je sentis un souffle froid.

Chapitre 8

« Coucou, je suis de retour ! Je ferais mieux de me dépêcher, il va bientôt faire nuit. »

Morten se tenait là avec un large sourire et me faisait signe, probablement complètement inconscient de m'avoir fichu une trouille bleue.

La tronçonneuse démarra dans un rugissement qui brisa à la fois le brouillard et le silence. Elle rugit tout du moins plus bruyamment que le cri qui se préparait à traverser ma gorge. Comme par un caprice du destin, une forte rafale de vent se leva, et d'un coup, le brouillard disparut comme par magie.

Dino s'assit pour remuer la queue comme obnubilé, puis jappa pour s'approcher de Morten. Bien entendu, il avait reconnu Morten, c'est pourquoi il avait remué la queue après avoir d'abord semblé sceptique. J'étais tellement apeurée que je n'avais pas détecté ses signaux canins. Morten s'en donnait à cœur joie avec la tronçonneuse et ne remarqua même pas le chien. Je m'affalai sur le banc extérieur sous l'entrée couverte, tout en me rendant compte que de la sueur perlait sur mon front. Je me sentais tant stupide que ridicule. Ma main glissa toute tremblante sur le bois lisse sur lequel j'étais assise, soigneusement frotté au savon potassique pendant l'été quelques semaines auparavant. Un léger soupçon des douces senteurs du savon embaumait encore le siège. Je venais de rembobiner la laisse de Dino si brutalement que mon pauvre chien tressaillit et fit un bond vers moi. Il restait néanmoins tout aussi radieux et remuait joyeusement la queue tout en plaçant son museau dans l'entrebâillement de la porte. Il devait entrer le premier, coûte que coûte. J'enfonçai la main dans la poche de ma veste et en sortis le trousseau de clés. Puis je nous ouvris la porte.

Il n'y avait personne à qui parler à la maison. Oskar se trouvait au travail, il ne m'avait toujours pas rappelée, et c'était devenu un peu monotone d'entretenir une conversation avec un chien. Morten passa en hâte à la porte pour dire au revoir, la haie était terminée à un peu plus de la moitié et il devait revenir le lendemain. Il était pressé car il avait une réunion avec la société historique locale tous les derniers mercredis du mois. On était le jour en question. Je me préparai une omelette ratée tout en feuilletant les pages du journal local, le Tønsbergs Blad. Plusieurs cambriolages en zone rurale, un déficit budgétaire pour notre édition insolite d'un festival et la fermeture de l'École culturelle. Rien de très nouveau, donc. Je consacrai quelques instants à réfléchir à la tournure des choses et à qui pouvait incomber la culpabilité, tout en consultant les avis de décès. Ils pouvaient concerner quelqu'un que je connaissais, il valait mieux rester informée. Il n'y en avait pas beaucoup ce jour-là, et fort heureusement aucun nom connu. C'est alors que le téléphone sonna.

C'était Evert Karlsen. Il m'informa que Katrine Prebensen aimerait bien que je descende à l'hôtel. Est-ce que cela serait possible sous peu ? Bien sûr, tout à fait possible. C'était plus que le bon moment, car après les avis de décès, je n'avais plus rien de particulier à faire.

Après une douche incroyablement courte et un maquillage express qui ne prit que quelques minutes, je me retrouvais à nouveau dans les escaliers à l'extérieur de notre maison. L'air était pur et vif dans le jardin maintenant que le brouillard s'était complètement dissipé. Cette fois-ci, je verrouillai la porte et empruntai le chemin du portail sans Dino. Il restait des branches de sapin élaguées près de la haie suite au passage de Morten et l'air sentait la végétation fraîchement coupée. Soudain, j'eus envie de cette fameuse poitrine de porc croustillante de Noël. Cela sentait purement Noël.

L'hôtel du Port m'avait toujours donné l'impression d'arriver dans le grand monde. Mon amie Mona le dirigeait avec beaucoup d'enthousiasme et de détermination. D'après ce que j'avais compris, la femme de Prebensen n'était peut-être pas complètement dévastée par le chagrin non plus. Cela facilitait ma venue.

L'hôtel de Mona respirait l'éclat du passé et l'époque de la marine à voile. N'en déplaise à la grande véranda de l'hôtel en bois, dotée de vieilles baies vitrées usées faisant face à la mer. Juste à l'endroit où l'horizon se frayait un chemin entre les îles, on apercevait le large, à perte de vue. En s'équipant d'œillères, on pourrait imaginer se situer en pleine mer, en route vers de nouvelles aventures. Le fait que la véranda soit gelée comme pas possible en hiver avait peu d'importance. En ce moment, les baigneurs résidaient chez eux, dans leurs propres logements chauffés, et la véranda en verre de l'hôtel restait fermée pour la saison. En ce début d'automne, c'était un endroit charmant. Cela scintillait dans le laiton ancien et étincelait dans le verre irrégulier, tout en crépitant dans la cheminée à l'intérieur du plus grand salon qui servait toute l'année. Des mariages, des confirmations et des anniversaires importants y étaient organisés, toujours dans une ambiance de souvenirs d'ancien armateur et de chasse à la baleine. Au mur étaient accrochées des appliques comportant des dents de baleine, ainsi que d'énormes lanternes anciennes de navire dans les coins. Le parquet d'origine produisait un bruit sourd et apaisant lorsqu'il était parcouru muni de chaussures à talons hauts. Ce n'est que lorsque vous accédiez aux véritables tapis persans que le calme était tel que vous pouviez entendre les prismes de lustre tinter dans le courant d'air de la véranda.

« Coucou toi ! Est-ce que tu vas bien ? » Je n'avais pas croisé Mona depuis trois ou quatre jours. Une longue durée dans notre cas.

« Très contente de te voir ! » Elle jeta un coup d'œil derrière moi avec un regard interrogateur. « Qu'as-tu fait du beau gosse ?

— Oskar ? Tu aimerais bien le savoir. Il est au travail. Aujourd'hui, il n'y a que moi. »

Ce n'était pas un secret que Mona appréciait beaucoup Oskar. En vérité, j'avais eu un espoir de les caser ensemble, mais pour une raison quelconque, leurs atomes crochus ne s'étaient jamais tout à fait accrochés. Tous les deux avaient préféré éviter le sujet quand j'avais tenté de l'aborder. Peut-être que c'était la chimie qui faisait défaut ou qu'ils se connaissaient depuis trop longtemps ; ou bien c'était à cause de mon frère. Je penchais pour cette dernière hypothèse.

« Comment vas-tu, alors ? As-tu vraiment trouvé un homme mort à côté du chalet des Nilsen ? demanda Mona en fronçant les sourcils d'une manière que je savais irrésistible pour les hommes. Je voulais t'appeler dans la matinée, mais ça s'est pas mal bousculé ici. Je n'ai vraiment pas eu le temps. »

Je lui racontai brièvement ce qui s'était passé, mais je répétai les mêmes paroles que Torstein et Evert : la police n'était pour le moment pas certaine de la cause de la mort de Prebensen. J'omis volontairement de mentionner mes propres pensées et suppositions, même si Mona était une des personnes avec qui j'aimais le plus discuter. Elle faisait partie de mes meilleures amies, son regard chaleureux, ses fossettes et son tempérament débordant d'humour m'invitaient en quelque sorte à des confidences. Néanmoins, j'avais conscience que les choses racontées à Mona pouvaient avoir une étrange capacité à se propager. À moins de se souvenir de lui préciser que celles-ci ne devaient pas aller plus loin. Dans ce cas, tout allait bien et Mona représentait l'amie la plus fiable de toute l'île.

« Mais quel cauchemar qu'il s'agisse de Prebensen ! » D'une manière amicale, elle posa sa main réconfortante sur mon avant-bras. « Il logeait ici actuellement, du moins il s'était enregistré. La police est venue ici pour m'interroger, mais je ne pouvais pas leur dire grand-chose.

— Oui, c'est bien lui que j'ai trouvé... » À nouveau, j'eus un affreux flashback des chaussures brillantes et du teint malsain de Prebensen.

Mona se pencha en avant et murmura presque :

« Les policiers sont restés ici longtemps, mais ils ne nous ont pas dit qu'il était mort. J'ai déverrouillé la porte de sa chambre pour eux. Ils l'ont fouillée, mais je ne sais pas s'ils ont trouvé quoi que ce soit. La pièce me paraissait complètement vide et impeccable. Ils avaient les mains vides en ressortant, en tout cas.

— Pas de papiers... ni de lettre ?

— Non, je ne crois pas.

— Justement... Tu ne t'es pas posé de questions qu'il soit parti juste après son enregistrement ?

— Oui et non. Il l'avait déjà fait. Cet été, il a logé ici, mais il a tout-à-coup dû intervenir dans une affaire à Oslo et a oublié de nous prévenir. Mais j'avais appelé sa femme cette fois-là. Katrine Prebensen. Elle m'avait dit de ne pas m'inquiéter et assuré qu'il reviendrait bientôt. Et comme elle ne semblait pas particulièrement alarmée, je ne me suis pas inquiétée non plus. » Mona arbora une petite grimace en levant au ciel ses yeux bien maquillés sous des sourcils soigneusement épilés. « Oui, j'ai compris qu'il se passait quelque chose de plus grave quand sa femme a passé la porte ce matin. Elle loge aussi ici en ce moment, avec Konrad. Le Konrad d'Elvira et Peder, tu sais. Elle ne m'a pas non plus dit ce qui s'était passé. Même si j'avais déjà entendu des rumeurs à ce sujet. C'est Konrad qui m'a tout confirmé.

— Comment prend-elle cela ? »

Mona jeta rapidement un coup d'œil par-dessus son épaule et à travers la pièce.

« Pas tellement effondrée, je dois dire. On pourrait imaginer qu'elle soit dévastée par le chagrin et sous le choc. Je peux affirmer que ce n'était pas le cas. Ou alors elle le cache vraiment bien.

— Quel genre de femme est-elle ?

— Oh, tu peux imaginer... une femme d'avocat proéminent du quartier chic de la capitale. Des traits un peu raides, sans doute...

— Botox. » Les mots m'échappèrent avant que je n'y pense à deux fois.

En fait, Mona et moi venions de discuter de botox quelques semaines auparavant. Une conséquence naturelle de l'âge où nous nous trouvions, peut-être. Nous discutions plutôt de la question de savoir si ce pouvait être une solution pour nous.

« Je pensais exactement la même chose. » Un léger frisson parcourut Mona qui glissa sa main sur les rides imaginaires de son front. « Ou bien une perte de toute sensibilité. Tu comprendras bientôt quand tu la verras de près.

— Peut-être un échange intéressant, alors. C'est le lieutenant Evert qui m'a demandé de lui parler.

— Un pull bizarre, très peu de cheveux, mais plutôt sympathique ? s'enquit Mona, me dévisageant d'un air interrogateur.

— C'est bien ça.

— Justement... Ce lieutenant était là aussi, mais je n'avais pas grand-chose à lui dire. Il a longuement parlé avec Madame Prebensen et Konrad.

— Katrine Prebensen voudrait me demander quelque chose. Je suppose que c'est seulement parce que c'est moi qui l'ai découvert. »

Mona m'observait pensivement. Elle me connaissait si bien qu'elle avait probablement compris que je ne disais pas tout. Je tentai un sourire mal assuré. Mona se pencha par-dessus le comptoir de la réception, y posa ses avant-bras et se mordit la lèvre inférieure. Mon amie était mince, mais aux formes relativement généreuses. Tellement généreuses que la plupart des hommes se retournaient plus d'une fois après son passage. Ce jour-là, elle était vêtue d'un pull rose à col V, dans une sorte de laine brossée, et une croix dorée pendait à son cou. De manière fortuite, je suppose, parce que je savais pertinemment que Mona n'était pas du tout croyante. Sa poitrine était mise en valeur au niveau de l'encolure et encore plus accentuée étant donné qu'elle pressait ses avant-bras le long de son corps. Je restais profondément admirative.

« Laisse-moi te dire quelque chose. » Elle n'avait pas remarqué que je la regardais fixement. « J'ai vu de nombreuses veuves pleurer et des gens perdre des proches de mort subite, et la plupart sont complètement dévastés. Quelles que soient les circonstances, la mort arrive toujours comme un choc. On réalise soudain que l'on n'est pas immortel et que cela peut arriver à n'importe quel moment... Un décès, je veux dire. Cela peut provoquer chez n'importe qui une légère dépression nerveuse, je te le dis. »

Bien sûr qu'elle avait raison. Il ne faut certainement pas dénigrer la psychologie de comptoir de Mona ; elle observait beaucoup depuis son poste à la réception. De surcroît, le fait qu'elle s'occupe du bar le soir ne lui apportait que davantage de crédibilité. Je ne saurais dire combien d'hommes ivres j'avais vus assis penchés au-dessus du comptoir à déverser leur douleur et leur désespoir dans les oreilles de Mona. Certains étaient des commerciaux solitaires en déplacement, d'autres des habitants de l'île récemment divorcés, d'autres encore des éternels insatisfaits, mais tous étaient surtout captivés par Mona. Elle considérait la plupart comme elle traitait l'ensemble des autres clients de l'hôtel, avec gentillesse, réconfort et une touche d'indulgence. Sans conteste, elle restait toujours charmante. Parfois, tandis qu'elle se tenait au bar et donnait vraiment d'elle-même, à la fois verbalement et en termes d'attributs physiques, on pouvait presque sentir la testostérone voltiger dans l'air. Elle s'attachait à certains de ces hommes, il s'agissait de ceux pour lesquels elle ressentait le plus de compassion. Elle entretenait volontiers une relation avec eux et cela tournait mal sans exception après un court laps de temps.

« D'ailleurs, sais-tu où se trouve Katrine Prebensen ? Est-ce qu'elle dîne, peut-être ? » Je ne pouvais pas apercevoir la salle de restaurant d'où je me tenais.

« Non, elle a mangé il y a environ une heure. Elle a dit qu'elle allait prendre un café au bar dans un petit moment. Je pense qu'elle ne va pas tarder. »

Mona se redressa et arrangea les stylos déjà soigneusement alignés sur le comptoir de la réception.

« Tu peux attendre à ton endroit préféré si tu veux, dans la véranda ? »

Mona était déjà en train de sortir par la petite porte arrière de la réception et je la suivis tout en songeant que Prebensen n'avait probablement laissé aucune lettre d'adieu. Pas même un petit mot à sa femme en deuil...

À côté de la réception, des marches menaient au deuxième étage, recouvertes d'un tapis rougeâtre quelque peu défraichi. Les tiges de laiton à chaque marche faisaient de leur mieux pour le maintenir en place. Beaucoup de pieds les avaient foulées, car à l'étage se trouvaient les douze chambres de l'hôtel. Six avec vue sur la mer, six avec vue sur l'île. Quatre des chambres disposaient même de fenêtres donnant sur les deux côtés ; il s'agissait des grandes chambres doubles avec salle de bains privative. Si vous aviez choisi ou si on vous avait attribué, selon le cas, l'une des autres chambres, vous deviez gentiment partager une salle de bain avec les autres pensionnaires. Les salles de bains respectaient également le style de l'hôtel, carrelage en damier, faïence épaisse de style losange, baignoire sur pattes de lion et robinets séparés pour le chaud et le froid. Cela faisait si longtemps qu'elles n'avaient pas été rénovées qu'elles revenaient à nouveau à la mode. Néanmoins, elles affichaient toujours une propreté éclatante. En outre, elles étaient équipées de grandes serviettes moelleuses dont émanait un léger parfum de lavande. Elles constituaient un plaisir à elles seules, et les fois où j'avais séjourné à l'hôtel, partager une salle de bain ne m'avait pas le moins du monde dérangée.

Mona et moi descendîmes vers la véranda. Son sol apparaissait vieux et déformé, mais s'inscrivait dans le style de la ligne maritime de l'hôtel. On avait ici le pied marin, qu'on le veuille ou non. Tandis que je m'affalais sur le premier siège muni d'accoudoirs et d'un coussin douillet, Mona se pencha vers moi. Elle affichait un sourire narquois et il semblait évident qu'elle se retenait de me dire quelque chose. Les mots affluèrent assez rapidement :

« Quel bel homme il est devenu. Konrad, je veux dire ! Mate un peu ses fesses, on ne peut plus rebondies et fermes. » Elle s'assit lestement sur la chaise en face de moi.

Je ne pus m'empêcher de rigoler.

« Tu as déjà remarqué, n'est-ce pas... N'oublie pas qu'il est le neveu d'Elvira et de Peder. Cela peut vite devenir compliqué.

— Bon, d'accord. Tu parles peut-être par expérience ? » Mona savait énormément de choses sur moi, dont le penchant de mon ex-mari pour les petites secrétaires. Ou pour tout ce qui bouge, pour être honnête. Il restait confus pour moi de savoir si Mona était jalouse de ma vie passée ou si elle avait juste de la compassion pour la façon dont tout cela s'était terminé. Possiblement cette dernière hypothèse.

« Au fait, il s'est passé des tas de choses ici ces derniers jours. Un autre voyageur est arrivé il y a quatre jours. Un peu farfelu, mais mon Dieu quel... homme ! C'est un mélange de Robert Redford, Brad Pitt, Kenny Rogers et... Dwight Yoakam, déclara Mona avec littéralement des étoiles dans les yeux en se penchant par-dessus la table et en tripotant la serviette.

— Oh ? Je partage pour les deux premiers, mais Kenny Rogers ? Et Dwight Yoakam ? Tu sais que je déteste les chapeaux blancs de cowboy. » Mona avait un faible pour les acteurs des années 80 et les artistes country qui prenaient le genre un peu trop au sérieux. Je n'étais pas tout à fait sur la même longueur d'onde.

« D'accord, un jeune Kenny Rogers alors. Dans tous les cas, il possède la même barbe. Quand j'y réfléchis, ni Redford ni Yoakam n'en ont. Brad Pitt, par contre. Bref, peu importe. » Elle poursuivit sans se laisser affecter par le fait que je restais un peu sceptique. « Il est l'une de ces friandises sur un étal en plein air. Peut-être un peu ringard, pour le moins il ne parle pas beaucoup. Je sais qu'il s'appelle Keith Bradley, qu'il vit à Oslo et qu'il parle bien norvégien, mais avec un fort accent anglais. Il vient probablement de là-bas. Enfin à l'origine, je veux dire. D'ailleurs, il grommelle en général quand je lui pose une question. Il constitue un véritable défi, gloussa Mona pour elle-même. Il est arrivé ici avec plusieurs énormes valises, il dort jusqu'à tard dans la journée et est sorti à peu près la moitié de la nuit. Il arrive furtivement avec de la boue aux genoux et aux coudes, vêtu d'une sorte de... tenue de camouflage, ça doit s'appeler ainsi. Il fonce dans une vieille voiture anglaise, avec un appareil photo sophistiqué autour du cou et des cannes à pêche sur le toit. Dieu sait ce qu'il fabrique.

— Une vieille voiture anglaise ? Ce n'est pas un Land Rover, par hasard ? Rouge et blanc ? Avec une roue de secours à l'arrière ?

— Si... » Mona paraissait hésitante. Elle comptait de nombreux intérêts, mais les voitures n'en faisaient pas partie. « Tu as sans doute raison à ce sujet. Comment ça ? Tu l'as rencontré ? »

Je racontai à Mona ma mésaventure avec l'homme qui m'avait forcée à bondir dans le fossé. Ce ne pouvait être que lui. On pouvait dire beaucoup de choses sur Ankerholmen, mais l'île n'était pas suffisamment grande pour qu'il ne s'agisse que de pures coïncidences.

« J'aimerais bien avoir un mot avec cet homme, déclarai-je. Ce n'est pas possible de pratiquement faucher quelqu'un sans s'arrêter pour demander si tout va bien !

— Mince alors... Je vais l'inviter à boire un verre. Ainsi, je pourrai lui demander de conduire prudemment ici. » Son regard se perdait dans le vague.

Une pensée me traversa l'esprit.

« Tu as un rencard ! Il est vraiment si beau que ça ? » Elle restait fichtrement égale à elle-même.

Mona ne répondit pas tout de suite, mais se dirigea promptement vers la fenêtre et jeta un coup d'œil derrière les lourds rideaux.

« On dirait qu'il est déjà sorti pour la soirée. Il se peut qu'il revienne pendant que tu es là, mais j'ai des doutes. Comme je l'ai dit, il sort habituellement jusqu'à tard dans la nuit, répliqua-t-elle en haussant tristement ses épaules bien galbées. Mais il a réservé sa chambre pour encore une semaine, donc tu vas probablement le croiser.

— Je suppose que oui. À moins qu'il ne me croise d'abord... » Dans ma tête, j'avais déjà élaboré le dialogue que j'allais partager avec Keith Bradley. Peut-être que ce serait préférable de se calmer quelques jours avant de le rencontrer.

« Mais as-tu... »

Soudain, la sonnette de la réception retentit. J'aperçus une valise et deux jambes bien sapées qui attendaient avec impatience. Mona se retourna à une vitesse remarquable sur ses talons hauts et m'adressa un sourire pour l'excuser. Tandis qu'elle s'approchait du comptoir de la réception, elle usa de sa voix mélodieuse qu'elle aimait utiliser avec des hommes qu'elle pensait en valoir la peine. Une fois de plus, je remarquais qu'elle possédait des jambes incroyablement jolies, toujours bronzées, avec une musculature évidente et des chevilles tant minces que féminines. Ce n'était pas de la jalousie. Juste un peu.

Toujours assise dans la véranda, mon regard se tourna vers la mer grise. Grise à l'automne, bleu azur en été, verte au printemps, c'était ainsi à peu de chose près. Le bleu n'était pas bleu, cela restait une certitude. Le jardin à l'extérieur de l'hôtel semblait crouler sous la pluie d'automne, la Lysimaque ponctuée apparaissait brune et assombrie, tandis que les hortensias dressaient toujours bien haut leurs boules de fleurs rondes et desséchées. Une rose jaune pointait avec optimisme par-dessus la balustrade vers le jardin, légèrement ébouriffée sur les bords, certes, mais toujours en fleurs. Une retardataire. De lourdes gouttelettes pendaient à celle-ci, brillant à la lumière des lampes d'extérieur. Pendant que j'étais assise là, la pluie s'intensifia. Bientôt, le déferlement d'eau ressembla à l'une de ces douches à la mode où l'eau jaillit sur vous comme une cascade, de sorte que vous vous noyez presque dans votre propre maison. Une mouette s'assit en haut du mât et s'égosilla en rythme. Je savais qu'il s'agissait d'un cri rauque, mais je ne pouvais pas l'entendre à travers la vitre.

Peu après, une cafetière fumante et aux arômes riches se tenait devant moi, ainsi qu'un petit bol de confiseries fourrées à la main. Elles provenaient de la boulangerie préférée de Mona à Nøtterøy, où ils fabriquaient, entre autres, le meilleur gâteau de princesse au massepain du monde entier. Le secret du gâteau au massepain, philosophai-je pour moi-même, c'était de ne pas être trop sucré. Il fallait juste le bon équilibre, sans quoi il devenait infect et écœurant. Le nappage de massepain ne devait pas être trop épais, mais de telle sorte qu'il fonde dans la bouche avec l'ensemble du gâteau moelleux. Cette pensée précise relative au gâteau au massepain me mit l'eau à la bouche et, comme substitut décent, je déposai un caramel sur ma langue. Pas mal non plus, ma foi. Je baissai les épaules et m'avachis inconsciemment plus profondément dans le fauteuil capitonné en brocart de l'hôtel.

L'hôtel était calme, un silence de somnolence d'après-midi amplifié par les lourds rideaux séparant les chambres et les épais tapis gisant du sol. Tout à coup, je pris conscience qu'une personne se tenait derrière moi. Je posai doucement la tasse de café sur la soucoupe et me tournai dans le siège.

« Olivia Henriksen ? » La femme debout derrière moi s'avérait grande, blonde, pâle et visiblement réservée. « Je suis Katrine... Katrine Prebensen. »

Katrine Prebensen me tendit une main élégante, ornée de l'une des alliances les plus imposantes que j'aie jamais vues de ma vie. Je n'osais pas imaginer ce que le pauvre avocat décédé avait dû débourser pour cela. Si c'était de lui, bien sûr. Peut-être était-il plus correct de dire que c'étaient des clients. Je saisis sa main et reçus une poigne froide et molle. Elle la laissa dans la mienne pendant le temps exact pour lequel on lui avait appris à le faire. Totalement professionnel.

Avec un léger frisson, je retirai ma main d'un geste brusque tout en lui souriant. Je ne pense pas qu'elle eut remarqué mon embarras. Alors qu'elle effleurait légèrement son sac à main de la marque flagrante Hermès, j'aperçus quelques taches brunes naissantes sur le dos de sa main. Je dois admettre, au fond, que cela a de quoi ravir une femme dans la fleur de l'âge.

« C'est vraiment gentil que vous ayez pris la peine de venir » dit-elle en s'asseyant. Sa peau était lisse et presque diaphane, exempte de rides et d'imperfections. À côté d'elle, je me sentais comme une maladroite éleveuse de vaches sortie de sa cambrousse. Horrible veinarde, pensai-je, jusqu'à ce que je me souvienne du botox. Elle m'adressa un sourire indifférent.

« Ma présence est tout à fait naturelle. Mes condoléances. Cela a dû être une horrible nouvelle à entendre. Souhaitez-vous une tasse de café ? »

Katrine Prebensen hocha la tête avec un air qui ressemblait à un sourire de gratitude. Je fis signe à Mona, qui était maintenant libre à la réception. Elle apporta immédiatement une tasse de café supplémentaire.

« Merci. Oui, bien sûr que ça a été horrible. » Elle élimina quelque chose de son chemisier, invisible à mes yeux. « Ce fut un choc terrible. Totalement inattendu. »

Les mots sortaient de manière machinale. Son visage ressemblait à un masque frigide, mais néanmoins particulièrement beau. Katrine Prebensen possédait un front haut et lisse, une bouche parfaitement dessinée, ni trop grande, ni trop petite, ainsi que d'immenses yeux qui pourraient sans aucun doute faire une pauvre victime d'un homme facile à attendrir. Ils n'avaient pas du tout le même effet sur moi. Elle était vêtue d'un pantalon léger, ou peut-être appelé un slack dans son environnement, moulé autour de ses hanches étroites. Je ressentis une envie presque irrésistible de renverser mon café dessus. Ou encore, d'étaler l'une des confiseries au chocolat, qui étaient maintenant complètement ramollies face à la cheminée, de l'étaler bien en profondeur dans le coûteux tissu. Bien évidemment, je résistai à cette tentation. Je jouis d'une bonne éducation, tout de même. Certainement que Katrine Prebensen n'était jamais ébouriffée le matin ni à transpirer pendant qu'elle faisait de l'exercice. Qu'elle s'entraînait, j'en étais convaincue. Chaque femme de son calibre le faisait. Probablement avec l'aide d'un entraîneur personnel.

Nous bavardâmes un peu de tout et de rien. Ou plutôt, je suppose que c'était surtout moi qui parlais. Je racontais un peu la vie sur l'île et hasardait quelques petites questions sur le travail de Prebensen ici. Elle répondait principalement avec des mots monosyllabiques, d'emblée par la négative. Tandis que je me lançais succinctement dans l'histoire de l'hôtel du Port en général et du lustre à prismes au-dessus de nos têtes en particulier – le capitaine qui l'avait ramené de Bohême vers 1850 était en effet particulièrement intéressant – ses yeux devinrent pour la seconde fois aussi vitreux que les prismes au-dessus de nous. Je me décidai à abandonner le cours d'histoire. C'est un signe, selon moi, quand les gens semblent mettre un voile devant leurs yeux et hochent la tête aux mauvais endroits. Je me doutais qu'elle ne devait pas s'intéresser à la plupart des choses, sauf à sa petite personne et à ce qu'elle pouvait atteindre en termes de biens matériels. Il valait mieux aller droit au but et en finir avec cette histoire.

« Que vouliez-vous me demander au juste ? » C'était là une occasion en or de soulever ma tasse et d'avaler le reste du contenu. J'espérais qu'elle ne voudrait pas savoir trop de choses, parce que j'avoue qu'elle commençait à m'irriter légèrement. Tout en elle semblait planifié et calculé, même le ton paraissait élaboré. Elle parlait comme si elle se trouvait sur scène à une époque révolue.

« En effet, répondit-elle, toute hésitante. J'ai entendu dire que vous ne l'aviez découvert qu'après quelques jours, donc vous ne pouvez pas me donner ses derniers mots, ou quelque chose comme ça. Ce n'est pas ce que je cherche non plus. Le lieutenant m'a informée du plus gros. Ce que je me demande vraiment le plus, c'est si vous avez aperçu quelqu'un d'autre dans les bois le jour de sa mort ? On m'a dit que vous vous y promeniez tous les jours ? »

La police, en la charmante personne de Torstein, m'avait interrogée sur exactement le même thème. Je me demandais presque si j'aurais dû voir quelqu'un. Non, je n'avais pas vu âme qui vive, juste le vélo vert que les policiers avaient maintenant emporté avec eux. Je lui donnai un bref résumé de ce que j'avais vu et fait, avant que je ne réalise l'aspect plutôt étrange de cette veuve en deuil qui me demande exactement cela. Était-ce toujours bien la théorie du suicide sur laquelle la police travaillait principalement ?

« Pourquoi me demandez-vous cela ? » questionnai-je prudemment. Elle ne me répondit pas, elle me regarda simplement avec son regard étrange et distant. « Aurais-je dû rencontrer ou apercevoir quelqu'un ? D'après ce que la police m'a dit, ce serait bien un... suicide ?

— Oui, c'est le cas, bien sûr. Vous avez tout à fait raison, Madame Henriksen. »

D'une manière curieuse, j'étais plutôt contente d'être une dame avec Katrine Prebensen.

« J'ai vraiment du mal à m'en souvenir, même si cela ne fait pas tant de jours. Qui se souvient de ce qu'il a dîné lundi soir, par exemple ? » Elle me regarda de ses yeux impénétrables et je me rendis compte qu'elle se souvenait probablement de telles choses. Elle vivait sans doute selon un planning alimentaire. Eh bien, ce n'était pas interdit d'essayer. « Quoi qu'il en soit, il est rare que des étrangers viennent ici à cette période de l'année. S'il y a quelqu'un, ce sont souvent des gens du coin. Un propriétaire de bateau qui accoste son bateau, un couple qui promène le chien dans les bois, ce genre de choses. »

Elle fixait mon visage en permanence tout le temps que je parlais. Ses yeux étaient secs, son mascara homogène et intact, ses joues parfaitement pâles et poudrées. Je réalisai que Mona avait raison. Ce à quoi on pourrait s'attendre, ce serait au moins quelques reniflements dans un mouchoir, non ? Ou un tremblement dans la voix de temps en temps ? Au moins juste pour le spectacle, même si elle détestait son mari, je veux dire.

Rien de tel n'arriva et je dois admettre que je trouvais cela devenir désagréable. Il y avait je ne sais quoi d'étrange chez cette dame en entier. Un élément sur lequel je ne parvenais pas à mettre le doigt. Un désir d'agir de manière effrontée déboula en force. Les gens trop parfaits me donnaient cette envie. Mais je ne fis rien. Comme d'habitude.

« Je comprends. Tout de même, je me demande vraiment si... »

Elle fut interrompue par une rafale de vent qui fit vaciller dangereusement le lustre à prismes et les serviettes sur la petite table volèrent comme des avions en papier sur le doux tapis. Nous nous tournâmes toutes les deux vers la porte d'entrée, d'où le courant d'air devait sans aucun doute provenir, et regardâmes fixement une silhouette totalement équipée pour la pluie. Non pas une tenue moderne contre les intempéries, mais un ciré jaune des années 70, épais, dégoulinant et avec des taches de moisissures. Je distinguais tout cela depuis la table où nous étions assises. Des relents de vieille cave et de pommes Ingrid Marie à moitié pourries se répandirent dans notre direction. Cet homme, car il s'agissait certainement d'un homme, était coiffé d'un très ancien suroît. Le nœud de la ficelle sous son menton semblait tendu et solide, sans doute impossible à défaire. Le personnage se tenait debout, la tête inclinée vers le paillasson, où il s'essuyait vigoureusement les pieds, portant des chaussures en daim marron. Les chaussures appartenaient à la même catégorie que celles de Fridtjof Prebensen : cousues à la main et élégantes. À ce moment précis, néanmoins, elles dégoulinaient après s'être retrouvées dehors sous la pluie, le cuir s'assombrissait graduellement vers la semelle. Dommage d'exposer des chaussures aussi chères aux intempéries, pensai-je. Derrière lui, des feuilles tourbillonnèrent, plus que suffisantes pour les décorations de la Journée d'Action de Grâce, décorations que Mona installait soigneusement chaque mois de novembre. Je venais de percuter que l'époque approchait d'ailleurs.

L'homme leva les yeux.

« Mais qu'est-ce que... ? »

À mes côtés, Katrine Prebensen tressaillit.

Chapitre 9

C'était Konrad qui venait de surgir sur le pas de la porte de l'hôtel, trempé et frigorifié. Tellement transi par le froid que seul un bon réchauffement au cognac lui permit de retrouver sa langue. Je suivis l'exemple de Katrine Prebensen et me contentai de siroter tranquillement un verre de vin blanc sec. Il me vint à l'esprit que Konrad aurait aussi dû avaler quelque chose de consistant au dîner, car l'alcool allait le rendre rapidement ivre. Très rapidement ivre.

Par chance, Konrad me reconnut tout de suite, ce fut un soulagement. C'était pire pour ma part, je n'avais pas saisi que Konrad était Konrad dès le premier regard. Il avait pris quelques kilos, mais cela ne changeait absolument rien. La dernière fois que je l'avais vu, il possédait de longues jambes et un corps maigrichon. Quand il finit par enlever son imperméable, avec l'aide enthousiaste de Mona, je constatai sa belle musculature et que de larges épaules se dessinaient sous son mince pull en laine. De la laine délicate, cela vaut sans doute la peine d'ajouter. J'avais déjà vu la même marque de pull dans une boutique derrière le Palais Saint James à Londres. Juste à côté du magasin achalandé de matériel de chasse étrange, comme le couteau qui ressemblait à une cartouche rouge ou le bâton de marche qui se dépliait en un petit siège. Il est vrai que j'avais vécu dans ce quartier durant mes jours heureux.

Malgré tout. Konrad avait toujours eu les cheveux couleur noisette, et c'était encore le cas. Couleur d'origine ou non, pour le moins tous ses cheveux étaient restés intacts. Il avait payé une fortune pour cette coupe, je le repérais d'emblée, et sa frange retombait lourdement sur ses sourcils épilés. Et pour information, Mona avait raison. Son postérieur était d'une jolie forme musclée qui s'enfilait de manière seyante dans son jean serré.

Ce qui avait provoqué une exclamation d'effroi chez Katrine Prebensen en l'apercevant, je n'en avais aucune idée. J'en vins à la conclusion qu'elle n'avait peut-être pas l'habitude de le voir en tenue de pluie. Du moins pas dans un tel ciré jaune imprégné qui se classait probablement bien en deçà de ses normes. Possiblement en deçà des normes de Konrad également. Peut-être ne l'avait-elle pas reconnu tout de suite ? Savait-elle que Konrad était sorti par une soirée comme celle-ci ? S'était-elle imaginé pendant un bref moment de délire que Konrad incarnait ce vieux capitaine qui selon les dires revenait par les sombres nuits d'automne ? Celui ayant fait naufrage dans les années 1800 et ayant séjourné ici même dans cet hôtel ? Difficile à croire.

« Il n'était même pas déprimé. En tout cas, je n'en ai jamais perçu aucun signe, expliqua Konrad à propos de Prebensen. La société se portait bien et il semblait en bonne santé et actif. Nous avions beaucoup de pain sur la planche. Ou plutôt « avons » serait plus juste. Les affaires ne disparaissent pas d'elles-mêmes. Rien ne le perturbait d'après ce que je savais. N'était-ce pas le cas ?

— En effet, vraiment rien. Il était en excellente santé, répondit Katrine mécaniquement et sans expression. Optimiste pour l'avenir également.

— Je n'arrive pas à y croire. Qu'il puisse faire quelque chose comme ça... Je n'avais rien remarqué. Et je le voyais tous les jours au bureau. On parlait de tout. Surtout des affaires, bien sûr, mais aussi de choses plus personnelles. Du moins de temps en temps. » Konrad déglutit péniblement, puis se releva vite avec une main sous les yeux. « Il m'a dit qu'il comptait venir ici bientôt, mais je ne savais pas qu'il était déjà là actuellement. Il travaillait toujours sur la question de l'obligation de résidence, tu sais. » Il me dévisagea de ses yeux verts. De jolis yeux.

« Je pensais que cette affaire était classée, non ? » J'avalai une gorgée de vin blanc. Un bon Chardonnay. Aucune fontaine avec des tortues en vue pour ce vin, non.

« En fait, oui. Mais il gérait une montagne de papiers que lui seul maîtrisait. Maintenant, je suppose que c'est moi qui devrai me mettre au fait sur ce sujet. Apparemment, il n'avait pas complètement renoncé à porter l'affaire devant le tribunal. Malheureusement, il ne voulait pas m'en dire plus. » Konrad hoqueta bruyamment.

Durant toute la conversation, Katrine Prebensen restait assise avec un visage sans expression et un piquet dans le dos. C'était un mystère pour moi qu'elle parvienne à ce point à garder le masque. N'avais-je pas lu quelque part que les stars hollywoodiennes croyaient fermement que le sourire leur provoquait des rides avant l'heure ? Ce devait être un des principes suivis par Katrine Prebensen. J'imaginais avec horreur la contrainte pour les muscles contractés de sa mâchoire. Tout-à-coup, elle ouvrit la bouche. Je crus entendre un grincement.

« Tu as pu les récupérer ?

— Oui, les voici. » Konrad sortit quelque chose de sa poche. Une petite boîte à pilules.

Katrine Prebensen s'excusa à mon attention. « Hélas, j'ai besoin de quelque chose pour me calmer pendant la journée. Ainsi que quelque chose pour m'aider à dormir. C'est un peu trop pour moi, tout ça...

— Ne t'inquiète pas, Katrine. Je suis sûr qu'Olivia comprend. Tu as traversé beaucoup d'épreuves ces derniers temps. »

Précisément, il y avait peut-être là l'explication de l'apparence un peu rigide de Katrine. Konrad était probablement sorti pour récupérer les pilules dans la voiture. Katrine Prebensen le regarda et posa la main sur son bras. Une main qui m'apparut très familière sur son bras d'ailleurs. Je me figeai et les observai attentivement. Konrad retira doucement son bras et replongea dans son verre de cognac. Katrine Prebensen pencha la tête, passa sa main sur ses joues et... renifla ? Était-ce possible ? Le moment s'acheva presque avant d'avoir commencé.

« Au fait, je dois te transmettre le bonjour d'Elvira et Peder. » Je fis tourner mon verre tout en scrutant sa réaction. « Je leur ai dit que tu logeais ici. Elvira comptait t'appeler. Je leur rends souvent visite, tu comprends. Je les ai vus aujourd'hui.

— Oh... tu dois les saluer pour moi. » On sentait l'émotion dans le regard de Konrad. « Elle m'a appelé cet après-midi, mais nous étions au poste de police. Je n'ai pas eu le temps de la rappeler. Je le ferai demain sans faute. »

À nouveau, il lança un regard en biais vers Madame Prebensen. Qu'est-ce qu'elle avait à voir là-dedans ? Avait-elle un pouvoir de décision plus important que je ne le pensais ?

« Comment vont-ils d'ailleurs ?

— Tu leur manques. Ça crève les yeux. Je sais qu'ils apprécieraient que tu passes les voir.

— Tu as raison. Bien sûr, tu as tout à fait raison. » Konrad posa une main pesante sur mon bras. « Nous nous étions un peu brouillés au printemps, j'imagine que tu l'as su. Il est temps de remettre de l'ordre dans tout cela. Bon sang, ça n'en vaut vraiment pas la peine. »

Je n'émis aucune protestation car rien ne pouvait me faire plus plaisir que leur réconciliation. Konrad reposa sans ménagement son verre sur la table avant d'entreprendre un déferlement de mucosités dans l'énorme mouchoir qu'il sortit. Que ses reniflements aient concerné Prebensen ou bien Elvira et Peder, je ne saurais le dire, mais dans tous les cas cet homme éprouvait de l'émotion. Rien de surprenant, en réalité, car je me souvenais de lui comme d'un garçon soucieux et calme aux yeux bien ronds et sensibles.

À son arrivée, les cheveux de Konrad étaient mouillés et ils n'eurent pas le temps de sécher complètement avant que Katrine Prebensen ne dusse finalement le prendre sous le bras et l'aider à monter à l'étage. Comme déjà mentionné, il était complètement ivre. Je constatai que Katrine Prebensen n'était elle-même pas tout à fait stable, elle avait avalé deux comprimés pendant que Konrad et moi discutions.

Je leur dis rapidement bonne nuit et enfilai les deux dernières gorgées de mon verre de vin. Il s'avérait trop bon pour être gaspillé. Katrine Prebensen n'avait pas évoqué à nouveau ce qu'elle voulait me demander d'autre. Peut-être que ce n'était pas si important après tout. Ou peut-être qu'elle avait simplement oublié. Dans tous les cas, je m'attendais à leur reparler à tous les deux très bientôt. Ankerholmen restait une toute petite île et les routes peu nombreuses.

Je m'attardai un peu en enfilant ma veste. Ce n'est que lorsque j'entendis que Konrad et Katrine étaient arrivés à l'étage supérieur que je me levai. Aussi silencieusement et en vitesse que possible, je me glissai furtivement dans les escaliers après eux. Je pris soin de ne pas trébucher sur le tapis branlant ni de ne pas rester avec la pointe de la chaussure coincée dans les tiges métalliques le maintenant en place. Lorsque ma tête atteint le niveau du sol de l'étage, je fis halte, plissant les yeux en direction du couloir faiblement éclairé.

Konrad et Katrine n'étaient pas encore entrés dans les chambres. Ou « la chambre », le terme serait peut-être plus juste. J'aperçus quatre jambes, deux en chaussures d'homme marron et deux en coûteuses chaussures pour femme, debout devant une porte, et elles se tenaient proches les unes des autres. Si proches qu'elles rendaient impossible tout pas indépendant, si vous voyez ce que je veux dire. Le fait était que le reste de leurs corps se dressaient également singulièrement proches l'un de l'autre, si proches que l'on pourrait appeler cela une étreinte ardente. Katrine Prebensen saisissait fermement d'une main une chose que Mona aurait également apprécié saisir : les fesses rebondies de Konrad. De son autre main, elle attirait sa tête vers la sienne et l'embrassait avec force et détermination. Il s'avérait plutôt facile de deviner qui était le chef. Elle avait réussi à déverrouiller la porte, et tandis que je me tenais dans l'escalier, Katrine Prebensen utilisa l'une de ses chaussures onéreuses pour la pousser. Elle entraîna Konrad devant elle dans l'une des chambres avec double vue de l'hôtel du Port, puis repoussa prestement la porte dès qu'ils furent à l'intérieur. Je tournai les talons de mes propres semelles en caoutchouc bien élimées, puis redescendis lentement l'escalier. J'avais vu ce que je pensais pouvoir voir. Certaines choses dans ce bas monde sont immuables.

Lors de mon départ, Mona était occupée avec encore un homme

d'affaires en arrivée tardive, alors je lui fis simplement un petit geste d'au revoir, puis quittai la pièce. De derrière, l'homme semblait correspondre aux normes de Mona, je savais donc qu'elle prendrait son temps. J'ouvris la porte grinçante et un frisson me parcourut au contact de la fraîcheur nocturne et de la pluie. La mer déferlait contre les poutres du ponton en contrebas de l'hôtel. Elle se mouvait par à-coups, dans des allées et venues incessantes et houleuses. L'air froid était saisissant et se dégageait fortement l'odeur de la mousse de la pelouse, des algues salées de là plage, ainsi que du sol humide de la roseraie près du mur. Aucun signe en vue d'un vieux Land Rover tandis que je jetais un coup d'œil à travers le parking. Mes cuisses devenaient déjà dégoulinantes de pluie avant de tourner au coin de l'hôtel.

Sur le point d'aller me coucher, une discussion put s'engager avec Oskar lorsqu'il rentra. Il était presque une heure du matin. Une heure une peu curieuse, sachant qu'il n'y avait aucun départ à l'aéroport après onze heures.

« Tu rentres bien tard. Du brouillard ? Des retards ?

— Je suis resté au portail un bon moment. Un type à pied est venu me parler. Il voulait savoir le chemin vers les marmites de géant et les petites grottes près de la zone des chalets.

— À cette heure tardive ? » Dans la plupart des maisons d'Ankerholmen, les lumières étaient éteintes avant minuit le soir, à quelques exceptions près, y compris dans la tribu Henriksen.

« Oui, Dieu seul sait pourquoi il voulait savoir. Je lui ai expliqué le chemin, parce que son attitude m'a semblé très correcte. Poli et discret, peut-être légèrement ringard. Mais il n'a pas voulu dire ce qu'il allait faire là-bas à cette heure de la journée. Un Anglais, je crois. Il avait clairement un accent.

— Il ne conduisait pas un Land Rover, par hasard ?

— Un Land Rover ? Non, il était à pied d'après ce que j'ai vu. » Oskar ne rebondit pas sur ma question, mais se passa la main sur le front. « En plus, j'avais des papiers qui trainaient à l'arrière. La police m'a téléphoné dans la journée, donc je me suis arrêté au commissariat. Ça alors, une sacrée file d'attente… Le lieutenant voulait savoir si je connaissais Prebensen, comment je le connaissais et ainsi de suite. Ce fut assez rapide, mais il m'a fallu tellement de temps avant d'accéder jusqu'à lui. Le pauvre, totalement débordé. Per Nilsen est en tout cas mis hors de cause dans cette affaire. »

Oskar se laissa choir sur la chaise la plus proche. Je déposai un grand verre d'eau avec des glaçons devant lui. Cela ne me coûtait pas grand-chose d'être une femme serviable dans certaines situations.

« C'est marrant, parce que j'ai rencontré une vieille connaissance, déclara Oskar en buvant son verre de manière audible. Torstein Krohn, tu te souviens de lui ? Un vieux camarade de classe à moi. »

J'éclatai de rire. « Tu n'as pas vu que j'ai essayé de t'appeler ? C'était pour te parler de Torstein, pour ainsi dire. Je lui ai parlé au téléphone, puis il m'a dit qu'on s'était déjà rencontrés. Diable, je ne me souvenais pas du tout de lui, alors je t'ai appelé pour éclaircir tout ça. Maintenant, tout est clair comme de l'eau de roche. »

— Désolé de ne pas t'avoir rappelée. Torstein a participé à quelques fêtes par ici… Je pense que tu étais aussi là à cette époque. Un type grand, charmant, diraient beaucoup de dames. Il a pas mal de cheveux gris à présent, en fait. Très calme et posé, mais il semblait beaucoup plus bavard maintenant que dans mes souvenirs. » Oskar vida le verre d'eau. « Oh la vache, ce n'est pas étonnant, ça fait presque 30 ans. »

Tout en se relevant, il me lança une dernière remarque. Deux phrases qui me laissèrent à méditer lorsque je me mis finalement au lit :

« D'ailleurs, je pense qu'il était un peu amoureux de toi à l'époque, parce qu'il n'arrêtait pas de parler de toi. Tu étais si jeune et stupide que tu ne l'as pas remarqué. »

Je farfouillai dans ma banque de souvenirs, mais elle restait toujours aussi vide. Cela me contrariait au plus haut point. En général, je me souvenais des gens sympathiques. Moins sympathiques aussi, bien sûr, mais naturellement pour d'autres raisons.

Il me fallut un bon moment pour m'endormir. Les soirées sur

Ankerholmen dans les années 80 défilaient dans mon esprit comme un film muet en boucle.

Le lendemain matin, je me réveillai tôt et me faufilai discrètement dans la cuisine pour ne pas réveiller Oskar, car j'avais pas mal de choses à penser. C'était plutôt agréable de se tenir debout au comptoir de la cuisine à réfléchir tout en parcourant de ravissants livres de cuisine. J'envisageai de préparer la délicieuse tarte tatin de Gordon Ramsay, puis j'aboutis finalement sur ma fameuse recette de tarte aux pommes habituelle. Rapide à préparer et délicieuse, si je puis me permettre. Lorsque je m'installai un peu plus tard avec ma tasse de café à la table de la cuisine, tout sembla beaucoup plus clair dans ma cafetière cérébrale. Je n'osais à peine imaginer ce que Konrad devait ressentir après tout le cognac d'hier soir. Plus tout ce qu'il avait déjà probablement ingurgité avant mon arrivée à l'hôtel.

Certains éléments de la veille me perturbaient. Cet Anglais, par exemple. Il conduisait comme un sauvage et restait dehors la moitié de la nuit ? Une énigme. Était-ce lui qui s'était entretenu avec Prebensen sur le ponton également ? Je devais lui parler, ne serait-ce que pour lui donner un cours intensif de conduite civilisée sur des chemins de terre étroits.

Par ailleurs, je devais commérer un peu avec Mona pendant la journée sur ce que j'avais vu dans les escaliers... Peut-être qu'elle aurait aussi des choses à m'apprendre. C'était incroyable ce qu'elle parvenait à intercepter de la vie dans les couloirs par une nuit tardive. La journée allait être chargée, j'avais un fort pressentiment à ce sujet.

Il restait aussi des questions que je n'avais pas posées à Konrad ni à Katrine Prebensen. Par exemple, qu'est-ce que Konrad avait fait si tard dans la nuit ? Et sous une pluie battante ? Avait-il rempli d'autres missions que d'aller chercher des pilules ? Il faut ressentir un très fort désir d'air frais pour vouloir défier le genre de temps qui s'abattait au-dessus de nous tard hier soir. D'ailleurs, à mon humble avis, étant à moitié ivre, il aurait plutôt dû être tenté par un fauteuil moelleux que par une promenade sous la pluie, vêtu d'un ciré tant dégoulinant que répugnant des années 70 ? Mais peut-être était-il encore plus ivre que je ne pouvais le voir et avait-il besoin de se vider la tête ?

J'avais aussi oublié de demander pourquoi Katrine Prebensen n'avait pas recherché son mari bien-aimé. Pourquoi cette femme restait-elle si calme alors que Prebensen était absent depuis plusieurs jours ? Au moins trois, il avait dû y en avoir. Il était impossible qu'elle ait pu entendre un signe de vie de sa part pendant cette période, naturellement.

J'essayais de me remémorer mon propre mariage. Ce n'était ni très difficile ni si vieux que cela. J'en vins à la conclusion que si cela avait été moi, j'aurais commencé à me poser des questions au bout de 24 heures, si Erik avait été en déplacement et omis d'appeler à la maison. J'aurais appelé la police avant même qu'il n'y ait une raison rationnelle de lancer une recherche. Si nécessaire, j'aurais conduit jusqu'au poste de police et me serais assise là jusqu'à ce qu'ils soient finalement si fatigués de moi, qu'ils décident d'entreprendre quelque chose. C'est ainsi qu'il faut procéder de nos jours.

Mon téléphone portable interrompit le train de mes pensées.

« Bonjour, ici Torstein Krohn. » Il hésita un peu comme je restais silencieuse. Son incertitude manquait presque de passer à travers le fil. Ou la ligne, pour être plus exact. « Torstein Krohn de la police » expliqua-t-il.

Évidemment que c'était lui. J'étais juste quelque peu désarçonnée d'entendre sa voix de si bon matin.

« Bonjour, pardon, bien sûr que je me souviens de vous. » Rien que sa voix à elle seule aurait pu réchauffer mon café à moitié tiède. « Il était un peu tard hier. Je me suis rendue à l'hôtel pour parler avec Katrine Prebensen.

— Comment va-t-elle ?

— Étonnamment bien, si vous voulez mon avis. Mais les gens réagissent si différemment. » Je n'avais pas l'intention de tomber dans la médisance. Les faits étaient contradictoires, alors je ne pus m'empêcher d'ajouter : « Elle est incroyablement calme, mais je pense qu'elle reçoit un peu... d'aide pour cela.

« D'accord... En fait, j'appelle à propos d'Evert Karlsen. Auriez-vous le temps de passer au poste aujourd'hui pour venir discuter avec nous ? » Quelque chose dans sa voix m'indiquait qu'il s'agissait plus d'un ordre que d'une question. Cela ne se refuse pas, d'ailleurs. Je continuais de brûler de curiosité en pensant à Prebensen.

« Oui, bien sûr. J'ai juste besoin d'attendre une heure avant de pouvoir venir. Je dois promener le chien, et puis j'ai quelques gâteaux aux pommes dans le four. Je pensais en emmener un chez Elvira et Peder, mais je peux reporter la visite à ce soir. Ils sont tellement bouleversés à cause de Prebensen. Enfin, pas Prebensen en tant que tel, mais par le fait qu'il s'agisse du patron de Konrad et ainsi de suite. »

Oskar se réveilla aux effluves de tarte aux pommes chaude. Naturellement, j'en avais préparé une pour lui également. Oskar adorait les gâteaux, un faible complètement impossible à détecter en le voyant. Un sacré veinard.

« Je comprends. Vous pouvez venir après le déjeuner, peut-être ? Vers 13 heures ? Je sais qu'à cette heure Evert sera de retour à son poste.

— C'est parfait. Je serai là pour 13 heures. »

Je bavardai un peu avec Torstein avant de raccrocher le téléphone. Nous avions découvert posséder une tante éloignée commune en ville, une dame haute en couleurs nommée Greta. Elle se faisait extrêmement remarquer dans notre petite communauté locale avec ses manteaux jaune vif et ses caniches bien toilettés qui s'appelaient tous Pedro. Ils ne portaient pas tous le nom de Pedro en même temps, mais lorsqu'un Pedro mourrait, elle se procurait un nouveau chiot nommé Pedro. Elle se distinguait particulièrement des autres dames dans leurs manteaux en manque d'originalité gris et bleu ; des dames qui profitaient de toutes les occasions pour commérer à son sujet. Au fond, je suis convaincue qu'elles admiraient son audace. Il fallait du cran pour se démarquer à l'époque et je suppose que c'est toujours le cas à vrai dire.

En promenant Dino le long de la plage, j'en vins à songer que je n'allais pas uniquement rencontrer Evert au poste de police. J'allais très certainement rencontrer Torstein également. Cette pensée me laissait rêveuse et méditative. De retour à la maison, Oskar était finalement sorti de la couette, il fit l'éloge de mes compétences en tant que cuisinière en général et en tant que pâtissière de gâteau aux pommes en particulier. Je lui tapotai un peu distraitement sa joue barbue, puis allai m'installer dans mon véhicule Saab.

Je fis signe au passage à Morten qui travaillait avec sa tronçonneuse sur le côté extérieur de la haie. Il avait dû bien dormir, car d'habitude le matinal Morten démarrait à sept heures. Au grand dam de ses clients qui savouraient de dormir au moins jusqu'à neuf heures. Il avait l'air peu attirant, engoncé dans son casque, sa visière et ses gants épais.

Je restais profondément pensive lors du court trajet en direction de Tønsberg. En réalité, si pensive au point de presque rater le vieux Land Rover rouge et blanc qui me dépassait dans la voie opposée. Rien de vraiment surprenant, puisque la voiture roulait à une vitesse folle. C'était définitivement l'Anglais... Je me résolus à nouveau à l'intercepter dès que je le rencontrerai à l'hôtel. On ne plaisante pas avec Olivia Henriksen.

Je traversai le premier pont en direction de Nøtterøy, celui qui comportait des rainures dans le béton lorsque les garçons étaient plus jeunes. Celles-ci avaient été fortement perceptibles dans le vieux cabriolet Saab, chancelant comme un pudding au chocolat. Il était impossible de tenir une note sans des tremblements dans la voix. À présent, la municipalité avait acquis un revêtement en asphalte et tout le plaisir avait disparu. Je passai devant le magasin Rimi et le kiosque qui s'était transformé en restaurant et en Monopole norvégien des vins et spiritueux de proximité. Dans cette zone, il était populaire pour les célébrités de la capitale de s'installer. On dénombrait notamment des célébrités médiatiques comme Finn Schjøll, la maman du footballeur John Arne Riise ou encore diverses chanteuses ayant emménagé ici ces dernières années. Rien d'étonnant car il s'agissait d'un endroit rural agréable, principalement avec une vue sur la mer, et à une courte distance des commodités de la ville. La venue de célébrités se traduisait par davantage de population, davantage d'immeubles d'habitation et des prix de l'immobilier en hausse. Le charme des lieux tendait à disparaître au même rythme. Je croisais les doigts quant aux futurs acteurs municipaux.

Je me garai là où j'en avais l'habitude lorsque j'étais en ville, sur la petite place en contrebas du musée d'art Haugar. Le musée était du plus bel effet à la tombée de la nuit, lorsque l'éclairage contre les briques le transformait en une sculpture flamboyante. Je venais ici aussi souvent que l'occasion se présentait. On y trouvait de grands arbres, de jolies maisons en bois et une agréable pente vers le centre-ville et le poste de police local.

Seule la façade en briques rendait le poste de police passable, sans quoi il s'avérait horriblement laid. Il n'avait pas été conçu à cet effet, mais après diverses rénovations, il répondait aux exigences des syndicats de police et de l'inspection du travail. C'était l'un de ces bâtiments typiques des années 70, où l'architecte avait conçu quelque chose qui ressemblait à une vieille caisse de bières, ajouté un plafond étrange qui devait représenter un quelconque élément de style mansardé sur le dessus et agrémenté d'énormes fenêtres ici et là. Un peu d'élégance disséminée au hasard.

J'attrapai la lourde porte vitrée et me dirigeai vers la gauche où Torstein m'avait indiqué que les enquêteurs se trouvaient. Je traversai deux autres portes vitrées et découvris un petit accueil en face de moi. Il était faiblement éclairé et en arrivant devant le haut guichet, je m'aperçus qu'il était vide. Aucun Torstein ? Aucune personne tout court, en fait. Je restai là un petit moment à attendre, je ne voulais pas paraître impatiente, ni pénible non plus.

D'un pas nonchalant, j'allai finalement m'asseoir sur l'une des chaises qui se tenaient près de la fenêtre, puis feuilletai sans grand intérêt le magazine Øko Living qui reposait au sommet de la pile sur la table. J'étais seule à l'intérieur, personne d'autre n'attendant un entretien pour être interrogé, ni pour quoi que ce soit que j'allais devoir faire. Le magazine présentait un reportage intéressant sur une famille qui avait déménagé au bout du monde dans la région du Nordmarka à côté d'Oslo, cultivé sa propre nourriture et sculpté des meubles dans des branches de pin ramassées dans la forêt. Des branches déjà tombées, prenaient-ils soin de souligner. En cas de besoin, ils pouvaient se rendre à un marché aux puces, déclarait l'homme de la maison, mais alors ils se renseignaient toujours sur l'origine des meubles et sur le type de bois dans lequel ils étaient fabriqués. Ils étaient engagés en faveur du développement durable. Le petit garçon de trois ans était cité, assis sur la photo à côté de sa mère. « Le développement durable est important » disait-il, les yeux rivés sur sa mère. Elle semblait prête, munie d'une serviette de lin lavable, à essuyer la morve de son nez. La famille comptait cinq enfants et une vie passionnante. Ils étaient tous représentés sur un tapis en peau d'animal devant une cheminée crépitante pendant que leur père leur lisait à haute voix un livre de contes de fées. Même la mère avait l'air totalement fascinée. Elle cuisinait probablement du pain fait maison, tandis qu'elle tricotait des pulls de laine de ses propres moutons et donnait de temps à autre naissance à des bébés qui naissaient à la maison.

Je ne me sentais pas du tout exaspérée.

« Madame Olivia Henriksen ? » Encore une fois, cette « Madame ». J'évoluais visiblement tout-à-coup dans des sphères où de telles formes de politesse étaient plus courantes que ce à quoi j'étais habituée. Pour la Norvège, je tiens à préciser.

« Appelez-moi simplement Olivia. » Avant même de me retourner, je savais que ce n'était pas Torstein. Car dans ce cas, il avait alors dû utiliser l'un de ces convertisseurs vocaux lors de notre conversation téléphonique.

« Le lieutenant Karlsen vous attend. Si vous voulez bien me suivre ? »

La femme qui se tenait devant moi transpirait de confiance. De taille moyenne et élancée, ses muscles se dessinaient clairement sous une infime couche de graisse tandis qu'elle replaçait quelques cheveux rebelles derrière ses oreilles. Je la suivis sans sourciller. Son ton était amical, mais je soupçonnais de pouvoir m'attirer des ennuis en m'aventurant à protester.

« Il est dans ce bureau. » Elle ouvrit une porte et m'invita à entrer. La main posée sur la poignée de la porte paraissait énergique. « Souhaitez-vous un café ? Ou quelque chose d'autre à boire ? »

Je n'osai rien dire de plus que oui, merci. Un café, avec du lait, si cela ne vous dérange pas trop ?

« Frida ? Pouvez-vous apporter quelques biscuits aussi ? Je n'ai pas eu le temps de déjeuner aujourd'hui, mon estomac gargouille comme une chèvre asthmatique. » Evert partit dans ce que je savais maintenant être l'un de ses hennissements distinctifs. « Il est préférable de le calmer et d'apporter un peu d'énergie à un corps en détresse. Asseyez-vous, asseyez-vous ! »

Il me fit signe de m'asseoir sur l'unique chaise qui n'était pas occupée par des classeurs ni des papiers. Une fois assise, je me demandai si c'était un manque d'introspection qui avait conduit Evert Karlsen à se décrire comme en détresse. Ou bien cet homme pratiquait-il simplement l'autodérision ? Par chance, il ne portait pas ce terrible pull criard avec des rayures rose et orange cette fois-ci. Au lieu de cela, il portait la chemise de police bleu clair obligatoire. Elle le seyait mieux, je dois dire, bien que le bleu clair ne soit peut-être pas la meilleure couleur pour lui.

« C'est appréciable que vous ayez pu venir ici si rapidement. Ce n'est pas à la portée de tout le monde. La plupart des gens ont un travail dont ils doivent prendre congé. »

Sur le point de démarrer au quart de tour, je me ressaisis et préférai mettre ce commentaire lié au travail sur le compte du manque de tact.

« Pourquoi suis-je ici d'ailleurs ? Ce n'est pas pour un interrogatoire, j'espère ? » La question était sortie un peu plus brusquement qu'elle n'était censée l'être, alors je la fis suivre d'un petit rire qui je pense sonna curieusement.

« Non, non... pas d'inquiétude. C'est juste la procédure habituelle. J'ai juste besoin de vous poser quelques questions. »

La façon dont il dit cela semblait assez sournoise, mais peut-être devenais-je juste paranoïaque.

« Je ne sais rien de plus que ce que je vous ai déjà raconté. En fait, je ne connaissais pas du tout Prebensen. » Il valait mieux aller droit au but.

« Non, car vous n'étiez pas partie prenante de ces conflits liés à l'obligation de résidence aux moments les plus critiques ?

— Pas du tout. Je ne pense pas m'être rendue à une seule réunion publique. Oskar non plus. À proprement parler, je ne possède rien sur cette île. Il s'agit de la maison d'Oskar, et non de la mienne. De plus, sa maison compte parmi celles qui prendraient le moins de valeur si l'obligation de résidence était levée. Il n'a même pas d'accès au rivage.

— D'abord et avant tout, j'essaie d'en savoir le plus possible sur Prebensen et sa façon de vivre.

— Selon Konrad et Katrine, il semblait mener une vie épanouie. Et il n'a pas laissé de lettre d'adieu... S'est-il vraiment suicidé ou y a-t-il une raison pour que vous enquêtiez davantage sur l'affaire de la sorte ?

— Eh bien... » Evert s'interrompit tout en se tordant sur sa chaise. Le stylo à bille bleu avec lequel il avait griffonné des cercles et des carrés s'immobilisa dans sa main. « Un communiqué de presse est diffusé en ce moment même.

— Sur le fait qu'il a été assassiné ? m'écriai-je, les yeux braqués sur Evert.

— Eh bien... » Il semblait un peu surpris de la certitude dans ma voix et se frotta les yeux. Des yeux fatigués, bordés de fines rides. « En effet, il l'a été. Frappé à la tête avec quelque chose de lourd, traîné quelques mètres sur la terrasse du chalet et accroché à une corde. Je ne peux pas encore l'affirmer avec certitude, mais beaucoup d'indices tendent à prouver qu'il était déjà mort lorsqu'il a été pendu. Nous en saurons plus après une autopsie plus approfondie.

— Oh mon Dieu... c'est vraiment horrible. » J'avais raison, c'était absolument horrible. Bien que j'eusse eu un espoir – très égoïste – que ce soit le cas, c'était terrifiant de se le faire confirmer par la police. Cela ajoutait du piment dans la vie de tous les jours, mais cela restait un meurtre tout de même.

« Nous essayons donc d'établir qui a connu Prebensen ici sur Ankerholmen. Avec qui était-il en conflit ? De tels éléments. C'est pourquoi vous êtes assise ici. Vous êtes malgré tout celle qui l'a trouvé.

— Il avait probablement pas mal d'ennemis par ici. Tout du moins, des personnes qui le détestaient. On voyait des visages butés vis-à-vis de cette question de l'obligation de résidence. C'était particulièrement le cas cet été. Ça a été le point culminant d'une certaine manière. C'est peut-être parce que Prebensen était fréquemment là. Mais... est-ce que les gens s'entretuent pour de telles choses, vraiment ? » Tout en disant cela, je réalisai qu'il s'agissait d'une réaction bêtement naïve. Bien sûr que des gens en sont capables. Ils se tueraient l'un l'autre pour un centime, si les circonstances étaient fâcheuses et passablement fatidiques.

« Si vous saviez... Si vous saviez... Jusqu'où peuvent aller les gens, je veux dire. » Evert prit des notes sur son petit bloc. « Très bien... Nous ne parlons évidemment pas uniquement avec les résidents permanents. Nous contactons la famille, les amis... des personnes qu'il a peut-être contribué à faire condamner de différentes manières. Enfin, il n'y en a pas tellement, car il travaillait essentiellement sur des affaires civiles, mais tout de même... Il y en a, on en tient compte.

— Tous les avocats comptent certainement de nombreux anciens clients qui ne les portent peut-être pas beaucoup dans leur cœur ? Ça doit être un sacré boulot pour vous. »

Je pensai qu'un peu de compassion pourrait aider Evert à devenir plus loquace. J'avoue que j'étais assoiffée d'obtenir davantage de détails. Je n'étais, Dieu soit loué, pas le principal protagoniste de ce mystère, mais pour le moins j'étais impliquée. La peur que j'avais ressentie en réalisant que Prebensen aurait pu avoir été assassiné avait complètement disparu. La curiosité avait remporté la victoire finale. De quoi y avait-il à avoir peur ? Je n'avais aucun ennemi, mais il était clair que d'autres en avaient.

« Oui, merci, c'est un important travail, et c'est pourquoi je suis ici. Nous avons la chance de recevoir des renforts de la Kripos demain, la brigade nationale d'investigation criminelle, mais la responsabilité principale nous incombera de toute façon. » Evert poussa un soupir quasiment inaudible. « D'ailleurs, c'est très gentil que Konrad Frantzen ait pu prendre le temps de conduire Katrine Prebensen jusqu'ici depuis la capitale, je dois dire. Nous n'avons hélas pas le temps de prendre soin d'elle au-delà du strict minimum. »

Frida, la policière, entra alors avec du café et des biscuits au chocolat. Les biscuits avaient l'air faits maison, d'une taille énorme et pleins de pépites de chocolat. Elle m'adressa un sourire chaleureux en déposant le plateau, tandis qu'Evert n'avait d'œil que pour les biscuits. Frida se retira d'un pas léger et silencieux.

« Servez-vous » me dit-il. Je distinguai combien il avait l'eau à la bouche. « Je dois finir mon plat principal avant de passer au dessert. » Evert se pencha vers l'un des tiroirs en métal de son bureau et en sortit un sandwich à moitié mangé. Jambon fromage. Le papier était maculé de beurre et le fromage avait commencé à s'enrouler dans les coins. « Comme vous pouvez le voir, j'ai quand même pu profiter d'une sorte de déjeuner, mais les biscuits aux pépites de chocolat sont si incroyablement bons qu'ils méritent bien un petit mensonge. » Evert émit son hennissement.

C'était tout aussi bien qu'il n'ait pas de sandwich à m'offrir. Il faudrait vraiment être affamé pour venir à bout de ce fromage. Au lieu d'ajouter quoi que ce soit d'autre, Evert mangea bruyamment. Je me demandais s'il avait la moindre idée de ce quelque chose dans l'air entre Katrine et Konrad. Apparemment, il n'avait pas connaissance de ce qui se passait dans les couloirs de l'hôtel du Port. Ou plutôt, dans les chambres, je suppose que je devrais dire.

« Mais... » Je ne savais pas comment la formuler, mais la question devenait impossible à retenir. « Pourquoi Katrine Prebensen n'a-t-elle pas signalé la disparition de son mari plus tôt ? Il a dû être absent pendant trois jours, non ? Selon Mona à l'hôtel, elle avait été prévenue ».

Evert Karlsen s'était arrêté de mâcher et avala avec un son étrange et creux. C'était probablement très vide là où la nourriture était expédiée. Le silence régnait à l'intérieur du bureau poussiéreux et débordant de papiers. Dans un coin, un mouton de poussière jouait à cache-cache avec la vielle bouche d'aération. De toute évidence, il vivait là depuis longtemps, au vu de combien il était parvenu à devenir gigantesque.

Chapitre 10

Tout à fait indéniable, un mécanisme s'était enclenché quelque part, j'en étais convaincue. À l'intérieur de la tête d'Evert, je veux dire. N'avait-il pas envisagé Katrine comme suspect possible ? Le conjoint n'était-il pas la toute première personne que les enquêteurs examinaient ? Traitez-moi d'amateur, mais c'est la représentation que je m'en faisais après avoir lu des piles de polars et visionné des heures de séries policières.

« Je reviens tout de suite. » Evert se leva, étonnamment vite pour sa condition, puis disparut dans le couloir.

Je restai assise dans son bureau à regarder autour de moi. Au sommet de l'étagère trônait un chapeau de policier britannique, l'un des couvre-chefs les plus ridicules du monde. Une fine couche de poussière s'était accumulée dessus, avec des ramifications sous forme de toiles d'araignée menant à un casque à pointe. Un goût certain pour les chapeaux. Dans tous les cas, il n'avait rien de conformiste. Des diplômes étaient encadrés aux murs, comportant des inscriptions en très petits caractères. J'avais oublié mes lunettes dans la voiture et n'eus pas le temps de me lever pour examiner davantage ce pour quoi les diplômes avaient été décernés avant le retour d'Evert. Ce dernier se laissa choir si brutalement dans son siège de bureau que le mécanisme produisit un mouvement de bascule.

« Je suis navré. Je me suis rappelé d'une chose que je devais revérifier. D'ailleurs, Katrine Prebensen se trouvait à Oslo quand son mari... est mort. Un alibi en béton. Sa journée hebdomadaire entre amies à l'Institut de spa et de bien-être Vestkantbadet. Konrad Frantzen et elle-même viendront tous les deux ici pour un entretien un peu plus tard dans la journée. »

Je me demandais si je devais lui raconter ce que j'avais vu en me tenant en haut des escaliers de l'hôtel du Port le soir précédent, mais je m'abstins. Que Katrine Prebensen soit complètement innocente ou non dans cette histoire, j'estimais qu'elle avait droit à une certaine intimité. Tout du moins, je voulais procéder à mes propres recherches avant d'avancer quelque élément.

Tandis que nous continuions notre discussion de l'affaire, la fringante Frida vint lui déposer quelques messages. Elle était si douce avec moi à présent, je pouvais presque me sentir complètement détendue sur ce siège rembourré des services publics. Pour terminer, nul doute pour moi qu'Evert s'avérait totalement persuadé que je n'avais pas couru dans les bois, frappé Prebensen à la tête, puis suspendu l'homme à une corde. Cela m'avait traversé l'esprit relativement tôt, qu'il s'agissait d'un travail pour des hommes forts. Certes, Prebensen n'était pas en surpoids, mais il pesait probablement dans les quatre-vingt-dix kilogrammes approximativement. Montrez-moi quelle femme pourrait soulever un homme inconscient et encombrant de plus de quatre-vingt-dix kilos depuis le sol pour le pendre à une corde. Pour le moins, cette femme n'était pas moi. Éventuellement, peut-être que Frida aurait réussi, mais je tenais pour acquis qu'elle ne faisait pas partie des suspects.

« Qu'est-ce que vous faites dans la vie ? Sur le plan professionnel, je veux dire, comme vous n'avez pas d'emploi à temps plein ? » demanda Evert en me dévisageant soudainement d'un air interrogateur.

— Je suis au chômage. J'ai travaillé dans une boutique pendant quelques années, mais maintenant hélas je vis vraiment des... allocations chômage. » Purement vrai, mais douloureux à reconnaître.

Evert se contenta de sourire avec compassion, puis nous nous séparâmes sur une promesse commune de rester en contact s'il y avait du nouveau. Je lui promis de revenir s'il avait besoin de me parler, puis je partis avec une sensation de soulagement dans le ventre, pour être honnête. Et c'est la moindre des choses de l'être. Je fus bientôt dans ma Saab sur le chemin de retour vers Ankerholmen où, cette fois, je traversais tout dans l'ordre inverse. D'abord le Monopole norvégien des vins et spiritueux, puis le kiosque reconverti maintenant en restaurant, puis la boutique Rimi et enfin le pont. Au fond de moi, mes pensées se bousculaient. Avec qui Prebensen avait-il été le plus en conflit ces derniers temps ? Toute la partie de l'Association des Résidents qui souhaitait maintenir l'obligation de résidence, ainsi qu'un tas d'autres, je suppose. Cela pouvait constituer un véritable défi de démêler l'ensemble.

Un autre défi que cet entretien venait de me rappeler, c'était ma propre situation professionnelle. Mon dernier rendez-vous avec l'Agence pour l'emploi et la sécurité sociale subsistait encore dans ma mémoire fraîche.

Lorsqu'il n'y eut plus d'amis en boutiques de fleurs vers qui me tourner, l'Agence pour l'emploi m'avait envoyée suivre un cours de développement professionnel dans une entreprise privée soigneusement pesée et trouvée suffisamment coûteuse. Tout s'était bien passé là-bas, très sociable, agréable et amusant, même si au fond je restais sceptique quant à savoir si j'avais réellement besoin d'un test de personnalité. Néanmoins, j'étais restée ces quelques semaines sans me plaindre ; à proprement parler, je n'avais pas le choix non plus.

Deux semaines après la fin du cours, je croulais sur une chaise en plastique moite dans la salle d'attente de l'Agence pour l'emploi. À côté de moi étaient assis deux hommes d'une soixantaine d'années. Cheveux gris, chemises d'été à manches courtes, car c'était la saison, pantalons à plis kaki. Ils parlaient à voix basse en épiant du regard une femme en état de grossesse avancée un peu plus sur la droite. Je n'avais pas besoin d'être assise à leurs côtés pour deviner la teneur des propos. La femme portait un voile et fixait un point quelque part au-dessus de ma tête. Ses yeux échappaient habilement aux deux hommes. Elle possédait un visage finement ciselé et berçait une poussette où se trouvait un enfant tout aussi beau.

« Olivia Henriksen ? » La dame qui se tenait devant moi, mais toujours à bonne distance, m'indiqua que je devais la rejoindre.

Alors que nous étions assis à l'intérieur de son bureau, elle repositionna légèrement son chemisier bien repassé doté de rayures bleu clair et révéla un lourd bijou en or. Exactement comme celui de ma grand-mère. Elle se lança dans une tirade qui semblait apprise par cœur. Puis elle me demanda ce que je pensais de ma propre situation. Naturellement, je l'informai de ce que j'en pensais. Peut-être était-ce tombé dans l'oreille d'un sourd, peut-être pas. Le visage devant moi restait insondable.

La dame soupira tout en tapant quelque élément dans l'ordinateur. Le silence régnait dans le bureau. Des grains de poussière des services publics virevoltaient dans les rayons de soleil émanant de la fenêtre, et il m'apparaissait évident que cela sentait les vieux documents.

« Vous avez eu un très faible revenu.

— Oui...

— Honnêtement, je ne sais pas ce que je peux vous proposer d'autre maintenant, poursuivit-elle en reculant sa chaise à distance de l'ordinateur.

— Ah vraiment ?

— Je vous perçois comme tellement ingénieuse que vous pourrez trouver un emploi sans notre aide.

— Mais celle à qui j'ai parlé au téléphone quand mon cours s'est terminé... » Soudain, à mon grand dam, je ne me souvenais plus du nom de la dame au bout du fil. C'était Karin, je crois ? « Karin... peut-être ?

— Vous ne réalisez sans doute pas la taille importante de l'Agence pour l'emploi ? »

Je me tenais à un petit carrefour de la vie quotidienne où je devais me persuader de ne pas m'énerver. Devais-je répondre de manière sarcastique ou devais-je jouer la pauvre chômeuse soumise ? La raison l'emporta.

« Eh bien, je pensais en fait que...

— Hélas, je ne peux pas vous aider. Avons-nous maintenant terminé ? » Elle s'était déjà levée de son siège avant que je ne réalise la situation. Je me levai également. L'entretien était terminé, mon destin scellé.

« Mais..., hasardai-je tandis qu'elle me tendait la main.
— J'ai un rendez-vous. Bonne chance à vous. » Encore une fois, elle resserra les muscles qui produisaient le sourire de l'agence publique, puis remarquablement rapidement, elle me fit sortir et claqua à nouveau la porte du bureau derrière moi.

Je me tenais au milieu de la salle d'attente, un peu confuse et très en colère en même temps. Peut-être surtout contre moi-même. Les deux hommes en pantalon kaki étaient toujours assis là et me regardaient à présent avec compassion. La femme avec l'enfant avait disparu dans les méandres de l'Agence pour l'emploi. Je pense que c'est à ce moment-là que l'idée de m'installer à mon propre compte avait vu le jour.

Oskar était à l'œuvre dans la cuisine lorsque je rentrai de chez Evert. Il me tournait le dos et remuait vigoureusement le contenu d'une casserole posée sur la plaque de gaz, tout en sifflotant joyeusement. Visiblement, il n'avait pas remarqué mon arrivée, mais en réalité si. Il la remarquait toujours.

Je m'approchai de lui et humai l'odeur qui montait de la casserole.
« Oh, ça sent bon ! Qu'est-ce que tu prépares ?
— Un ragoût de renne, chère sœur. Une nourriture bonne et nutritive pour une femme qui ne s'est pas encore remise d'un terrible choc. » Il attrapa un verre de vin rouge placé à côté de la cuisinière. « Tu en veux ? »

Oskar me tendit le verre sans attendre de réponse. Il passait beaucoup de temps à cuisiner et à s'amuser pendant la préparation. Selon lui, cuisiner le repas faisait partie du plaisir, mais il n'aimait pas la routine. Ainsi, Oskar préparait la nourriture festive qui sortait toujours un peu de l'ordinaire chez nous, tandis que je m'occupais des dîners de tous les jours. Cela fonctionnait à merveille et c'était appréciable de pouvoir donner un peu en retour tout en habitant ici pour une très modique somme.

« J'ai de bonnes nouvelles pour toi. Felix et Kasper ont appelé. Tout va bien et je dois t'embrasser de leur part. » Il se pencha vers moi et reproduisit exactement ses propos.

« Ils t'ont dit autre chose ? » Les jumeaux avaient appelé à la maison ! J'avais dû leur faire promettre d'appeler au moins une fois par semaine avant leur départ trois mois auparavant.

« Je n'en ai pas tiré grand-chose, mais ils avaient l'air contents. La ligne était mauvaise, alors ils devraient rappeler. Ils auraient aimé parler à leur mère, tu sais. »

Felix et Kasper étaient partis en voyage avec leur sac-à-dos en Asie du Sud. Dans le même temps, ils avaient rendu visite à leur père à Delhi, où il était maintenant en poste avec la secrétaire italienne et un duo de nouveaux jumeaux âgés de trois ans. En plus d'un bébé de seulement un an. La prédisposition pour les jumeaux provenait des gênes de la famille d'Erik.

« Ce sont des torpilles effrénées, avait l'habitude de dire Kasper. Papa est presque au bout de sa vie actuellement.

— Comme c'est triste » avais-je répliqué, un malin plaisir se répandant chaleureusement et délicieusement dans mon corps.

C'était donc à Delhi que Felix et Kasper se trouvaient la dernière fois où je leur avais parlé il y a quelques jours. Quand ils étaient venus nous voir la première fois pour nous informer qu'ils partaient pour six mois avec deux copains, j'avais éprouvé une anxiété que je n'avais jamais ressentie auparavant. Oncle Oskar l'avait beaucoup mieux pris et avait finalement réussi à me convaincre que de telles choses se passaient généralement très bien. Il voulait dire que ce serait bénéfique pour eux d'entreprendre un tel voyage. Erik et Oskar étaient même d'accord sur ce point précis. J'étais également d'accord, au fond de moi, mais je ne pouvais pas m'empêcher de repenser aux voyages que j'avais moi-même entrepris dans ma jeunesse naïve et insouciante. C'était suffisant pour me terroriser. Après avoir versé des larmes de frustration en privé pendant 24 heures, j'en vins à la conclusion que je ne pouvais rien leur interdire. Ils étaient majeurs, travaillaient et économisaient de l'argent pour ce voyage depuis plusieurs mois, ils restaient en outre deux garçons raisonnables. Il s'agissait ici de simplement faire comme les autres parents ayant vécu la même situation, serrer les dents, leur souhaiter un bon voyage et espérer que tout se passe bien.

« Ils ont dit qu'ils partaient pour Singapour demain. Les petits les empêchent de dormir la nuit, alors ils devaient récupérer un peu de sommeil, ajouta Oskar en éclatant de rire au-dessus des casseroles.

— Tu me raconteras la suite pendant que nous mangeons. C'est incroyable à quel point on devient affamé après un passage dans un tel poste de police. Je ne peux pas pénétrer dans des endroits de la sorte sans avoir l'impression d'avoir fait quelque chose de mal. Tout à fait ridicule.

— Assieds-toi ! Tu dois déguster mon chef-d'œuvre avec délectation. »

Oskar recula la chaise à mon attention. Je n'étais pas plus féministe que de besoin, alors je m'installai confortablement et inhalai l'odeur de la viande de renne dans sa sauce à la crème, au thym et au poivre fraîchement moulu. Une purée de pommes de terre aromatisée à l'ail prit place sur la table dans l'ancien plat en céramique de tante Lena. Une noisette de beurre sur la purée fondait et s'écoulait comme de la lave jusque sur les bords. Pendant plusieurs minutes, je ne dis rien, mais laissais la viande tendre et la purée fondre dans ma bouche, tandis que mon corps se détendait lentement. Le vin rouge qui accompagnait la nourriture échauffait et donnait de la couleur aux joues, ou peut-être était-ce juste la chaleur de la cuisine ? Une combinaison des deux, je suppose.

Afin de ne pas gâcher ce moment privilégié, je laissai de côté les discours de la police. Au lieu de cela, nous discutâmes de mes merveilleux fils et de la délicieuse nourriture, de jardinage et de la dernière série policière à la télévision.

Après que Felix et Kasper eurent déménagé, Oskar et moi avions vécu ensemble paisiblement. Notre espace commun se composait de la cuisine, de la véranda, du salon et du grand jardin. On pouvait parler de tout, tout en gardant une bonne complicité. D'ailleurs, il existait un sujet dont nous pouvions discuter avec véhémence, à la limite de la querelle, et Oskar venait à présent de s'y engouffrer.

« Tu te souviens quand on a été chercher Dino en Angleterre ?
— Oui, c'est moi qui l'avais trouvé sur internet, répliquai-je.
— Vraiment ? Non, c'était moi, parce que c'était le jour où ta Saab s'était retrouvée chez le garagiste. Quand les suspensions ont lâché.
— Non, ce n'était pas ça. La Saab se trouvait à la maison à ce moment-là.
— Non, tu te trompes, je m'en souviens bien.
— Je ne me trompe pas. Qu'est-ce qui te fait croire que tu as une meilleure mémoire ? »

Le silence régna pendant un moment, un silence oppressant. Puis la suite vint d'Oskar : « Dans tous les cas, c'est moi qui l'ai payé. » Et cet argument, il m'était impossible de le contredire.

« Au fait, je n'ai pris qu'un seul morceau de ta tarte aux pommes. J'ai pensé que nous pourrions en avoir pour le dessert. Avec de la crème fouettée, peut-être ? » Oskar masqua un rot discret de sa main droite.

« Volontiers, mais je dois juste me dépêcher d'aller chez Elvira et Peder avec l'autre tarte avant qu'il ne fasse nuit. Je comptais y aller ce matin, mais ensuite la police a téléphoné.

— Pas de souci, j'ai trop mangé de toute façon. Je vais faire la vaisselle pendant ton absence. Demain, c'est à nouveau la course à Torp. »

C'était une période chargée à l'aéroport, je le savais. Les vacances d'automne battaient leur plein dans plusieurs endroits du pays, les étudiants rentraient chez eux pour rendre visite à leur famille, les enfants voyageaient seuls pour rendre visite à l'un des deux parents divorcés. Habituellement le père. Cela fourmillait de mères, de pères, de frères et sœurs, ainsi que de grands-parents anxieux à leur départ et à leur arrivée. Oskar s'avérait l'un des plus expérimentés au trafic aérien et appréciés par les autres collègues quand la situation devenait intenable.

Il se tenait déjà debout les mains plongées dans l'eau chaude savonneuse parfumée lorsque je me glissai dans le jardin aromatique pour ramasser une toute petite branche de menthe. Je marchai prudemment sur le chemin étroit menant à la serre, car le jardin était peu éclairé à cette période de l'année. Seul le vieux lustre qui pendait dans la serre apportait un faible éclat. Le verre restait souvent un peu embué et l'effet devenait plutôt magique de l'extérieur.

Je contournai la serre et me tint à l'écart de l'origan envahi par la végétation qui pendait au-dessus du buis tout en me frayant un chemin vers les autres gourmandises. J'évitais délibérément de m'enfoncer trop loin dans le jardin aromatique au risque d'emporter certaines de mes plantes médicinales avec moi. C'était aussi le genre de choses que je m'amusais à cultiver. Une fois que je me tins au-dessus de la menthe, j'inhalai profondément l'odeur dans mes poumons. Puis je me retournai et rentrai pour décorer la tarte. Le jardin sentait l'automne, la terre et les feuilles pourrissantes. Un léger effluve du compost m'escorta également jusqu'à la maison.

Un petit quart d'heure plus tard, Dino et moi marchions le long du chemin de terre menant chez Elvira et Peder. Je ressentais des vapeurs de ragoût de renne et de vin rouge, mais j'avançais tout de même à pas rapide avec une tarte aux pommes sortie du four dans la main gauche et la laisse de Dino dans la droite. Il avait déjà profité de sa promenade incontournable de l'après-midi, alors pour changer, il marchait docilement à côté de moi. Parfait, parce que ce n'était pas si simple de tenir un beagle surexcité dans une main et une tarte dans l'autre ; je le savais par expérience.

Un sombre tapis forestier m'encerclait, principalement constitué de mousse épaisse et orné de quelques sorbiers des oiseaux. En règle générale, ces arbres à feuilles caduques se retrouvaient sous forme de minces bâtonnets munis de feuilles uniquement à la cime. Ils voulaient atteindre la lumière et ils voulaient y arriver rapidement. Sous eux poussaient des buissons de myrtilles florissants et des fougères denses.

De chaque côté du chemin de gravier, des constructions menaçaient d'engloutir ce qui restait des arbres. Des rumeurs prétendaient que le propriétaire foncier envisageait de vendre des parcelles de terrain et qu'il avait fait des pieds et des mains pour faire accepter plus facilement les plans par les services d'urbanisme. L'endroit était hélas trop facilement accessible depuis la route et les égouts. Je pouvais parier que tout le coin allait se remplir d'habitations en seulement quelques années. Comme pour souligner davantage mes pensées, une tronçonneuse fut démarrée quelque part dans la végétation. Je ne pouvais pas la voir, mais le son restait caractéristique. Elle commença par trancher doucement, puis elle sembla fonctionner avec régularité et se plaindre de la tâche pour laquelle elle était prévue.

Bientôt, j'aperçus la maison d'Elvira et Peder devant moi, et comme si souvent auparavant, je me sentis euphorique. Il y avait quelque chose d'optimiste et de rassurant dans la petite maison qui se trouvait là, sur fond de mer scintillante. En vérité, la mer ne scintillait pas vraiment ce jour-là, en raison de ses fortes ondulations, mais je savais que c'était habituellement le cas. Surtout si vous arrivez par une brillante journée d'été, avec des bateaux qui voguent dans le fjord et une brise berçant les quatre bouleaux qui bordent le portail.

Dino s'arrêta et flaira l'air. Les poils de sa nuque se dressèrent derrière son collier et un petit grognement s'échappa de sa gorge. Il me regarda avec incertitude, tenta un petit grognement supplémentaire, mais pour une raison quelconque, chercha à se rapprocher de ma jambe. Qu'est-ce qui le prenait ? Je fis un pas timide en avant, mais ce petit beagle s'assit de manière démonstrative sur son arrière-train et refusa d'avancer davantage. Que diable ? Je jetai à nouveau un coup d'œil vers la maison. Y avait-il un élément que j'avais négligé ? Une longue vie entourée de chiens m'avait appris à faire confiance aux instincts des animaux. Mais je ne percevais rien d'inhabituel. Les fenêtres étaient sombres, mais cela pouvait avoir une explication naturelle. Peut-être qu'Elvira et Peder faisaient la sieste ? Il arrivait qu'ils la fassent dans l'après-midi. Ou peut-être était-ce simplement qu'ils se trouvaient dans le bas du jardin face à la mer ? Derrière la maison où on ne pouvait pas les voir ? Très probablement. Je me penchai et tapotai calmement le dos de Dino, il adorait cela. Il n'afficha cependant pas le même plaisir que d'habitude.

« Allez viens, petite andouille. Il n'y a sûrement rien de dangereux ici. »

Je tirai le petit coquin avec moi vers le portail, mais il semblait toujours réticent et pas du tout ravi. Ses jambes étaient raides comme quatre bâtonnets de poisson congelés et sa queue se recourbait vers le sol, pointant son ventre. Je l'attachai à la clôture avec un solide nœud plat. Il semblait prêt à s'enfuir à tout moment. Je posai la tarte dans l'herbe hors de sa portée.

« Elvira ? Tu es là ? » Je tentai un appel prudent. « Peder ? Y a quelqu'un ? » Mon appel résonna un peu plus fort cette fois-là.

Personne ne répondit. Le silence était presque total. Les roses d'automne d'Elvira s'agrippaient toujours fermement aux espaliers fabriqués maison de Peder. Le goémon avec lequel les roses étaient fertilisées dégageait un parfum sombre et tenace d'eau salée en décomposition et de vieilles coquilles. L'une des branches émit un son cassant et plaintif contre le mur en bois tandis qu'elle oscillait dans la douce brise, et la tronçonneuse tournait toujours derrière moi quelque part. En dehors de cela, c'était silencieux. Vraiment, totalement silencieux.

Juste à ce moment-là, j'entendis un bruit sec provenant de l'intérieur de la maison. Dino s'était allongé dans l'herbe, la tête allongée sur ses pattes. Il regardait fixement la porte, et ce n'est qu'à cet instant que je remarquai qu'elle était à moitié ouverte. Oh, bon sang, pourquoi n'avais-je pas remarqué cela ? Il avait dû se passer quelque chose !

En réalité, j'aurais dû prendre peur, en y repensant plus tard, mais ce n'était pas le cas. Pas à ce moment-là. Elvira et Peder pouvaient avoir besoin de mon aide, ils auraient pu tomber dans la cuisine ou être cambriolés et attachés à leurs lits... Je courus en direction de la porte d'entrée et c'est alors que je butai dans un homme qui au même instant sortait de la maison de manière si effrénée que je me retrouvai les fesses sur le gravier bien entretenu.

C'était Konrad.

« Je... je... » Il avait l'air livide et transpirait à grosses gouttes.

« Qu'est-ce qu'il y a ? Il s'est passé quelque chose ? » Inutile de demander, en fait, si quelque chose s'était passé, car cela semblait tout à fait clair.

« Je... Elvira... Peder... » Il s'écroula au sol en cachant son visage derrière de gros doigts bien manucurés.

« Qu'est-ce qu'ils ont ? » Je me remis debout sur mes deux jambes et ressentis l'envie de le secouer. Pouvait-il être si difficile d'expliquer ce qu'il se passait ? « Sont-ils blessés ? Qu'est-ce qu'il y a ?

— Il s'est passé quelque chose de terrible, répondit-il en sanglotant à présent. Quelque chose de terrible... Appelle... appelle le lieutenant... Ne va pas là-dedans ! Appelle une ambulance ! N'entre pas ! » Ces derniers mots sortirent avec une voix de fausset, comme un petit cri d'appel à l'aide.

Évidemment, j'entrai. Si quelqu'un vous exhorte à ne pas faire une chose, c'est exactement ce que vous faites, n'est-ce pas ? Je remontai lentement le chemin de gravier. Derrière moi, j'entendis Konrad et Dino me crier après. Konrad m'implorait de m'arrêter et Dino aboyait sur un ton de mise en garde. Je choisis d'ignorer les deux. Avec le recul, j'aurais mieux fait de les écouter.

Chapitre 11

Il y a certains moments dans la vie que l'on ne peut jamais oublier ; des moments qui s'agrippent à la colle forte dans un endroit du cerveau et qui restent impossibles à gommer, même si ce sont les moments dont on voudrait le plus se débarrasser. Il peut s'agir d'un spectacle dont vous auriez préféré vous passer, d'une odeur désagréable qui persiste dans votre nez, d'une remarque inconsidérée que vous auriez préféré ne pas entendre ou d'une situation que vous auriez préféré éviter. En pénétrant dans la maison d'Elvira et Peder, trois de ces scénarios s'étaient réalisés en un clin d'œil.

J'avançai lentement dans le couloir et m'y arrêtai un instant. Comme si j'étais Dino, j'utilisai mon nez pour flairer méticuleusement les traces dans la maison. Le salon se situait droit devant et il était facile de constater l'absence d'élément inhabituel dans cette pièce. Une nappe en dentelle blanche reposait sur la table basse ronde et les coussins étaient installés à leur place traditionnelle. Les géraniums à la fenêtre côté mer resplendissaient encore après la poussée rapide de l'été, tandis que la lourde pendule murale héritée comptait les heures inlassablement.

D'un côté de moi, un escalier montait au premier étage, de l'autre côté, la porte de la cuisine entrouverte. Je n'avais pas entendu Konrad descendre en courant les escaliers, alors je me dirigeai lentement vers la porte de la cuisine. Ce devait être de là qu'il venait. Derrière la porte, il faisait plus sombre que dans le salon, mais je savais que c'était normal. La cuisine comportait des fenêtres orientées nord-est et avait tendance à s'assombrir légèrement l'après-midi. Ce qui n'était pas tout à fait normal, c'était le bourdonnement de quelque chose qui ressemblait à des mouches à l'intérieur.

J'appuyai une main prodigieusement ferme contre le bois vétuste, puis je poussai la porte. C'était là que j'avais eu tort, ou plutôt, j'aurais dû appeler Evert ou n'importe qui d'autre avant d'entrer. Je percutai seulement une fois sur le pas de la porte, mais à ce moment-là, c'était en quelque sorte trop tard.

Ce que je vis en premier, ce fut Elvira. Elle était plaquée contre la table de la cuisine. Ses bras étaient étendus et sa tête penchait sur le côté. Ma première pensée fut que la position semblait inconfortable, ma seconde qu'elle avait l'air morte. Mes jambes me portèrent jusqu'à elle, et par précaution, je posai mon doigt sur son cou pour détecter un possible pouls. C'était complètement calme et silencieux, aucun pouls... Si ! Enfin je sentis quelque chose ! Une légère vibration sous sa peau... En dehors de quoi, elle apparaissait froide, glacée et étrange. Je me dépêchai de reculer ma main. Ses yeux étaient fermés, mais je décelai un léger tremblement dans ses paupières. J'ôtai à la hâte mon manteau et le posai rapidement autour de ses épaules. Je la secouai doucement.

« Elvira ? » Ma voix semblait hystérique.

Il n'y eut aucune réponse, pas même un petit gémissement. La table de la cuisine semblait très encombrée ; probablement qu'Elvira était sur le point de préparer le repas ; mais cela ne collait tout de même pas, car elle avait toujours l'habitude de nettoyer pendant la préparation. Il n'était pas du tout évident de comprendre exactement ce qu'elle avait préparé, excepté le fait qu'elle avait râpé des carottes dans un petit bol qui se tenait sur la table. La râpe s'était renversée dans quelque chose que je pris d'abord pour une sorte de sauce. Ce n'est que lorsque je repris lentement mes esprits après le choc que je réalisai qu'il s'agissait de vomi. Elle avait vomi sur la table de la cuisine et sur la nourriture qu'elle cuisinait. L'odeur qui s'était répandue dans toute la cuisine s'avérait forte et pénétrante. Cela sentait aussi indubitablement quelque chose que je pensais être du céleri.

Je sentis que j'allais vomir, puis immédiatement la culpabilité m'envahit d'avoir envie de vomir sur la gentille Elvira et sa jolie cuisine. Honteuse, je me tournai vers l'évier de la cuisine, mieux valait prendre ses précautions. Je fis trois pas rapides autour de la table, mais avant d'atteindre l'évier, je butai dans quelque chose.

Peder. Sous sa tête s'étalait une mare de sang. Ses mains étaient pleines de blessures et d'écorchures. De grosses mouches zigzaguaient autour de son sang et de ses cheveux. De temps à autre, elles se faisaient plaisir, les pieds baignés dans un liquide gluant et écœurant. Était-il tombé et s'était-il cogné la tête ? Avait-il été frappé ? Dans un cri, je fis un pas de plus. Ma hanche heurta l'évier et je poussai un nouveau cri, fort et strident. À l'extérieur dans le jardin, Dino hurlait pire que jamais. J'extirpai sur-le-champ mon téléphone portable de la poche de mon pantalon et courus jusqu'à Konrad en composant le numéro dont je n'aurais jamais pensé avoir besoin. J'étais étonnée de le connaître par cœur. Strictement parlant, pas de sorcellerie, trois chiffres, c'était tout ce qu'il fallait... tout de même.

« J'ai besoin d'une ambulance ! Peut-être deux. » Je l'avais probablement dit en criant. « Vous devez venir vite, je ne sens qu'un faible pouls chez Elvira... Je ne sais même pas pour Peder ! L'adresse est Kapteinskroken 4, sur Ankerholmen ! »

L'opérateur des secours restait une pierre de sérénité. Konrad vint me rejoindre en courant sur la pelouse, Dino hurlait, c'était le chaos.

« Sont-ils vivants ? » Konrad me mimait ces mots.

Je hochai la tête et haussai les épaules tout en continuant de parler à l'homme au téléphone. Il demanda si Elvira et Peder avaient ingéré quelque chose qu'ils n'auraient pas dû. Comment le saurais-je ? Je ne me souviens pas de ce que je lui dis d'autre, mais il nous fit retourner en courant vers la cuisine et vérifier si Peder aussi avait un pouls. Il en avait un. Il demanda à Konrad, par mon intermédiaire, de les mettre tous deux en position latérale de sécurité. Dans l'instant même, Konrad était aussi devenu une pierre de calme. Il alla chercher des couvertures, qu'il étendit sur Elvira et Peder, et des coussins de canapé sur lesquels il posa doucement leur tête. Tout cela pendant que je balbutiais et bégayais dans le téléphone. Ce n'est que lorsque Konrad me força presque à m'asseoir sur une chaise de la cuisine et que la voix au téléphone insista sur le fait que tout allait bien se passer que mon cœur reprit un rythme normal. D'un autre côté, j'imaginais bien que c'était certainement ce qu'ils disaient toujours. C'était leur travail, après tout.

En relativement peu de temps, des personnels de secours s'agglutinèrent dans la cuisine d'Elvira et de Peder. Visiblement, il n'y avait ni pont levé, ni bouchon à Bryggerijordet cet après-midi-là. Heureusement que ce fut le cas. On demanda à Konrad et à moi-même d'attendre dehors. Nous restâmes immobiles, jusqu'à ce que nous ayons reçu l'assurance qu'Elvira et Peder étaient vraiment en vie.

Ce n'est que lorsque j'eus atteint les marches que je vomis. Le souvenir du spectacle à l'intérieur, ainsi que le goût du ragoût de renne sur le chemin du retour, mélangé à l'odeur des algues dans la roseraie, me rendaient plus malade que je ne me souviendrais jamais de l'avoir été. Ensuite, je restai plantée comme sous le choc et laissai le mur en planches rugueux me gratter le front. Je ne me sentais pas mieux.

« Devrions-nous appeler Evert Karlsen ? Te souviens-tu du numéro ? » C'est Konrad qui me tenait par les épaules et parlait d'une voix basse et tremblante.

Je pris la respiration la plus profonde jamais prise, puis lui répondis au prix d'un gros effort :

« Je pense que les secours ont pris contact. Mais nous devrions probablement appeler quand même... »

J'amenai Konrad à l'endroit où Dino était assis. Ou plutôt, Konrad et moi nous amenâmes d'un effort commun vers Dino. La tarte se tenait toujours dans l'herbe et avait maintenant l'air un peu ramollie. Le petit chien me lança un regard féroce et poussa quelques gémissements plaintifs. Je me laissai choir à ses côtés et composai le numéro de la police de mes doigts tremblants. Je demandai alors à parler à Evert Karlsen ou à Torstein Krohn, puis j'attendis.

Konrad s'appliquait à tapoter Dino dans le dos. « Oh, mon Dieu, marmonna-t-il pour lui-même. Oh, mon Dieu. »

« Torstein Krohn. » Son ton semblait tant expéditif que professionnel. Occupé par d'autres choses, vraisemblablement.

« Bonjour, c'est Olivia. » C'était le silence à l'autre bout. « Olivia

Henriksen ? » Je réalisai que même si je pensais à Torstein quand je disais Torstein, ce n'était pas certain que Torstein pense à moi en tant que moi. Il avait probablement parlé à des centaines de femmes arrivées à la fin de la quarantaine au cours d'une semaine de travail. Curieusement, cette pensée me décourageait encore plus que je ne l'étais déjà.

« Bonjour, répondit-il avec, à nouveau, cette voix grave et séduisante. Votre voix avait l'air si différente. Je ne vous ai pas reconnue tout de suite. Il est arrivé quelque-chose ? »

Il avait l'air joyeux. J'hésitai presque à gâcher la bonne humeur dans laquelle il se trouvait sans conteste. Pourtant, je devais le faire, c'était son travail de parler à des gens comme moi. S'occuper des problèmes et des accidents des autres pendant que la vie quotidienne suivait son cours habituel au milieu de tout cela. Il avait probablement en tête des enfants à aller chercher quelque part ou une réunion de parents à l'école... ou encore un dîner avec sa femme.

« Je suis devant la maison d'Elvira et Peder. Konrad est là aussi. »

Je m'en étais bien sortie jusque-là. Enfin, tout est relatif. Pour le moins, les mots étaient sortis dans le bon ordre. Soudain, quelque chose se brisa quelque part en moi, cela affecta d'abord ma voix, puis mes larmes se mirent à couler comme un glacier au dégel de printemps et mon nez se boucha avec des quantités indicibles de liquide.

« Nous pensons qu'ils ont été agressés, ajoutai-je en sanglotant. Elvira et Peder sont blessés ! Ils sont allongés dans la cuisine et quelqu'un a probablement essayé de les tuer. En tout cas, ils sont inconscients ! Konrad et moi les avons trouvés... les secours sont là. » Je parlais tout en essayant désespérément d'arrêter de hoqueter.

« Vous êtes assise ? »

Je hochai bêtement la tête en guise de réponse.

« Restez là, calmement, et attendez que les secours reviennent vers vous. D'accord ? Vous avez dit que Konrad était présent ? »

Je hochai la tête à nouveau.

« Puis-je lui parler ? Vous pouvez lui passer le téléphone ? »

Je tendis le téléphone à Konrad les mains tremblantes. Il n'était pas nécessaire de lui dire quoi que ce soit, car il était assis si près qu'il avait probablement entendu toute la conversation. Il approcha l'appareil jusqu'à son oreille tandis qu'il répondait à Torstein par des mots monosyllabiques. J'attrapai la fourrure du dos de Dino pour y enfouir mes doigts, lequel se rapprocha de moi et posa sa tête contre mon genou avec un regard implorant. Je ne pouvais pas supporter de le regarder dans les yeux, je ne pouvais pas supporter de lui confirmer ce que je savais qu'il redoutait. Elvira et Peder faisaient partie des êtres préférés de Dino, et maintenant il savait qu'il leur était arrivé quelque chose. Ils faisaient également partie des personnes que je préférais, pour être tout à fait honnête.

Au bout d'un moment, on vint aider Konrad et moi à monter dans l'une des ambulances où nous reçûmes des couvertures chaudes autour de nos épaules et des tensiomètres à nos bras. Plutôt absurde, ce n'était pas nous qui avions un problème, mais si l'un de nous avait subi une crise cardiaque à cause du choc, le service de secours aurait été poursuivi s'ils ne nous avaient pas auscultés de la sorte.

Il n'y avait pas grand-chose d'autre à faire que d'observer. J'aperçus les pieds lourds d'Evert franchir le seuil de la maison, je vis la robuste Frida avancer à pas agiles derrière lui. Je distinguai le voisin Ragnarsen se dressant immobile de l'autre côté de la clôture du jardin et suivant l'activité. Il se tenait debout, les bras croisés avec sa casquette enfoncée sur la tête. Son visage paraissait sans expression, pour le moins c'est ce qu'il me semblait depuis l'endroit où j'étais assise. Il dit quelque chose, puis se recula de quelques pas quand un policier vint lui parler.

L'endroit grouillait de policiers, Dieu sait à quoi ils œuvraient tous. Ils étaient éclairés par de grands projecteurs que certains avaient efficacement installés sur la pelouse devant la maison. De l'intérieur de la cuisine émanaient des flashs réguliers. Une visite involontaire d'Elvira et Peder chez le photographe. Ou une visite à domicile, plus exactement. Je recommençai à sangloter en me souvenant de leur photo de mariage décolorée accrochée au mur au-dessus du canapé, ainsi que de la photo d'Elvira, Peder et Konrad après que Konrad eut obtenu son diplôme de baccalauréat. Il flottait quelque chose de si indiciblement triste dans tout cela. Je n'étais pas croyante, alors je croisai les doigts et les orteils pour qu'ils s'en sortent. Ils avaient auparavant été débordants d'énergie et de joie. Était-ce censé se terminer de cette façon ? Qui s'occuperait de tout ce qu'ils aimaient ? Entretiendrait les roses d'Elvira ? Astiquerait le petit bateau de Peder chaque printemps ? Je ravalai ma morve et mes larmes, et devins furieuse contre la personne qui avait causé cela.

L'une des autres ambulances disparut rapidement dans des clignotements de gyrophare bleu. Un hélicoptère nous survola dans un vacarme assourdissant et vint piétiner le jardin aménagé avec soin d'Elvira. Au niveau du ponton, la mer était fouettée comme par violente tempête, les feuilles tourbillonnaient et une lumière pénétrante submergeait l'allée du jardin. Puis il atterrit sur la pelouse devant la maison. C'était un hélicoptère du SAMU piloté par des gens compétents qui ne nous accordèrent aucun coup d'œil. Il décolla en coup de vent à nouveau, après avoir été chargé d'une civière contenant une personne bien attachée. Je ne pouvais pas voir s'il s'agissait d'Elvira ou de Peder qui était envoyé par les airs.

Konrad était assis à côté de moi, regardant aveuglément devant lui. Ou lisait-il les instructions d'utilisation de la distribution d'oxygène dans l'ambulance ? Difficile à croire. Son visage restait immobile et inexpressif tandis qu'il tenait fermement la couverture autour de son cou. Il ne pleurait pas, mais il paraissait sérieux, extrêmement sérieux. Nous gardâmes le silence. Dino s'était endormi sur la civière confortable entre nous. Les traces laissées par ses pattes de chien dégoûtantes m'apaisaient ; il y avait dans cela quelque chose de si banal.

Bientôt, la pluie de flashs cessa à l'intérieur de la cuisine et deux hommes sortirent de la maison avec des valises fermées. Ils paraissaient méticuleux derrière leurs masques de papier, retirant leur salopette en papier blanc dès qu'ils atteignirent la porte. Ils parlaient discrètement en observant le jardin, contemplant la maison et nous jetant un coup d'œil sans nous regarder dans les yeux. Ce n'était pas leur travail de s'occuper de témoins anéantis et possiblement hystériques.

« J'ai appelé votre frère. Oskar ? » Ce dernier mot était prononcé de manière interrogative. Dirigeant mon regard vers la voix, je m'aperçus que c'était Evert qui se tenait devant moi. « Il est en route pour venir vous chercher. Je lui ai demandé d'attendre un peu, parce que j'avais d'abord quelques questions à vous poser.

— Très bien, je vais répondre du mieux que je peux. Konrad est là aussi. En fait, il était ici avant moi. » Konrad semblait toujours comme paralysé, il ne réagit pas même en entendant son nom. « Peut-être que nous ferions mieux de commencer tout de suite. Avant que j'oublie quelques détails ?

— Nous allons y venir, mais comment allez-vous au juste ? Cela a dû être un choc terrible. » Evert me dévisageait attentivement. J'aurais pu jurer qu'il avait l'air un peu inquiet. « Jamais auparavant dans ma carrière de policier, je n'ai vu quelqu'un découvrir une victime de meurtre, puis en découvrir deux blessées... ou du moins inconscientes. En si peu de jours. C'est tout à fait insolite. Diable que ça l'est...

— Non, maintenant que vous le dites, en effet... » Je n'avais pas songé à cet aspect exceptionnel. En réalité, je m'étais retrouvée enchevêtrée au beau milieu de différentes intrigues en très peu de temps. « J'habite par ici, donc, et je me promène très souvent avec Dino. Ce n'est peut-être pas si étrange, après tout ?

— Vous voulez bien venir avec moi dans la voiture ? Nous y serons un peu plus tranquilles. »

Evert lança un regard latéral légèrement étrange vers Konrad, tendant son bras vers moi afin que je puisse l'utiliser comme support pour descendre de l'ambulance. Je ne pouvais pas vraiment faire autre chose que de l'agripper. Dino fit un bond lorsqu'il remarqua l'absence de mon poids sur la civière. Derrière moi, j'entendis également Konrad bouger. Il y avait de la vie en lui finalement et heureusement. Je restais plantée là à l'attendre.

« Non, pas vous, je suis navré. » Le regard d'Evert plongeait soudainement vers le sol, mais nul doute possible qu'il s'adressait à

Konrad. « J'aimerais que vous veniez avec moi au poste. Restez assis ici pour l'instant. Je vous ferai savoir quand il sera temps de partir. »

J'entendis Konrad remonter dans l'ambulance sans dire un mot. Les pas d'Evert nous dirigèrent vers une voiture de police garée juste à l'extérieur du portail. Il ouvrit la porte arrière et je m'installai sur le siège moelleux. Dino se précipita à ma suite et s'immobilisa, le regard implorant avec ses pattes avant sur mes genoux. Ragnarsen se tenait toujours dehors, immobile et impassible.

En me retournant vers l'ambulance que je venais de quitter, j'aperçus le visage de Konrad à l'intérieur. Il s'était assis exactement au même endroit et avait l'air tout aussi perdu, affichant de grands yeux vides sur son visage figé. Le gyrophare bleu de l'un des véhicules d'urgence miroitait sur son visage pâle, l'illuminant par à-coups et le rendant effrayant dans l'obscurité.

Chapitre 12

Evert contourna le véhicule et vint s'installer de l'autre côté. Dino s'étendit d'emblée entre nous, et à mon grand étonnement, Evert commença à lui caresser le dos. Dino semblait apprécier, il ferma les yeux et soupira dans cette position détendue. Je racontai ce qu'il s'était passé. On aurait dit que quelques jours s'étaient écoulés depuis.

Evert se racla la gorge tout en examinant furtivement son bloc-notes. Ce dernier était recourbé dans les coins et il devait l'aplatir pour déchiffrer ce qu'il voulait lire.

« Donc... Je crois savoir que vous connaissiez Elvira et Peder déjà auparavant ? Les époux Frantzen ?

— Oui, nous sommes de bons voisins, même si nos maisons sont assez éloignées. Je ne vous en ai peut-être pas parlé au poste de police ? Lorsque nous parlions de Konrad ? » Soudain, ma mémoire me fit défaut, il m'était impossible de me souvenir des détails. C'était probablement l'après-coup du choc, je l'espérais, et non un signe de quoi que ce soit d'autre.

« Non, je ne pense pas que vous l'ayez mentionné, mais Torstein Krohn m'en a parlé. À quel point les connaissiez-vous ? »

Où voulait-il en venir ? Je commençai à transpirer de la lèvre supérieure tout en me figurant un sifflement dans mon oreille interne. Soit il faisait chaud à l'intérieur de la voiture de police, soit c'était la ménopause qui me perturbait à nouveau. Evert avait l'air frais et détendu, alors je repoussai la couverture de l'ambulance et fit comme si de rien n'était.

« Eh bien, nous sommes devenus de bons amis au cours des dernières années. J'aime leur rendre visite plusieurs fois par semaine.

— Alors ils vous racontaient des choses ? À propos de qui ils fréquentaient, d'éventuels conflits, de tels éléments ?

— Eh bien, ils m'en racontaient une partie, mais je ne sais pas tout d'eux.

— Et concernant les finances ? Ce sont des gens qui gardent beaucoup d'argent liquide à la maison ?

— Non... nous ne parlions pas beaucoup d'argent. Mais je pense qu'ils n'auraient jamais gardé de grosses sommes d'argent à la maison. Ils s'étonnaient que d'autres gens puissent le faire. On lit tellement de choses sur ce que cela peut entrainer, répondis-je, réalisant soudain à quoi il faisait allusion. Pensez-vous qu'il s'agisse d'un cambriolage ? D'une tentative de vol ?

— Pour l'instant, nous ne le savons pas, mais tout est possible. Parfois, de telles choses arrivent par hasard, et parfois c'est incroyable ce que les gens peuvent voler.

— Ce n'était pas particulièrement désordonné à l'intérieur. Et Elvira et Peder font très attention à ne pas laisser entrer des gens qu'ils ne connaissent pas, dans tous les cas. Ils sont hospitaliers et généreux avec leur entourage, mais naturellement méfiants à l'égard des autres. En fait, on parlait surtout des choses du quotidien, du jardin, du petit bateau de Peder, d'Ankerholmen... des trucs de famille.

— Alors vous êtes au courant de... comment dois-je dire, de la querelle qu'ils ont eue avec Konrad Frantzen ? Concernant la question de l'obligation de résidence et de tout ce qui en retourne ? questionna Evert en m'observant attentivement.

— Oui, mais ce n'était pas si grave. Ils étaient sur le point de se réconcilier. » Je me référai brièvement aux conversations que j'avais eues avec Konrad, ainsi qu'avec Elvira et Peder, ces derniers jours. Evert marmonna en notant ce que j'avais dit dans le même carnet bien usé. « Je sais qu'ils voulaient redevenir amis, tous les trois. La dispute provenait probablement du fait que Konrad se sente tiraillé dans deux directions différentes en raison de son travail chez l'avocat Prebensen. En outre, Elvira et Peder sont connus pour être têtus. Ils s'aimaient vraiment, tous les trois.

— Oh, vraiment... ils n'avaient pas d'enfants, n'est-ce pas ? Elvira et Peder, je veux dire ?

— Des enfants ? Non, ils avaient Konrad. Il a vécu chez eux pendant une partie de son enfance. Et puis ils ont eu des chiens pendant des années. Je n'ai jamais vraiment demandé à Elvira si ce fut un choix de ne pas avoir d'enfant ou s'ils ne pouvaient pas... Si c'était le cas, ce devait être plus compliqué de remédier à cela quand ils étaient plus jeunes.

— Très probablement, oui... Konrad. Doit-il hériter d'eux, le savez-vous ?

— Hériter ? » C'était fort probable pour lui. « J'imagine que c'est le cas, oui. Peut-être qu'ils souhaitent léguer une somme au refuge pour animaux ou quelque chose du genre. Du moins, ce ne serait pas étonnant de leur part, mais qu'un jour Konrad hérite de la plus grande partie, je le pense oui. Mais je ne le sais pas vraiment, car nous n'en avons jamais parlé.

— Non, parce que nous parlons ici de montants potentiellement importants, en effet. Cet endroit, avec son rivage, son ponton et l'obligation de résidence levée... colossal. » Evert claqua sa langue en signe de confirmation tout en laissant glisser son regard vers le jardin. Il n'y avait pour ainsi dire pas grand-chose à voir de la mer, si c'était elle qu'il cherchait, mais ses reflets luisaient quelque part au loin.

« Oui... je suppose que vous avez raison. » Mon cerveau fonctionnait un peu au ralenti, pourquoi était-il si préoccupé par l'héritage ? Ce serait tout à fait charmant que Konrad hérite de ce bel endroit, non ?

« Et ils n'ont pas d'autres ennemis ? Des personnes hostiles ? Quelqu'un dont vous auriez connaissance ?

— Non, cela me semble vraiment improbable. Ce sont deux personnes charmantes et gentilles. Ils ne savent pas combien ils peuvent apporter du soleil dans la vie des autres. Bien sûr, il y a peut-être quelque chose dans leur passé que j'ignore, mais... non. »

C'était une pensée absurde qu'Elvira et Peder puissent être en froid avec qui que ce soit. Je m'arrêtai pour avaler malaisément ma salive. Au même moment, mon regard se tourna vers la fenêtre et tomba directement sur Ragnarsen. Oh, bon sang, comment pouvais-je être aussi écervelée ? Une peur sans précédent dans ma propre mémoire se fraya un chemin.

« Oui, il y a bien Ragnarsen, en fait... Ils étaient dans une sorte de conflit, mais plus une querelle de voisinage. Il s'agissait d'arbres et d'asphalte, de désaccord sur l'obligation de résidence... » Je donnai à Evert la version courte de la relation. « Je me suis parfois demandé s'il arrivait que Ragnarsen s'assoie dans un fauteuil douillet et profite vraiment de la vie. Dans ce cas, la relation entre eux aurait probablement été un peu meilleure. Il n'est pas accommodant, c'est le moins que l'on puisse dire. Encore pire certainement lorsqu'il a perdu sa femme il y a un moment. Certains ont même dit qu'il pouvait être violent envers elle... avant d'arrêter de boire et de rejoindre la ligue anti-alcoolique. » Je pouvais être directe avec Evert, je l'avais découvert, alors je sautai dans la brèche : « Il est aigri, lunatique et peu sociable, si je dois dire les choses comme elles sont. Par ailleurs, il regarde un brin sceptique les vieux hippies qui ne sont pas nécessairement sortis du lit à sept heures tous les matins.

— Si j'avais une propriété en bord de mer comme celle qu'il possède, j'aurais pour le moins apprécié la vie » déclara Evert. Pour la première fois, je ressentais une sorte de camaraderie avec lui.

« Peder avait l'habitude de dire qu'il s'agit d'un homme poussé par ses démons intérieurs. Sûrement en voyant Ragnarsen se déplacer d'avant en arrière derrière la haie.

— Des démons, oui... Vous avez mentionné que vous discutiez de jardin et de jardinage. Parlaient-ils également de plantes et de choses de la sorte ? poursuivit Evert en relevant les yeux du bloc sur lequel il venait d'ajouter une note. Étaient-ils intéressés par la culture d'herbes ? » Je devais rire au milieu de toute cette tragédie.

« Vous les avez donc trouvées ? Êtes-vous entrés dans le garde-manger d'Elvira ? »

Evert hocha la tête de manière affirmative. Je sentis un léger sourire se dessiner sur ses lèvres, mais il se dépêcha de renfiler à nouveau son masque de policier.

« Oui en effet, Elvira et Peder conservent toujours une grande et luxuriante plante de cannabis dans le jardin de derrière. Elle a probablement été déterrée et jetée pour cette année, mais c'est là qu'ils ont l'habitude de la planter. Ils n'obtiennent jamais une grosse récolte, mais suffisamment pour passer l'hiver. Ils n'en proposent à personne, mais ils n'en font pas non plus un secret. Ils le font depuis leur participation à des festivals dans les années 70 et ils considèrent cela comme un droit de l'homme.

— Nous obtiendrons des réponses à ce sujet grâce aux analyses de sang, mais je me demande en fait s'ils ont pu ingérer quelque chose qu'ils n'auraient pas dû ? Peut-être une substance qu'ils ne connaissaient pas si bien ? Une quantité excessive ?

— Je ne pense pas qu'Elvira et Peder consommaient des choses plus fortes que la marijuana, si c'est ce que vous voulez dire. » Plus j'y pensais, plus mon cerveau me paraissait vriller. « Non, c'est vraiment impossible. Ils n'utilisaient que des produits naturels. Et ils n'en vendent pas, juste pour que ce soit clair. »

J'avais envie de les défendre. Ils devaient pouvoir faire ce qu'ils voulaient tant qu'ils ne dérangeaient pas les autres. Maintenant, il faut avouer que j'avais été élevée par des parents qui s'intéressaient aussi aux plantes de la famille du chanvre, mais quand même...

« Ne vous inquiétez pas, nous ne sommes pas là pour enquêter sur un trafic de drogue. » À ma grande surprise, Evert se tenait là tout sourire. « En fait, je pense que quelqu'un a accidentellement jeté les plantes séchées ; cette horrible poussière dans le garde-manger. »

Je restais assise bouche-bée. S'il y avait davantage de policiers comme lui, il y aurait certainement de l'espoir quant à l'efficacité et aux taux d'élucidation d'enquêtes sur divers fronts dans ce métier.

« Eh bien, je vais vous laisser rentrer chez vous. Nous vous appellerons dès que nous en saurons plus sur Elvira et Peder. Actuellement, les deux sont inconscients. Voici le numéro direct du service... » Il me colla un Post-it jaune dans la main. Des chiffres étaient griffonnés dessus. « Elvira se trouve à l'hôpital ici à Tønsberg. Peder a été héliporté au Rikshospitalet à Oslo.

— Est-ce qu'ils vont s'en sortir ? » Ma voix tremblait à nouveau.

« Il est trop tôt pour le dire, mais espérons-le. Si vous n'avez pas de nouvelles de notre part, n'hésitez-pas à appeler l'hôpital directement. Je les informerai qu'ils peuvent vous donner des nouvelles.

— Je peux leur rendre visite, vous croyez ? » J'eus soudain envie de les voir, de les toucher, de m'assurer qu'ils étaient vraiment en vie.

« Demandez à l'hôpital. C'est possible. » Evert déplaça sa main vers la poignée de la porte. « J'aurai besoin de m'entretenir davantage avec vous demain. Très probablement, ce sera dans la matinée. Est-ce que cela vous convient ? »

Il gratta les poils de la nuque de Dino dans ce que je réalisais être un signe d'au revoir. Au même moment, on frappa doucement à la vitre de la voiture. C'était Oskar qui se tenait à l'extérieur, le visage un peu plus pâle que d'habitude.

« Voilà votre frère. Très bien. Nous nous voyons demain ? » Il n'attendit pas la réponse, mais ouvrit la porte et descendit en marmonnant pour lui-même.

Je hochai la tête affirmativement dans le dos d'Evert, mais il était déjà sorti de la voiture, claquant la porte derrière lui. Il échangea quelques mots avec Oskar, mais je ne pouvais pas entendre leurs propos. Pas avant qu'ils ne fassent le tour de la voiture et n'ouvrent la porte de mon côté. Le vent frais de cette soirée sombre s'engouffra froidement sur la banquette arrière, ainsi que leurs voix. Avec la nuque en sueur, je frissonnai lorsque l'air vint me saisir.

« Est-ce que tu vas bien ? demanda Oskar en tendant sa main à l'intérieur de la voiture pour m'aider.

— Tu sais ce qu'il s'est passé ?

— Oui, en grande partie, acquiesça Oskar. Mais on ne m'a pas dit comment allaient au juste Elvira et Peder ? »

Je lui racontai ce que je savais tout en cherchant Evert du regard. Il disparaissait vers l'ambulance où Konrad était probablement encore assis. Je me demandais pourquoi diable il devait amener Konrad au poste de police. Les gyrophares bleus scintillaient dans la cour et se reflétaient sur le crâne lisse d'Evert. Si la situation n'avait pas été aussi tragique, ce spectacle m'aurait certainement amusée.

Oskar me caressa le dos et murmura quelques mots sur sa vision de cette situation terrible. J'enfouis mon visage dans son épaule. Dino ne nous laissa aucun répit, au contraire, tout frénétique, il secouait la queue, ses pattes avant posées contre les jambes d'Oskar. Quelques instants plus tard, il nous tirait vers le sentier forestier. Il voulait rentrer à la maison.

« Vous savez ce qu'il s'est passé ? » Ragnarsen se tenait subitement devant nous. Les muscles de sa mâchoire semblaient possédés.

« Elvira et Peder devraient s'en sortir, au cas où vous vous poseriez la question. » Je savais que ce n'était pas l'objet de sa curiosité.

« Très bien. Tout part en vrille dans ce quartier. Aberrations sur aberrations. Des tas de nouveaux arrivants. Sans parler de toute la vermine qu'on laisse entrer dans le pays... » Il renifla comme un taureau. Mes yeux se tournèrent vers le sol pour voir s'il grattait le sol pour charger.

« Oh, mais...

— Je pensais qu'il y avait des honnêtes citoyens ici, mais j'ai dû me mettre le doigt dans l'œil. » Sans rien ajouter de plus, il tourna les talons et marcha à pas rapides et décidés vers sa propre maison.

Je lui jetai le regard le plus dur que je pouvais lancer à ce moment-là. Si seulement foudroyer du regard pouvait tuer, pensai-je. Mais ce n'était pas le cas.

Oskar et moi marchâmes un moment en silence.

« Tu vas appeler l'hôpital ce soir ? demanda enfin Oskar.

— Moui... on peut essayer. Peut-être devrions-nous attendre jusqu'à demain.

— Morten est venu me voir, au fait. Il avait aperçu toutes les ambulances et les voitures de police et s'inquiétait de ce qui avait pu se passer. Je n'en savais pas plus que lui, mais ensuite la police m'a téléphoné pour me dire où tu étais. »

Oskar était piqué par la curiosité, je pouvais clairement l'entendre.

« Alors, c'est sa tronçonneuse que j'ai entendue en allant chez

Elvira et Peder. Pauvre Morten, ça a dû être un sacré choc. Il les connait depuis tant d'années.

— Oui, il paraissait déjà terriblement stressé quand il est venu. Il a eu son lot d'agitation aussi ces derniers jours. » Oskar se gratta la tête, le bruit des ongles contre sa peau se frayait un passage dans l'obscurité.

« J'ai l'impression que tout peut arriver par ici à présent. D'abord Prebensen et ensuite ça ? Evert se penche à la fois sur l'aspect vol et drogue. Crois-tu qu'ils utilisaient autre chose que de la marijuana ? Quelque chose de plus fort ? » Il était préférable de demander à autrui, après tout, je n'avais pas forcément tous les détails. À peu de choses près.

« C'est le lieutenant qui a demandé ? s'enquit Oskar en laissant échapper un rire bref et incrédule. Non, je ne crois vraiment pas. »

Pendant un moment, le silence s'abattit à nouveau entre nous.

« L'un de nous doit appeler maman et papa, en tout cas. Pour leur dire pour Elvira et Peder. »

Il était facile de percevoir qu'Oskar préférerait ne pas avoir à le faire. Je proposai de m'en charger, après tout, j'habitais chez lui dans sa grande bonté. À vrai dire, Oskar ne m'avait jamais donnée cette impression, mais je pouvais le ressentir moi-même parfois. Certainement les jours où la pluie martelait les rochers d'Ankerholmen et où les nénuphars manquaient de se noyer dans le bassin du jardin.

« Mais on peut attendre demain ? Nous en saurons alors un peu plus à leur sujet.

— Oui…, semblait-il se tâter. S'il n'y a rien dans les journaux en ligne ce soir ? »

Bien sûr, il avait raison. De nos jours, les nouvelles se répandent comme une nuée de moustiques par un été chaud et pluvieux.

« Alors attendons au moins une heure. Je dois me calmer un peu. »

J'entendis Oskar marmonner un « OK ».

« Y a-t-il déjà eu un meurtre de perpétré sur cette île auparavant ? Je n'ai pas souvenir d'une telle chose. Et toi ? »

Oskar soupira doucement dans la pénombre.

« Non, en fait je ne crois pas. Quand nous étions petits, on entendait des rumeurs sur le pêcheur Olsen... tu te souviens de lui, d'ailleurs ? Celui qui habitait au niveau du carrefour ?
— Oui.
— Pendant de nombreuses années, des rumeurs se sont répandues selon lesquelles Olsen avait mis un coup de pied dans les fesses à un membre de son équipage, de sorte qu'il l'avait renversé par-dessus bord et le marin s'était noyé. Apparemment, une violente dispute avait éclaté entre eux après la saison du homard. C'était resté sans preuve, évidemment, cela s'était passé loin au large de Færder, mais Olsen a jeté l'argent par les fenêtres pendant un certain temps. C'est probablement ce qui a lancé le scandale, je suppose... C'était peut-être un accident, mais les rumeurs ont poursuivi Olsen jusque dans sa tombe. Il avait même commencé à boire dans ses vieux jours.
— Et moi qui pensais que c'était de la bière sans alcool qu'il ingurgitait constamment... »
Je savais qu'Oskar espérait en savoir plus sur les événements de ce soir. Et qu'il fallait que je m'attèle à la tâche. Cela allait survenir plus tard, à la table de la cuisine autour d'un verre de vin. Pour l'instant, ma tête restait un capharnaüm de détails, de choc, de chagrin et d'horreur. Un grand ménage de printemps s'avérait nécessaire là-dedans. Ou un rangement en profondeur, de préférence avec une bonne technique méconnue pour moi de pliage militaire.

Le reste du chemin, nous restâmes silencieux en entendant le vent mugir aux sommets des épicéas. Là-haut, la brise était constante, fraîche et inhibante. Dino renifla son chemin vers la maison tout en souillant chaque petit buisson et engouffrant de temps à autre son museau là où se dégageait un agréable parfum.

Bientôt, nous passâmes devant ce qui avait été notre maison d'enfance, ou la maison que maman et papa avaient louée pendant quelques années avant que d'autres choses plus intéressantes ne les attirent ailleurs. Elle apparaissait sombre et calme, récemment reprise par une riche famille d'avocats de la capitale. La maison était classée comme résidence d'été et pouvait donc être utilisée comme telle dans un avenir prévisible. Il s'agissait d'une vieille bâtisse envahie par la végétation, mais à présent deux conteneurs se dressaient prêts à l'action dans la cour. Je me doutais que les plantes grimpantes indisciplinées sur le large cadre de la porte d'entrée feraient bientôt partie de l'histoire. Telle que la maison se tenait maintenant, il était facile d'imaginer voir sortir sous le porche à tout moment un couple d'artistes fumeurs d'herbe avec deux enfants à moitié nourris sur les talons. Dans un nuage de fumée à l'odeur suspecte et au son d'une guitare désaccordée. De ce que j'avais vu du couple d'avocats jusqu'à présent, cela évoquait davantage une cuisine resplendissante et des chaises de créateur.

J'appelai l'hôpital avant d'appeler ma mère et mon père, et avant qu'Oskar ne nous débouche une bouteille de vin. Heureusement, Evert avait eu le temps de faire savoir à l'hôpital qu'Olivia Henriksen pouvait être considérée comme un parent proche, alors après un bref interrogatoire, l'infirmière autoritaire m'écoutait pleine de bonne volonté. L'état d'Elvira était inchangé, concernant Peder, ils n'avaient pas d'informations pour le moment. On nous conseilla de rappeler tôt le lendemain matin. Une fois raccroché, j'appelai ma mère.

« Constance Henriksen ? » Elle gazouillait au téléphone, même s'il était presque onze heures.

« Bonsoir Maman, c'est Olivia. » Dans ma voix, aucun gazouillement.

« Ma Chérie, quel plaisir de t'avoir ! Kristian ! C'est Olivia au téléphone. »

J'entendis un murmure en arrière-plan, qui ressemblait à un « bonsoir ». Nous parlâmes un peu de la visite de Felix et Kasper chez eux, à quel point ils étaient incroyables et combien j'avais réussi à élever des garçons aussi gentils. Imaginez-vous ça. Les critiques avaient fusé sur mon rôle parental quand ils étaient plus jeunes. Aux yeux de ma mère, je les élevais dans un environnement bourgeois malsain et j'étais trop stricte avec eux. Si vous demandiez dans le même environnement leur avis sur mon rôle parental, je suis sûre qu'ils me décriraient comme le professeur d'école alternative le plus irréprochable. Je me situais probablement quelque part entre les deux, et tout s'était plutôt bien passé. Cependant, afin de maintenir la bonne relation mère-fille que nous avions finalement nouée, nous ne mentionnions jamais aucun conflit du passé.

« J'ai une triste nouvelle pour toi, Maman. C'est au sujet d'Elvira et Peder.

— Elvira et Peder ? Qu'est-ce qu'ils ont ? »

Je perçus une frayeur dans sa voix. On pouvait en dire beaucoup sur ma mère, mais nul doute qu'elle possédait de bons côtés. Elle était chaleureuse et compatissante, notamment. Pour le moins, elle l'était devenue au fil des années. Oskar et moi aurions bien souhaité qu'elle ait été tout aussi chaleureuse et compatissante quand nous étions enfants, et qu'elle ait choisi, par exemple, de rester auprès de nous à Ankerholmen au lieu de parcourir le monde à la recherche d'expériences holistiques. La vie est néanmoins devenue ce qu'elle est devenue, et nous sommes finalement devenus des adultes responsables.

Je lui racontai aussi délicatement que possible les événements survenus, en préférant omettre les détails les plus effrayants. Elle versa quelques larmes, moi de même, puis nous nous promîmes de nous reparler le lendemain.

Même si j'étais épuisée, nous restâmes assis jusqu'à tard dans la nuit. Oskar ne devait pas se rendre à l'aéroport avant tard dans la journée le lendemain, et ma condition involontaire de chômeuse me permettait pour le moins de rester assise aussi longtemps que je le voulais. Si je le souhaitais, je pouvais rester à fainéanter la moitié de la journée ou je pouvais m'asseoir le nez plongé dans un livre pendant une semaine entière. C'était juste que je n'avais pas été créée de la sorte. J'aimais me maintenir en mouvement, j'aimais réaliser des choses, j'aimais les gens, j'aimais le monde et mon jardin, et en outre, j'étais profondément, fondamentalement et incurablement curieuse.

Ce dernier point représentait probablement la force motrice derrière une grande partie de ce que j'avais entrepris. J'adorais semer une graine pour la voir devenir une belle plante, ou bien une plante laide d'ailleurs. Et j'adorais arranger les choses. C'était important pour moi de comprendre. Assise à la table de la cuisine avec Oskar, je pris conscience que j'avais besoin de savoir qui avait blessé Elvira et Peder. Et qui avait tué Prebensen ?

Certes, Elvira et Peder restaient les plus importants. Bon sang, soyons honnêtes, Prebensen n'avait même pas pris la peine de me saluer quand nous nous étions rencontrés et que les bouts de nos chaussures étaient presque entrés en collision. Certaines personnes restaient plus difficiles à pleurer que d'autres, ainsi va la vie.

« À ton avis, qui a pu faire ça ? » Je bredouillai légèrement, il était sûrement temps de retrouver ma couette.

« Si seulement je le savais. J'espère juste que ce n'est pas quelqu'un que nous connaissons. » Oskar laissa son regard glisser vers le généreux plateau en argent de notre tante citadine Klara, une partie de mon héritage personnel que j'avais utilisé comme socle pour au moins cinq larges bougies. Ce jour-là, il y en avait sept, en réalité.

« Je me demande pourquoi... Pourquoi Elvira et Peder ? Les personnes les plus gentilles. Pense à tous ces monstres qui errent sur la terre, qui devraient être tués, mais pour lesquels il est complètement impossible de faire quoi que ce soit ? Tu y penses !

— Tu t'attaques à la haute sphère politique maintenant, je vois. Je ne pense pas que nous puissions comprendre le pourquoi. Avaient-ils des objets de valeur qui traînaient ?

— Non, je ne crois pas. Quelques objets d'héritage et d'argenterie ici et là, mais rien de vraiment important. À mon avis. » J'essayai de me souvenir si Elvira m'avait raconté quelque chose au fil des ans. Il m'était difficile de me concentrer... Je mis la faute sur un manque de sommeil.

« Espérons que le lieutenant mette la main sur le ou les coupables. Il le découvrira sûrement. » Oskar faisait tourner le verre sur la table pendant qu'il parlait.

« Je ne pense pas que quelque chose ait été volé. Tout était bien rangé, à part le désordre dans la cuisine, bien sûr. Le salon était propre et ordonné, pas de tiroir ouvert, ni de truc du genre. » Soudain, une pensée me traversa l'esprit, un élément qui ne m'avait pas frappé auparavant : « Et pour Prebensen, alors ? Et si c'était le même gars derrière tout ça ? Dans ce cas, on parle vraiment d'un monstre. Et d'un acte prémédité.

— Le même agresseur ? Mais Fridtjof Prebensen est mort... » Oskar avait un regard sceptique, mais de façon très fraternelle, scrutateur et réprobateur envers moi. Je compris qu'il avait quelque chose à dire, et finalement les mots sortirent : « Peux-tu me promettre que tu laisseras Evert Karlsen résoudre cette affaire ? Ne t'en mêle pas... Tu n'es pas une détective, tu ne sais pas jouer la comédie et tu as presque cinquante ans. Tu veux bien ? »

Oskar me connaissait trop bien. Il sentait quand je me mettais en tête d'entreprendre quelque chose. Il voulait bien faire, mais cela m'irritait au plus haut point.

« Que veux-tu dire par, j'ai presque cinquante ans ? Il reste encore deux ans avant que je les atteigne. Et alors ? On arrête d'être curieux à cet âge ? On arrête de s'en soucier ? On s'assoit avec son tricot et on écoute le tic-tac de l'horloge murale ? »

Un bref instant, je sentis sortir les crocs, mais je me calmai rapidement à nouveau. Je ne pouvais pas en supporter davantage. Avant de nous séparer, Oskar me fit promettre de rester à l'écart de ces affaires criminelles non résolues. C'était le genre de circonstances pour lesquelles on avait des professionnels, je devais comprendre cela. Bien sûr, je fis semblant de comprendre, donnant le change jusqu'à l'arrivée à mon lit. Oskar savait que je mentais, et je savais qu'il le savait, mais alors il pouvait au moins se dire qu'il avait essayé.

Je m'endormis avec la vision d'Elvira et de Peder sur ma rétine et aucun doute que ce fut mon propre cri qui me réveilla quelques heures plus tard. Je restai allongée à regarder les lames du plafond pendant des heures, c'est l'impression que j'eus. J'avais déjà compté les lames auparavant, alors je ne pris pas la peine de recommencer. Je suppose que je me rendormis finalement.

Un mal de tête me saisit juste au moment où je rassemblai mes jambes sur le bord du lit le lendemain matin. J'eus une envie pressante, si urgente que je courus presque aux toilettes. J'entendis Oskar sous la douche dans sa propre salle de bain. L'eau éclaboussait le carrelage et il fredonnait tout bas. J'étais presque jalouse de son apparente bonne humeur. Personnellement, je ne m'étais pas sentie dans un aussi piteux état depuis mon voyage à Chypre avec deux copines au milieu des années 80, où l'ouzo coulait à flot et où nous avions dormi à trois dans une chambre sans climatisation. À l'époque, je m'étais sentie comme une pêche dans une boîte de conserve au réveil. Légèrement imprégnée par un parfum fruité de la veille et liquéfiée dans une sorte de lac de sueur.

Je déambulai vers la cuisine, à la mesure dans laquelle j'étais capable de déambuler. À vrai dire, je marchais aussi doucement que possible, afin de ne pas trop bousculer le martèlement dans ma tête. Bientôt, je perçus le pas léger d'Oskar approcher vers moi d'une manière si irritament aisée.

« Salut ma chère sœur ! Comment te sens-tu aujourd'hui ? Mieux que jamais, j'espère ? » Oskar affichait une mine inquiète. Le sarcasme restait néanmoins difficile à ignorer.

Je marmonnai en gros qu'un café aiderait probablement et me trainai vers la cafetière. Ce n'était pas le bon matin pour des conversations et des analyses approfondies. Ou peut-être que ça l'était justement. Je réajustai ma robe de chambre tout en tentant doucement, très doucement de m'asseoir sur la chaise.

Alors que je portais la tasse à mes lèvres et que j'étais sur le point d'avaler ma première gorgée de la journée, les événements de la veille s'insinuèrent en moi de toute leur force. La colère grandit en moi. Nous devions aller au fond des choses. Si nécessaire, j'allais jouer au détective privé. Je voulais faire comme dans les films, me faufiler dans le noir avec une lampe de poche et passer des heures dans la voiture à traquer les suspects. Avec un appareil photographique reflex mono-objectif, bien évidemment. Pour l'instant, je ne savais pas qui je devais prendre en filature ou surveiller, mais j'étais déterminée à le découvrir. Il était possible que les capacités d'Evert en tant qu'enquêteur soient excellentes, mais n'importe qui pouvait avoir besoin d'un petit coup de main de temps en temps. Un peu d'aide sous forme de flair féminin et de curiosité, peut-être ? Evert paraissait être un homme pouvant en avoir besoin. L'aide de quelqu'un non immédiatement perçu comme de la police ? Il n'y avait pas vraiment de paragraphes écrits ni d'interprétations élaborées de la loi sur mon front, d'autant que je sache. Eh bien, c'était un début.

Oskar et moi buvions notre café en silence, tandis que je feuilletais le journal local et qu'Oskar consultait les actualités en ligne. Il y avait peu d'éléments dans le journal sur des meurtres, mais d'autant plus dans les journaux en ligne. Ce fut une étrange sensation de découvrir la maison d'Elvira et Peder en première page. Y figuraient des photos d'Evert Karlsen, du pont vers l'île et du ponton de Peder. En intégralité, avec le petit bateau en bois poli amarré. En outre, on dénombrait deux pages complètes sur Fridtjof Prebensen. Le Tønsbergs Blad mentionnait l'obligation de résidence en évoquant l'affaire, mais il n'était toujours pas noté qu'il pouvait s'agir d'un assassinat. Les affaires n'étaient pas non plus reliées l'une à l'autre. Il était plusieurs fois souligné à quel point il était étrange que tant de choses soient survenues sur la petite île tranquille d'Ankerholmen. On pouvait leur accorder ce point.

Oskar s'inquiéta du fait que je reste seule à la maison la nuit. Que diraient les journaux si j'avais été agressée chez moi, pensai-je. « Une femme d'âge moyen agressée par... » Horreur, il suffisait de penser à un tel titre pour redouter un tel événement. Mais avais-je peur de rester seule ? Non, pas du tout. J'étais presque certaine qu'Elvira et Peder n'avaient pas été cambriolés. Un autre motif planait derrière l'agression. Quelque chose qui ne me concernait pas. Il s'avérerait que j'eusse à la fois raison et tort. C'est souvent comme ça dans ma vie.

« Je ferais bien une promenade avec Dino à présent, déclara Oskar. Après tout, je vais rester assis à l'aéroport toute la soirée.

— Ah, bonne idée. Je n'en ai pas la force pour l'instant. » En vérité, il restait très tentant de m'attarder encore un peu au lit, mais je savais que j'avais des choses à faire.

« Oui, bien sûr. Allonge-toi un peu. Tu sembles en avoir besoin. »

Oskar termina le reste de son café, se leva, puis siffla discrètement à l'attention de Dino. Le petit chien fut prêt en quelques millisecondes. Lorsque les deux seuls hommes habitant actuellement la maison disparurent à travers le portail, je me servis une nouvelle tasse de café et m'assis confortablement devant l'ordinateur. Je n'avais pas le temps d'aller me coucher. J'enfilai mes pieds dans une paire de pantoufles en cuir, puis attachai fermement la ceinture de ma robe de chambre. J'étais prête, prête à toute éventualité. Si je devais tenter de résoudre cette affaire avec Evert, il était préférable que j'en saisisse tous les détails. Pendant un moment, je me demandai ce qu'il dirait s'il savait que j'enquêtais. Puis je me lançai dans la lecture des articles de journaux.

Je savais que quelqu'un de la police allait m'appeler ce matin pour convenir d'un rendez-vous. Enfin, ils m'appelleraient si je n'appelais pas en premier. L'accord avec Evert était à peu près de la sorte. C'est pourquoi je me préparais à ce que le téléphone sonne. Pour une fois, je savais parfaitement où il était. Il se trouvait à côté de mon ordinateur portable sur la table de la cuisine. Rapidement, je parcourus d'innombrables articles. Beaucoup d'éléments que je m'étais déjà appropriés, d'autres encore complètement méconnus. Une grosse partie de mensonges aussi, mais je décidai de les ignorer.

Ce à quoi je n'étais pas préparée, c'était à ce que l'on frappe à la porte. Je venais de soulever ma tasse de café au-dessus du clavier pour avaler les dernières gouttes de ce liquide vivifiant, lorsque le bruit de la sonnette retentit par la porte du couloir. Dans toute ma stupeur, je laissai tomber ma tasse de café sur le clavier, et tandis que la sonnette résonnait à nouveau, je restai assise la bouche grande ouverte, observant mon écran disparaître lentement. Bientôt ne resta qu'une seule ligne au milieu de l'écran, puis tout devint noir. Cela n'aida en rien que je martèle désespérément les touches qui se trouvaient sous mes doigts. Cela n'aida en rien de lui demander de s'allumer. Cela n'aida en rien non plus de blasphémer, en réalité. L'ordinateur était mort. C'était la quatrième victime de violence en autant de jours.

Chapitre 13

« Entre ! Juste besoin d'effectuer un petit nettoyage suite à un malencontreux accident…

— Un accident ? » Le regard éberlué de Morten suivit mes pas à travers le couloir.

Aucune idée de s'il avait envisagé d'entrer, mais il n'avait pas vraiment le choix. S'il voulait me parler, il fallait me suivre.

Dans ma course, je vérifiai que ma robe de chambre m'habillait de façon décente, ce qui était heureusement le cas. Certes, ce n'était pas non plus une affaire d'État, Morten m'ayant déjà vue dans toutes sortes d'accoutrements. Je ne pense même pas qu'il ait véritablement remarqué ce que je portais. Je l'entendis retirer ses chaussures et me suivre. Sa mère l'avait bien éduqué, cet homme.

Une fois dans la cuisine, j'attrapai l'ordinateur portable et le disposai à l'envers contre un torchon sur le plan de travail. J'avais entendu dire qu'une telle manœuvre pouvait le sauver. Il existait une autre astuce concernant l'utilisation d'un sèche-cheveux, mais le temps me manquait pour le moment. Il fallait attendre que Morten soit de nouveau dehors. Malgré tout, je n'avais renversé que très peu de liquide.

« Tu veux un café ? Il est encore tout chaud. » Je commençai déjà à le verser ; Morten ne déclinait jamais un café.

« Oui merci, volontiers.

— Oskar se promène avec Dino et j'ai toute ma journée tranquille. J'étais en train de lire les actualités. »

Je m'interrompis le temps de passer la tête dans le frigo. Cela ne servait alors à rien de parler, il ne pouvait pas m'entendre de toute façon. Où était passé le reste de la tarte aux pommes ? Oskar l'avait-il mangé en cachette ? Non, par chance elle se trouvait là. Sans lui demander son avis, je disposai les parts de tarte devant lui. Son regard s'attarda dessus, mais il ne se servit pas tout de suite.

« Je voulais simplement passer te voir aujourd'hui. C'est horrible ce qu'il s'est passé. Je suis encore sous le choc. »

Morten s'empara alors d'un morceau de tarte. J'en fus ravie, il n'y avait rien qui pouvait atténuer les chocs mieux que de délicieuses douceurs faites maison.

« Et comment ça va au juste de ton côté ? s'enquit Morten, se rassasiant en me dévisageant d'un œil inquiet.

— Ça peut aller, mais ces événements sont juste incompréhensibles et effroyables. Je pense que je n'ai pas encore bien assimilé tout cela pour l'instant.

— J'ai du mal à le comprendre moi-même, répondit Morten en avalant de manière audible. Sais-tu comment ils vont ?

— Non, je dois appeler l'hôpital après. » Brusquement, l'inquiétude à propos d'Elvira et de Peder m'envahit à nouveau dans toute sa lourdeur. « C'était finalement bien que Konrad se soit trouvé là aussi.

— Il était là ?

— Oui, je l'ai rencontré à la porte. Je suppose qu'il était venu discuter avec eux. Du moins, c'est ce qu'il m'a dit pendant que nous attendions la police. Les trois étaient un peu en froid, tu sais.

— J'en ai entendu parler. Ils se sont parlés hier, alors ?

— Non, ils devaient déjà être inconscients à son arrivée. »

Morten me lança un regard insondable et se servit une autre part de tarte.

« La police sait-elle ce qu'il s'est passé ?

— Ils suspectent un certain nombre de choses. Vol, drogue et effraction, entre autres. As-tu remarqué des étrangers par ici ces derniers jours ?

— Non... Personne à part Fridtjof Prebensen, mais il est mort, répliqua Morten en s'essuyant la bouche. Oui, aussi cet Anglais qui loge chez Mona. Je le rencontre tout le temps dans les bois. Dieu sait ce qu'il fabrique. Dans tous les cas, ce n'est pas de la chasse, mais il transporte un énorme sac à dos.

— Peut-être qu'il pêche, parce qu'il a des cannes sur le toit de la voiture. » J'essayai d'imaginer Keith Bradley en train de briser la nuque d'un énorme spécimen de morue. Un peu difficile, puisque je ne savais pas à quoi ressemblait Bradley. Selon Mona, il ne ressemblait certainement pas à une morue... plutôt à un maquereau agile... ou peut-être à un merlan frit. J'essayai d'effacer ces images.

« Je dois me rendre au poste de police un peu plus tard. Ils auront peut-être découvert de nouveaux éléments.

— Espérons que Konrad ait un bon alibi. S'il est complètement innocent, je veux dire. » Morten semblait très concentré sur la tasse de café que j'avais placée devant lui. « Il toucherait le gros lot si Elvira et Peder venaient à mourir. »

Un frisson me parcourut. Comment avais-je pu être aussi lente du cerveau ? Évidemment, Evert voulait amener Konrad au poste de police ; il avait un mobile et était sur les lieux lorsque la police est arrivée. Un infime doute venait de s'immiscer en moi. Il se faufilait et creusait une brèche de plus en plus massive dans mes certitudes. Était-ce possible ? Aurait-il pu ?

« Non... Il est totalement impossible que Konrad ait pu faire quoi que ce soit à Elvira et Peder. Il les aime de tout son cœur ! Certes, ils se sont un peu disputés, mais c'était superficiel, j'en suis certaine. Il ne pourrait jamais... » Que pouvais-je vraiment ajouter d'autre ? N'était-il pas suffisant d'aimer ? Pour s'abstenir de tuer ?

« Je ne me souviens de lui que comme d'un bon garçon, mais je ne l'ai pas vu depuis dix ans, déclara Morten en comptant sur ses doigts. Oui, ça doit faire environ cette durée. Les gens changent, tu sais.

— Pas Konrad. Je lui ai parlé à l'hôtel avant-hier aussi. Si l'on gratte un peu derrière la façade de l'avocat qu'il s'est construite, il est exactement le même garçon gentil et sensible. »

En étais-je vraiment si sûre ? Cette voix était de nouveau là.

« Tu as sûrement raison, répliqua Morten, posant la tasse sur la soucoupe et les portant vers le plan de cuisine. Merci pour le café et la tarte. S'il y a quelque chose que je peux faire, n'importe quoi, tu me le dis. D'accord ? » Il me regarda dans les yeux avec insistance avant d'enfiler ses chaussures avec ses grosses mains calleuses. Il sentait les épicéas fraîchement abattus et la résine, mélangés à une odeur d'eau salée.

« Merci, je n'y manquerai pas. J'espère que tu n'as pas raison. À propos de Konrad, je veux dire. » Ces derniers mots me tenaient vraiment à cœur.

« Je n'espère pas non plus. » Il hocha la tête et se dirigea à grand pas vers la porte.

Après son départ, je restai assise, plongée dans mes pensées. Encore plus plongée que d'habitude. Konrad aurait-il vraiment pu blesser Elvira et Peder ? Et qu'en était-il du meurtre de Fridtjof Prebensen ? Pourrait-il y avoir un lien avec Konrad et Katrine ? Oh, mon Dieu, il avait également un mobile pour cela. Non. Je refusais de penser en ces termes. Ce ne pouvait tout simplement pas coller que Konrad se cache derrière tout cela. Cependant, la police avait certainement des soupçons contre lui. Il fallait prouver le contraire. Olivia Henriksen, c'est-à-dire moi-même, allait devoir se mettre au travail.

Ma première action fut d'appeler l'hôpital. Une infirmière à la voix chaleureuse m'expliqua que Peder était arrivé d'Oslo par ambulance tôt dans la matinée. Peder et Elvira étaient tous deux stables, mais toujours inconscients. Ils avaient obtenu des résultats d'analyse au cours de la matinée, et oui, j'étais la bienvenue pour leur rendre visite.

Juste au moment où je venais d'envoyer un message à ma mère pour lui dire que j'appellerai plus tard, se produisirent deux choses : Oskar et Dino passèrent la porte tandis que mon téléphone portable sonna si violemment qu'il bascula par-dessus la table. Je saisis le téléphone et saluai, tant à l'attention d'Oskar qu'à la personne qui appelait.

« Bonjour, ici Torstein Krohn, à nouveau. Comment allez-vous ?

— Bien, ça peut aller. » Surtout quand vous m'appelez, j'allais ajouter, mais je m'abstins. C'était exactement la voix de Torstein dont j'avais besoin par ce petit matin froid et embrumé.

« J'appelle pour convenir d'un moment où vous pourriez passer au poste.

— Je comptais rendre une visite à l'hôpital. Est-ce urgent ou puis-je venir après ?

— Aucun problème, répondit Torstein. Avez-vous pu discuter avec une infirmière ? »

Je me représentais sa voix comme une fontaine de chocolat noir fondu. Contrairement à certains types de chocolat, ni sa voix ni ce qu'il disait n'était pour le moins du monde visqueux ni sirupeux. Tout paraissait juste... délicieusement apaisant.

« Oui. Il n'y a pas eu de changements majeurs, mais je peux leur rendre visite.

— Croisons les doigts pour que ça s'arrange. Je pense que Konrad Frantzen est déjà là-bas.

— À l'hôpital ? demandai-je stupidement.

— Oui. Il y est depuis tôt dans la matinée. Il est resté en entretien avec Evert jusqu'à tard dans la nuit et on l'attend ici aussi après. »

Torstein parlait de manière professionnelle, sans révéler de détails. Bien sûr, je brûlais d'envie de demander de quoi ils avaient discuté, mais je n'y parvins point avant que Torstein ne poursuive. Les chances restaient minces qu'il m'eût révélé quelque élément de toute façon.

« Evert m'a demandé de vous transmettre un message... Nous disposons d'un programme que nous proposons à certaines personnes en cas de besoin. Si vous êtes perturbée par ce que vous avez vu hier ? Nous avons des personnes en interne à qui vous pouvez parler. Beaucoup en ont besoin. C'est entièrement sur la base du volontariat, bien sûr, dit-il d'une manière quelque peu maladroite.

— Merci, mais je ne pense pas que ce sera nécessaire. J'ai toujours préféré parler avec des gens que je connais, en fait. »

En réalité, je frissonnais à l'idée de déverser hors de moi des choses qui me tenaient à cœur, à l'oreille d'une psychologue austère dotée d'une frange asymétrique élaborée et de vêtements guindés à la Gudrun Sjødén. Avec des cheveux un peu trop longs pour son âge, ou encore une voix un peu trop compatissante. Oh, bon sang, ça pourrait aussi être un homme. Pourquoi ai-je automatiquement pensé à une femme ? Des préjugés ? Voyons, c'était juste le fait que je savais que ça ne fonctionnerait pas avec moi. J'allais être mal à l'aise et... sinon muette comme une carpe, du moins silencieuse comme tout ce qui vivait probablement dans l'océan.

« Je me doutais que vous refuseriez, mais réfléchissez-y tout de même. Beaucoup en retirent un bénéfice. » J'entendis à travers la voix de Torstein qu'il souriait. « Pouvez-vous venir voir Evert vers quatorze heures ? Son emploi du temps est plein avant cela.

— Cela me convient. On se verra, peut-être ? Ce serait un plaisir de vous rencontrer... à nouveau.

— Oui, je serai probablement au bureau le reste de la journée, et la soirée aussi, d'ailleurs. Nous ne pouvons pas continuer à parler de cette manière, ajouta-t-il en riant de sa propre blague. C'était bizarre de revoir Oskar, d'ailleurs. Complètement inchangé, juste un peu plus semblable à votre père. Du moins, de la façon dont je me souviens de lui.

— Oui, vous avez raison... À bientôt. » Je reposai lentement et pensivement le téléphone sur la table tout en lançant un regard vers Oskar qui se tenait près du comptoir de la cuisine.

Dans un effort commun, nous sauvâmes mon ordinateur portable avec le sèche-cheveux. Aucun mort supplémentaire sur Ankerholmen pour le moment, Dieu soit loué. Je pris ensuite une douche rapide. Je laissai l'eau chaude déferler sur ma tête, comme dans une publicité télévisée pour des produits de douche, un bon moment. En ouvrant la porte de la douche pour sortir, l'air froid vint me saisir comme une bourrasque de février.

Oskar emprunta ma Saab pour aller au travail en échange d'aller faire les courses pour le week-end. Je profitai du trajet jusqu'en ville, puis il me déposa près du vieux cimetière. L'hôpital se dressait devant moi comme une caisse, un affreux colosse qui menaçait d'engloutir toutes les pittoresques constructions en bois.

Quoi qu'il en soit, l'hôpital restait un colosse bien utile. Si nécessaire que divers aménagements avaient glissé au Comité d'urbanisme comme une trottinette des neiges sur une route glacée au beau milieu de l'hiver. Cependant, il arriva que cela aille trop loin, même pour les habitants de cette ville encore petite et conservatrice. Lorsque l'hôpital avait voulu démolir le beau bâtiment patricien de l'autre côté de la route, afin d'établir un « espace ouvert », de nombreux gènes de la protestation s'étaient mis en agitation. On ne démolit tout bonnement pas un vieux pensionnat Søsterhjemmet. Certains pensaient que « espace ouvert » s'avérait une périphrase pour désigner des parkings, d'autres pensaient qu'il s'agissait de vandaliser l'histoire. Cela alla si loin que des gens menacèrent de créer le gang des enchaînés, ce qui conduisit le conseil municipal déjà tiède à ajourner les débats. Olivia Henriksen se serait trouvée en première ligne de ce gang d'enchaînés. En réalité, j'aurais couru au magasin de bricolage Jernia pour acheter des chaînes, avec des cadenas. Désormais, j'appréciais la vue de ce magnifique bâtiment qui se dressait si étroit et rectiligne, heureux d'avoir survécu jusque-là.

Les fumeurs étaient amassés devant l'entrée de l'hôpital, entièrement équipés de perfusions et de béquilles, et la porte tournante faisait de son mieux pour attirer la fumée jusqu'à la réception. Je me dirigeai rapidement vers le bureau des renseignements. Le calme matinal régnait et le silence se propageait vers les hauteurs du large hall de sept étages. Une femme d'un certain âge était assise derrière le comptoir.

« Bonjour. » C'était bien de commencer par-là, me dis-je. L'intérêt étant, bien sûr, que quelqu'un vous réponde exactement la même chose en retour. Le silence se poursuivit, ce silence d'hôpital. Je patientai un peu, je suis bien éduquée tout de même. Par ma tante, je tiens à préciser.

La dame en face de moi leva finalement les yeux. Elle ne dit rien, hocha simplement la tête. C'était malheureux pour elle, parce qu'elle avait l'apparence d'une oie. Je ne faisais alors référence ni aux yeux vitreux ni à la voix gloussante, car la voix je n'en savais encore rien. Je pensais au cou... un cou d'oie. Il ne faisait qu'un depuis la clavicule jusqu'au sommet du menton. Quand elle hochait la tête, toute la région du cou dodelinait. Contre ma volonté, je regardai fixement cette tête dodelinante.

« Oui ? » dit-elle finalement. La voix n'avait rien non plus d'extraordinaire. Une oie aurait semblé la véritable Ella Fitzgerald en comparaison. Pour le moins, la voix d'une oie s'avérerait beaucoup plus chaleureuse. Cette voix était froide... voire possiblement cynique.

Je dois préciser que je ne juge généralement pas les gens à leur apparence. Les gens peuvent paraître, s'habiller et faire ce qu'ils veulent d'après moi, mais j'estime qu'ils peuvent être aimables. Un minimum, au moins.

« Je souhaite rendre visite à mes voisins, Elvira et Peder Frantzen. Pouvez-vous me dire dans quel service ils se trouvent ?

— Vous n'êtes pas de la famille ? » Toujours aussi froid, toujours aussi mesuré.

« Non, mais on m'a indiqué que je pouvais venir tout de même. La police a convenu de cela avec vous.

— La police ? » Elle se montrait on ne peut plus sceptique. « Il faut que je vérifie avec le service. Votre nom ?

— Olivia Henriksen. »

Ann, tel qu'indiqué sur son badge, décrocha le téléphone, pencha la tête et parla tout bas avec quelqu'un. Je remarquai combien elle était pâle, presque une peau diaphane britannique. La tenue d'hôpital blanche ne jurait point avec cette couleur de peau. Par ailleurs, elle se teignait les cheveux. Rien d'extravagant pour une femme, mais sa teinte était noire, d'un noir charbon. Cela rendait ses traits du visage et sa froideur encore plus proéminents.

« Vous pouvez monter. Sixième étage, service 6B. »

J'eus l'intime conviction qu'elle ne souhaitait pas de moi là-haut.

« N'oubliez pas de convenir d'un rendez-vous formel la prochaine fois. Veuillez noter par ailleurs que nous sommes en dehors des heures de visite. »

Cela ne me ressemblait pas, mais je ne pris pas la peine de dire merci. Cette Ann était visiblement déjà occupée par autre chose. Je me dirigeai vers les escaliers en m'amusant à chercher des mots pour décrire les Ann-esses de ce monde.

En haut dans le service, néanmoins, régnait une atmosphère différente. Une infirmière quadragénaire, souriante et bien potelée, me guida vers la chambre d'Elvira. Ses chaussures confortables semblaient la faire flotter dans le couloir, tandis qu'en moins de cinq mètres, elle me demanda à la fois si je voulais du café et m'indiqua où se trouvait la cafétéria. Elle m'informa brièvement, mais avec délicatesse, de la façon dont les deux se portaient, puis elle m'entraîna doucement dans la pièce. La porte susurra à nouveau derrière nous, le soleil musardait sur le sol luisant.

Elvira était allongée là, avec des tubes reliés à son bras et un masque à oxygène sur le visage. Sa peau avait encore un teint malsain, mais elle avait l'air considérablement mieux que la veille. Un moniteur clignotant affichait des vagues et des courbes de différentes couleurs dans le coin de la pièce. Cela sentait un mélange de nettoyant pour le sol et d'air frais d'automne provenant de la fenêtre entrouverte.

« Konrad Frantzen est actuellement dans la chambre voisine avec Peder, mais il sera bientôt de retour. Le médecin sera là sous peu. Nous avons reçu quelques résultats d'analyse, mais la police doit être informée en premier dans de tels cas. » Elle me regarda d'un air navré tout en réajustant la couverture d'Elvira.

« C'est tout à fait normal.

— Je vais vous apporter du café, déclara-t-elle, posant une main chaleureuse sur mon épaule en passant. Ça va s'arranger.

— Je vous remercie » répondis-je. Cette fois-ci, ce n'était pas difficile de sourire.

Mon visage resta même un peu souriant tandis que je tirais une chaise vers le lit d'Elvira et prenais sa main. Elle respirait avec régularité et avec force, sa main était chaude, mais elle restait complètement immobile. Le seul signe de vie se limitait à quelques contractions musculaires au niveau de sa paupière gauche. Je l'observai et pressai sa main, tout en restant incroyablement calme. On pourrait croire qu'une personne dans le coma paraisse un peu intimidante, n'est-ce pas ? Pourtant, j'étais pleinement convaincue qu'Elvira allait se réveiller et se tiendrait tôt ou tard avec ses cisailles au-dessus de son rosier grimpant Golden Shower.

La porte s'ouvrit et un petit homme en blouse blanche de médecin entra. Sur ses talons suivait un homme un peu plus grand et jeune aux lunettes saillantes. L'homme le plus jeune était visiblement d'origine étrangère. J'aurais parié sur l'Inde, ou peut-être le Pakistan. Le soleil frappant ses cheveux noir brillant, ils scintillaient comme une carrosserie de voiture sortant de l'atelier de peinture. Derrière ses lunettes, il possédait des yeux bruns attentionnés et une jolie teinte de peau hâlée. Vraiment seyant. Je remarquai un relâchement dans mes épaules, mais cela n'allait pas durer longtemps.

« Qu'avons-nous là ? » Le petit médecin un peu plus âgé prit position près du lit et me dévisagea. Avant de me redresser et de lui renvoyer un regard, je remarquai qu'il portait des chaussures à talons. Au moins trois centimètres. Mon regard croisa ensuite une paire d'yeux professionnels gris acier, reposant sur un visage angulaire, agrémenté d'une chevelure clairsemée d'une teinte gris défraîchi. Il possédait des lunettes fortes agencées sur une fine monture en métal, grise, elle aussi.

Eh bien, que devais-je lui répondre ? Voulait-il parler de moi ou d'Elvira, allez savoir ? S'il voulait dire Elvira, il était probablement le mieux placé pour le savoir. S'il voulait parler de moi, peut-être devais-je me présenter, même si je n'étais pas un « quoi ».

« Ici, nous avons Olivia Henriksen. Une voisine proche d'Elvira et Peder Frantzen.

— Et qui vous a donné la permission d'être ici ? » Il me dévisageait avec insistance.

Je ravalai ma fierté du mieux que je pouvais.

« La police. J'ai obtenu l'autorisation du lieutenant Evert Karlsen. Je suppose que vous savez de qui il s'agit ?

— Et qui a laissé croire à la police qu'elle était en charge de mon service ? » Il plaça ses mains derrière son dos et s'inclina d'avant en arrière sur ses talons de chaussures. Il descendit très bas.

« Vous savez quoi, je n'en ai aucune idée. » La temporisation n'aidait plus. « Vous devriez certainement leur demander. Dans tous les cas, je suis là et j'ai reçu l'autorisation de venir.

— En effet, c'est dans le journal, mais, poursuivit-il en se tournant vers celui que je comprenais maintenant être le médecin assistant, appelez ce lieutenant après ça, Rashid, et dites-lui qu'il ne peut pas donner autorisation à Pierre, Paul ou Jacques de venir ici. »

Le médecin assistant, Rashid, hocha impassiblement la tête à l'attention du médecin qui, pour l'instant, restait sans nom. Quand il s'inclina vers le lit d'Elvira pour vérifier son pouls et tout ce que les médecins vérifient habituellement, mon regard se tourna vers Rashid. Il arborait un sourire et levait les yeux au ciel. Ceux-ci dénotaient un sens de l'humour. Il possédait des dents lisses et blanches derrière son sourire, ainsi que des lèvres sensibles et douces. Presque trop belles et pulpeuses pour se retrouver sur un homme. Il était purement et simplement canon. Beaucoup trop jeune pour moi, bien sûr, probablement pas plus de la trentaine, mais valant totalement la peine de s'y attarder. Ce que je fis d'ailleurs. À l'intérieur de sa blouse blanche impeccablement repassée de médecin, il était facile de deviner un corps bien bâti. Je me laissai aller un instant à repenser aux livres de romance médicale de ma jeunesse, les vestiaires avec les blouses de médecin propres, les baisers torrides et les boutons pression faciles à arracher. C'est alors que la porte s'ouvrit brusquement.

Je sursautai, mais il s'agissait simplement de la charmante infirmière qui venait d'entrer, avec Konrad sur les talons. L'infirmière portait un plateau avec une cafetière, des tasses et un bol de fruits en tranches. De toute évidence, elle discutait aimablement avec Konrad, mais lorsqu'elle croisa le regard du médecin sans nom, son sourire s'estompa soudainement.

« Oh » laissa-t-elle échapper. Et ce fut tout, en fait. Elle posa le plateau sur la table de chevet, adressa un sourire à Rashid, puis disparut rapidement.

Konrad avait l'air fatigué, avec d'énormes poches sous les yeux, les cheveux en bataille et la chemise froissée.

« Chef du service hospitalier Traneby, enchanté. » Tout-à-coup, je savais à la fois le véritable nom du médecin et sa capacité à devenir mielleux si nécessaire. La marée baisse rapidement dans certains pays. « C'est Konrad Frantzen, je suppose ?

— C'est bien ça, répondit Konrad tout doucement.

— Oui, et cela semble aller dans la bonne direction pour celle-ci. Pour tous les deux. Elvira Frantzen n'a pas reçu de coup à la tête, donc nous allons probablement la réveiller avant Peder. Avec Madame Frantzen, il s'agit simplement... » Traneby, chef du service hospitalier, se tourna et me regarda d'un air réservé généralement aux insectes nuisibles. « Vous êtes d'accord pour qu'Olivia... Svendsen soit ici, d'ailleurs ?

— Oui, oui, répondit Konrad. Aucun problème.

— Bien... »

Le mot fut prononcé avec mépris. Je ne pus m'empêcher de ricaner intérieurement. Rapidement, j'essayai de masquer cette émotion en fixant Elvira et ma main, mais Rashid remarqua la manœuvre. Il me sourit par-dessus l'épaule de Traneby. Rashid devenait de plus en plus mignon à chaque sourire.

« Tous deux ont ingéré un poison. Pour l'instant, je ne peux pas révéler lequel, la police souhaite garder cette information pour elle pour le moment, mais il s'agit de produits très puissants. Ils seraient probablement morts s'ils avaient été retrouvés plus tardivement. » Traneby médita sur ses propres mots. « Quoi qu'il en soit, mon rôle dans ce domaine est médical, donc je peux seulement dire que je pense qu'ils vont s'en sortir sans séquelles, mais je ne peux donner aucune garantie pour l'instant. Ils sont alimentés et maintenus dans un coma artificiel jusqu'à ce que leur corps se stabilise. »

J'aperçus Konrad pousser un soupir de soulagement.

« Vous avez des questions ? » Le chef du service hospitalier attendit une brève seconde. « Eh bien, n'hésitez pas à m'appeler si quelque chose n'est pas clair ».

Dans un autre susurrement, Traneby et Rashid quittèrent la pièce.

J'adressai à Rashid ce que j'espérais être un regard langoureux, lequel atteignit possiblement sa cible. Il fut si troublé que sa main manqua la poignée de la porte. J'étais ravie d'avoir l'air de détenir encore certains talents.

Quand les deux médecins eurent disparu, Konrad et moi échangeâmes un regard. Je pense que Konrad fut le premier à rire à haute voix.

« Quel horrible personnage alors. » Il continua de rire tout en se jetant sur le côté de la table contenant la cafetière. « Je pourrais tuer pour une tasse de café tout de suite. »

Une remarque quelque peu inappropriée compte tenu des circonstances, mais je comprenais ce qu'il voulait dire.

« Heureusement, il y en a peu comme lui dans les services de santé de nos jours, répliquai-je. Cette infirmière avec qui tu es entré est juste une femme en or.

— Solveig, oui. Apparemment, elle est très compétente avec ses patients aussi. Je suis resté assis ici quelques heures. C'est incroyable ce que l'on peut intercepter comme commérages dans les zones communes. »

Après avoir bu une tasse de café et mangé quelques fruits, Konrad enfila sa veste et m'indiqua qu'il devait se rendre au poste de police. Il m'expliqua que Katrine Prebensen n'avait pas signalé la disparition de son mari parce que c'était juste normal qu'il soit parti pour quelques jours. Il n'alla pas jusqu'à dire que leur mariage ne tenait qu'à un fil, mais il le laissa transparaître. Cependant, il ne mentionna rien concernant sa propre relation avec Katrine. S'il y avait une relation, certes, mais j'étais à peu près certaine que c'était le cas. Konrad ne savait pas non plus si c'était lui qui devait hériter d'Elvira et Peder. Il affirma qu'il n'avait jamais posé la question et je choisis de le croire.

« Katrine est mon alibi, d'ailleurs, précisa Konrad en enfilant sa veste. J'étais avec elle à l'hôtel juste avant de me rendre chez Elvira et Peder. Dans ma chambre, certes, mais tout de même… Et puis tu es arrivée juste après. Je n'aurais même pas eu le temps de leur faire quoi que ce soit.

— C'est vrai... Ce n'est pas un problème alors » répliquai-je. Au fond, je savais que c'était précisément ce que cela pouvait être.

Après le départ de Konrad, je restai assise un moment auprès d'Elvira. Le silence dans la pièce était parfait pour réfléchir. Elvira ne bougeait toujours pas. Après une heure, je descendis au kiosque pour m'acheter un journal. En remontant, je m'arrêtai dans la chambre de Peder. Il reposait aussi immobile qu'Elvira, visiblement dans un profond sommeil. La seule différence était un grand bandage blanc qui était noué autour de sa tête avec du ruban adhésif blanc et une sorte de filet de pêche pour le maintien des pansements. Je m'assurai qu'il respirait calmement, puis me faufilai à nouveau doucement vers l'extérieur. Le siège auprès d'Elvira semblait davantage confortable.

Après avoir lu le journal, l'heure était venue de me rendre au poste de police pour parler avec Evert. Je passai le nez par la salle du personnel avant de partir. Solveig se trouvait là et elle me promit de m'appeler dans le cas d'une évolution. Ce serait clairement un gaspillage d'énergie de demander à Traneby, chef du service hospitalier. Je gardais un secret espoir de croiser Rashid tandis que je déambulais dans les couloirs, mais il semblait aussi rare qu'un ticket gagnant à la loterie.

Je passai devant la réception, où Ann avait été remplacée par une version beaucoup plus jeune, beaucoup plus opulente et beaucoup plus gentille. Au passage, je lui adressai un sourire rempli de joie et de soulagement, alors elle me sourit en retour, un peu interrogative, comme si elle se demandait d'où elle me connaissait.

Le bâtiment patricien était toujours debout en sortant, et je passai devant avant de m'embarquer sur l'avenue verte, qui en fait se prolongeait presque jusqu'au poste de police. Certes, légèrement interrompue par une ligne de chemin de fer et quelques feux de circulation, mais avec un peu de bonne volonté, pourquoi pas... Je constatais l'absence de pénurie de voitures pour me ramener à la maison en contournant le poste de police. La petite rue latérale au poste en était remplie. En plus grand nombre que lors de n'importe quelle journée banale sans violence, aucun doute là-dessus. Si une telle chose arrivait dans une journée de policier.

Encore une fois, l'accueil était vide et désert, mais il n'en allait pas de même pour la salle d'attente. Des personnes occupaient toutes les chaises, et d'autres gens attendaient le long des murs. J'en reconnus certains en tant que résidents de l'île, mais la plupart d'entre eux, je n'avais aucune idée de leur identité.

Le voisin d'Elvira et Peder, Ragnarsen, était assis le dos bien droit sur l'une des chaises près de la fenêtre. Il regardait droit devant lui avec un visage fermé et l'air mal à l'aise. Il évita astucieusement de me remarquer. Inutile de préciser qu'il n'adressa aucun bonjour. Cela me convenait bien. Une petite discussion tendue n'était pas précisément une chose que j'aurais choisi volontairement à ce moment-là. La casquette de Ragnarsen avait été retirée pour l'occasion, ce qui faisait de lui un étranger. Sa chevelure s'était nettement amenuisée depuis la dernière fois où je l'avais vu sans couvre-chef.

Les autres gens qui se tenaient assis et debout arboraient ce regard habituel de salle d'attente. Ils regardaient droit devant eux, dans le mur ou je ne sais quoi, tout en s'efforçant au maximum d'éviter tout contact visuel. Quelques-uns d'entre eux feuilletaient distraitement des magazines à bout de course disposés là. Le magazine « Øko Living » était emprunté. Tout aussi bien. L'air épais était à couper au couteau, mais certainement guère autorisé dans un poste de police. Cet air sentait comme un panache de café amer et de gaz d'échappement, mélangé à un léger parfum que je n'arrivais pas à replacer.

Que pouvais-je faire d'autre que de me placer à la queue le long du mur moi aussi ? La porte des bureaux, où je savais qu'Evert était assis dans celui le plus reculé, était fermée par un système de badge. Nous nous trouvions dans une écluse avant notre admission au Lieu Très Saint. Je retirai mon foulard, le rangeai dans ma poche, puis me préparai à une longue attente. Il s'agissait simplement de s'armer de patience et de trouver un élément sur lequel fixer les yeux.

Ce que j'allais trouver peu de temps après. De fortes voix résonnèrent tout d'un coup de l'intérieur du couloir. Tous les regards se tournèrent dans cette direction. Pour une raison quelconque, le bruit m'évoqua une bagarre d'ivrognes dans une fête à la campagne. J'attendais impatiemment qu'elle éclate.

Chapitre 14

L'une des fortes voix appartenait à Torstein, je pouvais la reconnaître n'importe où, n'importe quand. Même à travers cette porte en verre particulièrement épaisse, les basses graves vibraient. L'autre voix appartenait à une femme que je ne parvins pas tout de suite à replacer. J'allais vite découvrir son identité. La porte s'ouvrit violemment, j'aperçus alors les doigts robustes de Torstein l'empêcher de s'ouvrir en grand et de claquer contre le mur. La femme se frayant un chemin ne se souciait probablement pas d'une possible explosion en mille morceaux.

« Je veux savoir ce que cela signifie ! Est-il suspecté de quelque-chose ? »

Katrine Prebensen avait dû dormir dans les vêtements qu'elle portait. Ses cheveux si parfaitement arrangés lorsque je l'avais rencontrée à l'hôtel l'autre soir se battaient à présent en duel ici et là. Sa chemise, portée impeccablement et sans un pli autour de sa fine silhouette, ressortait à présent de sa jupe et était enroulée au niveau des coudes. À dire vrai, il s'agissait là d'un spectacle libérateur, et je l'observais intriguée.

Je profitais également de l'occasion pour contempler Torstein, je dois l'admettre, mais ce ne fut qu'un coup d'œil furtif. Aucune déception, je l'avoue. Si l'on n'a rien contre les hommes grands, blonds, très certainement intelligents, au regard chaleureux et aux larges épaules. Il était séduisant. D'ailleurs, je me rappelai soudain de qui il était. L'âge avait joué en sa faveur, il était devenu davantage affirmé et musclé. Tout simplement plus viril. Il s'agissait d'un gars calme qui s'asseyait souvent au fond du canapé lors des fêtes sur Ankerholmen. Je me souvenais vaguement qu'il avait essayé de me parler quelques fois, m'avait même offert un verre de vin, mais j'avais dédaigneusement refusé, l'imaginant avec des doigts gauches et empêtrés. Comme on peut être stupide. Peut-être avais-je mérité un homme avec le nez fourré dans la secrétaire italienne et dans toutes les autres avant elle.

« Il n'y a donc personne ici qui puisse m'apporter une réponse honnête et claire. Bon sang ! »

Je ne savais pas si Katrine Prebensen jurait parce qu'elle commençait à pleurer ou parce qu'elle n'obtenait pas de réponse.

Torstein apparaissait extrêmement calme et sortit un mouchoir en papier de sous le comptoir. Elle n'était donc pas la première à se tenir ici effondrée dans la morve et les larmes.

« Je comprends que vous soyez hors de vous. Vous avez perdu votre mari et maintenant..., hasarda Torstein.

— Oui, d'abord lui, puis un interrogatoire à... son ami, Konrad ! Qui me soutient. N'avez-vous aucune compassion ?

— Asseyez-vous, Madame Prebensen. »

Torstein jeta un coup d'œil à travers la pièce. Que cherchait-il ?

Katrine Prebensen redressa le menton avec arrogance. Elle avait arrêté de pleurer. « J'ai d'autres amis aussi. Des amis puissants » reprit sa voix basse et insistante.

J'avais l'impression de participer à un match de tennis, et toutes les personnes dans la salle d'attente se trouvaient au même match. Les têtes suivaient le ballon de l'un à l'autre au fur et à mesure que le jeu se déroulait. Tout d'un coup, je me rendis compte que Torstein cherchait une chaise vacante, et il venait de sortir une grande chaise bleue ergonomique de derrière le guichet.

« Regardez, asseyez-vous donc un peu. » Il parlait calmement et avec ferveur en exhortant Katrine vers le siège.

« Dois-je m'asseoir ici ? Devant tous ces... gens ? »

Elle regarda nous autres dans la salle d'attente totalement silencieuse, puis je songeai que je pouvais venir à la rescousse de Torstein. Faire amende honorable pour mon refus de ce verre de vin à l'époque, peut-être. Je me dirigeai vers l'accueil.

« Bonjour Katrine. Nous nous sommes rencontrées à l'hôtel l'autre jour ? Je vous avais expliqué que je connaissais Konrad depuis l'époque où il vivait beaucoup ici. »

Elle me transperça de son regard vitreux et légèrement confus. Dépourvu de pilules, visiblement. Quoi qu'il en soit, j'étais aussi douce que possible lorsque je m'agenouillai près de sa chaise.

« Puis-je vous accompagner quelque part ? Vous aider de quelque façon que ce soit ? » Pendant que je parlais à Katrine, je scrutai Torstein d'un air interrogateur, droit dans ses yeux bleus profonds et brillants. J'avais lu que les gens dotés de bonnes proportions étaient considérés comme les plus beaux et s'avéraient ceux qui arrivaient le plus loin dans la vie. Je n'avais aucun doute que Torstein en fasse partie. Dans les premiers instants, il sembla vouloir m'arrêter, mais ensuite la reconnaissance transparut sur son visage. Il réagit rapidement.

« J'appelle Frida » déclara-t-il en saisissant l'interphone. Il marmonna quelques mots avant de raccrocher hâtivement. Katrine Prebensen reposait sur la chaise de bureau comme un sac de riz à moitié vide. Ou à moitié plein comme vous préférez.

Frida surgit des portes vitrées, parla chaleureusement et calmement à Katrine Prebensen, puis la remit sur pied et la suivit dehors. Elle désigna une pièce à l'arrière du couloir tout en mimant quelque chose à Torstein. Il avait dû comprendre ce qu'elle voulait dire, parce qu'il hocha la tête en retour.

« Merci pour votre aide, Olivia, lança-t-il, tourné face à moi. Parce que c'est bien Olivia en personne à qui je fais face, n'est-ce pas ? Olivia Henriksen ? » Son sourire découvrait des dents naturellement blanches. La main qu'il me tendait était grande et dotée de doigts fermes. Pas de chétifs bâtons empêtrés, non.

« Oui, tout à fait. C'est un plaisir de vous revoir. » C'est ainsi qu'il faut dire, n'est-ce pas ? Je lui adressai un sourire tout en me demandant comment amplifier mon capital de charme, mais mon cerveau ramait. Cela faisait trop longtemps, certainement. Je devais me contenter d'être moi-même.

« Enchanté, vraiment enchanté. » Il restait là à me regarder pendant un moment, puis il sembla se ressaisir. « Vous n'avez pas changé du tout. » Ainsi, il pouvait mentir aussi. Je ne savais pas si c'était une bonne chose. « Venez, suivez-moi. Evert vous attend. J'adorerais discuter davantage, mais nous sommes bien occupés aujourd'hui » déclara-t-il en me faisant signe.

Torstein avait atteint la porte munie du système de badge. Il posa légèrement sa main sur mon bras pour me laisser passer en premier et je peux jurer que je tressaillis de joie. À présent, je savais qu'il avait environ 50 ans, mais je lui en aurais donné 45. Si je ne le connaissais pas, donc. Ses tempes commençaient à montrer des signes de cheveux grisonnants et quelques ridules agrémentaient le coin de ses yeux. Il faisait probablement partie de ceux qui conduisent des adolescents vers et depuis leurs activités le week-end. À moins qu'ils ne soient adultes. Comme les miens. Il sortit sa carte d'un mouvement aguerri et me tint la porte ouverte. Un vrai gentleman aussi. Je me glissai à l'intérieur.

« Katrine Prebensen a probablement reçu un gros choc. Elle doit beaucoup tenir à Konrad ? » Je devais savoir si Torstein et moi soupçonnions la même chose. Ou savions…

« Dieu seul le sait. À la fois à Konrad et à son mari. Son défunt mari, il est probablement plus correct de dire. Elle voulait aller directement voir Evert, mais il est très occupé aujourd'hui. » Torstein parcourut rapidement le couloir tout en me jetant un coup d'œil.

« N'est-ce pas étrange, d'ailleurs, comment on imagine des gens que l'on n'a pas vus depuis longtemps ? » Encore ce sourire chaleureux. « Tu es précisément la femme formidable dont je me souviens, Olivia. Tu es vraiment adorable, aucun doute. »

Si quelqu'un d'autre avait utilisé exactement les mêmes mots, cela aurait pu sembler indécent, mais ce n'était pas du tout le cas. Peut-être que cela l'aidait à ne pas cligner des yeux ni à partir d'un rire suspect, je n'en sais rien.

« Merci. Et tu t'es maintenu diablement bien, je dois dire. » Je savais que Torstein n'était pas un homme très vaniteux, ou alors il aurait radicalement changé, mais même un policier avait parfois besoin d'un compliment, n'est-ce pas ?

Il arbora un large sourire. « Voici le bureau d'Evert. Tu le connais certainement déjà, puisque tu es déjà venue ici. »

Puis il fit une chose à laquelle je ne m'attendais pas. Il attrapa ma main, la porta à ses lèvres et y déposa un baiser. Tout en me regardant droit dans les yeux. Un tremblement de terre sans précédent venait de frapper la côte de Vestfold à cet instant. J'en étais plus que certaine. Puis il se tourna vers la porte, et je remarquai que sa main droite était exempte de tout métal brillant.

Je secouai la tête pour me ressaisir. Il n'y avait pas si longtemps, je m'étais promis de me tenir loin des hommes et de tout ce qui ressemblait à des relations stables pendant au moins quelques années. En contemplant Torstein, il était soudain très difficile de se souvenir de la raison. Mona pensait que j'étais folle de m'être mise à un « régime sec », comme elle disait. Quand je lui avais annoncé, elle avait rigolé de telle sorte que ses seins avaient menacé de lui envoyer un uppercut.

Evert était au téléphone lors de mon arrivée. Il me tournait le dos et regardait par la fenêtre tandis qu'il parlait. Il ne semblait pas y avoir tant d'intérêt à regarder par-là, si vous n'aimiez pas spécialement les parkings goudronnés et les faces arrière de bâtiments. Pourtant, je suppose que c'était là une sorte d'échappatoire par rapport aux murs de son bureau. Il portait une chemise de police bleu clair ce jour-là aussi, mais l'horrible pull n'était pas bien loin. Il était accroché négligemment à une sacoche de vélo dans le coin entre les fenêtres. Evert sur un vélo ? Eh bien, alors je pariais qu'il ne vivait pas loin du poste de police. S'il n'avait pas eu récemment l'idée qu'il devait faire un peu plus d'exercice. On pouvait certes l'imaginer. L'homme découvrait chaque jour des situations rocambolesques, alors la pensée que la vie était courte avait dû lui traverser l'esprit.

Tandis qu'il finissait de parler, j'observai la face arrière dénudée de sa tête. C'était drôle comme la peau sur le dessus se déplaçait au rythme des mouvements de sa bouche.

« Bonjour, je suis content que vous aillez pu venir. » Une fois prêt, Evert se retourna et m'adressa un sourire. Il avait l'air fatigué. Ses paupières paraissaient lourdes et des ombres ternes avaient élu domicile le long de ses joues.

« C'était la moindre des choses. Je suis tout aussi désireuse que vous de savoir qui a blessé Elvira et Peder. Et tué Prebensen, bien sûr. »

Il ne répondit pas immédiatement ; il abaissa simplement les yeux sur ses papiers, frottant deux doigts entre ses yeux. Il lut tout en marmonnant un peu pour lui-même. Puis il déclara :

« Avons-nous pris vos empreintes ?

— Non... ?

— C'est juste une formalité, mais nous devons le faire. Vos empreintes sont certainement un peu partout chez Elvira et Peder, mais nous devons savoir qui d'autre s'est trouvé là. Veuillez passer voir Torstein avant de partir d'ici. Il n'y en a que pour une minute.

— D'accord. » Bien sûr que je comprenais. Quand je repensais au nombre de tasses que j'étais allée chercher dans les placards de cuisine et au nombre de chaises et tables que j'avais touchées chez Elvira et Peder, je réalisai que la police avait un énorme travail devant elle.

« Très bien... S'est-il passé quelque chose de nouveau ? Vous rappelez-vous d'un élément dont nous n'avons pas parlé hier ? Quelque chose qui pourrait peut-être s'avérer important ?

— Non, pas vraiment. J'ai aperçu Ragnarsen dans la salle d'attente, alors j'imagine que vous allez lui parler.

— Est-ce qu'ils étaient en désaccord sur autre chose que l'obligation de résidence ? »

J'essayai de me souvenir.

« Je ne sais pas jusqu'où cela a été, mais ils étaient en désaccord sur le fait de couper ou non les chênes. En outre, il avait été question d'un droit de ponton il y a quelques années. Ça a dû se résoudre, je suppose, parce que je n'ai plus rien entendu à ce sujet. Je crois me souvenir que Peder avait dit que Ragnarsen avait été particulièrement en colère contre lui. Il lui avait hurlé dessus et l'avait insulté. Mais Peder m'a relaté cela il y a un certain temps et je pourrais me tromper. Ragnarsen a arrêté de boire, le sujet a bien été évoqué. Après cela, il est devenu beaucoup plus tempéré. » J'avais plus que l'impression qu'Evert me scrutait du regard.

« Quelqu'un d'autre avec qui ils auraient pu être en conflit ? Quelle qu'en soit la raison ?

— En fait, je ne pense pas qu'ils se soient disputés avec qui que ce soit. La question de l'obligation de résidence a échauffé les esprits cet été, mais elle n'a jamais eu de fâcheuses conséquences d'aucune façon. Loin de là. Je pense qu'ils comptaient simplement sur le maintien de l'obligation de résidence.

— Je vois, je vois... marmonna Evert en notant ce que j'avais dit.

— Elvira et Peder sont des personnes calmes et ils peuvent supporter une défaite. Je pense que cela s'applique à la plupart des gens sur l'île, ajoutai-je. Retenez-vous encore Konrad ici ou est-il retourné à l'hôtel ? » Il fallait que je pose la question.

« Il... il est toujours ici, répondit Evert d'une voix nettement plus expéditive qu'à l'accoutumée.

— Pensez-vous vraiment qu'il ait fait quelque chose ? Sérieusement ?

— Je ne peux rien dire sur ce que je pense qu'il ait fait. J'espère que vous comprenez cela. Il a forcément un pied dans un petit quelque chose. Comme la plupart des gens. »

Je repensai subitement à une tante joyeuse munie de culottes bouffantes sur mesure lors d'un voyage au Danemark. Spécialement cousues pour les bouteilles d'Aquavit, avec des poches sur mesure. Nous l'avions encouragée et avions failli mourir de rire lors de son passage de la douane. Sans encombre, il va sans dire. J'avais alors quelques papillons dans le ventre. Ceci demeura une super histoire drôle à raconter dans les soirées pendant de nombreuses années, et je n'aurais jamais pensé en avoir honte, mais alors assise là au poste, c'était le cas. Il régnait quelque chose d'étrange dans ce poste de police...

Je me concentrai sur les tenants et aboutissants de l'affaire.

« Ça n'aurait pas pu être Konrad. Il aimait Elvira et Peder. J'en ai la certitude.

— Très bien. Vous avez peut-être raison, mais je ne peux rien dire d'autre. Il y aura bientôt ici avec moi une autre personne tout aussi convaincue qu'il est... un ange. Il compte beaucoup de défenseurs, c'est certain.

— Pensez-vous à Katrine Prebensen ? Elle était dans la salle d'attente.

— Oui, je l'ai entendu, répliqua Evert en soupirant. Nous devons excuser pas mal de choses dans des situations comme celle-ci. Vous devriez voir que ce que nous supportons de temps à autre.

— Je peux l'imaginer... » Devais-je lui expliquer ce que j'avais vu à l'hôtel ? Possible. « Il y a une chose que vous devriez peut-être savoir » commençai-je prudemment.

Je lui racontai une partie de ce que j'avais vu à l'hôtel. Plus que suffisant pour qu'il comprenne ce à quoi je faisais allusion, mais pas plus que nécessaire. Il devait se constituer son propre avis. Son intérêt augmentait visiblement au fur et à mesure de mon récit et il griffonna avec empressement dans son bloc-notes, lequel était presque plein, remarquai-je.

« D'accord... » Il prenait son temps. En réalité, au-delà des limites de la patience habituelle d'Olivia Henriksen. « J'avais des soupçons. Mais c'est toujours bien d'obtenir une confirmation.

— Konrad dit qu'il ne sait même pas s'il est censé hériter. »

Cela semblait naïf, j'en avais conscience.

« Nous sommes en contact avec le notaire du couple Frantzen, donc nous allons probablement le découvrir. Si le pire devait arriver à Elvira et Peder.

— Oui, leur notaire... commençai-je, espérant qu'il finirait.

— Line Akselsen, oui. C'est exact. »

Bingo. Line Akselsen était mariée à un collègue d'Oskar. Nous nous étions rencontrées à la fête estivale annuelle de l'aéroport trois années de suite et nous avions bien accroché alors que la plupart des gens autour de nous parlaient de travail. Oskar aimait m'avoir comme compagnie, et j'appréciais de l'accompagner. Au milieu des sandwichs aux crevettes, la conversation avait porté sur un peu tout, des fleurs d'été à la littérature, mais elle n'avait pas mentionné ce dans quoi elle travaillait. C'était Oskar qui me l'avait révélé au détour d'une conversation un moment après la dernière fête estivale. Je m'en souvenais bien, parce que son métier m'avait surprise. Elle semblait un peu trop ouverte, douce et riche en couleurs et en vêtements pour être notaire, avais-je pensé. Si j'avais dû deviner son métier, j'aurais dit architecte d'intérieur ou bibliothécaire. Pas le genre de bibliothécaire austère que de nombreux films aiment caricaturer, mais une femme moderne, amoureuse de littérature. Une femme avec des lunettes rouges et des vêtements au design danois. À présent, cette connaissance pouvait m'être utile, pensa la petite détective nouvellement mûrie en moi.

Evert et moi discutâmes pendant un moment à propos de la veille, de ce que j'avais vu et pas vu, et de ce que j'avais fait entre le déjeuner et mon arrivée chez Elvira et Peder. Mon seul alibi pour l'après-midi était Oskar, songeai-je saisie d'un frisson. Si cela devait mal tourner, un membre de la famille n'est probablement pas le meilleur alibi que vous puissiez avoir.

C'est alors qu'Evert montra une partie de la remarquable intuition dont j'allais découvrir l'existence.

« Autant vous dire que vous êtes au-delà de tout soupçon, déclara-t-il. Nous avons découvert qu'ils avaient été attaqués en milieu de journée. Vers le moment où vous étiez assise ici à me parler, aux environs de treize ou quatorze heures. Le jour de la mort de Prebensen, vous étiez chez le dentiste en ville. Vous aviez fait enlever une dent de sagesse, n'est-ce pas ? »

J'étais quelque peu impressionnée. Evert avait découvert tout seul que je me trouvais chez le dentiste trois jours avant de tomber nez à nez avec Prebensen. Dans le même temps, j'étais soulagée. Je savais que je n'avais fait de mal à personne, parce que je me doutais que si cela avait été le cas, j'en garderais quelques souvenirs. Ce n'était pas comme d'oublier son téléphone portable. Mais c'était un soulagement de savoir que la police le savait aussi. Je sentais mon corps se détendre et mon dos devenir moins raide que quelques minutes auparavant.

« Pouvez-vous me dire quel poison ils ont ingéré ? Le chef du service hospitalier Traneby a dit qu'ils avaient déterminé de quel produit il s'agissait ? »

Je pris soin de souligner le titre de Traneby. Evert me sourit en signe de compréhension mutuelle.

« Je ne peux pas encore le dire, mais Fridtjof Prebensen avait ingéré le même produit qu'Elvira et Peder Frantzen. La presse va en être informée, ainsi que du cours probable des événements, aujourd'hui-même.

— C'est vrai ? » Je n'avais pas vraiment besoin de m'accrocher, puisque j'étais assise, mais mes oreilles bourdonnèrent légèrement pendant un moment, je dois l'admettre. Pour plus de sécurité, je plaçai mes mains sur le bord du bureau.

Evert s'éclaircit la voix tout en parcourant les documents devant lui. Il léchait son index à chaque feuille qu'il tournait.

« Prenons d'abord le cas de Prebensen. Il a d'abord été empoisonné, mais il semble que le poison ne l'ait pas tué. C'est probablement pour cette raison qu'il a été pendu après. C'est un excellent moyen de donner l'impression qu'il s'agit d'un suicide. Il s'est débattu jusqu'au bout, d'où les contusions que vous avez pu observer. »

Je frissonnai.

« Oh mon Dieu, c'est terrible... Personne ne mérite de mourir de la sorte. » Non, pas même des avocats arrogants, égocentriques et pleins aux as ne méritent une telle chose.

« Par ailleurs, nous avons reçu des résultats de tests concernant ce vélo vert. Celui que vous avez retrouvé couché dans l'herbe, vous voyez. Il y avait des traces de sang dessus. Le sang de Fridtjof Prebensen. De nombreuses empreintes digitales étaient également présentes, mais nous n'avons pas pu déterminer le propriétaire de plusieurs d'entre elles pour l'instant. Les vôtres y sont probablement, puisque vous avez déplacé le vélo, mais... curieusement, les empreintes de Prebensen n'en font pas partie. Pas même parmi celles que nous avons retrouvées sur le guidon. » Evert notait tout en réfléchissant de sorte que c'était presque visible depuis l'extérieur de son crâne luisant. « Il n'y avait aucune correspondance dans la base de données, non...

— Et concernant Elvira et Peder ? » Après tout, ils étaient plus chers à mon cœur.

« On leur a servi de l'alcool de cerise. De leur propre production, ramenée du sous-sol. Oui, parce qu'ils avaient une petite production viticole, n'est-ce pas ? ironisa Evert. En plus de l'autre...

— Oui, c'est vrai. Jamais plus de quelques bouteilles chaque année, parce qu'ils n'avaient pas beaucoup de cerisiers, mais, oui...

— S'ils n'avaient pas été inconscients, nous aurions pu leur demander qui avait servi le vin, mais cela aurait clairement été trop simple.

— Aucune empreinte digitale sur la bouteille ni sur les verres ?

— Aucune, répondit Evert en prenant appui sur les papiers tout en poursuivant. Elvira a été empoisonnée. Mais nous parlons d'une plus petite quantité de poison cette fois. Elle a été prise de graves vomissements, de crampes abdominales, de difficultés à respirer et d'un gonflement de la langue. Puis elle a perdu connaissance. Il est difficile de déterminer exactement la quantité de poison qu'elle a ingérée. » Evert marqua une petite pause tout en observant ma réaction.

« Continuez. Je peux supporter de l'entendre, même si c'est épouvantable. » Je me sentais pâle et avachie.

« Très bien... Peder a également ingéré une partie du poison, mais l'agresseur a très mal calculé les doses.

— Cette personne n'est pas si expérimentée ou familière avec le poison, peut-être ?

— Des indices semblent le confirmer.

— Mais vous pensez qu'il s'agit du même agresseur ? » demandai-je.

Evert haussa les épaules en me lançant un regard interrogateur.

« Il est un peu tôt pour le dire, mais c'est une possibilité. Une possibilité certaine. »

Combien de meurtres et de tentatives de meurtre fallait-il avoir sur la conscience pour être qualifié de tueur en série ? Je n'en avais pas la moindre idée, mais je commençais à me rendre compte que nous pourrions faire face à une telle chose par ici. Si un meurtre et deux tentatives de meurtre suffisaient, alors.

« Le poison n'a pas fonctionné avec autant de force sur Peder, mais il a été pris de vertiges. La raison pour laquelle il gisait au sol, c'est parce qu'il a été frappé à la tête. Nous ne sommes pas sûrs à cent pour cent, mais il semble qu'il a été frappé à l'aide d'un vieux hachoir à viande.

— Je me souviens de ce hachoir à viande. Ils l'utilisaient souvent, notamment parce qu'Elvira avait promis de préparer des saucisses maison pour Noël. Peut-être qu'elle avait déjà commencé, ce ne serait pas étonnant de sa part. » Je souris au souvenir des fêtes à la saucisse d'Elvira à Noël. « Elle... elle le vissait sur la table de la cuisine lorsqu'elle en avait besoin. La table était assez solide pour cela.

— Nous pensons qu'il se trouvait sur le plan de travail ou sur la table. Quand Elvira s'est sentie mal et s'est effondrée, tandis que Peder était parfaitement en état de se lever, le tueur a probablement attrapé la chose la plus proche qu'il avait sous la main.

— Avez-vous retrouvé ce hachoir à viande ?

— Oui, il avait été jeté sous la table de la cuisine. Plein de sang. »

Je remarquai qu'Evert me dévisageait. Je frissonnai et remerciai le destin bon et bien intentionné de ne pas l'avoir aperçu.

« Essayez de ne pas trop y penser. Au lieu de cela, concentrez-vous sur le fait qu'Elvira et Peder vont certainement très bien se rétablir. Je sais que les détails sont horribles, mais je pense que vous méritez de les entendre avant qu'ils ne soient dans le journal. Les communiqués de presse paraissent à tout moment. D'ailleurs, vous a-t-on proposé de parler à quelqu'un ? »

Je rejetai une fois de plus cette suggestion bien intentionnée. Strictement parlant, j'avais juste envie de rentrer chez moi dans la serre, auprès d'Oskar et de Dino. Evert en avait aussi besoin, remarquai-je. Cela avait sans doute quelque chose à voir avec la file d'attente que j'avais observée dans la salle d'attente. Très probablement, la plupart des gens devaient venir s'entretenir avec lui. Néanmoins, il hésitait à me faire sortir. Alors que je m'interrogeais sur la raison, j'en profitai pour poser une dernière question.

« Pouvez-vous me dire quelque chose à propos de ce poison ? De quel type de drogue s'agit-il ?

— C'est une sorte de toxine végétale.

— Toxine végétale ? » La première chose qui me vint à l'esprit était un herbicide, mais bien sûr, Evert parlait d'un poison provenant d'une plante. Que suis-je bête.

« Oui, le toxicologue a été clair à ce sujet, répondit Evert, hésitant et baissant les yeux vers ses documents. Cette plante n'est pas du tout inhabituelle non plus, à ce que je sache. »

Tandis que je me levais pour partir, je me penchai vers son bureau pour lui prendre la main et lui dire au revoir. Au même moment, je jetai un rapide coup d'œil et lus le nom du poison inscrit dans les documents d'Evert. À l'envers et à la hâte. Je sentis de gros frissons parcourir ma colonne vertébrale.

Chapitre 15

Avant de recouvrer la présence d'esprit nécessaire pour dire ce que j'aurais dû dire à Evert, Frida frappa à la porte et passa la tête.

« Excusez-moi de vous déranger, mais il y a un témoin dans la salle d'attente qui doit absolument prendre le prochain train pour Sandefjord. Il insiste pour s'entretenir avec vous, alors... expliqua-t-elle en adressant un sourire navré à Evert et moi.

— Nous avions terminé, vous pouvez le faire entrer. » Evert se leva de sa chaise et fit le tour du bureau.

« Si vous repensez à quelque chose, n'hésitez-pas à m'appeler au plus vite. Nous allons certainement nous revoir bientôt » déclara-t-il en refermant la porte derrière moi.

Je marchai silencieusement dans le couloir. Cet endroit respirait la tranquillité, avec des murs gris d'administration publique et une odeur de café brûlé dans l'air. Se tenaient là des pots en plastique contenant des fausses plantes vert-de-gris à une distance calculée les unes des autres, toutes plantées dans un lit de billes d'argile respectueuses de la loi.

Évidemment, j'avais déjà rencontré le mot cicutoxine auparavant, plusieurs fois même. Certes, c'était il y a plusieurs années, mais ce dont il s'agissait restait encore très clair pour moi. Après tout, j'étais consciente de ce que je cultivais dans mon jardin. Je l'aurais probablement exposé à Evert aussi, s'il n'avait pas été si pressé de me faire sortir. Je savais très bien quel effet la cicutoxine produisait sur le corps humain. Je savais aussi que ce poison provenait d'une plante relativement courante. Et je peux jurer que je lui aurais dit que j'avais fait pousser cette même plante dans mon potager, juste après le carré d'épices comestibles, à l'arrière de la serre. J'aurais aussi ajouté que je faisais extrêmement attention à ce que personne ne s'en approche, et que je la traitais avec soin. Cependant, je n'étais pas parvenue jusque-là.

Soudain me revint en mémoire l'odeur de céleri dans la cuisine d'Elvira. À la fois, la cigüe sentait et pouvait ressembler confusément à un élément de la famille du céleri. Le fait qu'Elvira et Peder aient survécu n'était rien de moins qu'un miracle. Si l'on croit à ce genre de chose. De la chance, beaucoup de gens préféreraient l'appeler ainsi.

La cigüe s'avérait terriblement toxique. On pouvait mourir d'une aussi petite quantité qu'un demi petit doigt, et la sève était tout aussi dangereuse, sinon pire. Il était arrivé que des animaux soient morts des tubercules en en rongeant un par inadvertance.

Pourquoi détenais-je de la cigüe dans mon jardin ? Je ne le savais pas vraiment. Peut-être que cela satisfaisait un peu mon côté « vivre en marge » ? J'avais acheté des graines de cigüe dans un accès d'audace à une vieille dame qui dirigeait un jardin aromatique au Danemark plusieurs années auparavant. Elle pensait qu'elles seraient utilisées de la meilleure façon possible dans le jardin de l'ambassade, je suppose. Mais à vrai dire, elles restèrent emballées dans un tiroir frais jusqu'à ce que je me renvole pour Ankerholmen. En fait, les graines auraient dû être trop vieilles lorsque je m'étais finalement installée ici, mais elles poussèrent plus que volontiers. Comme j'avais une réticence naturelle à tuer les choses qui grandissent et se développent, elle était juste restée là. Elle revenait année après année et faisait en quelque sorte partie du jardin aromatique. Mon genre de petite touche personnelle.

L'air dans la salle d'attente paraissait, au possible, encore plus lourd que lors de mon arrivée à peine une demi-heure auparavant. Mes narines se contractèrent et se desséchèrent dans ces effluves de papiers. Torstein se tenait derrière l'accueil tandis qu'il parlait à quelqu'un au téléphone. Mes empreintes ! Je venais de me souvenir que je devais aller le voir. Quel bonheur !

« Disons les choses ainsi. Appelez-moi un peu plus tard dans la journée » concluait Torstein. Il raccrocha le téléphone, posa les yeux sur moi, puis plaça ses avant-bras dénudés et appétissants sur le comptoir.

« Et que puis-je faire pour la dame ? »

Ma bouche devint encore plus sèche que mon nez ne l'était déjà. À cet instant-même, je regrettai d'avoir refusé le verre d'eau qu'Evert m'avait proposé.

« Evert m'a demandé de déposer mes empreintes digitales auprès de toi. » Ma langue collait à mon palais quelque part. « Penses-tu que je pourrais avoir un verre d'eau s'il-te-plait ?

— Bien sûr ! Suis-moi par ici et nous allons arranger ces deux points. » Torstein ouvrit une trappe dans le comptoir et me conduisit à une porte dans le mur du fond. Un trousseau de clés exécutait un tango envoûtant contre sa hanche.

Nous pénétrâmes dans une salle type de poste de police, cependant petite et intime. L'unique fenêtre donnait sur un tilleul dans l'arrière-cour du commissariat. À l'intérieur de cette pièce, l'air s'avérait complètement différent, frais et vif. Les seuls meubles de la pièce se limitaient à un bureau, deux chaises et un ordinateur. Ainsi que le type d'équipement que l'on utilise pour prendre les empreintes digitales. Pas un de ces vieux tampons d'encre bleue qui coloraient le bout de vos doigts pendant des jours, mais un de ces engins électroniques. Il suffisait de poser ses doigts dessus et l'affaire était dans le sac.

Torstein referma la porte derrière nous, et derrière elle apparut un distributeur d'eau. Il remplit un verre jetable pour moi, lequel j'avalai avec empressement et de manière audible. Pas très féminin, je le conçois, mais vraiment nécessaire. Puis nous nous assîmes sur chacune de nos chaises. Torstein rapprocha la sienne de la mienne, en réalité si près que nos cuisses se touchèrent. Si j'avais eu des poils dans le dos, ils se seraient probablement dressés dans l'instant, de bien-être.

« Tu as déjà fait cela avant ? »

Pendant un instant, je me demandai ce qu'il voulait dire. Bon sang, puis-je être aussi bête. Le gars était professionnel.

« Les empreintes des doigts ? Non... enfin, oui... quand j'ai renouvelé mon passeport l'année dernière. Ça ressemblait à ça » répondis-je en effectuant un signe de tête vers l'électronique.

Torstein saisit mes doigts de ses mains douces et sensibles, et je me délectais de chaque mouvement subtil. Si j'avais su que cela pouvait être une expérience aussi agréable, j'aurais certainement insisté pour renouveler mon passeport plus souvent.

« Voilà, c'est fait » sourit Torstein, lâchant ma main et retirant lentement sa chaise.

Légèrement troublée, je restai assise à le regarder taper sur l'ordinateur. Je me dis qu'il valait mieux que j'enfile ma veste. Évidemment, je réussis à mettre mon bras dans la mauvaise manche. Je me dépêchai de corriger l'erreur avant que Torstein ne s'en aperçoive.

« Penses-tu que peut-être... » commença Torstein, mais il fut interrompu par l'interphone sur le bureau.

C'était la voix d'Evert qui s'immisçait mal à propos entre nous. « Tu es là, Torstein ? Prêt à envoyer la personne suivante ?

— D'accord, tout de suite. » Torstein se tourna à nouveau vers moi, d'une manière extrêmement professionnelle. Il m'adressa un sourire hésitant.

« Ce n'était rien d'important. Nous nous reparlerons bientôt. »

Tandis que je me frayais un chemin à travers l'accueil vide et allongeait le pas vers la liberté et l'air frais, quelqu'un cria mon nom. Je m'arrêtai à contrecœur. C'était Frida qui courait après moi. En fait, elle ne courait pas comme les femmes le font souvent, mais elle faisait du jogging de manière énergique et bien entraînée.

« Je dois vous demander quelque chose. » De toute évidence, elle hésitait quelque peu. « D'habitude, je ne me permettrais pas, mais on a vraiment besoin de moi au poste aujourd'hui. Vous avez bien rencontré Katrine Prebensen ici ?

— Oui, je lui ai à peine parlé.

— Voyez-vous, nous avons réservé un transport pour elle et il arrive dans dix minutes. Le problème est qu'elle refuse de rester au poste de police une seconde de plus. Elle veut partir, et elle veut partir maintenant. Pensez-vous que vous pourriez attendre dehors avec elle ? »

Je ressentis un soulagement car je craignais quelque chose de pire. « Bien sûr que je peux. Où est-elle ?

— Au deuxième étage, à mon bureau. » Frida posa une main sur mon avant-bras et l'étreignit. « Elle n'est pas dans un état tout à fait stable, alors je ne préfère pas qu'elle reste seule ici. Et je n'ai tout simplement pas le temps d'attendre ici avec elle aujourd'hui. » Frida était plutôt jolie quand elle souriait. Son côté masculin s'atténuait et une fossette apparaissait à sa joue gauche.

« Vraiment, merci beaucoup. Je vais la chercher tout de suite. »

J'aurais pu dire à Frida que j'aurais fait n'importe quoi pour devenir un bon détective privé, résoudre l'affaire et être en bons termes avec la police, mais je n'en eus pas le temps. En réalité, j'aurais fait n'importe quoi pour rester tout simplement active. En fin de compte, Frida n'était peut-être pas intéressée par mes faits et gestes non plus. D'un autre côté, l'oisiveté est censée être la mère de tous les vices, j'avais entendu dire. Peut-être pas quand il s'agissait de femmes dans la fleur de l'âge ayant besoin de donner un sens à leur vie, mais tout de même…

Quand Katrine arriva, nous nous dirigeâmes rapidement vers le trottoir frais et ombragé. Ma veste s'était collée à mon dos, je la soulevai pour laisser passer l'air extérieur. Il était préférable de laisser mon foulard détaché jusqu'à ce que ma température corporelle revienne à la normale.

« Ils n'ont pas voulu le laisser partir avec moi. Ils ont dit, peut-être cet après-midi. » Le regard de Katrine n'était pas plus limpide qu'au poste.

« Vous voulez parler de Konrad ?

— Ils leur faut combien de temps pour comprendre qu'il n'a rien fait ? Putain, c'est incroyable ! »

Je sursautai. Putain ? Katrine Prebensen avait-elle un parcours légèrement différent de celui que j'avais imaginé ?

« C'est un homme merveilleux. » Elle me regarda à travers ses yeux brouillés. « Oui, vous le savez, vous le connaissez.

— En effet, mais c'est le travail de la police d'enquêter sur qui a fait ces choses horribles.

— Dès l'instant où j'ai défendu Konrad, ils ont supposé que je n'aimais pas Fridtjof ! Que ferais-je sans lui ? » Elle renifla bruyamment. « Il avait ses... petites poulettes et j'avais... oui, vous l'avez deviné, donc je peux bien le dire. J'ai Konrad.

— Oui, j'avais compris qu'il y avait quelque chose, répondis-je niaisement.

— Mais cela ne dérangeait pas Fridtjof. J'ai essayé de le dire à cette policière, poursuivit-elle dans un reniflement. Il n'est peut-être pas étonnant qu'elle n'ait pas compris, les hommes ne font clairement pas partie de ses principaux centres d'intérêt. »

Nous restâmes silencieuses pendant un moment, jusqu'à ce qu'un taxi apparaisse. Le chauffeur sortit la tête et demanda brièvement : « Prebensen ? » Katrine me proposa de profiter du voyage vers Ankerholmen, mais je refusai. Après cet air à l'intérieur du poste de police, je préférais une promenade jusqu'à la gare routière. Rien ne pouvait me ramener à la réalité aussi rapidement qu'un trajet en bus sur des routes cahoteuses et sous-financées.

Songeuse, je nouai lentement mon foulard autour de mon cou tandis que je commençais à marcher. Il restait un quelconque élément à propos de Katrine Prebensen qui ne collait toujours pas tout à fait. Elle était austère d'une manière étrange, presque maîtrisée. Et Konrad ? Le connaissais-je vraiment aussi bien que je le pensais ? J'avais certainement du pain sur la planche et je devais m'y attaquer dès mon retour à la maison sur l'île. J'étais heureuse qu'Oskar travaille du soir, cela signifiait paix et tranquillité pour moi. Mes plans n'avaient peut-être rien d'effrayant, mais pour le moins ils contenaient des substances toxiques.

La première chose à laquelle je m'attelai en rentrant à la maison fut de m'équiper de gants de jardinage, d'un sac de congélation, d'une pelle et d'une petite paire de cisailles. Je sortis dans le jardin, remontai le petit chemin menant derrière la serre et le jardin aromatique, puis j'observai ma cigüe. Confusément similaire à l'angélique officinale, qui se trouvait un peu plus loin dans le jardin, ou à la livèche ordinaire, mais c'était loin d'être le cas. Nous étions déjà en octobre, mais le temps était resté doux jusqu'à présent. La cigüe, *cicuta virosa*, pour ceux qui préfèrent les noms latins, comportait encore quelques feuilles vertes. Cela faisait un mois que la plante ombellifère blanche avait fleuri, et elle possédait à présent des petits fruits bruns et secs. La plupart des feuilles triangulaires étaient déjà flétries, mais je restai tout de même extrêmement prudente en les touchant. Heureusement, rien ne semblait avoir été cueilli. Je me mis fastidieusement au travail, la plante devait disparaître de mon jardin, et ce dès ce jour.

Quelque part au fond de moi, je ne pouvais m'affranchir de l'idée que je ne devais pas être la seule à cultiver de la cigüe sur l'île. Je savais que j'avais vu la plante quelque part, même si cela n'avait été que très furtif, mais je ne pouvais diable pas me souvenir de l'emplacement. Peut-être que cela me reviendrait au moment où je m'y attendrais le moins. Je secouai péniblement et bientôt ma fière cigüe ne fut plus qu'un tas de feuilles et de tiges dans un seau et un petit tas de résidus végétaux dans un sac en plastique transparent. Je pris soin d'attacher convenablement le sac en plastique à l'aide d'un gros morceau de ficelle du garage.

J'emmenai le seau avec moi vers le tonneau en métal rouillé dans lequel j'avais l'habitude de brûler les résidus végétaux. Il contenait déjà des brindilles sèches et des feuilles, alors je bennai les restes de cigüe à l'intérieur. Puis je commis le péché cardinal pour l'environnement de verser une très faible quantité d'essence et de craquer une allumette à l'intérieur. Je devais m'assurer que tout allait brûler.

Tandis que le tonneau crépitait, je pris le petit sac en plastique et le plaçai dans le congélateur de dépannage que j'avais dans le garage. Il était vide pour le moment, utilisé uniquement pour les festivités de Noël, ainsi que pour de la viande de gibier de temps en temps, aussi la cigüe n'avait-elle pas de concurrence avec quoi que ce soit de comestible là-dedans. Je gelai la plante pour Evert, parce qu'il pourrait vouloir tester ma cigüe pour une raison ou une autre. J'étais persuadée d'avoir lu quelque part que vous pouviez savoir où les choses avaient poussé et d'où elles venaient si vous le vouliez vraiment. Avec l'aide de la technologie moderne, donc. Peut-être devait-il démentir que la ciguë ayant empoisonné Elvira et Prebensen provenait de mon jardin ? Si la science pouvait découvrir ce qu'un mammouth avait mangé juste en analysant ses mèches de cheveux, ils devraient être en mesure d'analyser ma pauvre ciguë. Je trouvais cela très sensé.

Pendant le temps où je me tenais dans la buanderie à nettoyer le seau et les cisailles selon toutes les règles de l'art, tout avait brûlé dans le tonneau. Une forte fumée montait de là et je me surpris à reculer. Comme si la fumée aussi était dangereuse… Quand la fumée cessa, j'observai le tas gris de brindilles brûlées et de plantes au fond du tonneau. Je n'allais pas utiliser les cendres pour quoi que ce soit, ni dans les parterres de fleurs ni comme engrais, donc pour l'instant, elles pouvaient reposer là, en paix.

Ensuite, je me levai et observai l'emplacement inoccupé où la ciguë avait poussé, c'était étrangement vide par-là. Demain, j'allais appeler Evert et confesser mon péché de ciguë afin qu'il puisse obtenir des échantillons du congélateur s'il le souhaitait.

Lentement, j'enlevai mes gants de jardinage et les repliai. La poubelle était leur destination, avant de rentrer. J'appelai Dino, lequel avait reniflé dans le jardin durant toute la durée de l'épisode. Il accourut vers la porte en remuant la queue et devait penser qu'il méritait probablement une promenade, ce qu'il fit également. Je ne pouvais pas l'emmener là où j'allais me rendre plus tard ce soir-là, c'était évident. J'attachai la laisse à Dino, puis je jetai les gants de jardinage directement dans la poubelle avant de sortir par le portail et d'aller nous promener vers la forêt.

Moins de deux heures plus tard, j'étais vêtue de vêtements sombres. La nuit n'allait pas tarder et j'avais partagé pour le dîner un peu de poulet avec Dino. C'est vrai, il était un peu trop gâté et il adorait le poulet grillé. L'avantage pour lui était qu'il pouvait manger autant de poulet qu'il voulait. Il brûlait les calories avant de les accumuler en graisse corporelle.

Le survêtement sombre que j'avais dérobé, ou plutôt emprunté, à

Oskar m'allait presque. Du moins si je relevais le bas des jambes et les manches. Par-dessus, j'enfilai une fine veste en coton qui ne risquait ni de craquer ni de grincer. Sur ma tête, je portai un bonnet noir tricoté à la main, parfait pour l'occasion. Mes bottes en caoutchouc noir avaient tendance à émettre un bruit de caoutchouc grinçant et creux de temps en temps, alors j'optai pour mes chaussures de montagne sombres. Légères et agréables pour la marche, idéales pour une retraite précipitée. Je mis mon téléphone en mode silencieux et me rappelai de le mettre dans ma poche. En outre, il y avait l'appareil photo. Je n'avais pas l'un de ces appareils photo reflex sophistiqués que les détectives utilisent dans les séries télévisées, mais mon petit appareil photo numérique allait faire l'affaire. L'avantage s'avérait qu'il rentrait facilement dans ma poche, je pouvais même fermer la fermeture éclair. Satisfaite de moi, je tapotai Dino sur la tête et sortis par la porte. J'étais en route pour ma première mission de détective, que je m'imposais à moi-même.

Chapitre 16

La route menant à l'hôtel du Port restait vite faite, il s'agissait de la destination que j'avais en tête. En traversant le parking, je cherchai des yeux un vieux véhicule britannique. Mais pas de quatre roues motrices en vue ce soir-là non plus. Ce Keith Bradley devait sans doute être bien occupé. Peut-être s'agissait-il simplement d'un randonneur ordinaire ? Il me vint soudain à l'esprit qu'il pouvait être détective privé. N'étais-je pas précisément en train de fouiner en pleine nature ? Avec un appareil photo et des vêtements de camouflage ? Mais il avait probablement l'air plus professionnel que moi. Si les choses étaient telles que présentées par Mona. S'il était vêtu d'une tenue de camouflage et voire même doté d'un excellent appareil photo...

Derrière l'hôtel se situait un rocher, pas tellement haut, mais pas non plus un cailloux plat dépassant de la pelouse. Il était suffisamment grand pour pouvoir se tenir là et profiter d'une belle vue sur l'hôtel, et le meilleur de tout : sur les chambres du deuxième étage. Au reste, il faisait nuit à l'extérieur. Il arrivait constamment que certains clients de l'hôtel tirent les rideaux, mais la plupart n'en prenaient pas la peine. J'espérais que Konrad appartiendrait à cette dernière catégorie. S'il se trouvait dans sa chambre, évidemment. Je dois avouer que j'étais curieuse de savoir si Evert l'avait laissé partir.

Dès que je me fus hissée sur le rocher, je découvris que j'avais de la chance. Katrine et Konrad étaient assis dans ce que je supposais être la chambre de Konrad, parce que ce n'était définitivement pas la chambre dans laquelle ils s'étaient agités deux nuits auparavant. Ils étaient assis sur des chaises séparées avec quelque chose de brun dans les verres placés devant eux ; du cognac ou du whisky présumais-je.

Par chance, je m'étais aussi souvenue d'apporter des petites lunettes d'opéra, héritées de ma bienheureuse tante, qui fréquentait souvent tant les théâtres que les établissements raffinés. Je lui envoyai une pensée chaleureuse en portant les jumelles à mes yeux. Un peu trop classes à utiliser ici dehors pour une mission de reconnaissance, mais je me promis d'y faire attention. Ma tante ne se serait jamais doutée.

Pas difficile à comprendre que Konrad et Katrine Prebensen étaient de bons amis. En effet, ils s'avéraient nettement intimes d'après ce que je pouvais observer. Katrine était vêtue d'une sorte de chemise de nuit et robe de chambre dans une matière qui ressemblait à de la soie. Et elle se trouvait allongée nonchalamment sur la chaise, les pieds sur les genoux de Konrad. J'avais la puce à l'oreille qu'ils venaient de s'adonner à des activités plus bestiales et corporelles que ce qu'ils réalisaient à présent, mais en un sens cela ne signifiait rien dans la situation d'ensemble. Néanmoins, cela restait peut-être préférable que je ne sois pas arrivée une demi-heure plus tôt. Konrad était assis tout aussi détendu, bien qu'en pantalon et en t-shirt, mais sa chemise et sa cravate gisaient au sol et sa veste était étendue au bout du lit. Ils sirotaient tous deux le contenu de leur verre et Katrine avait l'air beaucoup plus équilibrée que la dernière fois où je l'avais rencontrée.

Ils restèrent assis longtemps. Je ne sentais pas vraiment le froid, excepté sur mon nez, mais il devenait ennuyeux de rester là dans le noir avec mes jumelles. L'appareil photo ! Je le sortis et pendant un moment, j'eus l'impression d'incarner une vraie détective privée. Heureusement, je me rappelai d'éteindre le flash avant qu'il ne soit trop tard, sans quoi j'aurais été plus que visible de là où je me tenais. Je pris quelques photos de Konrad et Katrine, mais je ne savais pas trop à quoi elles pourraient me servir. Katrine avait admis devant la police qu'elle entretenait une relation avec Konrad, donc il n'y avait rien à prouver.

Je m'assis tranquillement au sommet du rocher, mais j'eus rapidement très froid aux fesses, alors je me relevai doucement et sautillai un peu ici et là tout en remuant mes doigts. Le petit appareil photo sauta de haut en bas dans ma poche, accompagné de quelques pièces de monnaie qui se trouvaient là depuis la dernière fois où la veste avait été portée. Konrad et Katrine discutaient ensemble calmement, on ne peut plus calmement. De toute évidence, l'ambiance semblait particulièrement joviale et conviviale à l'intérieur de la chambre. J'étais plantée là à m'ennuyer quand...

Finalement, il se passa quelque chose. Katrine se leva de la chaise sur laquelle elle était assise, but une dernière gorgée de ce qui restait dans son verre et le posa sur la table. Puis elle se pencha vers Konrad et lui donna un baiser. Un long baiser. Ce devait être un baiser de bonne nuit, car elle disparut de la pièce dans un tourbillon de robe de chambre. La scène contenait quelque chose d'absurde qui me rappelait un vieux film hollywoodien, des rideaux de dentelle flottants, des tapis orientaux et des meubles sombres. Une sorte d'*Autant en emporte le vent*.

Katrine entra visiblement dans sa propre chambre, du moins la lumière s'alluma dans la chambre de l'angle, puis aucune Katrine ne revint vers Konrad. Bientôt, j'aperçus Katrine en chemise de nuit à l'intérieur, et une seconde plus tard, les lumières s'étaient éteintes. Dieu seul sait pourquoi ils se souciaient de dormir dans des chambres séparées, mais cela semblait être le plan.

Konrad s'assit brièvement avant de se relever. J'envisageai d'enfiler mon sac à dos et de me remettre en marche vers la maison, imaginant qu'il s'apprêtait également à se coucher. Mais je me trompais à ce sujet. Il s'approcha de l'antique penderie marron et attrapa un imperméable. Du moins, c'était ce à quoi cela ressemblait de loin. Il farfouilla dans un sac et en retira une lampe de poche qu'il testa contre la paume de sa main avant de se diriger vers la porte. Ensuite, il éteignit les lumières, jeta un coup d'œil dans le couloir et sortit lentement de la pièce.

Bientôt, la porte d'entrée de l'hôtel s'ouvrit et Konrad apparut sous le vétuste éclairage extérieur. Il prit le temps de respirer l'air frais du soir avant de se diriger résolument vers le sentier forestier. De la buée entourait sa tête dans cette fraîche soirée d'automne. Dans toute la stupeur et l'excitation de constater qu'une action survenait enfin, je laissai tomber les lunettes d'opéra de ma tante au sol. Avec toute ma chance du jour, car elles ne percutèrent pas le roc, mais une petite zone d'herbe et de bruyère d'automne qui y poussait. Elles paraissaient intactes, mais je n'avais pas le temps de m'en assurer. Je les mis dans mon sac à dos que j'enfilai prestement. Puis je descendis avec prudence du rocher et suivis les pas de Konrad.

Je pouvais à peine apercevoir son dos tandis qu'il s'estompait au fond du sentier. Heureusement, il n'y avait que deux chemins à cet endroit. L'un descendait vers la zone de baignade, l'autre vers la forêt et le coin où j'habitais. Ainsi que vers chez Elvira et Peder. Je me concentrais en marchant. Il s'agissait de ne pas marcher sur une branche ni sur quoi que ce soit du même acabit. N'était-ce pas précisément ce qui trahissait souvent les poursuivants dans les films ? Un « crac », tout bonnement, puis ils étaient faits prisonniers par l'horrible criminel et ligotés dans un sous-sol pendant des semaines. Non pas que je craignais que Konrad me fasse prisonnière, mais c'est bien connu, on n'est jamais trop prudent.

Konrad se racla la gorge et cracha en avançant, le pas pesant sur le doux chemin automnal. La négligence pouvait être une preuve de son innocence, mais cela restait à confirmer. Je préférais en être complètement convaincue. Ce qui me préoccupait le plus, c'était où diable il comptait se rendre.

Le chemin se transforma en piste gravillonneuse. Là où elle s'élargissait, j'aperçus le contour de quelque chose. Il s'agissait d'un élément carré, grand et imposant. Il n'y avait aucun éclairage public par-là, ce n'est que lorsque je me tins à quelques mètres que je découvris qu'il s'agissait d'une voiture, une voiture haute. Une quatre roues motrices de bonne vieille marque britannique, plus précisément. Je posai ma main sur le capot en la dépassant. La température restait encore tiède, mais l'Anglais était introuvable. Il était presque impossible d'apercevoir ce qui se trouvait à l'intérieur de la voiture, car elle paraissait embuée à cause de la forêt, et apparemment de la condensation s'était également répandue dans la voiture. Du moins peu de temps auparavant. Je constatai en tout cas l'absence de Bradley à l'intérieur, j'en étais à peu près certaine. Plusieurs cannes à pêche robustes étaient encore attachées au toit.

Konrad continuait à progresser rapidement le long du chemin. Le temps manquait pour réfléchir davantage à Keith Bradley. Je devais suivre le rythme. Bientôt, j'aperçus la maison d'Oskar à proximité du chemin. De la lumière éclairait la fenêtre de la cuisine, une lumière que j'avais moi-même allumée, mais sa voiture était heureusement non présente. Il m'était revenu à l'esprit qu'il allait rentrer de sa garde de nuit une heure après environ, et qu'il allait remuer ciel et terre si je n'étais pas à la maison avec Dino à son arrivée. J'espérais que Konrad n'envisage pas d'aller trop loin. Une petite trotte pour le moins, car il fut bientôt impossible d'apercevoir les lumières extérieures de la maison d'Oskar derrière la végétation. Où diable...? Cela ne pouvait pas être...?

Si, bien sûr que c'était le cas. La maison d'Elvira et Peder, c'était là qu'il comptait se rendre. J'aurais dû le deviner. Konrad ralentit le mouvement et s'arrêta devant le ruban de balisage que la police avait tendu autour de l'ensemble du terrain. Il oscillait dans la faible brise nocturne qui ne s'interrompait pratiquement jamais ici en bord de mer. Je me glissai derrière un grand tronc de chêne au niveau de la limite de propriété avec Ragnarsen. Sa large taille permettait de se cacher, mais il restait suffisamment mince pour que je puisse rapidement jeter un coup d'œil des deux côtés. Je laissai mon sac glisser lentement le long du tronc ; quelques boules de mousse verte suivirent le mouvement. Dans l'instant, je ne voyais pas précisément qu'elles étaient vertes, mais je le savais. Derrière ce chêne reposait le tas de compost d'Elvira et j'avais souvent porté des plantes desséchées pour les jeter à cet endroit. Cela empestait les résidus végétaux en décomposition au stade avancé. Sur toile de fond émanait une légère odeur d'écorce de chêne et de mousse.

Konrad resta immobile pendant un moment. J'entendis quelques petites vagues effleurer et venir se briser près du ponton de Peder, rien d'autre ne venait déranger la brise nocturne. À l'exception du reniflement de Konrad, oui. Konrad reniflait ? Il ne m'était pas venu à l'esprit que le son provenait de lui jusqu'à ce que je le voie utiliser son poing pour s'essuyer rapidement sous son nez. Pleurait-il ? Était-il allergique ? Enrhumé ? Était-ce la transition entre la chaleur de l'hôtel et l'air froid de la nuit qui le faisait renifler ainsi ? N'était-ce pas l'inverse, plutôt ? Du froid au chaud, n'était-ce pas à ce moment-là que l'on était censé commencer à renifler ?

J'observai prudemment depuis le côté du chêne pour ne pas être vue, aussi sursautai-je lorsque Konrad souleva le ruban de balisage de la police et entra d'un pas décidé dans le jardin d'Elvira et Peder. Je me sentis perdre pied. Était-il là pour effacer les traces ? Konrad contourna le coin de la maison et disparut de ma vue. Que devais-je faire ? Le suivre ? Avant même d'arriver à prendre une décision, il était de retour et s'arrêta au milieu de la pelouse devant la maison. Il se pencha rapidement pour ramasser quelque chose sur le sol. Puis il devint raide comme un mât de mai suédois et regarda fixement la maison. Le reniflement continua. Il bredouilla quelque chose dans l'air, mais il m'était impossible d'entendre ce qu'il disait. Allai-je oser me faufiler plus près ? Une haie se tenait certes là, bien sûr. Très probablement, il ne me repérerait pas. Que devrais-je dire s'il me voyait ? Que j'étais en promenade du soir ? Sans Dino ? Mon œil... Quand bien même, je me faufilai vers la haie et la palissade.

Je tentai à nouveau de discerner les paroles de Konrad, mais cela restait impossible. Cette petite brise soufflait dans l'autre sens, emportant sa voix avec elle. J'avais presque envie de sauter par-dessus cette haie pour me rapprocher. Au lieu de cela, je tendis l'ouïe au maximum tout en collant mon oreille contre la haie de hêtre. Je fis ce que je pouvais pour ignorer les feuilles raides. C'était une chance qu'il s'agisse d'une haie de hêtre pour servir de cachette, car les feuilles restaient accrochées tout l'hiver. Une moindre chance pour quelqu'un de chatouilleux dans la zone de l'oreille.

« Pardon... pardon... »

J'avais l'intime conviction qu'il s'agissait des mots qu'il se murmurait à lui-même. Mais pourquoi s'excusait-il ? Pour le conflit qu'il avait eu avec Elvira et Peder ? Possible... sinon... non, je rejetai rapidement l'idée. C'était certainement quelque chose d'autre qu'il disait.

L'appareil photo ! Ne disposait-il pas d'une fonction d'enregistrement audio ? Je pourrais avoir l'aubaine de capter quelque chose d'audible. Mes mains tâtonnèrent dans ma poche tandis que Konrad continuait son monologue calme sur la pelouse. J'espérais vivement qu'il ne s'arrête pas tant que je n'aurais pas sorti l'appareil photo et trouvé le bon réglage.

J'étais encore plus maladroite qu'à l'accoutumée, je dois l'avouer. Premièrement, il faisait noir, deuxièmement, j'étais nerveuse parce que la situation était évidemment urgente, et troisièmement, j'étais saisie par une sensation d'instant vital sans précédent sachant que je réalisais ma première mission de détective.

C'est alors que deux choses se produisirent vraiment en parallèle. Du moins de mon côté. D'une part, j'oubliai de faire attention à l'endroit où je posais les pieds, tâtonnant avec l'appareil photo. Il en résulta que je marchai subitement sur une branche d'une certaine épaisseur. Non pas l'une de ces branches relativement saines qui ne génèrent pratiquement aucun bruit, mais une branche vraiment sèche. Résonna donc un véritable craquement de branche à travers la paisible soirée lorsqu'Olivia Henriksen plaqua ses chaussures de montagne en taille 40 dessus. À peu près au même moment, Konrad se tourna dans ma direction.

Au même instant, et peut-être avec encore plus de stupidité, j'appuyai par inadvertance sur un bouton de l'appareil photo lorsque la branche cassa. Très probablement, mon trouble était si grand que j'avais contracté les doigts de peur et que le déclencheur s'était malencontreusement retrouvé sous mon index. Quelque chose avait dû se passer pendant que l'appareil photo se trouvait dans le sac à dos, parce que j'aurais parié que le flash était éteint quand je l'avais rangé près de l'hôtel. Cependant, tout était allé très vite, alors comment en être certaine ? En d'autres termes : le flash s'était déclenché. Non seulement il s'était déclenché, mais il avait illuminé toute la cour d'Elvira et Peder. Il éclaira également le visage terrifié de Konrad. Ses yeux étaient grands ouverts et son corps semblait se poster en position défensive. Il procurait un spectacle tout à fait curieux là où il se tenait face à moi, se rapprochant d'un yéti local pris dans les projecteurs des chasseurs.

« Qui... qui est là ? Qui est-ce ? » s'écria Konrad. Il tremblait clairement dans sa voix.

En vérité, bien évidemment, j'aurais dû m'approcher, le saluer et lui expliquer ce que je faisais. Que je jouais au détective privé et que je devais découvrir s'il était innocent ou non... ou quelque chose du genre. Mais je n'en fis rien. Je fis demi-tour sur le doux tapis forestier et je courus aussi vite que possible. Vers chez moi, vers ma sécurité et vers mon pitbull protecteur. Disons, pour le moins, qu'il était un pitbull chaque fois qu'il rencontrait ces petits caniches fous en costume d'hiver rose. Je courus et courus, sans réfléchir et aussi vite que possible. Soudain, je me rendis compte que j'avais oublié mon sac à dos près de l'arbre. Oh non ! Devais-je faire demi-tour ? N'était-ce pas stupide de ma part de m'enfuir ? Mais si... et si Konrad était dangereux tout de même ?

Je courus encore plus vite lorsque j'entendis quelqu'un me suivre. La personne me rattrapait, je pouvais le sentir par une sensation d'effroi remontant le long de ma colonne vertébrale, mais je n'osais pour rien au monde m'arrêter pour vérifier si j'avais raison. Au lieu de cela, je me précipitai à travers la forêt de broussailles tandis que la mousse éclaboussait et que les branches fouettaient le pantalon de survêtement bien abîmé d'Oskar.

Chapitre 17

Tout en cherchant désespérément la clé, je franchis le portail de ma réconfortante maison. La clé se trouvait dans ma poche intérieure, naturellement, puisque je ne voulais absolument pas risquer de la perdre en mission. Après quelques jurons, je mis finalement la main dessus, je l'insérai dans la serrure et la fis tourner. Sur le chemin de gravier, je perçus des pas, qui ne couraient pas, mais se promenaient tranquillement. Je fermai la porte à la hâte et courus vers la salle de bain. Là, je m'assis sur le sol, à côté de la baignoire, dans le noir.

Bon sang, ça, pour une détective privée expérimentée ! Je me maudissais d'avoir laissé la peur m'envahir et me faire fuir de la sorte. Dino se faufila dans la salle de bain, puis me dévisagea d'un air interloqué, en secouant doucement la queue. Était-ce un jeu amusant auquel il était autorisé à jouer ? Je l'attirai jusqu'à moi et le caressai derrière les oreilles. Il s'affaissa lentement vers le sol chaud tout en soupirant de bien-être. C'est ainsi que je restai figée là, sans oser bouger. Puis quelqu'un frappa doucement à la porte d'entrée...

Mon Dieu, que devais-je faire ? Je ne pouvais quand même pas me cacher éternellement, je commençais à m'en rendre compte à présent que je m'étais calmée et que le pire danger avait disparu. C'était purement et simplement puéril. Par ailleurs, Dino commençait à s'agiter à côté de moi. Il voulait sortir saluer la personne qui frappait à la porte. C'était l'une de ses activités favorites. Je me relevai sur mes jambes raides et me trainai à moitié à contrecœur dans le couloir.

Ma voix était quelque peu voilée, mais après quelques raclements de gorge, elle reprit à peu près sa forme.

« Qui est là ?

— C'est Konrad. Ouvre la porte, s'il-te-plait. » J'avalai ma salive en essayant de trouver quoi répondre. Sans avoir l'air trop stupide.

« As-tu peur de moi ? Je ne comprends pas, je... tu as fui en laissant ton sac à dos. »

D'accord, il fallait cracher le morceau. Le silence régnait à l'extérieur. Il régnait tout autant à l'intérieur de la maison, à l'exception du réfrigérateur qui venait d'entreprendre un changement de vitesse dans la cuisine. Devais-je oser ouvrir la porte ? Mon Dieu, je connaissais Konrad. Eh bien, Elvira et Peder pensaient tous deux le connaître aussi.

Le bruit des roues d'Oskar s'enfonçant dans le gravier me fit me décider. Je tournai la clé. Dehors, Konrad se tenait là avec une expression confuse sur le visage et mon sac à dos à la main.

« Je me suis conduite comme une idiote. Je suis désolée. » Je le tirai presque par la manche de sa veste pour l'entraîner vers la cuisine. J'entamai la version courte pour Konrad. Celle expliquant que c'était embarrassant pour moi qu'il découvre que je le suivais. Et ainsi de suite. Je m'abstins de mentionner que je voulais découvrir s'il était un dangereux agresseur, voire éventuellement un meurtrier. Je ne mentionnai pas non plus que j'étais en mission de détective. Cela risquait de paraître un peu trop... amateur. La panique, combinée au manque de réflexion, pouvaient être l'explication de ma fuite, présumai-je.

« J'espère que tu sais que je ne blesserais jamais Elvira et Peder. » Subitement, son regard devint triste. « Je les aime tellement. Il s'agit de mes seconds parents. La seule chose que je regrette, c'est de les avoir déçus en soutenant les opposants à l'obligation de résidence. Je pensais davantage à ma carrière chez Prebensen qu'à eux. Ils en ont été très blessés. » Il renifla un grand coup, puis sortit un mouchoir. « Cette maudite allergie. D'abord, ça a été le pollen, puis les poils de chat et la poussière, maintenant je crains fort qu'il n'y ait encore d'autres types de déclencheurs.

— Evert Karlsen, le lieutenant, pense que tu as peut-être spéculé sur la suppression de l'obligation de résidence. Il soupçonne que tu misais avec impatience sur un héritage conséquent. » J'hésitai quelque peu, mais je me dis que Konrad était en droit de savoir ce que la police pensait. « Et que tu as essayé d'accélérer un peu le déclenchement de l'héritage.

— Oui, il m'en a parlé aussi. Même s'il l'a évoqué en y mettant un peu plus les formes.

— Je me suis empressée de lui dire que tu n'étais pas du tout du genre à faire quelque chose comme ça. Que tu étais en bons termes avec Elvira et Peder, etc.

— Je t'en remercie, mais je comprends bien que tout ça doit être vérifié. » Konrad laissa ses mains glisser sur le bord élimé de la table en chêne. Une usure certaine, mais je dois avouer que la table a été achetée comme ça et que je l'adore. Konrad m'adressa un regard dépité. « D'ailleurs, je ne sais même pas s'ils m'ont mentionné dans leur testament. Nous aurions dû parler de telles choses, mais nous ne l'avons jamais fait.

— Ils ont apparemment modifié leur testament au cours des derniers mois. Leur notaire s'en occupe, lui expliquai-je. Mais je pars du principe que tu seras toujours un héritier d'une manière ou d'une autre.

— Moi aussi, mais heureusement, de nombreuses années peuvent s'écouler avant que cela ne devienne d'actualité, déclara Konrad en prenant une profonde inspiration. Même si c'était clairement à deux doigts de se produire. »

Nous restâmes assis un moment en silence. Pour ma part, je méditais sur la vulnérabilité de la vie, et il en allait probablement de même pour Konrad. Du moins, c'était ce que le regard sur son visage suggérait. J'entendis Oskar farfouiller près du garage. Que diable faisait-il ? Konrad caressait Dino, qui se recroquevillait joyeusement contre lui. Je versai davantage de thé dans les énormes tasses ornées de Bouddhas. J'avais insisté pour avoir ces tasses dont le thé devait avoir meilleur goût. Une idée stupide, oui, je l'avoue.

« Au fait, la notaire que tu as mentionnée, Line Akselsen, doit m'appeler demain. » Konrad avala goulument, puis me regarda en coin. « En fait, Evert est au courant que j'allais à leur maison ce soir. Je voulais juste attendre la tombée de la nuit. Tu sais, les curieux du voisinage et tout ça... j'allais donner à manger à Tom. Il doit être affamé, le pauvre, mais je ne l'ai pas même aperçu.

— Oh, mon Dieu, le chat ! Comment ai-je pu l'oublier ? » Tom était le chat tigré d'Elvira et Peder, une créature bien choyée et toute mignonne.

« Il est habitué au cabillaud bouilli pour le petit-déjeuner... parfois du poulet. »

Je me rendais compte que cela pouvait sembler assez fou au milieu de tout ce qui s'était passé.

« Je peux m'y rendre demain matin avec du poulet. Je pense que j'en ai un peu dans le frigo, proposai-je. Je suppose que le pauvre est complètement apeuré qu'il n'y ait personne à la maison. Il est habitué à ce qu'il y ait toujours quelqu'un là-bas.

— Ce serait bien si tu pouvais faire ça. Je ne sais pas combien de temps je serai à la police demain. Si je n'y suis pas, je serai à l'hôpital.

— J'espère que le pauvre Tom n'a pas été terrorisé par tout cela.

— Tom est un patrouilleur invétéré, il l'a toujours été. Surtout à la maison durant la journée. » Konrad jeta un coup d'œil à sa montre. Coûteuse, une montre d'avocat. « Mince alors, il est déjà 23h30. Je ne te retiens pas plus, il est tard. L'hôtel m'appelle. »

Pas seulement l'hôtel, pensai-je en mon for intérieur. À l'extérieur, je perçus le bruit caractéristique des pas d'Oskar dans l'escalier.

« Le téléphone n'a pas arrêté de sonner depuis la mort de Fridtjof. Il connaissait plus de gens que je n'aurais imaginer. » Tout en parlant, Konrad se leva et se dirigea vers le couloir. « Il sera enterré à Oslo dans dix jours, donc je peux rester ici jusque-là. Mais il y a beaucoup de choses à préparer.

— Et Katrine Prebensen ? Est-ce qu'elle reste ici aussi ? » Je gardais les yeux posés sur Konrad en posant les questions. Son regard ne vint pas croiser le mien.

« Elle rentre demain. Ou peut-être après-demain. Evert Karlsen voudrait s'entretenir avec elle avant son départ.

— D'accord, alors tu as quelques jours pour régler des choses. Tu en as sûrement besoin. »

Konrad, Dino et Oskar se croisèrent à la porte d'entrée. Oskar ne s'attendait pas à rencontrer Konrad, naturellement, mais une fois la surprise passée, les deux hommes eurent bien vite une conversation plus approfondie sur le trafic à Torp et les conditions d'établissement d'une entreprise dans les environs. Mon Dieu. Je dis hâtivement au revoir à Konrad, puis me réfugiai dans la cuisine pour vider mon sac à dos. Je sortis l'appareil photo, dont les photos seraient consultées le lendemain. Rangé dans le placard de la cuisine. Je sortis les lunettes d'opéra, qui avaient fort heureusement survécu sans une seule égratignure. Rangées dans le tiroir avec les couverts en argent hérités de tante Lena. Juste au moment où je ne trouvais plus aucun rangement futile sur le comptoir de la cuisine, Oskar pénétra dans la pièce.

« C'est sympa que Konrad soit passé. Était-il ici depuis longtemps ? » La voix d'Oskar semblait totalement enjouée. Comme à son habitude, je pourrais ajouter.

« Il est arrivé à peu près au moment où ta voiture est entrée dans la cour. » Je sentis une certaine curiosité dans la voix d'Oskar. Naturellement, après tout, cela faisait plusieurs années qu'il n'avait pas rencontré Konrad.

« Je l'ai croisé sur le chemin du retour de l'hôtel. J'avais fait une courte promenade jusqu'à chez Mona. » Je devais me rappeler de rendre visite à Mona le lendemain afin qu'elle puisse confirmer cette version pour moi en cas de nécessité. « Il avait probablement besoin de quelqu'un à qui parler. Quelqu'un qui connaissait Elvira et Peder. Il est gravement affecté par toute cette histoire.

— Et la femme de Prebensen ? Katrine, c'était bien ça son nom ? Est-ce qu'il ne peut pas parler avec elle ?

— Tu n'es pas au courant ? m'exclamai-je en dévisageant mon frère avec étonnement.

— Au courant de quoi ?

— Qu'il y a quelque chose entre eux ?

— Non, pas du tout. » Cette fois-ci, c'était Oskar qui me regardait avec des yeux pleins d'étonnement. « Non, je ne l'aurais jamais deviné. En parlant de quelque chose entre eux... Sais-tu qui vient de m'appeler ?

— Non, qui peut bien appeler les gens à minuit ?

— Tu ne devineras jamais, mais c'était Torstein. Torstein Krohn.

— Torstein... ? » Je crois que ma voix venait quelque peu de me trahir au passage.

« Il voulait discuter un peu. Surtout à propos de toi, en fait. » Oskar arbora un petit sourire narquois.

« À propos de moi ? » Je ressentis un frémissement, comme une petite crampe dans mon estomac. Contre mon gré, un sourire me venait aux lèvres. Oskar ne l'avait probablement pas remarqué.

« Il se demandait si tu étais mariée et des trucs comme ça.

— Qu'as-tu répondu, alors ?

— La vérité, ma chère sœur. Sans entrer dans les détails, bien sûr. Tu devras t'en occuper toi-même. » Oskar retira son pull, il se dirigeait vers la salle de bain. « Alors c'est vrai que Konrad et cette Madame Prebensen ont une relation ?

— Oui. Katrine l'a affirmé clairement plus tôt dans la journée. En plus, je les ai vus. » Je racontai à Oskar ce que j'avais vu dans les escaliers de l'hôtel. Oskar émit un léger sifflement.

« Eh bien, voyez-vous ça... » Il réfléchit un moment.

« Serait-elle une sorte de chercheuse d'or, ou bien ? Est-ce qu'elle s'en prend toujours à des avocats qui réussissent ?

— Je ne sais pas. En fait, je pense qu'elle aime vraiment Konrad.

— Hum... que de choses étranges. Eh bien, la police va certainement finir par trouver le tueur. »

Bien sûr, je ne racontai pas à Oskar ma petite péripétie en tant que détective avec ma mission de filature à proximité de l'hôtel. Il m'avait bien fait promettre de rester à l'écart. Plus tard, bien sûr, je confesserai tout cela, mais je voulais d'abord comprendre les choses. Il était certainement inutile de lui relater mes tâtonnements avec l'appareil photo d'espionnage, ni mes relations maladroites avec les lunettes d'opéra de notre tante. S'il y avait bien une chose que je voulais éviter, c'était que l'on se moque de mon embryon de nouvelle carrière tournée vers l'avenir.

Allongée dans mon lit, je m'imaginais ma nouvelle et glorieuse existence en tant que détective privée tout en me glissant davantage sous les couvertures. J'avoue que je fabulai quelque peu également sur Torstein Krohn. Je suis certaine de m'être endormie avec le sourire aux lèvres, parce que dans mon sommeil je me retrouvai lors d'une élégante cérémonie de remise de prix à l'hôtel Continental, où je jouais le personnage principal. Bien sûr, parmi les nombreux prix qui étaient décernés, il y avait aussi celui de « détective privé de l'année » dont j'étais clairement la gagnante. Dans l'assemblée se trouvaient à la fois d'étranges auteurs de polars avec une image à mettre en avant, des enquêteurs de police renfermés qui restaient en retrait et méfiants à mon égard, ainsi qu'une foule de détectives privés qui applaudissaient avec enthousiasme. Pas tant pour moi que pour leur propre profession. Le fait qu'il y ait un prix dans cette catégorie, ils trouvaient cela absolument fantastique. Sans conteste, j'étais la première lauréate de la catégorie, et j'étais absolument magnifique dans une robe en soie sur mesure avec des manches mi-longues et un corsage à lacet. Torstein était assis à mes côtés, en smoking et me regardait avec admiration. Vraiment. Une magnifique soirée.

Le lendemain matin, je fus réveillée par Oskar qui toquait à la porte. Il se tenait devant moi avec une tasse de café fumante et une assiette de gaufres encore chaudes sentant merveilleusement bon. Je frottai mes yeux encore chargés de sommeil et saisis avidement la tasse. Le café d'abord, les gaufres ensuite.

« Waouh, à quelle heure t'es-tu levé aujourd'hui ? J'ai dormi comme une pierre.

— Je me suis levé à neuf heures. Ce n'est pas tout le monde qui peut rester allongé toute la journée. »

Oskar s'installa au bout du lit de sorte que le café menaça d'éclabousser la couverture. Ce qui n'arriva pas, il trouva son chemin vers mon nez à la place. Je m'abstins de lui demander de rester assis sans bouger, après tout, il avait apporté du café et fait cuire des gaufres. Au lieu de cela, je m'essuyai discrètement sous le nez.

« Quelle heure est-il ? »

On devait être le matin, du moins à en juger par la façon dont la lumière frappait la végétation de l'autre côté de la fenêtre.

« Il est onze heures. J'ai déjà fait une promenade, vérifié les e-mails, plein de petites choses. » Oskar paraissait très satisfait de lui.

« Onze heures ? » Avais-je vraiment dormi aussi longtemps ? « Y a-t-il des e-mails ?

— Oui, des choses habituelles. On me confie la gestion de dix millions de dollars pour une veuve au Nigeria qui a perdu son mari dans un horrible accident de voiture. Depuis qu'elle est elle-même atteinte d'un cancer, elle a découvert que je suis le seul homme au monde en qui elle peut avoir confiance pour faire sortir des millions du pays. De toute évidence, elle a constaté que je suis un bon chrétien qui les gérera de la meilleure façon.

— Un bon chrétien ? Toi ? » Je faillis m'étouffer avec mon café en pouffant de rire.

« Yes, clama Oskar, se gaussant derrière sa tasse de café. Sinon, il y avait un message de maman et papa. Ou plutôt... de maman, en fait.

— Qu'est-ce qu'elle dit ?

— Elle te demande d'envoyer un e-mail pour lui donner des nouvelles d'Elvira et Peder. Et puis les louanges habituelles sur Felix et Kasper. Cela avait été TELLEMENT agréable de recevoir leur visite. Ils avaient bien cuisiné et avaient pris du bon temps, a-t-elle dit.

— Eh bien, je suppose que nous devons être heureux qu'elle ne leur ait rien offert d'autre que de la nourriture.

— Tu peux en dire beaucoup sur maman, mais cela, je ne pense pas qu'elle le ferait » déclara Oskar.

Je n'en étais pas si sûre, mais je n'avais pas l'énergie d'argumenter avec Oskar. Il était si petit quand ils nous avaient parqués chez tante Lena et il n'en avait pas vu autant que moi. Ces dernières années, ils étaient plus modérés qu'ils ne l'avaient été avant que tante Lena ne prenne la responsabilité de nous.

« Et puis elle nous a invités à venir faire un tour avant Noël, poursuivit Oskar. Sa troupe de théâtre amateur propose une nouvelle représentation le 15 décembre. Quel est le nom déjà...? 'La Dinde

spirituelle de la mort' ? Ou quelque chose du genre.
— Qui est le personnage principal, tu le sais ? Le même gars que l'an dernier ? »
Nous éclatâmes d'un rire synchrone. La production théâtrale de l'année dernière s'était terminée avec l'acteur principal quelque peu corpulent et possiblement avec un verre dans le nez, Knud, faisant un pas trop en arrière et se retrouvant sur le dos parmi les gens au premier rang. Cela était survenu après que nous eûmes subi un premier acte de femmes pieds nus se déhanchant dans une danse africaine, une passion amoureuse, des grincements de dents et des acteurs masculins ayant un peu trop confiance en leurs propres talents. Tout s'était déroulé dans une salle un peu trop chaude, un peu trop enfumée pour que l'esprit de Noël nous surprenne. On comptait très peu d'elfes et le chant traditionnel « Falalalala » dans les productions théâtrales amateurs de notre mère.

« Papa a créé la musique cette année » précisa Oskar avec un petit sourire amusé. Non pas parce que c'était si ridicule en soi, mais parce qu'il n'avait pas éloigné l'image de Knud de sa rétine, je suppose.

« D'accord... » Je ne savais pas vraiment quoi penser à ce sujet. « Elle a parlé de Noël sinon ? Vont-ils revenir ici, ou s'attendent-ils à ce que nous redescendions ?

— Non, pas du tout. Avec elle, ce sera comme d'habitude au dernier moment à l'improviste. »

Je ne pouvais pas rire de ses propos. Le manque de traditions de Noël dans notre enfance restait un point sensible pour nous deux. Nos parents étaient si fanatiquement préoccupés de ne pas respecter les traditions, de sorte qu'Oskar et moi étions devenus complètement l'opposé. Nous décorions la maison ensemble, cuisinions, confectionnions de la confiture, préparions des saucisses et passions un bon moment. Nous préparions du vin chaud, du lait de poule et avions mangé de nombreux repas de Noël avant que le dîner de Noël ne soit enfin là. Nous invitions ce que nous avions de famille et d'amis et organisions des fêtes harmonieuses. C'était en fait relativement plus sympathique lorsque nos parents ne se joignaient pas à nous, car leur manque d'enthousiasme pour les fêtes de fin d'année mettait généralement un frein à la célébration.

« As-tu quelque-chose de prévu aujourd'hui ? Ou allons-nous rendre visite à Elvira et Peder à l'hôpital, peut-être ? Passer voir quelques connaissances par la suite ? »

Ça alors, un aspect inhabituel d'Oskar. Il passait souvent les samedis dans sa « grotte ». Il conduisait le cas échéant jusqu'à Tønsberg, et y restait longtemps. Il n'était pas rare qu'il disparaisse du jour au lendemain. Je supposais que son absence était due à une femme, mais je n'avais jamais posé la question. Parfois, il était plus calme, d'autres fois, plus bavard, en rentrant à la maison qu'avant de partir. Ce qui se vérifiait à chaque fois, c'est qu'il semblait plus rêveur et distant, alors j'avais depuis longtemps établi ce rapprochement. Qui était cette femme, peut-être ces femmes, je n'en savais rien. Oskar allait m'en parler s'il en ressentait le besoin.

Je m'installai contre les oreillers tout en y réfléchissant. Non, je n'avais rien de spécial en prévision. Au-delà de nourrir Tom et d'appeler Line Akselsen. J'avais en fait de grands projets concernant cette dernière. Si elle et son mari avaient habité sur l'île, j'aurais suggéré que nous nous promenions par là-bas, mais ce n'était pas le cas. Je devais me contenter d'un coup de fil.

« Nous pouvons passer à l'hôpital, je dois juste prendre une douche. Tu partages les gaufres avec moi. S'il te plaît ? » Je vis qu'il hésitait. « Tu vas te coltiner une vieille et grosse sœur si tu n'en manges pas quelques-unes. »

Oskar s'apprêtait à protester, mais prit tout de même une gaufre.

« D'accord, juste une, alors. J'ai une liste de singles que je dois consulter avant midi. Si j'en veux certains, je dois le faire savoir dès que possible. Tu sais comment c'est... » Oui, merci bien, je savais ce que c'était. Il était incorrigiblement accro à sa collection et souffrait atrocement de manque s'il en était éloigné pendant longtemps.

« Vas-y, alors ! » Je le chassai gentiment du bout du lit. « Je viens te voir une fois douchée et préparée. »

Avant que je ne puisse terminer ma phrase, il était déjà en train de sortir de la chambre. Je grignotai quelques gaufres, m'étendis et m'étirai un peu dans mon lit, puis je vidai la large tasse à café. Puis, à contrecœur, je posai mes pieds sur le sol et me précipitai sous une douche bien chaude.

Alors que je me tenais sur le sol chaud de la salle de bain, enveloppée dans une serviette de bain et avec une autre serviette plus petite autour de la tête, évidemment, le téléphone sonna. La ligne fixe. Avec la vapeur, il faisait une chaleur de hammam dans la salle de bain, mais je savais que l'environnement n'était pas le même dans le couloir où se trouvait le téléphone. Mon cher frère était probablement plongé dans son petit univers de vinyles anciens bien amortis, tandis que je n'avais pas d'autre excuse que de venir de prendre une douche. Résignée, je clopinai pieds nus vers le téléphone et attrapai le combiné avec une certaine irritation. Des empreintes de pieds mouillés retraçaient mon trajet sur le sol.

« Oui, allo ? » Ma voix devait certainement sembler un peu plus acerbe que d'habitude, mais pas tellement, je crois.

« Olivia ? Bonjour, c'est Morten. Comment ça va ? »

Morten ? Il n'avait jamais l'habitude d'appeler le week-end. Dino et moi avions remarqué que sa voiture était rarement garée devant sa maison à ce moment-là. J'ignorais ses activités. Peut-être qu'il rendait visite à des amis ailleurs. Ou peut-être pas. Il est toujours délicat de poser des questions à ce sujet. Hélas. Morten avait droit à sa vie privée. Une chose qu'il était bon de garder par ici sur Ankerholmen.

« Nous allons bien compte-tenu des circonstances. Et toi ? À la maison ce week-end ?

— Oui, je me sens un peu déprimé, en fait. À cause de tout ce qu'il s'est passé ces derniers temps, je suppose. » Sa voix semblait s'estomper, je devais prêter un peu plus l'oreille. « Mais la vie continue, alors je suppose qu'il faut juste se ressaisir.

— En effet, tu as totalement raison. Mais que pouvons-nous vraiment faire ? J'espère seulement qu'ils trouveront la personne à l'origine de ces horreurs.

— Ça, tu peux le dire. Sais-tu comment vont Elvira et Peder ? Sont-ils sortis du coma ?

— Pas encore, il me semble. Oskar et moi allons passer à l'hôpital juste après. »

Morten resta silencieux un instant. Puis les mots sortirent rapidement :

« Ce pour quoi j'appelle en fait, c'est pour vous inviter à déjeuner. J'ai un ami non loin de Bergen qui m'a envoyé le hareng le plus incroyable du monde, et j'avais l'intention d'en venir à bout aujourd'hui. Je me suis alors assis ici tout seul, et tout à coup ce plat de hareng m'est apparu un peu énorme pour moi... Avez-vous envie de passer et venir déguster une petite collation ? »

Je répondis immédiatement oui. Premièrement, j'adorais les plats à base de hareng, deuxièmement, la perspective d'un déjeuner prêt à servir restait très séduisante précisément aujourd'hui.

« Quand veux-tu qu'on vienne ?

— Eh bien, d'ici deux heures ? Est-ce que cela vous convient ? »

Je calculais rapidement dans ma tête : arracher Oskar à son vendeur de single, appeler Line Akselsen, nourrir Tom, rendre visite à Elvira et Peder et courir à l'épicerie pour acheter du pain frais et des journaux... Oui, ça devrait aller. Je confirmai à Morten que cela convenait parfaitement, puis je m'habillai rapidement et me précipitai pieds nus jusqu'à Oskar.

Pour se rendre dans la partie de la maison dédiée à Oskar, il fallait passer par une porte près de l'entrée. Il disposait de sa propre salle de bain, de sa chambre et d'un petit salon. En outre, il possédait une autre pièce assez spacieuse pour son passe-temps, une pièce que Felix et Kasper avaient utilisée comme salle de jeux et de télévision pour eux-mêmes et leurs amis lorsqu'ils vivaient encore ici. Oskar avait installé une double isolation des murs et le résultat en était un refuge doux et confortable avec un son étouffé, aidé par les tapis épais dont le sol était recouvert. Là où les murs n'étaient pas recouverts de briques, ils étaient jonchés d'étagères remplies de disques singles. Rangée par rangée, colonne par colonne l'une au-dessus de l'autre, plusieurs dizaines de mètres au total. Pour lui, ces disques représentaient des trésors inestimables qu'il prenait et caressait dès qu'il en avait l'occasion.

Le pire, c'est qu'il savait où se trouvaient la plupart des singles, sans avoir aucun système d'archives ni quoi que ce soit du genre. C'était très ringard, mais ringard d'une manière charmante et sociable. Ce qu'il savait faire de mieux était de montrer sa collection et de jouer une sélection de disques aux autres. La platine noire Technics sur la table dans le coin avait bien tourné au fil des années, je pouvais le certifier.

Pour être totalement honnête, j'avais plus d'affinité pour l'autre hobby qu'il collectionnait, à savoir les guitares. Devant les étagères se tenaient des rangées de guitares électriques et quelques guitares acoustiques, toutes de couleurs différentes et en bois magnifique. J'aimais les couleurs, et j'aimais le jeu dans le bois. C'était autre chose que des couvertures d'album en plastique, à mon avis.

En bref, j'expliquai à Oskar quel était le plan de la journée. Je le connaissais si bien que je savais qu'il n'aurait rien contre le fait d'aller manger chez Morten. Au contraire, il s'entendait très bien avec lui, peut-être même mieux que moi. Il hocha la tête et sourit comme s'il comprenait ce que je disais, alors j'en conclus qu'il était d'accord. Je fis rapidement demi-tour et retournai dans ma chambre. Je devais passer un appel téléphonique qui allait nécessiter un peu plus d'intelligence que la visite du lieu le plus sacré d'Oskar…

« Line ? C'est toi ? C'est Olivia Henriksen à l'appareil. Tu te souviens de moi ? » J'aurais été surprise qu'elle ne se souvienne pas de moi, mais c'était une excellente façon d'entamer la conversation de toute évidence.

« Je suis tellement contente que tu m'appelles. Ça fait longtemps, trop longtemps. C'est étrange que ce soit toujours comme ça. » La voix de Line Akselsen semblait sincèrement heureuse, mais un peu plus stressée qu'à l'accoutumée.

« C'est bientôt le repas de Noël de l'entreprise, alors, peut-être que vous prévoyez d'y aller… ? » Je devais dire que je rencontrais rarement

Line là-bas, c'était plutôt les fêtes estivales auxquelles elle assistait.

« Je pensais y aller cette année, mais je dois voir comment ça se passe. Il y a tellement de travail en ce moment. Ces agressions. Quelques-unes des victimes sont mes clients. » Elle le mentionnait d'elle-même, génial. Cela m'évitait d'avoir à soulever le sujet et cela l'empêchait de penser que c'était la raison de mon appel.

« Oui, en fait, j'ai entendu ça. Je connais bien Elvira et Peder, et je connais aussi leur neveu, Konrad Frantzen. Je lui ai parlé hier et il a mentionné ton nom au passage. » Je m'empressai d'ajouter : « Oui, il a seulement mentionné que tu gères un testament pour Elvira et Peder.

— Des choses terribles, tout ça. Elvira et Peder sont des personnes absolument fantastiques. » Je pouvais percevoir qu'elle le pensait vraiment.

Je lui racontai que c'était moi qui les avais trouvés allongés dans leur cuisine. Qu'en outre, j'avais découvert Prebensen. Il ne me sembla pas qu'elle le savait déjà, et tout à coup, c'était comme si toute son inquiétude s'était canalisée dans ma direction. Je lui assurai que je l'avais pris comme une dame et lui expliquai ce que je savais de l'affaire. Son inquiétude se transforma rapidement en curiosité. Cela me convenait. Une notaire curieuse devait être une bonne chose, non ? Enfin, je ne pouvais pas me libérer de la question qui fermentait et bouillonnait à l'intérieur de moi depuis la veille :

« Désolée d'être si curieuse, mais qui est censé être l'héritier d'Elvira et Peder ? D'après ce que j'ai compris de Konrad et Evert Karlsen, il y a quelque chose qui cloche dans le testament ? Les choses sont un peu floues ? »

Le téléphone devint complètement silencieux. Cela ne s'était pas produit plus tôt dans la conversation, car Line aimait discuter. Elle aurait vraiment dû être avocate de la défense, je lui avais dit une fois.

« En réalité, tu viens de poser trois questions différentes là... » À la fin, je perçus quelque chose qui n'était strictement pas un mot, mais plutôt un son. « Hmm... » exprima-t-elle dans mon oreille droite. Cela n'apportait pas beaucoup d'eau à mon moulin.

Chapitre 18

Debout immobile dans la cuisine, j'attendais ce que Line Akselsen allait dire. Allongé dans son panier, Dino gardait un œil sur moi, comme s'il était également intéressé par ce qu'elle allait révéler. Peu probable, à vrai dire, puisqu'il n'avait jamais reniflé Line Akselsen. Bien vite, il referma ses jolis yeux bruns et soupira profondément. Il s'était décidé pour un petit roupillon, et il s'y tenait. Peu étonnant qu'il y parvienne sachant que ses seules préoccupations dans ce monde se résumaient à : quand sa gamelle allait-elle être remplie de nourriture et quand la prochaine promenade en forêt aurait-elle lieu.

« Qui va hériter... je ne peux pas te le dire. Pour être tout à fait honnête, je ne le sais pas encore moi-même. Le lieutenant Karlsen m'a appelée hier alors que je rendais visite à un client à Haugesund, et je ne suis revenue qu'il y a environ une heure. Ainsi, je ne suis même pas encore repassée au bureau. Elvira et Peder m'ont remis un nouveau testament il y a un mois, et toute cette procédure est vraiment non conventionnelle... Ils étaient très déterminés. » Encore une fois, elle hésita.

« Non conventionnelle ? Qu'est-ce que tu veux dire ?

— Eh bien, je peux te dire qu'ils avaient certains souhaits sur la façon dont le testament devait être conservé et traité. Ils ont insisté pour que je le mette directement dans le coffre-fort du bureau, sans même l'ouvrir pour m'assurer que tout était d'aplomb. Ils m'ont attesté la validité du testament à tous égards, qu'ils avaient obtenu des signatures de témoins et qu'ils n'outrepassaient aucune règle. Je devais juste leur faire confiance sur parole. Tu comprends, quand le client insiste... expliqua Line en esquissant un léger rire.

— Je ne les ai jamais connus comme des personnes aussi

insistantes...

— Non, moi non plus, mais ils pouvaient l'être. Je dois me rendre au bureau plus tard dans la journée pour le sortir du coffre-fort. Ils ont insisté pour que... poursuivit Line, encore prise d'un rire. Encore une fois, donc, ils ont insisté... que s'il leur arrivait quelque chose, le testament devrait être ouvert et lu dès que possible.

— Arrivait quelque chose ? Pensaient-ils seulement à un décès ou à quelque chose comme aujourd'hui ?

— Je l'interprète comme le fait que quelque chose s'est « passé » actuellement. Après tout, ils sont invalides, du moins jusqu'à nouvel ordre. Pourquoi tu ne m'appellerais pas ce soir ? Evert Karlsen aura alors probablement été informé. »

Je me décidai à lui en dire un peu plus sur mes projets actuels.

« J'ai commencé à mettre un peu le nez dans cette affaire moi-même... Juste comme ça pour ma compréhension. Il serait dommage et honteux que l'agression contre Elvira et Peder ne soit pas élucidée. Et le meurtre de Prebensen aussi, bien sûr. Je pense avoir trouvé quelques indices dont je te parlerai un peu plus tard. Ils doivent juste gagner un peu en précision d'abord. » Ces derniers propos constituaient une grossière exagération, mais je sentais que je devais apporter ma contribution en retour à Line.

« Sois prudente, Olivia. De telles choses peuvent s'avérer dangereuses. » La porte du repaire d'Oskar venait de s'ouvrir. Je m'empressai de rediriger la conversation sur des sujets de tous les jours et promis de la rappeler dans la soirée. Elle voulait des nouvelles sur la façon dont la santé d'Elvira et Peder évoluait. Oskar venait de passer derrière moi et d'entrer dans la cuisine. Je pouvais entendre qu'il se versait un verre d'eau.

« À qui parlais-tu ?

— Oh, juste à Line Akselsen. Je voulais lui demander si nous allions nous revoir bientôt. Nous avons également parlé un peu du testament d'Elvira et de Peder.

— J'espère que tu l'as saluée de ma part, alors. T'a-t-elle raconté quelque chose d'intéressant ? »

Je lui relatai brièvement ses propos tandis que nous prenions nos manteaux et descendions le chemin vers la voiture. Une colonie de mouettes paraissait suspendue au-dessus d'Ankerholmen le long du sentier qui descendait vers la mer. Elles flottaient dans le vent, tout en émettant des cris rauques. Il s'agissait d'une belle journée d'automne, le soleil dansait à travers les branches nues des chênes et se frayait ici et là un chemin jusqu'au sol. De l'autre côté de la clôture, la rosée recouvrait le tapis forestier. Les chênes semblaient à s'y méprendre sortis d'un film de Sherlock Holmes, avec des branches éparses et des troncs gris sur fond automnal.

Je me glissai sur le siège passager, bêtement contente de m'être souvenue d'emporter les filets à provisions écologiques qui se trouvaient dans le couloir. Et les morceaux de poulet pour Tom. En effet, l'importance des petites choses de la vie de tous les jours, vraiment...

En à peu près une demi-heure, nous étions parvenus à accomplir toutes nos petites tâches. Le petit chat Tom s'était rempli la panse de poulet grillé, nos caresses s'étaient accompagnées de ronronnements satisfaits, puis il avait finalement mis le cap vers le ponton de Peder. Là, il se prélassait au soleil matinal avec sa silhouette ronde, avant de se rouler sur les planches dévorées par le sel de la jetée. Le soleil rayonnait encore et la mer cristalline d'automne clapotait calmement vers la plage. Oskar laissa la porte du hangar à bateaux entrouverte avant de partir, et la dernière chose que nous vîmes fut le bout de la queue de Tom se glissant joyeusement dans l'entrebâillement de celle-ci. L'intérieur regorgeait à la fois de couvertures et de vieux filets de pêche qui s'avéraient merveilleux pour qu'un chat tigré s'y blottisse.

Nous passâmes un moment à l'hôpital, d'abord auprès d'Elvira, puis de Peder. Qui sait, peut-être qu'ils réalisaient qui leur rendait visite et ce qui se passait dans la pièce. Mieux valait ne pas faire de distinction entre eux, au cas où ils le remarqueraient une fois qu'ils auraient repris leurs pleines facultés. Il n'y avait pas de changement, mais tout semblait aller bien. Peder était libéré du bandage de tête et la couleur de peau d'Elvira s'était bien rétablie. Oskar et moi nous sentîmes plutôt soulagés en ressortant de là. L'hôpital était par ailleurs étrangement vide, et aucun signe du Docteur Rashid. Vraiment dommage.

Peu après, nous étions assis dans la cuisine de Morten avec chacun notre bière bien fraîche dans de grands verres embués. La voiture était garée à l'extérieur et allait clairement devoir y rester jusqu'au lendemain. Morten avait dressé une table impressionnante, avec quatre ou cinq variétés de hareng, des œufs brouillés et à la coque, plusieurs types de sauces et du pain fait maison. C'était tout simplement appétissant et divin. Je sentais me monter l'eau à la bouche, mais cela aurait tout aussi bien pu être la bière. Nous discutâmes un peu des événements de l'île en attendant d'attaquer. Tout était tellement surprenant, je pouvais parier que ce sujet de conversation précis devait s'être retrouvé sur de nombreuses tables d'Ankerholmen ce week-end. Mon estomac criait famine, je n'avais rien mangé d'autre que les gaufres d'Oskar pour le petit-déjeuner. Je ne sais pas si Morten avait entendu mon estomac essayer d'annoncer son besoin de nourriture, mais pour le moins, il s'écria « servez-vous » presque au même instant. Je suivis l'invitation, affamée.

« Oh, vous savez ce que je me dis qu'on devrait prendre ? s'écria Morten en se dirigeant vers le réfrigérateur. Que diriez-vous d'un petit remontant ? Mon bienheureux grand-père danois aurait perçu cela comme un grand péché de l'oublier. »

Pourquoi pas ? Nul doute que nous en avions besoin. Morten revint à la table avec une bouteille au contenu clair et du givre à l'extérieur. Il sortit trois verres à liqueur de l'un des placards. À vrai dire, je ne buvais de l'eau-de-vie que quelques fois par an, et la raison était que je n'appréciais pas cela spécialement. Je la buvais pour le hareng, sinon je la buvais au réveillon de Noël et le jour de Noël, c'était tout. J'aurais vraiment dû dire non, mais pour être honnête, il n'était pas trop difficile de me convaincre.

« Voilà, vous allez voir... À la vôtre ! » Il leva son verre à liqueur vers nous tout en esquissant une tentative de sourire. « Buvons à la santé et au prompt rétablissement d'Elvira et de Peder. »

Morten semblait plutôt déprimé, mais en même temps excité. Je répondis au toast tout en me dépêchant de prendre une gorgée de bière pour me débarrasser du goût désagréable de la liqueur. Je frissonnai en sentant le liquide vivifiant glisser le long de mon œsophage et plus loin dans mon système digestif. J'espérais que cela apportait du bon là-dedans, mais ce n'était certainement pas ce que je ressentais.

Néanmoins, le hareng se portait bien à l'intérieur, j'en étais pleinement et fermement convaincue. Au fur et à mesure que la nourriture disparaissait de nos assiettes, la conversation recommença à tourner autour du meurtre et des agressions. J'informai Morten du mieux que je le pouvais, apparemment c'était devenu mon rôle dans la communauté ces jours-ci. Je lui racontai ce qu'Evert avait affirmé que je pouvais dire sur le rapport d'autopsie et la cause du décès, mais encore une fois je ne rapportai pas l'intégralité. Entre autres choses, je ne racontai pas à Morten que le poison utilisé était de la ciguë. J'omis également quelques autres détails, comme le fait que quelqu'un avait pendu Fridtjof Prebensen pendant qu'il se défendait. Certains détails semblaient un peu trop macabres pour être répétés.

« Sais-tu qui hérite ? demanda Morten entre un morceau de hareng et une gorgée d'eau-de-vie.

— Prebensen ? Non, je n'en ai aucune idée.

— Et concernant Elvira et Peder ? Qui hériterait si le pire devait arriver ? »

Devais-je lui parler de Line Akselsen et de la confusion entourant la question de l'héritage ? Il ne devait pas y avoir de mal à cela.

« J'ai appelé leur notaire, en fait. Il s'avère que je la connais. Oskar travaille avec son mari à l'aéroport, donc nous nous sommes rencontrées.

— Et elle ne savait pas qui était l'héritier ? » Morten étala une épaisse couche de beurre fermier sur le pain fait maison. Exclusivement des productions locales.

« Non... Je dois l'appeler ce soir. Je n'en saurai probablement rien, la confidentialité et ainsi de suite, tu sais, mais je veux l'entendre tout de même. »

J'étais repue, la bière me provoqua un petit rot, tant d'alcool fort que de hareng mélangés, mais je réussis à faire descendre mon tout dernier morceau de hareng.

« Cette agression m'interpelle sur le genre de voisins que je pourrais avoir, déclara Morten. Seraient-ils prêts à vendre ? Respecteraient-ils l'obligation de résidence et y vivraient-ils ? J'espère que nous n'aurons plus d'opposants à l'obligation de résidence par ici. Les Ragnarsen et autres nouveaux venus, j'en ai plus qu'assez. Il est agréable de voir un peu de vie dans les maisons en hiver. »

Bientôt, nous eûmes un échange de points de vue sur les avantages et les inconvénients de l'obligation de résidence, un sujet qui préoccupait Morten bien plus qu'il ne préoccupait Oskar et moi. Il ressemblait presque à un fanatique religieux défendant le maintien de l'obligation de résidence. Oskar m'avait raconté que Morten pouvait rester toute la nuit à écrire des tracts et des courriers à l'appui de son cas. Cependant, j'étais d'accord avec lui sur une chose, il était agréable de voir de la vie dans les maisons en hiver.

Quelques heures plus tard, nous nous trouvions tous trois sur la route devant la maison de Morten. Je promis de l'informer de qui aurait hérité d'Elvira et de Peder, dans la mesure où Line me le dirait. Nous étions tous désireux de savoir qui était derrière cette agression et Morten s'avérait un homme qui pouvait garder un secret. Peut-être que c'était tout aussi bien si ça sortait, d'ailleurs. S'il y avait bien une chose qui se répandait rapidement sur Ankerholmen, en plus de la grippe à l'automne, c'étaient les rumeurs.

Après avoir dit au revoir à Morten, Oskar s'empara du sac de pain et des journaux qui se trouvaient à l'intérieur de la voiture, car bien sûr, nous allions devoir rentrer à pied.

« Tu sais quoi ? Je n'ai pas envie de rentrer directement à la maison. Et si nous nous arrêtions à l'hôtel du Port pour y prendre un café ? Cela nous réveillerait un peu aussi. Après toute cette nourriture et cette liqueur, j'ai envie d'air frais et d'encore un peu de café. » Oskar me lançait un regard suppliant, comme s'il pensait que j'allais dire non.

Pourquoi se comportait-il ainsi à présent ? Je disais rarement non à une bonne suggestion. Celle-ci appartenait définitivement à cette catégorie. En même temps, cela commençait à cogiter dans tous les sens dans ma tête. Il fallait que je harponne Mona avant qu'Oskar ne commence à lui parler. Malgré tout, j'avais dit à mon frère que j'étais allée à l'hôtel la veille. Je m'en voulais de mentir à Oskar, mais il allait connaître la vérité tôt ou tard, me dis-je. La police et moi devions d'abord résoudre ces affaires.

Bras dessus bras dessous, nous traversâmes la route.

« Bien sûr que nous allons à l'hôtel. Je pense que nous avons besoin d'un café serré, et peut-être que nous pourrons nous approcher un peu de la table à gâteaux de Mona avant de rentrer. Si nous avons de la chance, tu pourras également faire l'expérience de Katrine Prebensen par toi-même. » Je gloussai à cette idée.

Sur le parking à l'extérieur de l'hôtel était garé le Land Rover rouge et blanc de Keith Bradley. Cependant, aucun propriétaire n'était en vue près du véhicule. Pas même à l'intérieur de l'hôtel lorsque nous entrâmes dans le restaurant. La raison pour laquelle j'en étais si sûre, c'est que j'avais exploré tous les coins et recoins à la recherche de quelqu'un qui pourrait lui ressembler. En y repensant, je ne savais même plus ce que je devais lui dire. J'avais été très agacée et prête à lui faire la leçon, mais ma colère s'était estompée. Y avait-il de quoi s'énerver, vraiment ? L'homme avait probablement été à la fois malchanceux et négligent. Certes, il pourrait certainement avoir le pied un peu moins lourd sur l'accélérateur, mais chacun a le droit à l'erreur de temps en temps. Peut-être pensait-il que la faible population de l'île rendait la probabilité de croiser quelqu'un extrêmement faible.

Dans tous les cas, je souhaitais discuter avec lui, au moins pour me rendre compte de quel genre d'homme il était. Que faisait-il exactement ici sur Ankerholmen ? Pourquoi ces sorties nocturnes dans ces recoins et pourquoi ces cannes à pêche ?

Le feu était allumé dans la cheminée et il régnait une atmosphère chaleureuse. Mona ne se tenait pas à la réception lors de notre arrivée, mais nous connaissions bien la maison et nous trouvâmes une table par nous-mêmes. On comptait peu d'invités, juste quelques hommes qui semblaient être des hommes d'affaires et qui étaient assis penchés sur leurs ordinateurs portables à des tables séparées. Je leur adressai un sourire, juste au cas où, mais j'aurais pu me l'épargner. Aucun d'entre eux ne leva les yeux quand nous pénétrâmes dans la pièce.

Je me plaçai de manière à jouir d'une vue sur la réception. Mona n'était jamais loin. Il n'y avait aucune trace de Konrad, ni de Katrine Prebensen. Pourtant, j'étais presque prête à jurer que son parfum s'attardait encore dans l'air ici. Il était possible qu'elle soit déjà retournée à Oslo. Konrad n'avait-il pas mentionné quelque chose à propos d'un possible train dans l'après-midi ?

« Qu'est-ce que tu prends ? Café et gâteau au chocolat ? Ou autre chose ? » Oskar venait de briser ma posture de flicage.

« Bien sûr que je vais me laisser tenter par le gâteau au chocolat. Qu'est-ce que tu croyais ? Ta sœur s'attaque toujours à l'étage le plus haut.

— Eh bien... » Oskar me dévisageait quelque peu sceptique. On aurait dit qu'il avait des mots sur le bout de la langue, mais qu'il les retenait. Je pouvais voir que cela lui pesait. Je m'en amusais.

« Si Mona n'a pas sorti le ravissant gâteau au massepain, alors... » Ce que la vie pouvait être remplie de choix ardus.

« Que dirais-tu d'un peu de changement, chère sœur ? De nouvelles lignes audacieuses dans ta vie ? »

Il me sembla qu'Oskar parlait toujours de gâteaux, du moins il me taquinait. Je le poussai avec mon genou en lui vantant les bienfaits du gâteau au chocolat. Au même instant, je vis Mona se pointer derrière la réception. Avant qu'Oskar ne puisse poursuivre sa taquinerie, j'avais quitté ma chaise et m'éloignais de la table.

« Je commande pour nous. Tu pars pour le chocolat ? » Du coin de l'œil, je le vis hocher la tête tout en attrapant le journal dans le sac à provisions. Il envisageait probablement une longue conversation entre Mona et moi. Un gars intelligent.

Je traversai rapidement le sol recouvert de tapis. Mona arbora un large sourire lorsque son regard se posa sur moi. Ce jour-là, elle portait un chemisier bleu roi qui allait parfaitement avec ses yeux. Elle avait resserré sa taille dans une large ceinture noire. On aurait dit qu'elle avait des difficultés à respirer, mais c'était certainement parce qu'elle s'était levée précipitamment.

« Je ne t'ai pas vue entrer. J'étais à l'étage.

— Beaucoup de chambres à nettoyer, ou bien ?

— Non pas vraiment. Seulement celle de Katrine Prebensen. Elle est restée au poste de police presque toute la journée, et elle était censée faire ses valises et repartir. Mais elle a changé d'avis. Elle reste encore quelques jours. À présent, je pense qu'elle et Konrad sont en ville pour dîner. Dommage qu'ils n'aient pas choisi de manger ici, car hélas, il ne se passe pas grand-chose avec les clients ici ce week-end. »

L'automne restait une période calme pour Mona, si elle n'arrivait pas à mettre la main sur quelques conférences. En outre, celles-ci se faisaient visiblement de plus en plus rares, parce que de nombreuses entreprises devenaient frileuses sur les dépenses. D'ailleurs, beaucoup d'entre elles préféraient rester en centre-ville et l'hôtel sur Ankerholmen devenait tout simplement trop éloigné. Un trajet de vingt minutes était de toute évidence insurmontable pour des trentenaires fonceurs d'humeur festive. Regrettable, car Mona dépendait d'un certain taux de remplissage pour faire tourner l'hôtel.

Elle se pencha vers moi avec un regard chargé de mystère.

« Peut-être qu'ils avaient besoin d'un peu d'air. Une affreuse dispute a éclaté entre eux en haut dans la chambre de Konrad un peu plus tôt. Je les entendais depuis ici en bas ! Certes, du moins leurs voix, je ne pouvais pas discerner ce qu'ils disaient... déclara-t-elle, avant de plaquer sa main devant sa bouche. Non, pas que j'écoutais, voyons ! Tu me connais. »

Dieu sait combien c'était le cas.

« Konrad et Katrine ne partagent pas la même chambre ? » Toujours bon de se le faire confirmer, pensai-je, en tant que bonne détective.

« Non, tu peux imaginer, ricana Mona. J'ai vu dès le lendemain de leur arrivée qu'il y avait des étincelles dans l'air entre ces deux-là, c'est dire. D'ailleurs, c'est relativement sonore ici le soir, surtout après la fermeture du bar. Leurs chambres donnent juste au-dessus. Il y a des limites à ce que je veux savoir. Même moi ! » Elle pointa son doigt directement vers le plafond au-dessus de la réception tout en esquissant une grimace. « Ils voulaient peut-être cacher à la police qu'il y avait quelque chose entre eux. Il semble un peu suspect que la femme d'un avocat assassiné descende ici avec le jeune collègue de son mari.

— C'est une vision un peu trop rudimentaire, je pense. Toi et moi, qui avons déjà bien roulé notre petite bosse, savons que c'est souvent plus compliqué que ça n'y paraît.

— Parle pour toi. » Nous partîmes d'un même éclat de rire. « Elle pourrait simplement divorcer et épouser Konrad. Dans quelques années, il gagnera probablement autant que Prebensen. Si c'est l'argent qu'elle recherche.

— Oui, si Konrad veut se marier, donc ? As-tu réfléchi à cette idée ? Elle est bien plus âgée que lui, non ? » Mona s'extirpa de la réception et se pencha dans l'encadrement de la porte, lequel avait dû recevoir au moins dix couches de peinture au fil des ans. « Peut-être qu'il cherchait juste un peu... de plaisir ?

— Peut-être, mais Konrad semble si honnête et gentil, il est plutôt difficile de l'imaginer dans ce rôle.

— Ce sont les eaux les plus calmes et apparemment les plus paisibles qu'il faut surveiller. Elles peuvent se transformer pour un rien et montrer des côtés auparavant insoupçonnés. Je ne dis pas que c'est toujours le cas, mais ça peut l'être.

— Et Katrine Prebensen peut être si désespérée qu'elle s'en accommode ? interrogeai-je Mona, les yeux rivés sur elle.

— Par exemple. » Elle partit d'un léger rire avant de poursuivre : « Nous nous sommes toutes retrouvées là à un moment donné. Tu n'es pas d'accord ? »

Je laissai la question planer dans l'air. Mona connaissait la majeure partie de ma vie passée. Au même instant d'ailleurs, un courant d'air se fit ressentir, provenant de la porte d'entrée.

« Bonjour et bienvenue. Que puis-je faire pour vous ? » Rien qu'au sourire de Mona, je savais que c'était un homme qui venait de franchir la porte. Je me retournai lentement pour suivre le regard de Mona.

« Bonjour... Mon nom est Torstein Krohn. Je voulais juste... » Quand il m'aperçut, son visage prit une couleur étrange. « Oh bonjour...

— Torstein... ? Que fais-tu ici ? » Une question stupide de ma part avec une voix carrément méconnaissable, me dis-je. Mona me jetait un regard scrutateur.

« Eh bien, je roulais par hasard sur de vieux chemins de ma jeunesse, et puis... » Le Torstein Krohn, habituellement si sûr de lui, paraissait distrait sur le moment. L'espace d'un instant, il ne semblait pas savoir que faire de ses mains. Par chance, il portait une épaisse veste d'automne vert bouteille sur lui, munie de grandes poches. C'est là qu'elles échouèrent.

« Quelle bonne surprise ! Tu ne travailles pas, alors ?

— Non, non... je suis de repos ce soir. Enfin... en partie. Je suis d'astreinte téléphonique. »

Pour une raison inconnue, Torstein ne me regardait pas dans les yeux.

« Je ne pense pas que Konrad et Katrine soient ici actuellement ? » Je lançai un regard à Mona, qui secoua sa tête en signe de confirmation. En parallèle, elle me jeta un regard débordant de curiosité.

Torstein esquissait un sourire en coin à mon attention, charmant et légèrement... timide ?

« En réalité, j'espérais te rencontrer, Olivia.

— Ah oui, y a-t-il quelque chose de nouveau dans l'affaire ?

— L'affaire ? Oui, l'affaire. Je... Je pensais que nous pourrions prendre un café ou quelque chose comme ça. » Son regard se leva finalement et il me regarda dans les yeux. Le temps se figea à l'hôtel du Port l'espace d'un instant. Plus qu'il ne le faisait habituellement à l'intérieur de ces vieux murs.

Torstein Krohn voulait prendre un café ? Avec moi ? Je sentais la chaleur monter vers mes joues juste à la pensée de m'asseoir à côté de lui à une table basse. Une petite table, une où nos genoux se toucheraient et où nos mains se heurteraient accidentellement en voulant prendre le pot à lait...

« Oui, volontiers. Je suis intéressée par cette affaire, comme tu le sais. »

Pourquoi diable avais-je dit cela ? Dans certaines situations, il est préférable d'en dire le moins possible. Pas ma plus grande force.

« En fait, je ne peux pas tout te dire, poursuivit Torstein, avec un air presque un peu désemparé. Mais si tu as du temps...? » Il fit un geste impérieux de la main en direction de la véranda de Mona.

« Oui, bien entendu. Oskar est là aussi, d'ailleurs.

— D'accord... c'est super » répliqua Torstein.

Je pouvais mettre ma main au feu que ces derniers mots avaient été prononcés sur un ton plus fade.

Eh bien, les choses ne se passent pas toujours comme prévu, car au même moment son téléphone portable retentit dans le silence de la réception. Il se dépêcha de répondre. Il n'était pas nécessaire de s'appeler Arsène Lupin pour comprendre que c'était le lieutenant Evert au bout du fil.

« D'accord. Oui, c'est clair. J'y serai dans 15 minutes. » La sécurité dans la voix de Torstein était de retour. Il rangea le téléphone dans sa poche, puis m'adressa un sourire navré.

« Je suis désolé... mais nous allons devoir reporter. Evert a besoin de moi au poste.

— Oh, quel dommage. » La déception ne me frappa qu'après-coup. Quelle déception. Vraiment énorme.

« Nous nous reparlerons bientôt. » Aussi vite qu'il n'était entré, il fut de nouveau hors de la réception.

Mona attendait à côté de moi, mais bien sûr elle ne put se retenir bien longtemps.

« Et qui était-ce donc ?

— Torstein Krohn. C'est un policier.

— Eh bien, peut-être que je n'ai pas inventé la navette spatiale, mais ça je l'avais compris. Un peu plus de détails ? » Mona levait les yeux au ciel.

Je lui racontai la version courte de mon histoire avec Torstein ; et elle était en effet courte pour commencer, donc elle ne prit pas bien longtemps ; mais je savais que c'était ce que je n'avais pas dit qui l'intéressait vraiment.

« C'est agréable de voir que tu t'es enfin réveillée. Il est vraiment temps ! »

À l'autre bout du restaurant, quelqu'un sembla prit d'une quinte de toux. Une quinte artificielle et feinte pour l'occasion. Oskar avait terminé sa lecture du journal et paraissait s'impatienter là où il était assis. Il attendait le café et les gâteaux.

« C'est sympa que tu sois venue avec Oskar. Il mérite de prendre un peu l'air de temps en temps. » Elle se pencha en avant et regarda dans la pièce. « Peut-être s'envoyer en l'air un peu plus souvent aussi... » Ces derniers mots laissaient transparaître une certaine conviction.

« Je dois te demander un service. J'ai dit à Oskar que j'étais venue là hier et que nous avions discuté, mais je ne l'étais pas. S'il l'évoque, peux-tu dire que j'étais bien là ? Je n'ai rien fait que tu n'aurais toi-même pu faire, je te rassure. » Au même instant où les paroles sortirent, je me rendis compte que cette affirmation-là sonnait complètement, totalement, fausse.

« Oui, c'est vraiment rassurant. » Le rire de Mona résonna entre les murs de la réception. « Mais en réalité je n'aurais jamais imaginé que tu gardes des secrets vis-à-vis d'Oskar ?

— Non, pas du tout. Je travaille sur un... projet, tu vois. Ça le rend si inquiet.

— Ne t'inquiète pas. Je ne dirai pas un mot. » Elle redressa son chemisier, ce qui était d'ailleurs complètement inutile. « Le projet n'a rien à voir avec ce Torstein, n'est-ce pas ?

— Non du tout... » je pense que c'était sorti un peu trop vite, parce qu'en fait j'imaginais Torstein précisément dans ma réponse.

Elle n'essaya pas de creuser plus loin, mais au lieu de cela, elle me sembla un peu tremblante.

« J'ai un petit secret à te révéler aussi, en fait... Puisque c'est ce que nous partageons actuellement.
— Qu'est-ce qu'il y a ? »
Les secrets de Mona étaient souvent à la fois surprenants et drôles.
« Je dois aller à un rendez-vous... et tu connais l'homme avec qui je vais à ce rendez-vous. » Les joues de Mona se tintaient quelque peu de rouge.
« Qui ça ? » Je fouillais mon cerveau à la recherche de candidats potentiels. Pour ainsi dire, Mona fréquentait la plupart des gens que je connaissais. De la gent masculine, il faut préciser, elle était très prudente à ce sujet.
« Oui, peut-être que tu ne le connais pas, mais tu as entendu parler de lui. Je te l'avais décrit. »
Un nom commençait à me traverser l'esprit, mais j'espérais avoir tort.
« Il ne loge pas à l'hôtel, n'est-ce pas ?
— Oh, si.
— Cet Anglais ? Keith Bradley ? » Je ressentis une légère anxiété dans l'estomac. Mona avait le regard rêveur.
« Attends juste de le voir.
— Comment s'est arrivé ? » Il valait mieux rester prudente.
« Il traîne continuellement dans les parages. Nous travaillons tous deux à des heures indues. Tard dans la soirée, alors que je range la caisse et ferme la réception, il vient souvent et s'arrête pour discuter. » Mona rougit jusqu'aux oreilles. « Et puis hier, il m'a demandé si je voulais sortir dîner.
— As-tu davantage d'informations sur ses activités ? » Un léger scepticisme de bon aloi ne fait jamais de mal. « D'après ce que j'ai entendu, il conduit ici sur Ankerholmen à toute heure de la journée.
— J'en saurai probablement plus pendant le dîner. Je n'ai pas eu l'occasion de poser beaucoup de questions, en réalité.
— Sois tout de même prudente.
— Prudente ? Qu'est-ce que tu veux dire ?
— Non, mais avec toutes ces agressions et le meurtre de

Prebensen. On ne sait jamais sur quel genre de personne on tombe... » Je n'étais pas tout à fait tranquille pour Mona. Pas du tout tranquille.

« Keith ? s'exclama-t-elle en reniflant avec dédain. Ne t'en fais pas. Il est l'homme le plus doux et le plus gentil du monde. Attends juste de le rencontrer.

— Quoi qu'il en soit, ça ne fait jamais de mal d'être trop prudente. Morten l'a rencontré dans la forêt et j'ai entendu dire qu'il a été aperçu sur la plage de Steinkloss où il semblait chercher quelque chose. Oskar lui a parlé aussi, il cherchait les marmites de géant tard ici un soir.

— Eh bien... tout le monde ne fait pas confiance à Morten non plus. Pas après ce qui est arrivé à sa mère.

— Ce ne sont que des rumeurs stupides, Mona. Sérieusement.

— Très bien. Il en faut un peu pour aller jusqu'à tuer sa mère, je suis d'accord, répliqua-t-elle en haussant les épaules. Même si elle était une vraie peau de vache. »

Je décidai de changer de sujet.

« Keith est-il ici ? Parce que c'est bien sa voiture que j'ai vue dehors ? J'arriverais mieux à dormir si je le rencontrais au moins une fois.

— Non, répondit Mona, hésitante. Je pense qu'il est sorti. Je n'ai pas échangé beaucoup de mots avec lui aujourd'hui.

— Tu me raconteras comment ça s'est passé, alors.

— Ça, tu peux en être sûre. » Mona avait l'air si heureuse en cet instant. « Mais je suis toujours sur mes gardes, tu le sais. »

Aucun doute, Mona s'avérait une femme dotée d'une longue expérience de la jungle ici-bas. Je ne pus m'empêcher de l'étreindre bien fort avant que nous nous dirigions ensemble vers Oskar. Je ne souhaitais rien d'autre au monde que le bonheur de Mona. Comme c'était le cas en ce moment, elle s'entichait d'un peu trop d'hommes à la fois, un peu trop souvent. Je pense qu'elle devait trouver cela épuisant.

« Ton frère n'est pas mal non plus en fait. Je le garde en réserve comme second choix.

— À ta guise, s'il n'en tient qu'à moi, n'hésite-pas à le provoquer un peu. »

Mona adressa à Oskar un de ses sourires charmeurs, et bientôt il fut heureux comme un pinson au beau milieu du printemps. L'un des deux hommes d'affaires dévia un regard envieux de son ordinateur portable lorsqu'il vit notre gâteau au chocolat arriver sur la table. Mona le remarqua et se dirigea hésitante vers sa table. Bientôt, il arbora le même sourire béat qu'Oskar, un bienheureux coq en pâte. Je laissai échapper un léger soupir, puis tirai sur mon pull en tricot rouge avant de me pencher en arrière contre le molleton en haut du dossier de mon siège.

Oskar et moi restâmes assis un bon moment avec le café et les gâteaux avant de dire au revoir à Mona, puis de repartir vers la maison. Je levai le pouce en l'air à son attention en disparaissant par la porte. Elle rigola en retour. À l'extérieur de l'hôtel, un vieux Land Rover était toujours garé, avec une roue de secours à l'arrière et un coffre de toit robuste. C'était clairement la même voiture qui avait failli me renverser et la même que celle que j'avais vue dans les bois en suivant Konrad. Les cannes à pêche étaient encore fixées au toit et les côtés de la voiture étaient maculés de boue. Des traces allongées, générées à grande vitesse. Et toujours aucune trace de Keith Bradley.

Les effets de l'eau-de-vie s'étaient dissipés, mais je me sentais toujours somnolente et un peu étourdie. J'aspirais à une soirée tranquille, blottie dans le canapé et avec un bon film à la télévision. Je tricotais en regardant la télé, ce qui m'empêchait de m'endormir. Mais avant de m'installer confortablement en position, je devais passer un coup de fil. Je l'avais promis, et je comptais bien m'y tenir.

Cela avait été une journée étrange jusqu'à présent, et elle allait continuer d'être d'autant plus étrange. J'avais ressenti un mauvais pressentiment, depuis longtemps en fait, mais ce pressentiment se renforça à l'extrême lorsque je m'assis le téléphone à la main pour appeler Line Akselsen.

Chapitre 19

Quelques minutes s'écoulèrent avant que les nouvelles apportées par Line Akselsen ne s'imprègnent réellement dans mon cerveau. C'était Konrad qui héritait, m'informa-t-elle. Ce n'était là, à proprement parler, aucune surprise, mais c'était ce qui s'était produit avant que Konrad ne devienne le seul bénéficiaire qui me surprenait.

« Oui, tu vois, Elvira et Peder ont modifié leur testament deux fois au cours des derniers mois. Konrad était resté nommé comme unique héritier pendant plusieurs années, jusqu'à ce qu'il ne ressurgisse comme avocat de ce Prebensen pendant le conflit sur l'obligation de résidence. Pour le moins, cela correspond au calendrier des évènements. » Line restait hésitante. « En principe, je ne devrais pas te dire tout cela, mais Elvira et Peder ont en réalité précisé par écrit que tu pouvais être informée. Ils te considèrent comme leur propre famille, mais je compte sur toi pour ne pas diffuser ces informations. »

Un peu troublée, je lui assurai. Je n'arrivais pas à croire qu'ils me considèrent comme leur famille.

« Ils sont donc venus me voir en juin avec un nouveau testament, que je n'ai, comme celui-ci, pas pu lire jusqu'à aujourd'hui. La police m'a demandé d'examiner tous les documents que je possédais concernant Elvira et Peder. Il n'y avait rien d'inadéquat non plus avec le testament précédent, tout était dans les règles, comme on dit, mais ça m'a quand même beaucoup surpris... » J'entendais Line feuilleter des papiers. Possiblement, le papier de machine à écrire de Peder. Il était le seul homme de ma connaissance à écrire avec la méthode à un doigt sur une machine à écrire électrique démodée depuis longtemps.

« Comment ça ? Avaient-ils effacé Konrad ? » C'était en fait supposé être une blague. La probabilité qu'Elvira et Peder aient exclu Konrad restait minime. Querelle d'obligation de résidence ou non.

« Oui, je trouvais aussi cela un peu incroyable, et je leur ai demandé si c'était vraiment là leur souhait, mais ils ont insisté. Certes, Konrad restait bénéficiaire de quelques morceaux d'héritage et d'une modeste somme, mais tout de même…

— Mais qui était censé hériter d'eux, alors ? Le refuge pour animaux ? Amnesty ? Une association humaniste ? » La stupéfaction m'amenait à tenter de lister les noms les plus probables.

« Non, c'est ce que l'on pourrait penser, n'est-ce pas ? Il s'agit des causes qui leur tiennent le plus à cœur. Eh bien non, il s'agit d'une personne complètement différente, dit-elle en s'appesantissant sur les mots. Mais je ne peux pas te révéler qui c'est, pas même à toi. La police doit d'abord obtenir les documents.

— Est-ce que je connais cette… personne ? » Ma bouche s'asséchait à cause de la nervosité.

« Je ne peux pas le dire, je suis désolée.

— Elvira et Peder ont-ils expliqué pourquoi ils avaient fait cela ?

— J'ai eu l'impression qu'ils ne faisaient plus confiance à Konrad après qu'il eut commencé à travailler pour Prebensen. Ils pensaient qu'il œuvrait à abolir l'obligation de résidence et prévoyait de profiter de leur propriété. Il avait déménagé à Oslo et aucun d'entre eux ne pensait qu'il ne s'installerait jamais ici à nouveau. C'était quelque chose comme ça, d'après ce dont je me souviens.

— Et concernant l'autre héritier… savait-il qu'il allait hériter de tout ce qu'ils possédaient ?

— Ça, je n'en sais rien. » Encore une fois, cette hésitation.

« Non, en fait… pour le moins, ils ne m'en ont jamais rien dit. » Je trouvais cela étrange, très étrange.

« Mais il s'agit à présent du troisième et plus récent testament. Pour ainsi dire, presque tout appartiendra à Konrad un jour, poursuivit Line, souriant à l'autre bout du fil. Toi aussi tu es mentionnée.

— Moi ? De quelle manière ?

— Voyons voir… Elvira t'a légué les vieux chandeliers antiques en argent, les récipients en céramique de la cuisine et l'édition originale du livre de cuisine de Schønberg Erken. Il est précisé ici que tu sais où les objets se trouvent. Par ailleurs, et c'est là qu'il faut t'accrocher... » Il paraissait évident que Line prenait un malin plaisir à m'annoncer cela. « 100 000 couronnes pour un legs au refuge pour animaux, que tu devras administrer. Je vérifierai les conditions pour toi lorsqu'elles s'appliqueront, mais il existe des exigences particulières en matière de legs. Qu'est-ce que tu en dis ? Prête pour la gestion du legs un beau jour ? »

Bon sang ! À la rigueur, j'aurais pu m'attendre au livre de cuisine ou encore aux chandeliers ou aux bocaux, mais pour rien au monde à ces trois choses. Quand, de plus, je devrais gérer un legs représentant certaines des plus grandes passions d'Elvira et Peder dans ce monde... J'étais touchée, j'étais reconnaissante, j'étais heureuse, mais je sentais aussi un certain poids de responsabilité s'abattre sur mes épaules. Je voudrais tellement bien gérer cela pour qu'Elvira et Peder soient satisfaits. Pas seulement satisfaits, d'ailleurs, mais en extase. Je me devais d'y arriver. Il fallait que cela soit planifié. Heureusement, je pouvais toujours demander conseil à Elvira et Peder, de sorte de pouvoir être prête ce jour-là, dans un futur très lointain, je l'espérais, lorsque cc serait d'actualité.

« C'est une énorme surprise pour moi... Je ne sais tout simplement pas quoi dire. Heureusement, j'ai le temps de m'habituer à cette idée.

— D'après ce que j'ai compris, vous partagez un intérêt commun pour le bien-être animal ?

— Oui, c'est exact. » Comme pour souligner mes propos, Dino gémit au même instant et posa sa patte sur mon genou. Affamé ? Probablement.

« Konrad aura la clé de la maison. Il doit aller chercher des papiers d'assurance dans le coffre-fort de Peder. Ils détiennent probablement une assurance invalidité qui pourrait servir actuellement. Je ne sais pas encore si la police va lui donner la permission. Ils voudront peut-être que tout reste intact encore un moment. Quoi qu'il en soit, il m'a demandé de te passer le bonjour et de te dire qu'il allait nourrir...

Tom ? » L'étonnement de Line était facile à percevoir.

« Tom est leur chat, répondis-je en riant. Je l'ai nourri plus tôt dans la journée, il vit dans le hangar à bateaux.

— Très bien. Alors Konrad va s'occuper de lui les prochains jours, mais ensuite il doit se rendre à Oslo pour les funérailles. » Line hésita un peu avant de continuer. « Tu ne vas pas dire à Evert que tu as appris tout cela ce soir, n'est-ce pas ? Je vais l'appeler maintenant, mais je ne pense pas qu'il apprécierait d'être informé en second.

— Oui, bien sûr. Je ne dirai pas un mot. Tu es sûre de ne rien pouvoir me dire sur le précédent héritier ?

— Non, ça je ne peux pas. Les relations de voisinage sont si étroites sur Ankerholmen que je ne m'y hasarderai pas. Pas même à toi. »

Après avoir raccroché, je me retrouvai avec le téléphone qui pendait dans mon poing. Il me revint à l'esprit que je devais aussi appeler Evert. Je ne lui avais pas encore parlé de ma culture de cigüe. Quelle heure était-il exactement ? Juste un peu plus de huit heures du soir. En avais-je encore le courage ? Par-dessus tout, je souhaitais m'allonger sur le canapé... parce que j'avais besoin de réfléchir. Il me fallait réfléchir sérieusement. Au final, je me mis d'accord avec moi-même sur un compromis. Je m'allongeai sur le canapé, empilai deux oreillers sous ma nuque, m'assurai que les télécommandes restaient à portée de main, puis sortis mon téléphone portable.

Evert ne fut pas surpris, je pense. Dans tous les cas, il ne semblait pas enragé au téléphone par le fait que je n'avais rien dit plus tôt au sujet de la cigüe. Je m'excusai du mieux que je le pouvais. Maintenant, il le savait au moins, et nous convînmes qu'il enverrait un homme pour récupérer les échantillons que j'avais prélevés de la plante. J'espérais qu'il s'agisse de Torstein.

« Connaissez-vous quelqu'un d'autre qui s'amuse à cultiver ce genre de choses ? demanda-t-il.

— Non... » Encore une fois, la vue d'une cigüe luxuriante apparut dans ma banque de souvenirs. Où l'avais-je vue ? « Ce n'est pas une plante complètement rare. Il suffit de trouver une zone humide ici dans le Sud-Est de la Norvège, et la cigüe y prospère à coup sûr.

— Oui, j'en suis cruellement conscient. C'est ce qui rend cette affaire aussi compliquée. À présent, vous êtes de retour sur la liste des suspects... déclara-t-il en éclatant de son rire grinçant. Non allons, c'était une blague. Mais si vous tombez sur d'autres endroits où vous savez que la plante pousse ou vous souvenez de personnes qui pourraient être intéressées par de telles plantes, contactez-moi immédiatement. Vous parlez à tant de gens sur l'île d'Ankerholmen. »

Evert sentait qu'il pouvait plaisanter un peu avec moi. Eh bien, vraiment parfait, cela indiquait peut-être qu'il me considérait comme une sorte d'alliée. À vrai dire, Evert avait monté dans mon estime ces derniers jours, aussi. Après l'avoir perçu comme un garçon légèrement désagréable, en sueur, avec un mauvais goût vestimentaire et une lenteur d'esprit, il m'était apparu comme étant simplement un policier original, mais tactique et expérimenté de la vieille école. Je l'avais tout simplement sous-estimé. Cela s'était déjà produit auparavant dans ma vie, et c'était certain que cela se reproduirait. Cependant, cela ne voulait pas dire que je n'avais pas l'intention de l'aider un peu. J'étais déjà en bonne voie, estimais-je. Cependant, je ne pouvais pas mentionner le testament, du moins pas pour le moment.

Subitement, une pensée me traversa l'esprit, une possibilité différente de celle à laquelle je réfléchissais depuis une demi-heure. Ou du moins, il s'agissait d'un bon tuyau pour Evert.

« Au fait, il y a un homme qui réside à l'hôtel en ce moment. Il est anglais et son nom est Keith Bradley... il rôde souvent dans les bois. Peut-être qu'il s'intéresse aux plantes ? Plus que la normale, je veux dire ? Peut-être qu'il est biologiste ou quelque chose comme ça ? Dans ce cas, il connaît au moins la cigüe.

— Torstein s'est déjà entretenu avec lui, mais une discussion supplémentaire ne peut pas faire de mal.

— C'est sûrement une bonne idée. Il a également été observé avec Prebensen. Et Oskar lui a parlé. Apparemment, il fait beaucoup de va-et-vient. Il conduit un vieux Land Rover Defender, rouge et blanc. Un sacré chauffard, en fait. » Une légère fierté irrationnelle se trémoussait en moi. J'avais averti Evert de quelque chose.

« Je dois vérifier tout de suite, sans faute... » Evert écrivit, son stylo raclait fort sous ses doigts. Il devrait relâcher la pression. Ce genre d'habitude pouvait causer des douleurs ici et là. « Concernant Konrad. Y a-t-il autre chose que j'ignore dont vous pourriez m'informer ?

— En fait, j'ignore ce que vous savez... » Cela ne me semblait pas correct de déballer la vie de Konrad sans qu'il soit présent. « Il est comme un fils pour Elvira et Peder. Puis ils ont été en désaccord, comme vous le savez, quelque peu.

— J'ai appris aujourd'hui qu'il avait vécu avec eux pendant de longues périodes quand il était enfant. Vous connaissez la raison ?

— Premièrement, Elvira et Peder n'ont pas d'enfants, alors ils adoraient recevoir la visite de Konrad. Deuxièmement... » J'hésitai quelque peu, devais-je le dire ? Cela touchait vraiment à la vie privée de Konrad. « Konrad a vécu des choses affreuses dans son enfance. » Voilà, c'était dit. Au moins, je lui avais donné un indice.

« Qu'entendez-vous par des choses affreuses ?

— Ce sont des choses dont il ne me parait vraiment pas correct de parler derrière son dos. Peut-être que vous pourriez lui demander vous-même ? Et j'apprécierais que vous ne mentionniez pas que j'ai fait allusion à quelque chose. Elvira et Peder m'en ont parlé en toute confiance.

— Je vais devoir respecter ça pour l'instant. Il sera là demain matin. Katrine Prebensen et Ragnarsen aussi, d'ailleurs. Je n'ai encore abandonné aucune âme qui vive pour le moment. » Evert s'ébrouait dans le téléphone, un peu comme un chien contrarié à la recherche de son os. « Je vais interroger Konrad sur son enfance, mais s'il ne dit rien, je reviendrai vers vous. N'oubliez pas qu'il s'agit en outre d'une enquête pour meurtre. »

Comme si je l'avais oublié. Je lui assurai que je l'aiderais du mieux que je pouvais si Konrad ne le racontait pas lui-même. Je venais justement de me dire que je m'étais déjà trompée sur les gens auparavant. Il était préférable d'avancer avec l'esprit ouvert. Au fond, je voulais prouver que Konrad était innocent à la fois du meurtre et de l'agression, mais je ne devais pas me laisser contrôler par mes émotions. Le plus important avant tout restait de mettre la main sur ce dangereux agresseur. Il fallait le rattraper, quel qu'en soit le prix. Qu'il s'agisse de faire des recherches approfondies sur Konrad, Ragnarsen ou Bradley.

Le reste de la soirée se déroula autour d'une bouteille de vin rouge avec Oskar, tout en jouant de vieux disques vinyles et en discutant de la vie. Il n'y eut pas de soirée télé pour moi. En réalité, nous parlâmes beaucoup de l'affaire aussi, à vrai dire. Il n'y avait rien d'étrange à cela, il s'agissait clairement de ce dont tout Ankerholmen devait discuter ces derniers temps. Nous restâmes assis à évoquer les rumeurs qui circulaient parmi les maisons idylliques de l'île. Des rumeurs laides, éminemment inadaptées à l'environnement.

« Tu te souviens de Petter, le petit Petter, celui qui travaille à l'enregistrement à l'aéroport ? » Oskar avait posé la guitare sur laquelle il jouait, fixant l'étiquette sur la bouteille de vin. Je suivis son regard. Un joli dessin au trait d'un château viticole français, un nom compliqué en lettres torsadées.

« Bien sûr que je me souviens du petit Petter. C'était le gars avec les drôles de discours de remerciements pour les repas de Noël, n'est-ce pas ? » Petter respirait l'humour, donc je n'avais aucun mal à me souvenir de lui. Un humour de haut vol, pas du tout proportionnel à sa hauteur par rapport au niveau de la mer.

« Oui, exactement. Il m'a appelé en fait. C'était à propos du travail, en réalité, mais nous avons digressé vers les agressions. Il s'avère que c'est un vieil ami de Konrad. Ils traînaient ensemble quand Konrad était ici pendant les vacances d'été et des trucs comme ça. Ils se connaissaient bien à l'époque, d'après ce que j'ai compris. » Oskar avala une gorgée de vin, puis la seconde suivante, il reprit sa guitare. « Il l'a croisé cet après-midi, devant le commissariat. »

Il ne s'agissait pas d'une guitare acoustique entre les mains d'Oskar, sans quoi le son aurait été nettement plus fort. Il grattait une guitare électrique, dont les tonalités en résultant dans la pièce restaient sourdes et douces.

« C'est super. Konrad a besoin d'amis en ce moment. D'après ce que j'ai compris, il se trouve toujours dans le collimateur d'Evert. » Et de certains autres, me dis-je en moi-même.

« C'est justement à ce propos... » Oskar semblait hésiter. Cela ne lui ressemblait vraiment pas. « Aux yeux de Petter, il semblerait que Konrad aurait volontiers vendu la maison d'Elvira et Peder quand elle serait devenue la sienne. Konrad paraissait enthousiasmé à l'idée qu'un jour il allait hériter de tout. Apparemment à cause de certaines paroles qu'il a dites... Penses-tu qu'il faudrait mettre Evert au courant ?

— Possible.

— Tu pourrais peut-être lui en parler demain, alors ? » Les doigts d'Oskar couraient rapidement sur les cordes de la guitare, expérimentés et aguerris.

« D'accord, je vais m'en occuper. Evert peut t'appeler ou appeler Petter s'il a des questions.

— D'ailleurs, ce n'est peut-être pas si étrange si Konrad n'est pas tout à fait lui-même en ce moment. Si on regarde tout ce qu'il s'est passé, ajouta mon frère compréhensif. En outre, je suppose qu'aucun de nous ne souhaite que Konrad soit le coupable, en fait.

— Absolument pas. Cela briserait complètement Elvira et Peder. »

Je marquais ce dernier point. Je continuais de miser sur l'innocence de Konrad, même si de nombreux éléments étaient contre lui, mais combien de temps pourrais-je m'obstiner ? Et s'il était devenu un spéculateur rusé et calculateur ? Quelqu'un qui d'un coup vendrait l'endroit enchanteur de sa tante et de son oncle pour gagner rapidement une grosse somme d'argent ? Quelqu'un qui aurait joué son rôle pour accélérer quelque peu l'héritage ? Et concernant Prebensen ? L'aurait-il également éliminé de son chemin pour accéder plus facilement au large lit double et au solide compte bancaire de Katrine ? Et pour peut-être détenir encore plus de responsabilités dans l'entreprise ?

« Tu crois que ça pourrait être lui ? Que Konrad contre toutes les apparences soit le coupable ? » Oskar ne répondit pas, mais à mes côtés, le bruit des cordes s'interrompit.

Chapitre 20

Le lendemain était un dimanche, un dimanche d'automne ensoleillé. Celui qui vous donne l'impression que l'été n'est pas vraiment terminé, que le temps n'a cessé de nous jouer des farces depuis un moment. Les prévisions météorologiques indiquaient même que cela allait durer encore plusieurs jours. J'espérais sincèrement que ce fut le cas. J'enfilai un bikini sous mes vêtements, juste au cas où une petite brèche ensoleillée se présenterait entre les rochers durant ma promenade avec Dino.

Tard le soir précédent, j'avais raconté à Oskar mon activité de détective. Bon sang, à quel point j'étais lamentable pour garder des secrets. La mauvaise conscience combinée à quelques verres de vin avait bien vite délié le bout de ma langue. Une bonne chose de faite.

Il ne fut ni irrité ni en colère. Oskar l'est rarement, mais je perçus une certaine anxiété. Comme je l'avais prévu, il exigea une nouvelle promesse de ma part, mais je tiens à préciser, une légèrement modifiée. Je devais promettre de ne pas me lancer dans mes recherches de détective sans l'informer au préalable de mon itinéraire. Une sorte de règle de prévenance, si vous préférez. Je lui avais confirmé que je ferais de mon mieux. Oskar s'était renfrogné.

Ma petite confession avait menacé l'espace d'un instant de gâcher l'ambiance, mais heureusement, sa curiosité de savoir ce que j'avais découvert l'avait emporté. Il existe une certaine ressemblance fraternelle entre nous. Je lui avais montré les photos sur l'appareil et raconté ce que j'avais vu. Konrad et Katrine, Konrad devant la maison d'Elvira et de Peder, et ainsi de suite. Nous avions aussi un peu évoqué les habitudes étranges de Keith Bradley. Sans nous rendre plus savants pour autant. Naturellement, Oskar connaissait déjà l'existence de la cigüe. Il m'avait toujours demandé de m'en débarrasser, et cette fois sa volonté avait enfin été suivie. En réalité, je pense qu'Oskar termina la soirée relativement satisfait et heureux cette nuit-là.

Mais à présent, c'était dimanche et Dino voulait partir en promenade. Et il le voulait maintenant, tout de suite et sans attendre. Il n'avait que faire des œufs brouillés et des croissants, accompagnés de jus fraîchement pressé et de café encore fumant. Non alors, il voulait sortir et renifler les déjections de ses congénères ou toute autre immondice qu'il pouvait dénicher. Son point de vue, pas le mien. Je le laissai sortir dans le jardin de derrière pour retarder le départ de la promenade d'une heure. Le jardin était clôturé, car on ne pouvait pas faire confiance à Dino si un chevreuil venait à passer. Je pris mon petit-déjeuner dans une chaise de jardin confortable d'où je pouvais papoter avec lui. Ensuite, je mis une dinde au four à feu doux. Une cuisson lente avec une bonne dose de beurre persillé sous la peau. Il y avait un rien de bestial à retirer la peau de dinde sur la viande crue et à farcir de beurre en dessous, mais le résultat s'avérait une volaille bien juteuse qui en valait la peine.

La maîtrise culinaire me permettait des mouvements rapides, me laissant le temps de m'habiller et de retourner vers Dino. Oskar ne cachait pas le fait qu'il attendait avec impatience un dimanche tranquille sous le signe de sa collection de singles, aussi rayonnait-il de bonheur lorsque nous disparûmes. Selon toute apparence, sa crainte de me voir jouer au détective semblait balayée.

Pour commencer, nous nous promenâmes le long de la plage. Le vent était froid, un froid de fin septembre. Au soleil, cependant, la chaleur persistait, et en vérité, dans l'un des recoins abrités par le rocher au sud, poussait une couche d'herbe douce et agréable. Je m'assis et retirai discrètement mes vêtements jusqu'à ce que je finisse en bikini. Orange, pour plus de précisions, acheté à Majorque lors de mon voyage annuel de printemps avec mes amies. Mona en avait acheté un rose fuchsia avec des strass sur la poitrine ; il lui allait à merveille. Je remarquai fièrement que la couleur orange resplendissait sur ma peau encore bronzée de l'été. Je m'allongeai et appréciai la vue de la mer scintillante ondulant autour de la pointe sud d'Ankerholmen. Dino s'assit sur le rocher juste au-dessus de moi, à l'affût. Son museau ressemblait à une petite machine, inspirant toutes les senteurs de ce délicieux dimanche matin. Il était habitué à ce que je passe du temps ici, alors il restait patient. Je ne restais jamais assise bien longtemps, et pour le moins pas ce jour-là. Dès que je redressais la tête au vent, il faisait un froid glacial.

Dino et moi aimions bouger, mais ces derniers jours avaient quelque peu chamboulé notre routine. J'espérais, et je le savais comme mon petit beagle, que la vie quotidienne allait bientôt reprendre son cours. Semblable à une bonne connaissance qui s'assoit dans un fauteuil devant la cheminée et reste là. Longtemps, très longtemps.

Donc, pour réconforter le petit égo de Dino après cette longue attente sur le rocher, je l'emmenai faire un « grand tour » jusqu'à la pointe sud d'Ankerholmen. Une colonie de mouettes se régalait après quelque chose de comestible près du récif. L'une d'entre elles était perchée sur la bouée de récif et s'égosillait, peut-être pour avertir les marins. C'était à cette démarcation que tant de gens s'échouaient chaque été ; un rocher ressortait à l'extérieur à marée basse et s'amusait parfois à agripper un marin trop confiant ayant presque atteint la ligne d'arrivée.

Le club de voile paraissait désert et abandonné. Nous fîmes même une rapide promenade au sommet de la tour. La main courante noire en fer forgé rafraîchissait ma main tandis que je m'élançais derrière Dino, deux marches à la fois. Là-haut ne siégeait rien d'autre qu'un banc en pierre massif pour les marins éreintés et soiffards. J'étais bien essoufflée par cette course d'escalier, alors je m'assis sur le banc. Je pouvais à peine voir par-dessus le bord de la tour de pierre et au-delà de l'archipel. Les paradis d'été formaient des lignes devant moi.

J'essayai une nouvelle fois de me souvenir où j'avais vu de la ciguë. En regardant l'archipel tel qu'il était à présent, je me rendis compte que la plante pouvait provenir de n'importe où. Néanmoins, il était fort probable qu'elle provienne d'Ankerholmen ou des îles plus à l'intérieur. Des sols plus riches notamment... Par ailleurs, il y avait quelque chose que Line Akselsen avait dit qui me mettait mal à l'aise. Un élément qui réveillait quelque chose en moi, mais que je ne parvenais pas à percer. Qu'est-ce que cela pouvait être ? Cela me perturbait vraiment, mais au même moment, autre chose me dérangea tout autant : mes fesses glacées contre le pesant banc de pierre. Je me levai aussitôt.

Une fois de retour en bas, je ne pus m'en empêcher, je plaçai mes mains sur mon visage pour jeter un coup d'œil à travers les fenêtres du restaurant. Des fenêtres auréolées de sel, un panneau publicitaire de crèmes glacées abandonné et gondolé à l'intérieur du couloir, ainsi que des trophées de voile ternis sur l'étagère au-dessus de la piste de danse. Des panneaux muraux peints et des fanions décolorés le long des moulures du plafond. Des émanations d'un éclat ancien et de divertissements hautains imprégnées dans les chevrons.

Tandis que nous remontions vers la forêt, j'avais pressé le pas à un rythme si soutenu que je me mis à transpirer sous le col de ma veste. C'était impossible de savoir comment s'habiller avec ce temps. En sortant de chez soi, les vêtements étaient parfaitement adaptés, mais après une demi-heure de marche rapide, on avait l'impression de se trouver dans les Caraïbes. J'aurais bien aimé m'y trouver, d'ailleurs. J'ouvris la grosse fermeture éclair et repoussai légèrement ma veste le long de mes bras. L'air frais s'engouffrait et caressait mon dos. De l'air frais qui drainait avec lui un son familier. Un coup de hache provenant du bosquet suivant.

« Bonjour ! » m'écriai-je en me tenant à quelques mètres de là. Je ne voulais surtout pas l'effrayer alors qu'il tenait une hache à la main. Une particulièrement pointue, à ma connaissance. « Tu travailles un dimanche ?

— Oui, tu vois, il fallait que je ramène ces branches à la maison avant que le temps ne se gâte. Cela ne semble pas être le cas dans l'immédiat, mais on ne peut jamais savoir à cette période de l'année. J'ai pas mal d'autres choses à faire dans la semaine à venir. Mais je n'utilise pas la tronçonneuse, quand même. Pas un dimanche. »

Morten m'adressa un gentil clin d'œil sous son bonnet de laine bleu tricoté à la main. Il reposait un peu au-dessus de ses oreilles, soit parce qu'il faisait en effet un peu trop chaud pour supporter un bonnet en laine, soit parce que ses oreilles le bloquaient. Une combinaison des deux, à mon avis.

Dino et Morten se saluèrent pendant que je reprenais ma respiration, mais le petit chien revint rapidement vers moi. Il était agréable de prendre une petite pause sous les épicéas. Cela sentait la résine, le bois fraîchement coupé et les récents feux de camp. Morten s'était également préparé du café peu de temps auparavant.

« Oui, je devrais t'offrir une tasse, mais j'ai presque terminé et m'apprête à partir. Je suis ici depuis le lever du soleil et je dois descendre au ponton de Peder pour assécher son petit bateau en bois, ajouta Morten en me regardant du coin de l'œil.

— Oh, c'est très gentil d'y penser. Il fuit encore un peu, c'est ça ?

— Oui, un peu, mais c'est un magnifique petit bateau. Construit à la main à Arendal en 1960, ils n'en fabriquent plus de cette façon. Il faut bien en prendre soin, c'est certain. » Il déplaça la hache vers sa main gauche, puis utilisa sa main droite pour débarrasser le fer de hache des copeaux de bois.

Ma connaissance des bateaux en bois d'Arendal fabriqués en 1960 s'avérait plutôt limitée. Mais de constater sa beauté restait accessible au plus grand nombre. Semblable à une couche de miel, l'épais vernis recouvrait les côtés et permettait à l'eau de mer de rebondir et de s'accumuler en grosses gouttelettes, avant de finalement refluer vers la mer dans un ploc distinct. L'eau se reflétait sur ses flancs et le soleil brillait si fort des deux côtés que l'on pouvait devenir presque aveuglé sous certains angles. Je savais aussi que ce petit bateau en bois s'avérait extrêmement bien navigable dans la mer. Comment le savais-je ? Eh bien, à la fois par ma propre expérience et par les récits des hommes avec lesquels je m'étais entourée dans la vie : Oskar, Morten et Peder. Les vagues se ressentaient à peine et on jouissait d'une impression de hauteur et de sécurité.

« Oui, que de bons souvenirs avec ce bateau-là. En fait, j'ai aperçu

Konrad et Katrine Prebensen marcher vers la maison d'Elvira et de Peder, du coup j'ai décidé d'attendre un peu. De plus, il est tout à fait impossible de passer devant ce Ragnarsen sans que sa casquette n'apparaisse au-dessus de la haie. C'est une bonne chose qu'il veuille déménager et vendre, un gars comme ça finit par vous rendre fou, déclara Morten en secouant la tête. Au fait, j'ai vu que le périmètre de sécurité de la police avait été déplacé vers la porte d'entrée, alors ils en ont peut-être fini avec le jardin. Ils n'ont pas bouclé le ponton, donc je suppose que ce n'est pas grave si j'y vais. J'ai oublié de demander lorsque j'étais au poste.

— Le ponton ne doit probablement pas poser de problème. Nous sommes allés là-bas hier pour nourrir Tom. C'est juste que la police n'a pas tout à fait fini son enquête à l'intérieur de la maison, je pense. » D'ailleurs, qu'est-ce qu'il venait de dire ? « Tu es allé au commissariat ?

— Oui, quelqu'un du nom d'Evert Karlsen m'a demandé de venir pour un entretien. Il a dit que la police souhaitait s'entretenir avec tous ceux qui connaissaient Elvira et Peder. Je m'y suis plié, je dois l'admettre, nous sommes presque voisins. Ils ont pris mes empreintes digitales et ainsi de suite, mais ils ont ensuite semblé penser qu'ils m'avaient suffisamment dérangé. Je n'y suis pas resté plus d'une demi-heure.

— As-tu entendu dire qui était l'héritier de leur maison ?

— J'imagine que c'est Konrad ? Après tout, c'est le plus proche parent, n'est-ce pas. » Morten se pencha pour ranger la hache dans un énorme sac à dos. « Espérons qu'il aura la jugeote nécessaire pour bien gérer l'endroit le moment venu.

— Si tu penses à une future vente ou quelque chose comme ça, espérons-le, en effet. » La remarque d'Oskar sur Petter me restait toujours en mémoire. « Mais on ne sait jamais...

— Non hélas, Dieu seul le sait. Si les gens n'affectionnent que l'argent et le profit, ils finissent par perdre la tête. S'il y a quelque chose entre lui et cette Madame Prebensen, ce n'est certainement pas rassurant. Elle a l'air de coûter cher. » Morten paraissait un peu amer, mais il se pouvait que je me méprenne. Dans le même temps, il relâcha le manche de sa hache.

« Je pense que Konrad possède une certaine conscience en ce qui concerne Elvira et Peder. Même s'il a parfois surgi de petits désaccords. Tout du moins ces derniers temps. » Je sentis la question se frayer un chemin le long de ma gorge. Il fallait que ça sorte. « Au fait, savais-tu que quelqu'un d'autre était héritier avant Konrad ? De tout, je veux dire. Quand la question de l'obligation de résidence était au moment le plus critique cet été ?

— Qu'est-ce que tu veux dire ? demanda Morten, l'air surpris.

— Oui, cela n'a duré qu'une courte période. Ni Elvira ni Peder ne m'ont rien confié à ce sujet, mais ils ont à nouveau modifié leur testament. C'est probablement arrivé au moment où ils ont commencé à penser qu'ils allaient se réconcilier avec Konrad. » Je remarquai que Morten me regardait toujours avec une expression stupéfaite. Cela lui allait mieux de paraître tranquille et joyeux. « Oui, donc tu n'en avais aucune idée ? Ils ne t'ont jamais raconté cela non plus ?

— À moi ? Non, jamais ! Tu es vraiment sûre ?

— Line Akselsen me l'a dit, mais elle ne pouvait pas révéler qui était l'héritier. » Subitement, il me revint à l'esprit que je n'aurais certainement pas dû dire cela. J'avais pourtant promis à Line de le garder pour moi, pas vrai ? Maudite soit ma curiosité. « Non, c'est probablement juste une idée dans ma tête, je réfléchis tellement à cette affaire et à qui aurait pu faire une telle chose. »

Morten s'assit sur la souche qu'il avait lui-même taillée, qui, il y a quelques jours à peine, s'élevait en un arbre majestueux. Il passa sa main droite sur son front d'un mouvement las et résigné.

« Est-ce que tu vas bien ? »

Pendant une seconde, je m'inquiétai pour lui. Après tout, c'était un homme d'un certain âge, avec les mêmes risques que les autres hommes de cet âge de souffrir de crises cardiaques, d'accidents vasculaires cérébraux ou d'autres maladies effrayantes. Cependant, je savais que Morten était d'une forme exceptionnelle et en bonne santé pour son âge, alors je parvins rapidement à m'apaiser.

« Oui, tout à fait. Bien sûr que ça va. » Il se releva et termina de préparer son sac à dos. J'imaginais qu'il ne voulait pas en parler davantage. « Allons-nous faire un bout de chemin ensemble ? De toute façon, je vais bifurquer en bas vers le ponton d'Elvira et de Peder. Je ne sais pas où tu comptes aller ? »

Soudain, je me souvins d'où j'allais, d'où j'avais prévu d'aller déjà alors que je prenais mon petit-déjeuner à la maison.

« Je descends jusqu'à l'hôtel du Port. J'aurais bien aimé parler avec Konrad un moment. »

Ce n'était pas seulement pour échanger quelques mots avec Konrad que je voulais me rendre à l'hôtel, mais aussi à cause de Mona et de Keith Bradley. Comment s'était passée leur soirée ? Il fallait que je le vérifie. J'avais suffisamment de temps. Si je ne me trompais pas sur Oskar, il devait largement se réjouir de quelques heures supplémentaires en solitaire avec ses singles et ses guitares. Pas nécessairement dans cet ordre, cela dépendait du déroulé de la journée. La dinde aussi s'en sortait bien, elle allait être prête dans l'après-midi.

L'hôtel du Port apparaissait bientôt devant moi sous le soleil d'automne. C'était presque la plus belle période de l'année. Le vieux toit de briques flamboyait au soleil couchant, les grands arbres s'écartelaient avec leurs branches sur les côtés et la mer resplendissait en contre-bas sur les pontons. Tant la mer que l'hôtel étaient désertés par les baigneurs, et l'hôtel paraissait aussi calme que la mer. Jusqu'à présent, parce que dans quelques semaines, ce serait la saison des fêtes de Noël et du temps hivernal, et à ce moment-là, ce calme disparaîtrait de partout.

Un vent frais et bienveillant amassait toutes les feuilles d'automne en un grand tas à côté de la porte d'entrée. Je la poussai avec mon coude tout en guidant Dino. Juste un réflexe, il savait très bien où il devait aller. Chaque fois que je me rendais à l'hôtel avec Dino, il disparaissait avec sa queue directement vers la cuisine jusqu'au bol rempli d'eau, accompagné de délicieux restes et des mains caressantes du chef Alfred. Lui et Alfred étaient devenus les meilleurs copains du monde au cours des années où Dino avait posé les pieds dans cet univers. Leur amitié s'avérait sans limites. Je ne revoyais jamais Dino jusqu'à ce que je doive le traîner hors de la cuisine parce que nous partions. Alors, il me lançait un regard de profonde déception, mais il se méprenait ; je le préservais de devenir gros et pourri gâté.

Mona ne se trouvait pas à la réception lors de mon arrivée. Peut-être avait-elle encore rogné un peu sur les dépenses de personnel et nettoyait les chambres elle-même. Son sac préféré du moment, celui en skai avec les motifs léopard, était suspendu au-dessus de la chaise derrière le petit comptoir, donc elle était forcément au travail comme d'habitude. Je décidai de l'attendre dans le petit salon. Du café était disposé en libre-service pour les clients dans le coin près de la réception, alors je me servis une tasse, puis m'installai près de la cheminée. Il était important de bien maintenir sa concentration avec les aspérités du sol. En particulier lorsque l'on se déplace avec une tasse à café bien remplie.

Je décidai de me diriger vers un homme, un homme avec qui je voulais échanger quelques mots depuis quelques jours déjà. Je ne sais pas comment je pouvais être sûre que c'était lui, mais la tenue de camouflage et le porte-clés avec l'insigne Land Rover qu'il tenait à la main me laissaient quelques indices. Il était plus petit que moi, musclé de type activités en plein air, et possédait des yeux intelligents sous des cheveux noirs qui grisonnaient dans certaines zones proches de ses tempes. Certainement un homme que je trouverais beau et charmant, si je l'avais simplement croisé par hasard. Il dégageait une impression de sécurité et de virilité indéfinissable. Avec lui, j'étais certaine de m'en sortir au milieu du désert. Au moins une semaine, voire plus.

« Keith Bradley ? » Je m'arrêtai devant lui.

« Oui ? » Il esquissa un sourire en sortant une paire de lunettes de soleil de la poche de sa chemise. Marlboro Classics. Il avait l'air agréable, gentil et doux avec les animaux de compagnie. Cela allait être difficile d'être tranchante avec lui, définitivement.

Je me lançai :

« Je m'appelle Olivia Henriksen.

— Enchanté. » Il me scrutait du regard sous ses sourcils massifs. « C'est vrai que tu as un petit beagle ? Une adorable petite chose avec qui tu pars souvent en promenade ?

— Oui...? En fait, il se trouve ici actuellement. Dans la cuisine.

— Je vous ai remarqués. Tu comprends, j'avais exactement le même genre de chien quand j'étais jeune. C'était le meilleur ami du monde. »

Keith Bradley avait-il le regard brillant ou cela provenait-il juste de mon imagination ?

« D'accord... Effectivement, ce sont de gentils chiens. Intelligents et adorables.

— D'ailleurs, tu es l'amie de Mona, pas vrai ? Elle m'a parlé de toi lors de notre dîner hier soir. Elle t'a si bien décrite que je savais qui tu étais avant même que je ne te présentes, en fait. » Il partit d'un rire profond. Pas aussi profond que Torstein, mais définitivement sexy.

C'était à peu près à ce moment-là que j'avais prévu de lui donner une petite leçon sur la façon de conduire une voiture sur Ankerholmen. J'aurais dû lui dire qu'il avait failli me renverser l'autre jour. Moi et l'adorable petit beagle. Je voulais aussi lui rappeler les limitations de vitesse par ici, de la manière la plus acérée dont j'étais capable... mais bien évidemment, je n'en fis rien.

Au lieu de cela, je restai debout à discuter de chien à longues oreilles avec Keith Bradley comme si j'incarnais l'experte la plus chevronnée. Je ne l'étais pas, mais je faisais semblant de savoir beaucoup de ce que Keith savait. C'était vraiment beaucoup, à ce que je pouvais constater. Cependant, je savais une chose qu'il ne savait pas, ce qui me rendit très fière :

« Il y a une différence entre les beagles norvégiens et britanniques, tu le savais ? » Je décelai à son regard qu'il l'ignorait. « Les norvégiens ne sont élevés que pour la chasse, alors qu'en Angleterre et en Amérique, ils sont tout autant utilisés comme chiens de compagnie. C'est pourquoi ils sont aussi élevés pour cela. Dino a été importé d'Angleterre, en fait.

— D'où vient-il en Angleterre, tu le sais ?

— Les Cotswolds... une petite ville. Bourton, ou quelque chose comme ça.
— Ne serait-ce pas Bourton-on-the-Water par hasard ? s'enquit Bradley, l'air dubitatif.
— Si ! C'est bien comme cela que ça s'appelle. Mon frère et moi sommes allés le chercher là-bas quand il était un petit chiot. Un endroit incroyablement idyllique avec toutes les maisons en pierre et la petite rivière qui traverse la ville.
— Je viens de là-bas, répliqua Keith Bradley avec un sourire juvénile.
— Quelle coïncidence ! D'où viens-tu dans cette ville ? » Je n'étais pas vraiment familière avec Bourton-on-the-Water, donc je ne sais pas pourquoi je posais la question, mais je suppose que ce n'était pas la pire stupidité que je pouvais sortir.
« Nous vivions un peu à l'extérieur. Une maison à la campagne.
— Pas une sorte de joli cottage anglais, si ?
— Non, un peu plus grand. Bradley Manor, c'est son nom.
— Un domaine ? »
Keith Bradley gloussa d'un air taquin.
« Ce n'est pas aussi glamour que ça en a l'air. Dans le village, ils surnommaient l'endroit la grotte stalactite. Du moins avant que mon frère ne le remette en état. » Étais-je vraiment debout ici en train de parler à un véritable châtelain britannique ? Peut-être avec un titre aussi ? Contre mon gré, j'étais impressionnée. Je connaissais plusieurs personnes possédant un énorme chalet sur Hafjell, mais aucune avec un manoir en Angleterre. Soudain, je vis des briques anciennes et des cirés écossais défiler dans mon esprit. De larges poutres en chêne et une douce extravagance... Des morceaux d'armure et une vieille fortune... Et ainsi de suite. Waouh.
« Aucune raison d'être impressionnée, ajouta-t-il en souriant. Ce fut un soulagement de partir de là. Quand je suis arrivé à Oxford, je me suis précipité pour emménager dans l'appartement le plus moderne que je pouvais trouver. Avec chauffage central ! Tant que j'ai de la place pour mon Land Rover, je peux vraiment vivre n'importe où.

Tant qu'il fait chaud et sec.

— À propos du Land Rover... tu conduis de façon relativement cavalière ? » Je regrettai presque mes paroles au moment où je les prononçai. Keith Bradley avait perdu certains des traits robustes de son visage et semblait peu sûr de lui.

« Vraiment ?

— Tu m'as dépassée l'autre jour. Estime-toi heureux que je sois en forme. Ce n'est pas tout le monde qui peut bondir dans le fossé aussi facilement. » J'espérais que l'autodérision serait manifeste et je camouflai cette légère critique avec un rire prudent. Cela fit l'effet escompté.

Keith Bradley éclata de rire et me fixa si intensément du regard que je dus tourner mes yeux vers le tapis épais de Mona. Il posa une énorme main sur mon épaule.

« Je peux t'assurer que je ne conduis pas du tout comme un sauvage. D'ailleurs, cette voiture ne le permet pas non plus, en fait. Mais je promets de faire attention à ma vitesse à l'avenir. »

Keith Bradley était-il en train de flirter ? Possible, mais je n'en étais pas sûre. Peut-être était-il simplement l'un de ces types physiques qui devaient se rapprocher des gens, et j'avais oublié pas mal d'astuces.

« Merci, répondis-je doucement.

— J'ai un rendez-vous, sinon j'aurais bien aimé prendre une tasse de café avec toi. Tu rends souvent visite à Mona ? On se revoit bientôt ici, alors ? » Au dernier mot, il relâcha mon épaule. « D'ailleurs, tu as une amie merveilleuse, une femme formidable, ajouta-t-il le regard rêveur.

— Oui, n'est-ce pas ? Elle est en or. »

Il n'était donc qu'un de ces types physiques.

« Encore une fois, je suis vraiment désolé d'avoir roulé trop vite. » Keith Bradley n'était pas du tout avare de paroles, comme l'avait laissé entendre Mona. D'un pas élancé, il sortit de la réception. Il ne se retourna pas, mais monta directement dans sa voiture et démarra le moteur. Je restai plantée au même endroit, un peu bouche bée, mais surtout avec l'impression de m'être laissée charmer. De plus, j'avais le sentiment qu'il savait parfaitement qu'il avait conduit un peu trop violemment dans les virages. C'était un homme qui faisait ce qu'il voulait, et qui s'en sortait bien.

Charme ou non, l'inquiétude ne me lâcherait pas complètement. De quoi Mona et moi avions-nous parlé hier soir ? Qu'il s'agissait des personnes les plus gentilles dont il fallait faire le plus attention ? Je jetai un coup d'œil autour de moi à la recherche de la future dame.

« Olivia ? » Une voix me parvint depuis la table la plus renfoncée et la plus discrète de l'hôtel.

« Salut ! » Quand on parle de chance, l'homme que j'avais initialement envisagé de rencontrer se tenait là avec une tasse de café. « Quel plaisir. Je cherchais Mona, mais visiblement elle et Dino ont disparu. Tu ne l'aurais pas vue par hasard ?

— Elle était là juste avant, mais je n'ai aucune idée d'où elle est allée. Assis-toi un peu en attendant. » Konrad recula une chaise à mon attention.

Satisfaite de l'évolution de la situation, j'accrochai ma veste sur le dossier de la chaise et me laissai glisser sur l'un des sièges confortables. Le café s'élevait vers mes narines tandis que j'avalais une gorgée tant attendue.

« J'ai entendu parler du testament. Cela doit être sympa de savoir que tout sera à toi un jour ?

— Oh oui... certes oui, mais j'espère que pas mal d'eau coulera sous les ponts avant ça. » La mélancolie transparaissait clairement sur le visage de Konrad.

« Vous allez être proches à nouveau, il suffit d'un peu de temps. »

Le silence pesait comme une attente au-dessus de la table lorsque je refermai la bouche.

« Oui, ça va s'arranger... »

Un fracas provenant de la cuisine s'éleva jusqu'à nous. Je pouvais distinguer la voix du chef Alfred par-dessus le bruit, il parlait sur un ton non naturel et avec une voix contrefaite. Je venais d'avoir la confirmation d'où se trouvait Dino. Pendant un moment, je me joignis au silence de Konrad tout en me demandant si j'oserais poser des questions sur ce qui me dévorait de l'intérieur. Finalement, je me lançai corps et âme.

« Que feras-tu de l'endroit une fois que tu auras hérité, à ton avis ? Le louer ou aménager ici ? » Ma tasse de café était presque vide.

« Je n'ai pas eu le temps de vraiment y réfléchir...

— Non... ? » Un peu de pression ne pouvait pas faire de mal pour assouvir ma curiosité.

« Eh bien, le plus logique serait de vendre, en fait... Katrine pense aussi que c'est ce que je devrais faire. Nous sommes passés là-bas pour jeter un coup d'œil, en fait. » La déception s'immisçait à l'intérieur de mon corps sous forme d'acide gastrique caustique. Je ne pouvais même pas rejeter la faute sur le mauvais café ; comment blâmer le café de Mona exquis et fraîchement moulu. Comme toujours.

« Vendre ? m'exclamai-je d'une voix quelque peu vacillante. Pourquoi ça ?

— J'habite à Oslo. De plus, l'endroit vaudra une fortune si l'obligation de résidence est levée. Nous y travaillons toujours au sein de l'agence. Quelques négociations de plus avec la municipalité et... un peu d'argent bien placé ici et là, puis c'est dans la boîte, je pense. »

Il me semblait déceler un côté complaisant chez Konrad. Mais que voulait-il dire ? De l'argent bien placé ? Des pots-de-vin ? Sérieusement ?

« Je pensais que tu voudrais peut-être le garder comme maison de campagne. Ne serait-ce pas le souhait d'Elvira et Peder ? »

Il m'était impossible de masquer la déception que je ressentais. L'activité de détective s'avérait bien plus ardue lorsqu'elle impliquait des personnes de connaissance, je l'avoue.

« En effet, c'est certainement le cas. Je vais laisser le temps faire son œuvre. D'ailleurs, comme je l'ai dit, ça pourrait être dans très longtemps. » Konrad nous versa à nouveau du café de la cafetière en argent reluisante. « Ce qui m'importe le plus en ce moment, c'est que cela m'apporte une sécurité financière à l'avenir.

— Tu penses à ton travail ?

— Oui, à ça et à ma situation financière. Si je deviens associé dans une agence à Oslo, par exemple, je ne sais pas si je pourrais gérer les trajets domicile-travail. Si je vends l'endroit, je peux récupérer quelques millions. Peut-être que je ne me trouve pas dans une situation où je peux laisser passer une telle chance. D'un autre côté, si une bonne opportunité de travail se présente par ici, alors bien sûr, je peux l'envisager. La ville prend en effet de l'ampleur à chaque fois que je viens en visite. Dans ce cas, je pourrais vivre ici. » Il recouvra son café d'une bonne dose de lait, puis le remua. C'était l'un des nôtres. « Pour le moins, je sais que je ne peux pas supporter l'idée de faire la navette d'ici à Oslo tous les jours.

— Et concernant Katrine... Madame Prebensen ?

— Qu'est-ce que tu veux dire ? demanda Konrad en fronçant les sourcils.

— Eh bien... est-ce qu'elle hérite du cabinet d'avocats, ou bien comment cela se présente ? Prebensen l'a-t-elle assurée financièrement ?

— En fait, on n'en sait rien. La lecture du testament aura lieu juste après les funérailles. » Soudain, Konrad sembla épuisé. « Pour être honnête avec toi, je ne pense pas qu'il va lui rester grand-chose. Elle n'est pas sa première épouse, comme tu le sais. Et Fridtjof compte quatre enfants de mariages précédents. Tous avec des habitudes coûteuses.

— Alors ils n'ont pas fait de contrat ?

— Pas à ma connaissance. » Konrad se mit subitement à parler lentement et en appuyant sur les mots. « Cette relation entre Katrine et moi... Je ne sais pas ce que tu penses, mais... Ce n'est pas aussi sérieux que tu as pu en avoir l'impression. Je suppose que nous sommes en fait deux simples personnes déracinées qui se sont trouvées. Je ne sais pas ce qu'en sera l'avenir, précisa-t-il en souriant d'un air résigné.

— Mais la façon dont Katrine t'a défendu...

— Nous avons peut-être eu des points de vue légèrement différents à ce sujet. Katrine a connu des moments difficiles. Fridtjof n'était pas exactement fidèle, ajouta Konrad en levant les yeux au ciel. Leur mariage battait de l'aile bien longtemps avant que je n'arrive sur la photo. Katrine me voyait comme une sorte de bouée de sauvetage, un moyen de s'échapper du mariage. C'est une personne merveilleuse à bien des égards, drôle et chaleureuse... »

Je sentais que Konrad était troublé. Je pense aussi qu'il se souciait plus de Katrine qu'il ne le pensait lui-même, pour le moment. Cela faisait beaucoup de choses à encaisser pour lui. Il avait certainement besoin de davantage de temps. Katrine, même si elle représentait tout ce qu'il m'avait énuméré, était aussi exigeante et gâtée. Nul besoin de s'adresser à une détective privée autoproclamée pour le constater.

« Quoi qu'il en soit, n'hésite pas à demander si tu as besoin d'aide pour n'importe quoi. Dans tous les cas, je nourrirai Tom quand tu repartiras à Oslo.

— Super, merci bien. Je ne sais pas combien de temps Elvira et Peder vont rester à l'hôpital, mais le médecin a parlé de les réveiller d'ici quelques jours.

— On va bien voir. Je passe devant leur maison tous les jours avec Dino, donc ce n'est pas un problème pour moi. S'ils restent longtemps à l'hôpital, je verrai si je peux attirer Tom à la maison avec moi. Il va bientôt faire froid la nuit.

— Nous restons en contact. »

Je tendis ma main vers celle de Konrad de l'autre côté de la table et il la serra fermement. Nous restâmes ainsi assis un moment, tandis que nous avions tous les deux, du moins moi, du mal à retenir nos larmes. J'étais heureuse que Konrad soit assis là où il l'était, à l'intérieur de l'hôtel de Mona, et non à l'intérieur du poste de police particulièrement inhospitalier. Parce que c'était probablement là qu'il serait assis si Evert avait eu de bonnes preuves à son encontre. Par conséquent, il était logique que la police manquât précisément de cela : des preuves. Que Konrad dispose de l'autre élément nécessaire pour devenir un suspect, à savoir un mobile, il n'y avait nul besoin d'être un policier pour le constater. Je contemplai furtivement et pensivement son visage honnête et limpide.

« Est-ce que je dérange ? » Ces mots émanaient d'une voix plus haut sur ma gauche. Mon visage se tourna vers elle.

« Non, mais ne serait-ce pas la châtelaine ? » J'éclatai joyeusement de rire en observant le visage écarlate de Mona.

« Tu es on ne peut plus drôle ! répondit-elle en souriant, tout en continuant de me regarder d'un air interloqué. Et comment l'as-tu su ?

— Je suis tombé sur ton seigneur en arrivant ici en fait. Bravo, je dois dire ! »

Le regard perplexe de Konrad passait de l'une à l'autre. Je lui expliquai brièvement la nouvelle conquête de Mona et son ascendance. Il siffla discrètement en signe de reconnaissance.

« Enfin, je pense que vous devriez laisser tomber, tous les deux. J'ai simplement dîné avec lui. De plus, aucun d'entre nous ne sait à quoi ressemble ce domaine. Ce pourrait être un monticule de pierres couvert de mousse avec une belle adresse, pour ce que nous en savons. » Mona jeta un coup d'œil rapide autour d'elle.

« Il est parti en voiture. Et ça n'a rien d'un tas de pierres. Son frère a remis à neuf tout le domaine.

— Bon sang, tu as dû lui faire passer un interrogatoire ! » J'aperçus un intérêt naissant dans les yeux bleus de Mona. « Tu devrais être détective privée. »

Oui, je le devrais en fait, et cela me rappela que je devais poursuivre. Je dis rapidement au revoir à Konrad et le laissai assis avec son journal financier. Mona me prit par le bras et me tira presque vers la réception.

« Comment ça s'est passé hier ? Était-ce agréable ?

— Je vais tout te raconter sur la soirée dernière, ma chère. Tout d'abord, c'était un restaurant absolument magnifique. Keith avait vraiment mis la main au portefeuille. Il avait commandé du champagne… et tu n'as aucune idée à quel point il est mignon quand il enlève sa tenue de camouflage ! Vraiment élégant. »

Si, je pouvais réellement l'imaginer. Keith Bradley était un type d'homme qui sied à la fois dans des salons élégants et dans des parties de chasse viriles. Je comprenais à présent également que c'était exactement ce pour quoi il avait été élevé. Quelqu'un venait de tirer le gros lot.

Les deux hommes d'affaires que j'avais aperçus lors de mon dernier passage à l'hôtel se trouvaient à la réception. Ils nous souriaient tous les deux et possédaient chacun une valise à leurs pieds. Sur le départ. Mona soupira de manière à ce que je sois la seule à pouvoir l'entendre. « Attends juste une minute. Je vais me dépêcher. » Elle me le murmura du coin de la bouche pour que les deux hommes n'entendent rien. Puis elle se glissa avec ses talons hauts derrière la réception et se mit au travail. Je restai debout un moment à l'attendre, mais mon manque de patience prit finalement le dessus. J'avais besoin de bouger. Je me dirigeai alors vers la cuisine d'Alfred, échangeai quelques mots avec lui, puis je traînai Dino avec moi. Il me vint à l'esprit qu'un chien dans une cuisine n'était peut-être pas entièrement conforme aux règlements de l'Autorité de sécurité alimentaire, alors nous sortîmes par la porte arrière de la cuisine. Il se pouvait que l'un des hommes d'affaires ait des relations, du genre rigoriste moralisateur, en le considérant du point de vue de Mona. Un petit chemin menait de la porte de la cuisine vers l'entrée, celui que Dino et moi empruntâmes. Mona détenait de grandes fenêtres donnant sur la cour, de sorte que je savais qu'elle nous verrait à l'extérieur. Elle repérait la plupart de ce qui se passait devant son hôtel.

Mona nous vit, c'était évident, mais elle restait toujours occupée avec l'un des deux hommes. Dieu sait de quoi il s'agissait, mais cela s'éternisa, et finalement je décidai de lui faire un signe avec mes doigts indiquant que j'allais l'appeler plus tard. Je reçus un sourire radieux en retour, ce qui signifiait soit que c'était super que je l'appelle, soit que tout s'était parfaitement bien passé, radieusement. Dino et moi nous hâtâmes sur le chemin du retour vers la dinde et Oskar. Peut-être plutôt vers Oskar et la dinde.

Nous en avions fini avec le dîner quand mon téléphone sonna. J'envisageai en fait de ne pas répondre, sachant que c'était dimanche après-midi, l'heure du repas, etc., mais Oskar insista pour que je vérifie qui c'était. En arrivant devant la table basse, ayant attrapé le téléphone et vu de qui l'appel provenait, je me vis pratiquement dans l'obligation de répondre.

« Evert ?

— Désolé de vous déranger un dimanche, mais avez-vous le temps de passer me voir demain ? » Comme d'habitude, il allait droit au but. Il se racla la gorge et hésita quelque peu. « C'est à propos de ce que vous m'avez raconté, à propos de l'enfance de Konrad. J'ai parlé à Konrad, mais j'espérais que vous sauriez peut-être des choses qui se sont passées avec lui à l'époque ? Je veux dire, pas sur ce à quoi il a été exposé, mais sur les circonstances autour. Comment Elvira et Peder se sont occupés de lui, entre autres choses. Konrad a naturellement trouvé que c'était une question désagréable à aborder, mais nous devons retourner chaque pierre dans cette affaire.

— Elvira et Peder n'ont pas dit grand-chose, et je ne le sais pas non plus depuis bien longtemps, mais il est clair que je peux venir parler avec vous.

— C'est gentil, merci.

— De rien... Il y a autre chose ? » Parfois, des questions posées vous plaisent rétrospectivement. À défaut, je n'aurais jamais rien appris, n'est-ce pas ?

« Oui, en fait... je vous ai indiqué qu'on avait retrouvé des empreintes sur le vélo vert que Prebensen avait utilisé ? » Il feuilleta ses papiers tandis que je marmonnais une sorte de réponse affirmative. « Il a fallu un certain temps pour les analyser, mais nous y sommes parvenus aujourd'hui. Ils proviennent de sources des plus étonnantes, je dois dire.

— Quelqu'un que je connais ?

— Plusieurs, en réalité. »

Heureusement que je me trouvais à la table du salon, où des chaises étaient disponibles, parce que je dus m'asseoir à l'annonce de la réponse.

Chapitre 21

Les empreintes digitales appartenaient à Mona, Oskar, Morten, le chef Alfred, Ragnarsen, Keith Bradley et moi-même. Ainsi qu'à quelques autres personnes non identifiées. D'après ce que je savais, aucune des personnes nommées ne possédait de vélo vert, et je ne les avais jamais vues sur un tel moyen de locomotion.

Mona conduisait uniquement sa voiture, une bagnole kitsch grondante, polluante et de mauvais goût de marque Mitsubishi Evo. Oskar conduisait surtout ma Saab. Je n'avais vu le chef Alfred qu'à pied, et je ne pouvais pas non plus imaginer Keith Bradley sur un vélo vert. Il était modelé et bâti pour rouler au volant de la Land Rover. Ragnarsen avait perdu son permis en conduisant ivre il y a plusieurs années, du temps où il sombrait dans l'alcool. Morten cahotait au volant d'un tracteur ou d'un camion, un engin quelque peu difficile à déterminer par moments. Morten s'apparentait à Mona, leurs moyens de transport empestaient le « peu respectueux de l'environnement ». Il ne faisait jamais de vélo. Je cogitai alors que j'allais devoir toucher un mot à lui et aux autres, et le plus tôt serait le mieux. Je voulais commencer par Morten.

« Oskar ? » Comme réponse, je n'obtins qu'un silence complet. Où était-il passé ? Je retournai dans la cuisine. Oskar se tenait près de la fenêtre, les yeux tournés vers le jardin, en direction des énormes arbres qui encadraient notre parcelle à cet endroit. Il avait dû m'entendre, mais...

« Qu'est-ce que tu fabriques ?

— Je surveille le voisin. Qu'est-ce qu'il peut être bête comme ses pieds...

— Est-ce qu'il est encore après ses feuilles ?

— Pas ses feuilles. Ce sont les nôtres, du moins c'est ainsi qu'il le conçoit. »

Je n'avais pas besoin de regarder par la fenêtre pour savoir de quoi Oskar parlait. Notre voisin, un homme à la retraite, bien installé dans ses petites habitudes, s'adonnait à son passe-temps habituel. Environ cinq minutes avant le journal télévisé du matin, un peu avant sept heures, il enfilait une combinaison, des gants et un bonnet à pompon et se précipitait dans le jardin. Là, il avait déjà amassé quelques tas à côté de notre clôture. Sous le couvert de la demi-obscurité, il se faufilait jusqu'à la clôture et jetait tout de notre côté. Oskar le trouvait indiciblement drôle et divertissant.

« Tu ne dois pas une bouteille de cognac à Morten ? »

Oskar regardait toujours par la fenêtre lorsqu'il me répondit.

« Oui, en effet. Il m'a aidé à nettoyer le toit cet été. Il ne voulait rien en échange, alors je lui avais promis une bouteille. Pourquoi ça ?

— Peut-être que nous devrions la lui apporter ce soir ? C'est-à-dire environ maintenant ?

— Ce soir ? » Oskar me dévisagea un instant, cela semblait vraiment précipité. « Oui... nous pouvons. Une promenade ne nous ferait sûrement pas de mal.

— Nous n'avons pas besoin de rester très longtemps. Je veux juste lui demander quelque chose. » J'expliquai rapidement à Oskar pour les empreintes digitales et le vélo vert. Son intérêt fut enfin suffisamment éveillé pour qu'il quitte la fenêtre des yeux et s'approche de moi.

« Avec mes empreintes digitales ? Comment est-ce possible ?

— Dieu seul le sait, mais elles se trouvent peut-être sur ce vélo depuis bien longtemps.
Cela dépend de l'endroit où le vélo s'est retrouvé, etc.

— Dans tous les cas, je n'ai jamais possédé de vélo vert. Je ne peux pas imaginer que ce soit le cas non plus pour l'un des autres. Mais il ne faut jamais dire jamais. Étrange... » L'inquiétude gagnait Oskar, c'était nettement visible. « Envisages-tu de demander à Morten s'il sait à qui appartient le vélo ?

— Oui... par exemple. Il pourrait connaître le propriétaire. Je dois bien commencer quelque part. »

À notre arrivée, Morten se tenait dans le jardin devant sa maison et brûlait des feuilles sèches. Comme déjà mentionné, Morten ne se souciait pas beaucoup des émanations de gaz et choses de ce genre. Il se contrefichait souvent des directives de la municipalité, même si elle avait imposé des restrictions sur le brûlage des déchets végétaux. Les seules choses qui attisaient la passion de Morten dans la nature restaient les arbres et les plantes. Plutôt sous forme d'attention et d'admiration.

Cette fois-ci, il ne nous invita pas à entrer. Il devait gérer deux choses en cours ce soir : il devait surveiller le feu jusqu'à ce qu'il s'éteigne et il devait rencontrer un ami pour le dîner. Sa vie sociale ne devait certainement pas s'arrêter à nos quelques tasses de café et dîners. Je m'en serais doutée. Le feu arrivait déjà à l'état de braises lorsque nous arrivâmes.

Morten accueillit la bouteille de cognac avec enthousiasme et maints remerciements.

« C'est vraiment trop, vous deux ! Je ne m'y attendais pas, j'avais juste dit ça comme ça, en fait. C'est trop, merci beaucoup...

— C'est la moindre des choses. Si tu ne veux pas être payé, alors tu dois obtenir une autre contrepartie. Une heure par-ci et une heure par-là, c'est de l'argent pour toi, n'oublie-pas. » Je m'étais souvent demandée si Morten parvenait réellement à faire tourner sa petite entreprise d'homme-à-tout-faire. Il vivait probablement sobrement, du moins au quotidien.

Morten posa soigneusement la bouteille de cognac sur l'escalier en pierre. Il nous expliqua qu'il avait nettoyé le bateau en bois plus tôt dans la journée et qu'à présent il flottait tranquillement dans ses amarres. Il n'y avait aucun danger pour le bateau, en d'autres termes. Oskar et Morten échangèrent quelques mots sur le type de bateau pendant que je... Je restais plantée là à observer autour de moi, en fait. Le jardin de Morten s'avérait au moins aussi luxuriant et imposant que le mien. C'était également un partisan de la théorie « Plantons et voyons ce qui survit ». Il s'avérait agréable de poser les yeux sur une végétation haute et basse, densément plantée et abondante.

Parfois, c'était également très confortable de simplement écouter pendant que d'autres menaient la conversation. J'aimais regarder les gens parler, cela permettait d'apprendre pas mal de choses. Pour être honnête, ce n'était pas toujours facile pour moi de m'y soumettre. Je pouvais me surprendre à m'immiscer dans les conversations, du moins si je pensais savoir de quoi je parlais. Cela arrivait en fait plus souvent qu'à mon tour. Oskar semblait d'une humeur égale et heureux comme à son habitude, Le regard de Morten alternait entre le feu et nous, tout en s'arrêtant furtivement sur sa montre. Un succulent dîner devait être plus tentant que de rester debout à discuter avec nous. Je me décidai à entrer dans la conversation pour demander ce que j'avais prévu de demander...

« As-tu parlé avec Evert Karlsen, le lieutenant ?

— Oui... Il m'a téléphoné il n'y a pas longtemps. » Morten esquissa un léger sourire et racla dans ce qui restait des braises. « Il a prétendu avoir retrouvé mes empreintes digitales sur un vélo vert. Un vélo que ce Prebensen avait utilisé, du moins avec lequel il avait été en contact étroit.

— C'est aussi ce qu'il m'a dit. Connais-tu quelqu'un ayant un vélo vert ?

— Y a connaître et connaître... connu, serait probablement plus correct. » Morten posa le râteau et souleva un seau en métal qui reposait à côté de lui. Celui-ci était si rempli d'eau qu'il éclaboussa au passage. « Ma mère possédait un vélo vert. Il est resté dans l'abri à vélos depuis son décès. Quand Evert m'a parlé du vélo avec mes empreintes digitales dessus, j'ai dû aller vérifier s'il se trouvait toujours là. Il n'y était plus, et possiblement depuis longtemps. Je me rends rarement dans l'abri à vélos, je ne fais pas vraiment du vélo tous les jours. Aucune idée de comment Prebensen a pu mettre la main dessus. Ce n'était pas vraiment un joyau, pour ainsi dire. Mais dans tous les cas, ce n'était pas surprenant que mes empreintes soient dessus. »

À ce dernier mot, il jeta le contenu du seau d'eau sur les braises de sorte qu'un nuage de fumée se dressa comme un mur entre lui et nous.

« Cela explique pas mal de choses ! Ta maman pédalait souvent, et nous l'avons aidée à ramener les courses à la maison plusieurs fois. C'est peut-être comme ça que les empreintes de Mona se sont également retrouvées dessus ? Ta mère n'allait pas à l'hôtel de temps en temps ? demandai-je.

— En effet, et ô combien, répliqua Morten en souriant. Elle adorait le café de Mona. Elle ne supportait pas grand monde les dernières années, ce vieux dragon, mais Mona jouissait d'une étrange emprise sur elle, c'est certain. »

J'imaginais que Keith Bradley, qui semblait être un vrai gentleman, aurait probablement aussi pu aider la mère de Morten. S'il était déjà venu à Ankerholmen précédemment ? Je notai que je devais lui poser des questions à ce sujet. Ou bien peut-être était-il aussi passé devant le vélo dans les bois il y a quelques jours ? L'avait éventuellement un peu déplacé par rapport à là où il se tenait près du sapin ? Sans quoi... Keith représentait un homme à qui je devais parler de toute urgence.

Après cela, Morten fut vraiment pris par le temps et c'était totalement compréhensible. Ce n'était aucun mystère qu'il ait mis la main sur le vélo. Mais qui l'avait sorti de l'abri ? Quel rapport pouvait-il y avoir avec Prebensen ?

Il fut très difficile de se concentrer sur la série policière britannique au fond du canapé lorsque Oskar et moi nous posèrent finalement là pour la soirée. Habituellement, j'étais très heureuse de m'évader dans un univers de rêves de vertes prairies britanniques et de maisons si basses sous le toit que je risquerais de me cogner la tête pour le reste de ma vie. Éventuellement, je devrais envisager le port d'un casque de vélo en permanence.

Keith Bradley m'étonnait. Il était certainement un mec complexe. Un homme bien élevé et bourgeois d'un endroit aussi idyllique que les Cotswolds pourrait-il être en mesure d'attenter à la vie des autres ? Un coup d'œil sur l'écran de télévision et Inspecteur Barnaby m'indiquait que, oui, c'était tout à fait possible. Je devais garder à l'esprit que je ne connaissais pas du tout l'homme.

Quant à Konrad ? Le sensible Konrad. Le passé aurait-il pu le rattraper et l'entrainer à faire des choses terribles, comme commettre un meurtre ? Aurait-il supprimé Prebensen pour obtenir un accès libre vers Katrine ? Aurait-il essayé d'assassiner sa tante et son oncle pour accéder librement à une situation financière sereine ?

Quant à Katrine ? Non, je rejetai rapidement l'idée. Elle n'aurait jamais pu pendre son mari dans un nœud coulant. Dans un tel cas, elle aurait eu besoin d'aide. D'ailleurs... ne se baignait-elle pas à Vestkantbadet quand le meurtre avait dû se produire ? Mais qu'en était-il de l'empoisonnement d'Elvira et Peder ? Katrine seule s'était retrouvée tout en bas de ma liste de suspects, mais qu'en était-il de Katrine et Konrad ensemble ?

Ou encore Ragnarsen avait-il dérapé ? Avait-il vraiment battu sa femme quand il était porté sur la boisson ? Les querelles de voisinage ou l'obligation de résidence lui étaient-elles montées à la tête ? Son tempérament explosif ne s'était-il pas évacué ailleurs après qu'il eut rejoint la ligue anti-alcoolique et que sa femme soit morte de ses mains ? Et Morten ? Avait-il tué sa mère, comme l'insinuaient les méchantes rumeurs de l'île ? S'il avait tué Prebensen et agressé Elvira et Peder, quel aurait été le motif ? Le gentil Morten qui semblait si comblé dans la vie ? Non. Rien de sensé ne parvenait dans mon jeune raisonnement de détective, dans tous les cas.

Oskar, Mona et moi-même n'étions même pas notés sur ma liste. Mona fondrait en larmes si elle écrasait un chat et Oskar était si honnête que cela dépassait carrément les bornes. Je restais sensiblement certaine d'être complètement innocente. D'autres suspects, que je ne connaissais pas, mais qui pourraient bien apparaitre de nulle part, occupaient une place avant Katrine sur ma liste. Donc presque tout en bas.

Tandis que nous regardions la suite de la série policière à la télévision, tant des manoirs des Cotswolds, des vélos, des cygnes flottant sur les eaux peu profondes, le bateau en bois que des infidélités tourbillonnaient dans ma tête. Je restais totalement perplexe, bien plus perplexe que ne le suggérait ma posture détendue sur le canapé. Un oreiller derrière le dos et la nuque, les pieds sur la table basse. Je m'endormis dans cette position avant même que le détective ne reçoive du thé et des scones dans le jardin du coupable. Probablement poliment calé dans un doux siège en osier et les mains autour d'une généreuse tasse de porcelaine.

Le lundi, je retournai voir Evert, comme je l'avais promis. Je me dirigeai vers Tønsberg, vive, gaie et enthousiaste à l'idée que des faits excitants s'étaient passés dans ma vie. Ce fut un plaisir de faire la queue pour traverser le pont-canal et de savoir que j'étais en fait l'une des nombreuses âmes en route vers quelque chose de significatif. Quelque chose qui pouvait s'apparenter à un travail. En fait, j'étais tellement excitée que je souris à l'homme dans la Nissan bleue à côté de moi. Il jeta rapidement un coup d'œil dans le rétroviseur et tâtonna sur le siège passager. Le temps s'était vite écoulé et bientôt je me garai à nouveau en contrebas du musée d'art Haugar.

Je racontai à Evert ma visite chez Morten, mais nous parlâmes principalement de Konrad. Et de Katrine Prebensen. Evert s'apprêtait à mener une enquête sur l'un et l'autre, d'après ce que je comprenais. Il semblait à la fois épuisé, laconique et las de démêler toutes ces histoires.

J'eus l'occasion de lui raconter ma rencontre avec Keith Bradley. Il prit note de mes paroles, mais avec beaucoup moins d'enthousiasme que lors de notre toute première rencontre. C'est-à-dire, à peu près au moment où Prebensen avait été découvert. Evert avait tenté de joindre Bradley à nouveau, mais il était resté bredouille. Bradley représentait certainement l'une des rares personnes à refuser d'utiliser un téléphone portable. Des messages répétés à Mona indiquant qu'il devait rappeler le commissariat n'avaient jusqu'à présent produit aucun résultat. J'espérais qu'il ne soit pas égaré dans les bois.

Le mardi après-midi, cela faisait exactement cinq jours depuis que j'avais retrouvé Elvira et Peder inconscients. Du moins presque exactement. Quelques minutes de plus ou de moins n'étaient pas à exclure. La vie avait à nouveau évolué vers quelque chose qui ressemblait à la vie quotidienne. Ma mère n'arrêtait pas de m'appeler pour obtenir des nouvelles, et j'alternais entre rendre visite à Elvira et Peder à l'hôpital, promener Dino et jardiner. Elvira montrait de bons signes d'amélioration, Peder dans une moindre mesure, mais il était question de les réveiller tous les deux du coma artificiel assez rapidement. C'était étrangement calme sur l'île. Même la tronçonneuse de Morten restait silencieuse. Le beau temps d'automne se poursuivait avec un coucher de soleil éclatant, des feuilles rouges et dorées, ainsi qu'une herbe encore bien verte.

Je m'assis dehors au bord du bassin, avec ce temps si agréable et doux, attendant le retour d'Oskar de l'aéroport. Devant moi, sur la table de jardin, reposait un plateau de scones fraîchement cuits, de confiture et de crème. Avais-je été inspirée par les séries policières britanniques ? Keith Bradley ? Probablement les deux. Quelques douceurs avant le dîner. Ma version de vivre dangereusement. Bien que, cette expression à propos de vivre dangereusement, peut-être que je n'aurais pas dû la mentionner.

Je me versai une tasse de thé généreuse, mais me décidai à attendre pour les scones jusqu'au retour d'Oskar. Cela n'allait probablement pas durer bien longtemps et cela n'avait pas d'importance si je devais attendre un peu. Cependant, la tasse de thé fumante était la bienvenue. Je n'avais pas mangé depuis le déjeuner, alors je la portai à mes lèvres et levai mon regard vers la surface de l'eau. La vapeur de la tasse se déposait comme une couche de crème hydratante sur mon visage et recouvrait également mes lunettes. Les lunettes de lecture que j'oubliais constamment de retirer de mon nez lorsque je faisais autre chose que ce à quoi elles étaient destinées. Je les retirai et les posai sur la table à côté du plateau à thé. L'espace d'un instant, je ne parvenais pas à me concentrer complètement, mais je frottai le coin de mes yeux avec ma main gauche.

À l'intérieur du bassin, l'eau restait immobile et brillante comme une surface laquée devant moi. Les typhas s'agglutinaient en deux groupes, toujours composés de « rouleaux » bruns sur des tiges rigides. Les feuilles des nénuphars se tintaient de rouge et de jaune, mais flottaient toujours fermement. De petits îlots d'herbe étaient apparus tous seuls, sans que je n'aie accompli aucun effort pour les aménager. Ils s'étaient établis sur les restes de feuilles, de terre et de plantes, et prospéraient parfaitement là où ils se tenaient, ou flottaient, je n'en étais pas tout à fait certaine. Ils me rappelaient ces îles flottantes que l'on pouvait admirer dans les marécages de Floride. N'était-ce pas en Floride ? Cela aurait tout aussi bien pu être dans un autre pays d'orient, si mes souvenirs sont bons. Quoi qu'il en soit, je les trouvais plutôt classes, mais ils ne sortaient certainement pas du livre de jardinage.

Au début de l'été, seulement deux îlots de ce type existaient, mais maintenant il y en avait beaucoup plus. Ils étaient encore verts, certains avaient commencé à jaunir, mais... Quelle était cette couleur ? Du brun ?

Je reposai la tasse de thé sur la table et me levai. Était-ce le feuillage qui avait complètement pris le dessus ? Je marchai prudemment le long du bord du bassin pour enquêter davantage ; je devais marcher prudemment, car le bord s'avérait quelque peu instable à cet endroit. D'ailleurs, les hostas restaient toujours raisonnablement verts et esthétiques. Ils allaient bientôt jaunir et disparaître jusqu'à l'année suivante, mais j'avais l'intention de les garder aussi longtemps que possible.

Les hostas et le bord instable étaient probablement aussi la raison pour laquelle je regardais mes pieds sur le petit chemin menant au bord de l'eau. Je les relevai vers le bassin seulement une fois mon but atteint. Je me tenais alors dans ce même silence total. Une brise fraîche ébouriffa le feuillage qui recouvrait l'eau. Dans un bruissement, elle balayait la surface de l'eau, la rendant plus visible. La zone brune n'était ni des feuilles ni des îlots ; elle ressemblait à une tête. Une tête dotée d'une chevelure brune en train d'onduler dans l'eau.

Chapitre 22

Évidemment, ce n'était pas une tête qui flottait dans le bassin, mais au point où l'on en était... Une nouvelle bourrasque de vent plus puissante permit d'éclaircir la surface de l'eau et je découvris ce que c'était réellement : il s'agissait du fond d'un panier, un panier dans lequel j'avais installé des plants de fraises au début de l'été et que je m'étais demandé où il avait bien pu passer. Je l'avais cherché sous les buissons et derrière les haies, mais finalement, je m'étais résignée à le déclarer perdu. À présent, le mystère était résolu, il flottait dans le bassin du jardin d'Olivia Henriksen.

Mon cœur battait toujours fort dans ma poitrine en retournant vers la table du jardin. Bon sang, comment ce panier s'était moqué de moi.

Ces histoires avec Elvira et Peder, ainsi que le meurtre de Prebensen, m'avaient visiblement ébranlée encore davantage que je ne l'avais imaginé. Je m'assis et penchai la tête en arrière, inspirant aussi profondément que possible en essayant de retrouver mon calme. L'odeur des scones, de l'automne et des feuilles en décomposition planait dans l'air. Je soulevai la tasse de thé à moitié tiède. Le thé n'avait-il pas un pouvoir d'apaisement dans la plupart des situations ?

Au même instant, naturellement, mon téléphone choisit de sonner. Le thé se renversa sur mon pantalon clair et je fulminai. La matière n'était pas du tout adaptée à du thé.

Je me penchai maladroitement pour décrocher.

« Oui ? » Le silence régnait à l'autre bout. J'entendis juste un faible bruit de martèlement et une sorte de crépitement, méconnaissable pour moi.

« Allo ? demandai-je en vain.

— Au secours... aide-moi ! » La voix semblait étouffée et provenir de loin. J'aurais imaginé une mauvaise ligne d'un quelconque pays sans réseau téléphonique bien développé, mais la voix parlait décidément norvégien. Cela ne pouvait tout simplement pas coller...

« Qui est-ce ? Allo ?

— Aide-moi... c'est Konrad... » Puis la ligne téléphonique fut coupée nette.

J'abaissai lentement le téléphone de mon oreille et me contentai de le fixer. « Konrad ! » m'écriai-je. Comme si cela pouvait aider.

L'écran affichait « Appel terminé ». Il avait dû arriver quelque chose à Konrad. Qu'est-ce que j'étais censée faire à présent ? Oskar n'était toujours pas de retour à la maison, mais je ne pouvais pas rester les bras croisés près du bassin à attendre. Même s'il n'avait jamais été aussi idyllique.

Je m'emparai du plat de scones et me précipitai dans la cuisine où je trouvai un bloc de Post-it. Pour une fois, il se trouvait là où je l'avais laissé la dernière fois. Je griffonnai une note à l'attention d'Oskar, après tout, je lui avais promis selon la règle numéro un de prévenance : « Toujours confier son itinéraire. »

« JE CHERCHE KONRAD. IL A DES ENNUIS. JE NE SAIS PAS CE QUI NE VA PAS. JE NE SAIS PAS NON PLUS OÙ IL EST. J'AI DINO ET MON PORTABLE AVEC MOI. »

La note aurait pu être plus informative, je l'avoue, mais c'était tout ce que je savais pour le moment. En sortant de la cuisine, j'appelai Dino. Il contourna le coin à une telle vitesse que l'arrière de son corps dérapa et qu'il arriva vers moi dans une glissade. Un instant plus tard, il s'était remis et se tenait debout, le nez dans l'embrasure de la porte. D'ordinaire, cela m'aurait déclenché un sourire.

Tout d'abord, je me dirigeai vers la zone de coupe de bois de Morten. Konrad aurait pu être blessé par une chute d'arbre, peut-être ? Il aurait enjambé et se serait embroché sur quelque chose de piquant au sol ? Non, Dino et moi remarquâmes rapidement que toute la zone était déserte de tout être humain.

Je poursuivis ma course, en direction de la maison d'Elvira et Peder. Quelqu'un aurait-il pu l'enfermer dedans ? Au sous-sol ? Dans le hangar à bateaux ? Je m'élançai sur la petite pelouse et enfonçai la poignée de la porte. Une araignée avait pris possession de la poignée de porte pendant les quelques jours où Elvira et Peder reposaient dans un sommeil profond et involontaire. La toile s'enroula autour de ma main lorsque je la saisis. Cependant, ce n'était pas le seul signe que la porte n'avait pas été ouverte depuis un certain temps. Elle était toujours ceinturée par le ruban décoratif clairement visible de la police.

En faisant le tour de la maison jusqu'au hangar à bateaux, j'examinai les fenêtres. Toutes étaient solidement fermées et, à l'intérieur, les rideaux à moitié tirés. La porte du hangar à bateaux était entrouverte, tout comme je l'avais laissée la dernière fois où j'avais nourri Tom. À l'intérieur, sur les filets de pêche de Peder, Tom était recroquevillé comme une boule de fourrure. Il commença immédiatement à ronronner en me voyant et étendit une patte.

« Désolé, Tom. Je dois partir. » Lorsque je me retournai vers la porte à nouveau, il avait l'air surpris et déçu.

L'hôtel du Port ? Konrad pourrait-il être là-bas ? Retenu par un kidnappeur détraqué dans sa chambre ? J'avais de gros doutes, mais il fallait vérifier. Je me précipitai vers la réception de Mona.

« As-tu vu Konrad ? » Le sourire avec lequel elle m'avait accueillie s'évanouit soudainement lorsqu'elle perçut l'agitation dans ma voix.

« Non... il est sorti. Il y a un problème ? As-tu couru depuis chez toi ou quoi ?

— Oui... Non... Je ne peux pas t'expliquer maintenant. Konrad a des ennuis. Je dois le trouver. » Je fis volte-face pour quitter en toute hâte la réception.

« As-tu besoin d'aide ? » s'écria Mona après moi.

Dans mon esprit, j'imaginai Mona avec ces chaussures à hauts talons rouges courir après moi autour de la plage. Une image hautement réaliste. Alors je me retournai et lui criai :

« Non merci ! Mais tu peux appeler Oskar pour moi. Je ne veux pas utiliser mon téléphone au cas où Konrad appellerait à nouveau. Dis-lui que j'étais là ! »

Dino me tira hors du jardin de l'hôtel vers la route de gravier. Vers où devais-je me diriger à présent ? Je ralentis la cadence pour réfléchir. Qu'avais-je pu négliger ?

Dans ma tête se bousculaient des nénuphars et le bassin du jardin, des paniers flottants et des pieds suspendus, Elvira et Peder, Konrad et Katrine, Mona et Keith, mon cher Oskar, l'homme-à-tout-faire Morten, Ragnarsen et Torstein, la cigüe... les testaments... Line Akselsen. Qu'avait-elle dit exactement ? Et puis, bien sûr, Evert et toutes ses questions.

Evert m'avait interrogée sur la cigüe. Cela me perturbait encore. Je savais que j'en avais vue ailleurs que dans mon propre jardin, mais où ? Où diable était-ce ? C'était comme si la réponse se cachait dans mon subconscient. J'étais profondément contrariée qu'elle n'arrive pas à sortir.

Était-ce dans le jardin de Ragnarsen ? Peut-être, mais très peu de personnes avaient eu accès au jardin de Ragnarsen. Je n'étais pas l'une d'entre elles, donc ce ne pouvait pas être là. Bradley conduisait-il avec un échantillon de cigüe dans son Land Rover ? Difficile à croire. Katrine Prebensen était-elle experte en plantes médicinales ? Pharmacienne dans sa vie antérieure, c'est-à-dire avant d'épouser Prebensen ? C'était fort improbable.

Sur un poteau téléphonique à côté de la route était accrochée une chancelante affiche en lambeaux de cet été. Personne ne s'était donné la peine de la retirer après que ce qu'elle annonçait avait eu lieu. Je pouvais à peine en discerner quelques mots : « Réunion publique sur l'obligation de résidence. Rendez-vous à la maison des sports, lundi... » Le reste était devenu complètement illisible.

Toutefois, dans ma tête, une connexion venait de s'établir. Qui avait été le plus exacerbé par le retrait de l'obligation de résidence, de tous les gens que je connaissais ? Qui était autant apprécié d'Elvira et Peder qu'ils puissent imaginer tout léguer à cette personne, en dehors de Konrad ? Qui avait débarqué chez moi avec un œil au beurre noir après que Prebensen eut été retrouvé mort ? Qu'avait dit Line à propos des relations de voisinage étroites sur Ankerholmen ? Envers qui Mona avait ces derniers jours exprimé un scepticisme manifeste et déclaré ce qui suit : « Celui qui a assassiné sa mère ? » Mais le centre de tout : je me souvins subitement dans quel jardin j'avais aperçu de la ciguë.

C'est une sensation bizarre lorsque les souvenirs et les réflexions s'imbriquent tout d'un coup ensemble comme un puzzle. Les dernières pièces de mon puzzle étaient définitivement tombées par terre et s'étaient cachées sous le canapé. En les retrouvant, je n'étais pas heureuse, mais plutôt indiciblement triste.

Une certitude limpide guida finalement mes pas vers ce jardin en question. Une maison où vivait un homme qui aurait probablement hérité d'une fortune considérable, si personne n'avait changé d'avis et que le cœur et la conscience avaient au bout du compte pris la décision finale. Un homme qui avait été en possession d'un vélo vert.

Il était assis sur le banc à l'extérieur de la maison. C'était un banc qu'il avait fabriqué lui-même, un où l'écorce suivait avec l'arrière du pantalon quand on s'en relevait. Il regardait droit en l'air. Apathique. Peut-être rêveur.

Je ne pense pas qu'il me vit traverser le portail. L'arrivée de Dino non plus, d'ailleurs. L'instant suivant, néanmoins, mon joyeux chien se tenait debout avec ses pattes de devant sur ses genoux et remuait allègrement la queue. Je ne pensais pas pouvoir me permettre quoi que ce soit de tel. Pas que j'en aie envie non plus.

« Salut, je vous attendais... du moins j'attendais quelqu'un. » Morten me regardait avec les yeux mouillés et le visage livide. « Konrad t'a appelée.

— Oui... » je m'assis sur le banc à ses côtés. L'écorce frottait inconfortablement contre mes cuisses. En fait, je sentais un devoir de le réconforter, il n'avait pas l'air en forme là où il était assis.

« Ce fouineur. » Un sourire cynique se fraya un chemin à travers ses lèvres étroites et sèches.

« Est-ce que... Konrad est là ? Chez toi ? » La certitude me frappa d'un coup et m'enfonça contre le siège en bois dur.

« Oui, n'as-tu encore rien compris jusqu'à maintenant ? » Morten éclata dans un rire dément que je n'avais jamais entendu chez lui auparavant.

« Mais, mais… où est-il ? »

J'espérais que Morten ne s'aperçoive pas du retrait discret de mon téléphone de ma poche. La poche à l'opposé de lui, fort heureusement. D'une manière ou d'une autre, je devais prévenir Evert… ou Oskar… ou Torstein. Lentement, je me levai. Soudain, il ne semblait plus aussi attrayant d'être assise auprès de Morten. Une sensation vraiment étrange.

Mes mouvements lui firent lever les yeux. Il avait arrêté de parler et au lieu de cela, il m'observait. Calmement. Je réalisai qu'il allait être difficile de composer n'importe quel numéro sans qu'il le voie. Bon sang, pourquoi n'avais-je pas ajouté la police dans mon répertoire téléphonique, mais il était trop tard pour les regrets à présent. Je choisis une autre solution.

« J'ai promis d'appeler Oskar pour l'informer d'où je me trouve. Attends juste une minute et nous pourrons poursuivre notre discussion. Il s'inquiète si facilement, tu sais. Se demande où je suis et des choses comme ça… »

En réalité, je m'étonnais de parvenir à garder ma voix aussi stable qu'une fondation en béton sur un banc de sable. Pas même un frisson, non. Tout de même, je n'étais rien d'autre qu'une amatrice terrifiée. Je regardai mon téléphone, me retournai et composai le numéro de la police aussi vite que possible avec mes doigts engourdis.

Je sentis une ombre à côté de moi et commençai à me retourner au même moment. Juste avant que la pelle de jardin bien usée de Morten, incroyablement efficace à utiliser en raison de son poids, ne vienne frapper ma tempe droite. La pelouse soigneusement taillée vint me cueillir à une vitesse fulgurante. Puis tout devint noir.

Chapitre 23

Je repris mes esprits, allongée dans le cabanon de Morten. C'était un endroit où j'étais allée à d'innombrables reprises auparavant, donc je n'eus pas besoin de plus de quelques secondes pour reconnaître les murs en planches couverts d'une peinture vétuste bleu clair, ainsi que les bottes en caoutchouc Viking vertes de Morten à côté de la porte. Quand bien même, la pièce paraissait différente d'une certaine manière. Je la voyais habituellement sous un angle différent de celui où elle m'apparaissait actuellement. En règle générale, j'étais en effet érigée à ma pleine hauteur. À présent, j'étais allongée sur le côté sur le sol en béton, avec une vue dégagée sur les semelles des bottes en caoutchouc. Des bottes sans Morten à l'intérieur. Les semelles étaient plus usées que je ne le pensais, cet homme avait effectivement besoin d'un peu de renouvellement dans le rayon des bottes en caoutchouc. Pauvre Morten, il...

Puis la réalité me rattrapa dans toute son horreur. Il n'y avait certainement pas à être désolé pour lui. Certes, peut-être à bien des égards, mais ces raisons ne me revenaient pas de l'endroit où je me trouvais. Tout d'abord, je n'étais pas seulement allongée sur un sol froid en octobre, j'étais également attachée et munie d'un ruban adhésif collé sur ma bouche. Un ruban large, solide et argenté... De plus, j'étais allongée dans le cabanon de jardin d'un homme dont j'étais à présent presque certaine qu'il n'était pas seulement un violent assassin, mais également un type cinglé. Comment pouvait-on se comporter normalement pendant des années, puis changer soudainement de personnalité ?

Une troisième chose qui m'inquiétait, c'est que je reposais au beau milieu de nombreux outils de jardin. Des outils qui pourraient rapidement devenir dangereux entre les mains d'un homme pas tout à fait sain d'esprit avec un penchant pour le meurtre.

Un mal de tête m'attrapa d'un coup lorsque j'essayais de tourner la tête. Il avait vraiment cogné fort. Je grognai à travers le ruban adhésif. Cela devenait inquiétant que ma bouche soit recouverte, tandis que je sentais mon nez commencer à se boucher. Je ressentis une légère frayeur et de la panique. Les gros lapins de poussière de Morten et mes allergies ne faisaient pas bon ménage. Ce me fut d'une grande aide de fermer les yeux et de respirer profondément. Puis un faible gémissement s'éleva à travers la demi-obscurité...

Se trouvait-il... quelque chose de chaud derrière mon dos ? Quelque chose d'humain ? Je tentai à nouveau de tourner la tête à moitié sur le côté pour voir ce que c'était, mais ma nuque restait raide et douloureuse. Après un moment de réflexion, j'en vins à la conclusion que je devais complètement tourner l'ensemble de mon corps, sans solliciter mon cou.

Je me poussai prudemment vers le mur le plus proche, tout en me sentant indescriptiblement misérable. Le long du mur, j'avais prévu de me débrouiller pour me redresser, afin qu'au moins je sois assise. Habituellement, cela n'aurait pas été une tâche ardue, mais j'étais ligotée. Je n'avais aucune idée qu'il puisse être si difficile de ramper dans une situation aussi humiliante. Avec l'utilisation de muscles à des endroits inconnus de mon corps, je me retrouvai tout de même rapidement contre le mur. Je rehaussai mon dos peu à peu contre la paroi de planches brutes, par chance sans copeaux de bois, et tournai directement les yeux vers l'autre personne au sol.

Super, au moins j'avais trouvé Konrad.

Le plus simple aurait été de crier son nom, mais je ne pouvais pas. Le ruban adhésif mettait un frein à ce plan. Au lieu de cela, je grognai aussi fort que je pouvais me le permettre, tout en donnant un petit coup dans sa cuisse avec mon pied gauche. Aucune réaction. Après avoir procédé ainsi pendant ce qui sembla durer une heure, mais ce n'était probablement que quelques minutes, je transpirai tellement que je vis des gouttes couler le long du scotch et à travers mes yeux exorbités. Je ressentis également un début de nausée. Cela commençait à devenir vraiment désagréable d'être Olivia Henriksen.

C'est à ce moment-là, je pense, que je m'évanouis à nouveau. Dans tous les cas, je n'entendis pas que quelqu'un avait franchi la porte. Quand j'ouvris les yeux à nouveau, mes yeux tombèrent directement sur une paire de grosses chaussures d'homme de couleur marron... Bien au-dessus des chaussures, je perçus un petit rire. Je n'avais pas besoin de relever les yeux pour savoir à qui il appartenait.

« Essaies-tu de t'enfuir ? » s'enquit froidement Morten. Il se tenait debout, les bras croisés, à m'observer. Ses mains étaient heureusement vides, sans outil ni arme. « Je suis navré de t'avoir frappée si fort, mais c'était nécessaire. »

Je soupirai de soulagement en comprenant qu'il ne s'apprêtait pas à m'assommer à nouveau. Ou plutôt, j'aurais poussé un soupir de soulagement si mes voies respiratoires avaient été libres, mais c'était loin d'être le cas. Puis je me lançai dans une exécution de mime. J'essayai de lui signaler qu'il devait retirer le ruban adhésif de ma bouche. Il se contenta de me regarder en secouant la tête.

« Tu peux juste oublier pour que j'enlève ce scotch. Je te connais, tu te mets toujours à jacasser pour qu'un malheureux ne puisse pas placer un seul mot. Maintes fois, j'ai souhaité te clore le bec. »

Était-ce ainsi qu'il me considérait ? D'accord. J'aurais dû m'attrister, mais je ne ressentais plus grand-chose, j'encaissais simplement. La seule chose qui m'importait restait de sortir d'ici, de survivre. Retourner à la maison avec Oskar, Felix et Kasper, ainsi que Dino. Dino, où était-il ? Je jetai un œil autour de moi, sans doute un peu désespérée dans ma quête, avant que Morten ne recommence à parler.

« Ton petit crétin de chien est enfermé dans la cuisine, détends-toi. »

J'étais encore plus en colère contre Morten dans cette situation. Dino l'appréciait inconditionnellement et ne méritait pas d'être traité de crétin.

Morten poursuivit sur sa lancée :

« Je te connais maintenant, je sais ce que tu penses. Je m'occuperai bien de lui après m'être bien occupé de toi. Nul doute que je sais exactement quoi faire de toi... Cela doit être l'habitude, je suppose. » Morten déplia une chaise de camping, je devinai qu'elle datait des années 70, en tissu plastique orange et marron. Les charnières en métal craquèrent lorsqu'il s'assit. « Cette bonne vieille cigüe... » Il saisit une bouteille brune de l'une des étagères sur le mur, se trouvant derrière des pots de fleurs vétustes et des boîtes de sachets de graines. Une grande bouteille brune dans laquelle on achetait de la bière quand j'étais jeune. Nous l'appelions « Murer » (le litron du maçon). Elle était fermée à l'aide d'un solide bouchon à son extrémité.

La cigüe de Morten poussait de manière luxuriante derrière son cabanon de jardin. Pourquoi diable n'avais-je pas tilté auparavant ? Je me maudissais de là où je me trouvais. Quelle idiote ! Le problème était que le jardin de Morten ressemblait au mien, si dense que les plantes se chevauchaient les unes sur les autres. Elles formaient un mur vert.

« Cela m'a étonné que tu ne fasses pas le lien entre la cigüe et moi plus tôt. Sais-tu comment je me la suis procurée ? » Morten attendait une réponse, mais tout ce que je pouvais faire se limitait à secouer la tête. « Non, c'est bien ce que je pensais. Je l'ai purement et simplement extraite de ton jardin. Ce n'était pas si difficile. Oskar était au boulot, tu étais partie te promener avec Dino et j'entamais une quelconque tâche chez vous. Ce fut la chose la plus facile au monde de déterrer un tubercule et de le replanter ici chez moi. Personne n'en a jamais rien remarqué. Vous pensiez que je n'étais rien de plus qu'un esclave, n'est-ce pas ? Un simple ouvrier qui vient quand on l'appelle ? Quelqu'un chargé d'effectuer ce que le frère maladroit ne savait pas faire ? »

Une fois de plus, je sentis la colère monter, cette fois-ci au nom d'Oskar. Mais il valait mieux secouer la tête avec encore plus d'insistance. Je constatai que ma réaction n'avait vraiment aucune signification pour Morten. Un voile vitreux s'était déposé devant ses yeux.

« Je leur ai donné de la cigüe, à tous. C'est juste rageant que Peder et Elvira n'en aient pas ingurgité assez, poursuivit-il. Konrad a refusé de boire, ce pauvre connard. Il a soudain eu des soupçons contre moi, alors j'ai dû me charger de lui. Aucune difficulté à maîtriser ce bureaucrate là-bas. »

Ma peur se mélangeait alors à une bonne dose de remords. Bon sang, j'aurais dû le comprendre plus tôt ! Pourquoi n'avais-je pas établi le rapprochement ? Ma courbe d'apprentissage en tant que détective privée s'avérait particulièrement abrupte.

Morten gratta le sol avec son pied.

« Ce type m'a volé l'héritage. À quoi pensent Elvira et Peder ? Ce bâtard là-bas ? C'est moi qui devais hériter. Pas Konrad ! Moi ! Une authentique confortable maison de bord de mer, on n'a pas idée ! J'aurais pu la préserver pour l'avenir, permettre aux gens d'expérimenter la vie passée de cet endroit. Ne pas se contenter de vendre la propriété pour gagner le plus d'argent possible ! Quand il m'a dit que c'était ce qu'il avait l'intention de faire avec ce lieu, c'était devenu totalement impossible de le laisser partir. Tu peux comprendre cela ? »

Je choisis de hocher la tête cette fois. Bien sûr que je comprenais, espèce de fou, de taré. Il valait mieux entrer dans son jeu. Apparemment, cela fonctionnait car Morten continua bien volontiers son récit. Je réfléchis désespérément à l'ensemble de mes possibilités. Le tour fut rapidement fait. Bien sûr, j'aurais dû emmener Mona avec moi, malgré ses talons hauts et le terrain accidenté. C'était le prix à payer pour avoir voulu arranger les choses moi-même, résoudre l'affaire toute seule. Je songeai à tout cela toujours assise ligotée, en luttant pour respirer à travers mes narines de plus en plus étroites et en maudissant mon égoïste indépendance mal placée.

« Le bassin de ton jardin aurait été un endroit plaisant pour le déposer, tu sais. J'y ai réfléchi. Lui verser un petit cocktail à la ciguë dans la gorge et le lester avec un bloc de béton Leca autour des pieds. Après tout, tu possèdes de la ciguë dans ton jardin, donc, avec un peu de chance, la police te soupçonnerait. »

J'avais de la ciguë, me dis-je.

« Mais je n'y suis parvenu. Il a sorti son téléphone portable et t'a appelée, ce bâtard, avant que je ne sorte le tracteur. » Morten entrait dans une colère à présent, il avait la peau blanche sur ses mâchoires qui gesticulaient.

Comment pouvait-il être assez stupide pour penser que la police tomberait dans un tel panneau ? Avec les méthodes d'enquête modernes d'aujourd'hui ? Ils auraient très vite découvert de quoi Konrad était mort. Peut-être même des traces d'huile de tracteur auraient-elles été retrouvées sur le corps, ou quoi que ce soit qu'ils aient recherché en premier. Je commençai à soupçonner que Morten était possiblement trop intelligent pour son propre bien. Konrad tressaillit, mais redevint vite complètement immobile. Des contractions musculaires, probablement.

« J'avais aussi un plan B. Et j'y aurais eu recours si tu n'étais pas apparue si vite, déclara Morten sur un ton plat. J'aurais pu le passer dans le broyeur. Le faire descendre la tête la première, laisser la machine agripper ses bras pendant qu'il disparait progressivement jusqu'aux couteaux de broyage. Cela aurait été un plaisir d'admirer ses chaussures onéreuses rebondir en l'air dans des éclaboussures de sang, avec la machine tournant à son maximum. »

Mon effroi devint subitement quelque peu primitif, paralysant. Je ne serais pas parvenue à prononcer des mots s'il m'avait finalement retiré le scotch. Après tout, qu'aurais-je pu dire ? Essayer de convaincre Morten qu'il était en fait illégal de faire une chose pareille ? Que ce serait un sale boulot avec beaucoup de nettoyage par la suite ? Qu'il serait très probablement en détention pour le reste de ses jours s'il s'adonnait à de tels passe-temps ? Aucune grande conviction.

« Cet avocat était sacrément coriace, je dois dire, ajouta Morten. Quand il est venu me trouver et a essayé de me convaincre de changer de camp... Quel putain d'arrogant il était. Me traiter comme un paysan lambda. Eh bien, quand il m'a offert de l'argent pour soutenir sa cause, je lui ai servi quelque chose de bon, pour ainsi dire. C'est dommage qu'il ait si mal réagi à la ciguë, cela a un peu tourné à la bagarre dans la cuisine. Ce fut un soulagement pour les oreilles quand il ne put plus parler. Plus de commentaires avisés de ce côté-là, non. » Morten éclata d'un rire jubilatoire. « Il est tombé de la chaise de cuisine là-bas, poursuivit-il en pointant du doigt la maison, puis s'est cogné la tête avec le coin de la table dans sa chute. Cela a mis un peu de sang sur le vélo de ma mère, mais c'est juste bien fait pour elle, cette peau de vache, et je ne voulais pas répandre de sang sur mon camion. Cela n'a vraiment pas été facile de le pendre à cette corde. Il était lourd comme un sac de ciment et continuait de protester. Ce n'est que lorsque je me suis suspendu à ses pieds que j'ai compris qu'il était enfin mort. »

Je frissonnai à l'idée du son qui avait pu provenir du cou de Prebensen. Sans oublier que Prebensen était à moitié mort quand il l'avait emmené à vélo vers le chalet de la famille Nilsen. J'avais été si proche. Oskar également. Prebensen avait-il été conscient ? Lucide à propos de ce qui lui arrivait ? Je n'aurais probablement jamais les réponses à ces questions. Les chances que j'en sache davantage dans ma vie diminuaient à chaque seconde. Cela m'apparut avec une certitude effrayante. Une certitude qui en même temps amenait la sueur à goutter de mon front. Konrad gémit faiblement sur le sol.

« Et personne n'a non plus compris que j'avais laissé mourir ma mère. Elle a eu cette crise cardiaque, c'est vrai, mais elle m'a supplié de lui venir en aide. Je l'ai laissée à terre, j'en avais marre de cette emmerdeuse. Elle a ruiné ma vie et m'a traité comme un petit gamin, je dois te le dire. Ce sont pas mal de femmes qu'elle a réussi à effrayer. C'est la putain de vérité ! » Les yeux de Morten se remplirent soudain de larmes. « Elle était allongée là à crier après moi, incapable de bouger, mais je ne parvenais pas à l'aider. J'étais exaspéré de tout ce qu'elle avait fait à mon encontre au fil des ans. Ou au contraire pas fait. »

Il est certes vrai que les langues de vipères avaient ragoté. Les gens jacassaient régulièrement sur la mère dominante qui tenait Morten dans des rênes trop serrées. Tout cela, je m'en étais moquée et étais passée outre.

« Et tu penses vraiment qu'Elvira et Peder m'auraient choisi comme héritier pour la maison sans me le demander, d'ailleurs ? Se réconcilier avec Konrad, quelle idiotie... Quand il est soudain apparu chez eux, j'ai dû me dépêcher de déguerpir des lieux. Je ne savais pas ce qu'il venait faire à ce moment-là. »

Encore une fois, mon nez commençait à se boucher. Cette fois-ci, ce n'était pas l'allergie qui me dérangeait, mais mes larmes à la pensée des gentils Elvira et Peder. Les deux personnes dotées des plus belles âmes que je connaisse. C'était donc grâce au mérite de Konrad qu'Elvira et Peder avaient survécu. Je fis ce que je pus pour chasser mes larmes, parce que je ne devais en aucun cas laisser mon nez se boucher. Ou bien... n'était-ce pas la solution ? Après tout, il s'avérait peut-être inutile de s'inquiéter de détails aussi insignifiants. La mort restait la mort, peu importe comment elle arrivait.

« Et maintenant, je vais vous tuer, toi et Konrad » fut la dernière phrase que j'entendis Morten prononcer. Morten tendit la main vers l'étagère et versa une généreuse dose du mélange de ciguë dans un bocal crasseux. La saleté du verre m'inquiéta quelque peu, au milieu de tout cela. Je voyais que Morten se préparait et je compris avec certitude que c'était ma toute dernière chance. Vraisemblablement dans cette vie.

Ça passe ou ça casse, estimai-je. Quand Morten arracha lentement le scotch de ma bouche en même temps que de soulever le verre de l'étagère, je pris de l'élan avec tout mon corps. Si j'avais la meilleure chance du monde, il se pourrait que quelqu'un passe sur la route dehors. Certains se promènent un mardi soir aussi, non ?

Lorsque le ruban adhésif fut retiré de ma bouche et que je pus prendre une profonde inspiration, j'ouvris la bouche et poussai le hurlement le plus fort, le plus bestial, le plus fou et le plus désespéré que je pus réussir à faire sortir à travers une gorge semblant totalement sèche et étrangère. En même temps, j'envoyai un coup vers l'étagère avec mes deux pieds et avec toute la force que je parvins à mobiliser. Je croisai le regard de Konrad sur le sol en béton, ses yeux sauvagement écarquillés et perdus entre choc et incrédulité.

Chapitre 24

Cela aurait pu devenir les derniers instants tant pour Konrad que pour moi-même, mais ce ne fut pas le cas. Parfois, la chance vous sourit tellement que cela semble presque incroyable. Lorsque mon hurlement s'estompa dans ma gorge et que de nombreux éclats du bocal en verre brisé, ainsi que le couvercle et l'anneau, s'écrasèrent sur le sol, Morten me dévisagea le regard choqué. Sa main tenait le verre à quelques centimètres de ma bouche, au même instant où la porte s'ouvrit avec fracas. Konrad se roula brusquement en direction de la porte, tout en assénant un coup de pied contre les rotules de Morten. J'ignore s'il atteignit son but.

« Olivia ! » entendis-je une voix s'écrier depuis la porte. L'instant qui suivit, le regard de Morten devint étrange et insondable. Il sursauta et s'écroula sur moi tandis qu'une batte de baseball ricocha de l'arrière de son crâne. Le bocal en verre qu'il tenait effleura mon nez dans sa course suivant la gravité. Le mélange de ciguë formait une flaque sur le sol rugueux.

Je reconnaissais cette voix et je savais que j'étais sauvée. Aussi me laissai-je aller à m'évanouir, sachant que mon souvenir suivant fut de me réveiller sur le canapé dans le salon de Morten. Un petit chien joyeux me léchait le visage avec enthousiasme. Dans l'intervalle entre mon hurlement à l'intérieur du cabanon de jardin et mon réveil, je me souvenais de beaucoup de lumière, de voix, d'aboiements et d'événements furtifs. Seulement des ombres et des contours. Par chance, devrais-je sans doute dire.

Je m'étais retrouvée à l'hôpital en observation, certes seulement durant 24 heures, mais une fois de plus une bonne étoile veillait sur moi. J'avais été admise au sein du service du chef du service hospitalier

Traneby. Pas vraiment une chance, pourrait-on penser, mais le fait était que Traneby se trouvait en vacances. Le médecin traitant était, je vous laisse deviner : Rashid. Je bénéficiai de 24 heures complètes de visites médicales fréquentes, de repas préparés et d'un excellent service. En y repensant, j'avais un peu mal ici et là, et Rashid s'empressait de venir chaque fois que je tirais la ficelle. Il m'escorta personnellement à l'extérieur du service lorsque je reçus l'autorisation de sortie de l'hôpital, il m'offrit une accolade un peu trop fervente et m'exhorta à revenir tout de suite si je ressentais des douleurs. Difficile à déterminer si c'était l'ascenseur ou Rashid qui me procurait une sensation de décollage dans la région abdominale lors de la descente. Je quittai tout de même les lieux avec le doux parfum de Rashid dans les narines, mais lui et moi savions qu'il était peu probable que je reprenne contact. Allons, voyons, ainsi va la vie.

Il s'avéra que c'était Dino qui m'avait indirectement sauvée. Au-delà d'illuminer mon quotidien chaque jour, il avait aussi pris soin de me sauver la vie. Il était parvenu d'une manière ou d'une autre à s'échapper de la cuisine et avait couru droit vers Oskar. Oskar avait réalisé sur-le-champ que quelque chose s'était passé et s'était lancé à ma recherche. Dino l'avait mené directement chez Morten. Après avoir cherché dans la maison de Morten, Dino avait senti ma trace dans le cabanon de jardin au bon moment.

Tandis qu'ils empruntaient le sentier du jardin, j'avais poussé mon hurlement entrainant des bris de verre. Du moins, c'est ainsi qu'Oskar me l'avait décrit après coup. Il s'agissait probablement du bocal en verre qu'il avait entendu heurter le sol. Fort heureusement, Dino n'avait pas fourré ses petites pattes agiles dans le mélange de ciguë. Il eut droit à manger du steak pour le dîner pendant toute la semaine suivante.

Morten fut interpelé par la police. Personne ne doutait de sa culpabilité, mais la police passa plusieurs mois à rassembler suffisamment de preuves pour le faire condamner. Bien qu'il n'y ait eu aucune pénurie de témoins. Il fut accusé et reconnu coupable d'un meurtre et de quatre tentatives de meurtre, mais la crise cardiaque de sa mère resta impunie. Il admit volontiers qu'il l'avait laissée mourir, mais l'accusation abandonna la charge pour une raison quelconque. Ils en avaient déjà suffisamment pour l'inculper, je suppose. De nombreux psychiatres légistes s'invitèrent sur la photo, parce que les défenseurs de Morten souhaitaient plaider la folie, mais ils n'y parvinrent pas. Ils arrivèrent à la conclusion qu'il avait été en pleine capacité de ses moyens avec préméditation et sans aucun signe de regret rétrospectif, et devait donc être considéré comme « d'aplomb », pour le dire en langage profane. Plus une foule d'autres bonnes raisons qui résonnèrent comme des termes techniques à mes oreilles. Morten fut condamné à 21 ans de réclusion, assortis d'une peine de sûreté. Quel gaspillage de vie.

Evert et moi présumions que Katrine n'avait pas osé tout dire à Konrad sur le contrat prénuptial. Elle avait eu terriblement peur de perdre son amant. Une femme plus âgée avec un homme plus jeune et ainsi de suite. Pour l'instant, elle ne l'a pas encore perdu, mais le temps nous le dira. Je les ai salués le week-end dernier, en fait, et ils avaient l'air vraiment heureux. Ils rendent souvent visite à Elvira et Peder. Katrine et Elvira s'entendent vraiment bien. Il parait que Katrine a été observée fumant l'un des joints d'Elvira sur leur ponton. Mais je ne l'ai pas vue moi-même, donc il se pourrait que ce ne soit juste que de fausses rumeurs. Qui sait ?

Elvira et Peder sont de nouveau en pleine forme. Ils ne gardent aucune séquelle de ce qu'ils ont traversé, pas même Peder ayant reçu un coup relativement fort à la tête. Je possède ma propre théorie selon laquelle l'amour les a aidés à se remettre sur pied. En l'occurrence, ils ont été autorisés à partager une chambre double quand ils sont sortis du coma. Ils se tenaient la main, désiraient ardemment retrouver la maison, le bateau en bois, le jardin et Tom, ils se soutenaient mutuellement d'une manière dont nous, les moins chanceux, ne pouvons que rêver. Ils semblent en fait plus frétillants que jamais et encore plus désireux de profiter de la vie qu'auparavant.

Il s'est avéré que Ragnarsen avait déjà vendu sa maison à l'un de ses petits-enfants. Il s'était rendu chez le notaire et avait signé un contrat à peu près au moment où Elvira et Peder avaient été agressés. Certes, Ragnarsen apparaissait renfrogné et acerbe, mais il ne fut fait état d'aucun trouble conjugal, ni de mari violent par le passé. Son petit-fils est professeur de biologie et extrêmement soucieux des plantes et des arbres. Lui, sa femme et leurs quatre enfants apprécient le domaine de Ragnarsen tel qu'il est et n'imaginent même pas abattre des arbres. À présent, un café est fréquemment partagé à la limite entre la propriété d'Elvira et Peder et celle de Ragnarsen.

En parlant de biologistes : Keith Bradley ne l'était pas, mais il s'est avéré un expert en chauve-souris et professeur d'ornithologie à l'Université d'Oslo. Il n'avait pas réalisé que son comportement pouvait éveiller des soupçons. Il vit probablement un peu replié dans son propre petit monde ailé. Il était venu ici pour étudier la Barbastelle, une chauve-souris à grandes oreilles rare et en voie de disparition. Une espèce que l'on croyait éteinte dans ce pays, mais étonnamment observée non loin d'ici à Larvik il y a quelques années. Personne ne l'avait revue depuis plus de 50 ans. Des rumeurs couraient dans la communauté des chauves-souris selon lesquelles l'espèce avait été observée ici sur Ankerholmen, et Bradley était venu vérifier les faits. C'était également la raison pour laquelle il sortait la nuit. Lors de ses promenades nocturnes, il avait une fois déplacé un vélo vert.

Mona était totalement tombée sous le charme au moment où Bradley a remballé ses équipements et est reparti à la fin de ses quelques semaines. Il devait passer par la ville et examiner les chênes à proximité du vieux cimetière. Il m'avait confié presque à demi-mots que des scarabées ermites extrêmement rares y avaient été observés. Cependant, il ne savait pas dans quels arbres ils vivaient, car ces coléoptères avaient besoin de chênes d'au moins 200 ans. Imaginez-vous ça, des coléoptères exigeants, donc.

Il ne quitta pas l'hôtel avant d'avoir réservé un autre séjour auprès de Mona, ce qu'elle accepta avec un sourire radieux. C'était la version officielle, mais je pense qu'ils disposent de projets plus avancés. L'autre jour, je l'ai surprise à lire une lettre manuscrite. J'avais aperçu le logo de l'Université d'Oslo sur l'enveloppe.

« Tu es allée dans les Cotswolds, n'est-ce pas ? me demanda-t-elle peu de temps après.

— Bien sûr, plusieurs fois. C'est tellement beau là-bas. » Un petit rire amusé m'avait gagnée de constater qu'elle avait sorti les antennes. « Tu devrais aller y faire un tour. On y trouve bon nombre de demeures et domaines splendides là-bas, entre autres. » Je lançai un regard à Mona et nous éclatâmes d'un bon rire communicatif.

« Je t'en dirai plus bientôt, répondit-elle. Ne pourrait-on pas prendre un verre de vin un soir ? »

Évidemment, j'avais accepté la proposition, je dis rarement non à Mona. Peut-être que c'était également un bon signe que Mona reste silencieuse à propos de quelque chose. D'habitude, j'en apprenais toujours davantage que ce dont j'avais strictement besoin.

La maison de Morten demeure vide et elle se dégrade à un rythme rapide. Chaque fois que je passe devant, je la trouve de plus en plus voûtée et triste. Morten refuse de vendre, car il reste persuadé qu'il sera libéré de prison dans relativement peu de temps. Aucun autre parent n'entre en jeu pour hériter de la maison, donc personne ne sait réellement ce qu'il en adviendra. Espérons qu'il revienne à la raison. Il s'agit de rester positif.

Evert et moi sommes devenus de très bons amis à la suite de cette affaire. Il m'avait demandé de l'aide lors du rassemblement des preuves, y compris en ce qui concerne la ciguë, et j'avais partagé plus que volontiers ce que j'avais découvert. J'avais des informations dont il ne disposait pas, notamment des détails sur la vie de Morten avant que tout cela ne se produise. Je lui apportais également un certain soutien moral, car de légères critiques s'étaient déchaînées sur l'enquête après-coup. La minutie avait été remise en question, notamment. La critique s'était dissipée d'elle-même, mais Evert l'avait prise à cœur. Lui et moi savions tous les deux qu'il s'était acharné à percer le mystère de la ciguë à la sueur de son front. En retour, Evert m'avait apporté beaucoup de bons conseils.

Kasper et Felix sont rentrés de ce voyage qui me donnait des sueurs froides. En réalité, ils passent pas mal de temps à la maison avec leur mère et leur oncle dernièrement. Dieu sait combien de temps cela durera. Ils fréquentent constamment des jeunes filles blondes ici le week-end, il peut donc se présenter des changements au fil du temps. J'espère profondément que cela prendra quelques années avant qu'ils ne fassent de moi une grand-mère, je n'ai jamais vraiment été le genre de personne avec un profond engouement pour les régurgitations et autres hurlements frénétiques. À vrai dire, les filles avec lesquelles ils traînent n'ont pas l'air d'avoir envie de construire leur nid, ni de le remplir de quoi que ce soit, alors je suppose que je peux rester tranquille pour l'instant.

Je rêve encore de Torstein, de valses françaises et de roses orangées, même si ma vie est agréable sans homme. Je le rencontre presque à chaque fois que je me rends au poste de police et il désire toujours discuter. J'espère qu'il m'invitera à sortir un jour... mais cela ne s'est pas produit jusqu'à présent. Même un hamburger chez McDonald's représenterait le paradis avec cet homme-là. Il est doué pour garder une relation entre nous à un niveau amical, mais s'assure toujours d'être proche de moi. Des signaux un peu mitigés, à vrai dire. Comment interpréter ces regards langoureux, des effleurements plus que strictement nécessaires, ainsi que des conversations maladroitement menées ? Tout du moins, j'avais découvert qu'il était divorcé. Selon mes antennes, le courant passe bien entre nous, mais il est possible que je fasse fausse route.

Ce qui m'accapare le plus en ce moment, c'est d'être au tout début de ma propre nouvelle et passionnante carrière. Et que j'ai créé moi-même. J'ai rapidement réalisé que ma seule opportunité en tant qu'adulte sur le marché du travail actuel était de me lancer comme entrepreneuse, et je le suis devenue. Oskar m'a aidée et soutenue, Kasper et Felix également. Certains véritables policiers en tant qu'amis ne sont pas en reste non plus. Le secteur que j'ai choisi repose sur des relations de confiance.

Cependant, c'est moi seule qui gère le travail quotidien. Avec l'aide de Dino, bien sûr. Il s'est révélé un excellent partenaire, calme le cas échéant, menaçant au-delà de sa taille quand les circonstances l'exigent. Des capacités que je connaissais d'ailleurs déjà.

Mon bureau nouvellement décoré se situe au premier étage au-dessus du garage. J'ai bouillonné de fierté en déplaçant mes affaires là-bas. En fait, cela a bouillonné aussi ailleurs, nous avons débouché quelques bouteilles de champagne quand l'emménagement fut terminé. Une petite fête de famille s'est tenue là-haut, surplombant voiture et tondeuse à gazon.

Même ma mère m'a appelée pour me féliciter. Elle et mon père allaient bientôt venir nous rendre visite, a-t-elle dit, alors elle comptait apporter un cadeau de pendaison de crémaillère. Une petite sculpture fabriquée de ses propres mains. J'ai quelques appréhensions.

En réalité, j'ai déjà déniché quelques missions, alors j'ai dû acquérir un de ces superbes appareils photos reflex numériques. Ainsi qu'une vraie paire de jumelles, avec vision nocturne. La plupart des missions que j'ai obtenues jusqu'à présent se sont déroulées le soir. Les affaires impliquent généralement un espionnage de chambres sombres dotées d'un faible éclairage. Eh bien, j'imagine que vous pouvez deviner de quel genre d'affaires il s'agit, mais c'est en fait vraiment palpitant. Il est à la fois fascinant et édifiant de découvrir quels comportements extrêmes certains sont prêts à adopter et ce qu'ils sont prêts à risquer, pour un moment d'évasion dans les sphères célestes. J'espère vraiment que cela en valait la peine pour la plupart d'entre eux, car de l'autre côté se trouvent des conjoints jaloux avec des avocats acharnés prêts à les écorcher. Du moins dans les affaires dont j'ai connaissance. Évidemment, de telles affaires peuvent vous rendre sceptique et cynique quant au monde et aux motivations des gens, mais je n'en suis pas encore tout à fait arrivée là, je l'espère. Tout de même, je suis prête à élargir mes connaissances, voire même à me frotter à la cupidité et à l'état d'esprit calculateur des gens. Après tout, je n'ai pas d'autre point de départ que d'être une amatrice enthousiaste.

Bien sûr, j'attends et j'espère une mission importante et passionnante où je pourrai vraiment montrer à quel point je suis un agent secret habile. Jusqu'à présent, c'était limité, mais depuis que mon site Web est opérationnel, de plus en plus d'affaires affluent. Je suis toujours optimiste. Il peut bien arriver qu'Evert réclame un peu plus d'aide également, et si tel était le cas, ma petite personne s'empresserait d'accepter.

Dans tous les cas, je gagne déjà suffisamment d'argent pour vivre décemment. De manière raisonnable, mais tout de même. L'Agence pour l'emploi est enfin sortie de ma vie. Les jours s'écoulent à nouveau de façon passionnante et je suis convaincue que l'avenir reste lumineux pour www.oliviamarple.com. Peut-être sombre, selon la façon dont vous le voyez.

Debout devant le garage après la pendaison de crémaillère, je ne pouvais détacher mes yeux de la plaque émaillée près de la porte. Elle avait été mise en place le même jour, conçue sur mesure et spécialement commandée chez un fabricant d'enseignes d'Oslo, Christiania, ancien nom de la capitale. J'y avais porté un toast en me la lisant à haute voix :

BUREAU D'INVESTIGATION D'OLIVIA
SPÉCIALISTE DES AFFAIRES FAMILIALES, D'ASSURANCES
AUTRES DOMAINES SUR DEMANDE
WWW.OLIVIAMARPLE.COM

Postface

Ankerholmen n'existe pas, mais est composée de plusieurs îles de l'archipel de Tønsberg et de Nøtterøy. Ceux d'entre vous dotés de connaissances locales et d'un accès aux cartes de la région s'en apercevront rapidement. Vous devinerez probablement également de quelles îles il s'agit. L'une d'elles dispose d'un centre de voile, une autre d'un hôtel et une autre encore avait jusqu'à récemment une obligation de résidence bien établie. Je vous laisse choisir ! Bien que les descriptions soient souvent aussi précises que possible, dans beaucoup de passages, je me suis laissée emporter par mon imagination.

J'aimerais profiter de cette occasion pour remercier ma talentueuse rédactrice en chef, Karen Forberg, qui a lu le scénario d'une écrivaine en herbe et y a perçu quelque chose d'appréciable. Merci de votre précieuse contribution et d'avoir compris où je voulais aller, et surtout d'avoir misé sur moi !

Mon groupe d'écriture à Tønsberg, Skriveløftet, mérite également d'être mentionné. Mille mercis pour toutes ces agréables soirées de critiques constructives et de soutien !

Le dernier, et non des moindres, ma meilleure moitié et un soutien inestimable, Per Fredrik. Merci pour tes idées, ton sens de l'humour et surtout : ta capacité à travailler de longues sessions en studio afin de me laisser écrire de toutes mes forces. Une situation gagnant-gagnant pour les deux, je suppose... (Leo Fender mérite également un énorme merci.) En outre, de gros câlins sont à décerner à nos fils, Fredrik Oliver et Felix Adrian, pour être des âmes créatives tous les deux et accepter facilement les adaptations chaotiques du tempo quotidien. Avec joie en réalité, tranquillité, et ainsi de suite.

J'espère que vous lecteurs avez apprécié Olivia et son univers. Elle n'en a pas du tout terminé de son travail de détective, elle s'apprête à cette heure à se lancer vers de nouvelles missions !